Knaur

Von Julian Semjonov ist außerdem erschienen:

»Moskau: Streng geheim« (Band 2068)

Deutsche Erstausgabe Oktober 1991

Titel der Originalausgabe »L'Ingénieur Gorenkov«

Originalverlag Pierre Belfond, Paris
Umschlaggestaltung Manfred Waller
Umschlagfoto Photodesign Mall
Satz Compusatz, München
Druck und Bindung brodard & taupin
Printed in France 5 4 3 2 1
ISBN 3-426-03187-6

Julian Semjonov:
Der Fall Gorenkov

Polit-Thriller

Aus dem Französischen von Eliane Hagedorn und Rita Seuss
(Kollektiv Druck-Reif)

Knaur

Inhaltsverzeichnis

Die Personen

Blassenkow, Vitali Wikentjewitsch: Militär im Ruhestand. Einer der Grundpfeiler der Gesellschaft »Die gute alte Zeit«. Spielte eine zwielichtige Rolle in der Armee Wlassows, der ROA, die sich mit Hitler verbündete. Kannte aus jener Zeit Iwan Warrawins Vater.

Gorenkov, Wassili Pantelejewitsch: Ehemaliger Direktor eines Baukombinats. Ein glänzender Ingenieur; kam unter mysteriösen Umständen, die Gegenstand der Nachforschungen Iwan Warrawins sind, ins Gefängnis. Zitiert gern Gorkis Satz: »Ich bin auf die Welt gekommen, um zu protestieren.«

Kaschljajew, Jewgeni Nikolajewitsch: Mitglied der Nomenklatura, wurde zum Chefredakteur der Tribüne Moskaus ernannt, der Zeitung, bei der Iwan Warrawin arbeitet. Verabscheut Rockmusik, die er als dekadent verurteilt. Setzt sich für Reportagen über die große künstlerische Tradition Rußlands ein.

Karimow, Rustjom Islamowitsch: Premierminister der autonomen Republik Usbekistan. Begreift die progressive Rolle des Ingenieurs Gorenkov, der den Bürokraten der Republik ein Dorn im Auge ist. Hat seinen Sohn in Afghanistan verloren. Sein Entlassungsgesuch, das von der Tribüne Moskaus veröffentlicht wird, schlägt ein wie eine Bombe.

Kostenko, Wsewolod I.: Oberst der Kriminalpolizei. Bei seinen Ermittlungen in einem schweren Fall von Juwelenschmuggel führen die Spuren auch zu bedeutenden Persönlichkeiten der Nomenklatura.

KUSINZOW, Fjodor Fomitsch: Doktor der Naturwissenschaften. Stellvertreter von Staatssekretär Tschurin. Er war es, der Gorenkov ernannte, und nicht der Staatssekretär. Steht der Perestroika eher skeptisch gegenüber.

KWIZINJA, Giwi: Ehemaliger Richter; wurde aus seinem Amt entlassen, darf aber als Rechtsanwalt arbeiten. War Schüler von Kostenko und ist ein Freund Warrawins. Unterstützt Warrawin bei seinen Nachforschungen im Fall Gorenkov.

NARYSCHKINA, Lisaweta: Journalistin bei der TRIBÜNE MOSKAUS. Hatte ein Verhältnis mit Iwan Warrawin, der sie um Hilfe bittet.

RUMINA, Glafira Anatoljewna: Mutter von Olga Warrawin. Wird ihre Tochter zu Tomatschka, einer Wahrsagerin, bringen. Kennt Zaver, einen Juwelier und Experten für Schwarzhandel jeder Art.

RUSSANOW, Viktor Nikitowitsch: Ästhet und Liebhaber traditioneller Kunst. Treibt seine Leidenschaft so weit, daß er sich die Maler persönlich aussucht, die er mit der Ausschmückung zahlreicher Gebäude der autonomen Republik Usbekistan beauftragt. Begegnet bei dieser Gelegenheit dem Ingenieur Gorenkov.

SCHEBEJKO, Roman Natanowitsch: Freund von Oberst Kostenko. Ein begabter Chirurg.

SCHTYK, Valeri Wassiljewitsch: Maler mit leidenschaftlichem Interesse an Ufos und Außerirdischen. Erhält seltsame Aufträge von Russanow.

TICHOMIROW, Nikolai Michailowitsch: Vorsitzender der Gesellschaft »Die gute alte Zeit«. Vertritt zwei Thesen: eine, die den Bereich der Malerei betrifft und die man mit dem Gegensatz

»Kunst und Tradition« beschreiben könnte; die andere ist eine politische These, die durchaus die Anwendung von Gewalt beinhaltet, wenn es um die Errichtung eines Großrußland geht. Recht und Gesetz sind ihm gleichgültig. Liebt das Geld. Hat einflußreiche Kontakte, vor allem zur TRIBÜNE MOSKAUS.

TSCHURIN, Arseni Kyrillowitsch: Staatssekretär für das Bauwesen der autonomen Republik Usbekistan. Völlig desillusioniert. Die Perestroika fasziniert ihn und macht ihm zugleich angst.

WARRAWIN, Iwan Igorewitsch: Junger Journalist der TRIBÜNE MOSKAUS, zweiunddreißig Jahre alt. Erhält von seiner Zeitung die Erlaubnis, in Moskau und der autonomen Republik Usbekistan im Fall Gorenkov zu recherchieren, der ihm symbolisch für die Hindernisse erscheint, auf die Perestroika (Umstrukturierung) und Glasnost (Transparenz) im Alltag treffen.

Kapitel 1

Ich, Iwan Warrawin
Journalist der Tribüne Moskaus

»Meine lieben jungen Freunde!

Ich wende mich an Euch, die Komsomol-Presse, nachdem ich folgende Erklärung nach Moskau geschickt habe. Sie lautet:

> Hiermit reiche ich meinen Rücktritt als Vorsitzender des Ministerrats der autonomen Republik Usbekistan ein. Gleichzeitig bitte ich, mich von meinen Aufgaben im Obersten Rat zu entbinden.

Zu diesem Schritt habe ich mich nicht aus einem Gefühl der Schuld heraus entschlossen. Es ist alles viel einfacher: Ein hervorragender Mann, dem ich meine Unterstützung gewährt habe, befindet sich im Augenblick im Gefängnis. Er ist angeklagt, seine Dienstpflichten in schwerwiegender Weise verletzt zu haben. Bevor ich eine Antwort auf mein Entlassungsgesuch erhalte, möchte ich – solange ich noch im Besitz der wichtigen Unterlagen bin – mit einem jungen Journalisten über diese Angelegenheit sprechen. Dieser Journalist soll sich anschließend an den Staatsanwalt wenden; erst dann wird er eine Erlaubnis bekommen, Wassili Pantelejewitsch Gorenkov im Gefängnis besuchen und sprechen zu können. Sein Fall ist interessant, da er exemplarisch die Probleme widerspiegelt, die uns alle augenblicklich beschäftigen.

Mit besten Grüßen

Rustjom Islamowitsch Karimow

Dieser Brief war für die Redaktionsmitglieder meiner Zeitung TRIBÜNE MOSKAUS eine solche Überraschung, daß ich sofort die Erlaubnis erhielt, an Ort und Stelle zu recherchieren.

Nur durch den energischen Einsatz meiner Ellenbogen gelang es mir, den Aeroflot-Tunnel zu passieren und die Glashalle zu erreichen. (In der Kunst, die Leute Schlange stehen zu lassen, haben wir es wahrhaft zur Meisterschaft gebracht.) Ich stellte mich vor eine Aussichtsluke und sah zu, wie die Flugzeuge starteten. Ich kann mir nichts Schöneres vorstellen, als das zu beobachten: den geheimnisvollen Augenblick zu erleben, in dem dieses Ungetüm sich von der Startbahn löst und in den Himmel erhebt. Noch vor wenigen Jahrzehnten schien das reine Utopie zu sein. Aber Jules Verne hatte sich das schon im 19. Jahrhundert ausgedacht.

Eines Tages fand meine Kollegin von der Zeitung, Lisa Naryschkina, bei Leskow [russischer Schriftsteller des 19. Jahrhunderts] einen verblüffenden Gedanken. Er schrieb, daß Pissemski für den Niedergang der Literatur in erster Linie den Ausbau der Schienenwege verantwortlich mache; denn dieser nütze dem Handel, schade hingegen der Literatur!

Heutzutage reist man oft, schnell und sicher, schrieb Pissemski, und deshalb bleiben keine tiefen Eindrücke zurück. Es gibt nichts mehr zu beobachten, und man hat ja auch keine Zeit dazu: Alles gleitet vorüber, alles fliegt vorbei. Wenn man früher mit der Postkutsche gewissermaßen als »Frachtgut« nach Moskau fuhr, konnte es einem zwar leicht passieren, daß der Kutscher, mit dem man fuhr, ein Gauner, die Mitreisenden Flegel und der Herbergsvater ein Betrüger war, dessen Köchin noch dazu nicht viel taugte. Aber wie vergnüglich war doch eine solche Reise! Und war man auch auf Gedeih und Verderb den Widrigkeiten der Reise ausgeliefert, und war die Kohlsuppe auch noch so unansehnlich, man fluchte einfach auf die Köchin, die es einem dann zehn-, hundert- und tausendfach heimzahlte. Wirklich, man konnte sich diesen starken Eindrücken gar nicht entziehen. Wie ein dicker Brei, der einem tagelang schwer im Magen liegt, häuften sie sich an – welch ein Stoff für einen Schriftsteller! Heute dagegen läuft alles ab wie in einer Bahnhofsgaststätte: Man nimmt, ohne lange zu fragen, einen Teller, setzt sich hin und ißt. Zum Kauen bleibt gar keine Zeit! Schwupp, fertig! Und schon geht's los! Der einzig bleibende Eindruck ist das Gefühl, daß der Kellner einen beim Bezahlen übers Ohr gehauen hat.

Leskow antwortete Pissemski, indem er ihm Dickens als Gegenbeispiel vorhielt. Dickens habe seine Bücher in einem Land geschrieben, in dem alles schnellebig sei; und dennoch habe er vieles beobachtet und in die Handlung seiner Romane einbauen können, die ja reich an Verwicklungen und Verschachtelungen seien.

Seither sind hundert Jahre vergangen, dachte ich, aber der alte Streit ist noch immer nicht entschieden. Die Literarische Gesellschaft von Orenburg überhäuft ihr Pendant in der Hauptstadt mit Beschimpfungen, die in dem Vorwurf gipfeln, sie stellten sich nicht schützend vor die »großen Klassiker«. Denn nur ihnen habe man es schließlich zu verdanken, wenn man zum Schriftsteller werde. Die Moskauer hingegen schwören auf Pasternak [Autor von *Doktor Schiwago*, der erst kürzlich rehabilitiert wurde], Gumilow und Mandelstam; die Klassiker bedeuten ihnen nichts.

Es stimmt schon: Wir sind ein ulkiges Volk! Wir kämpfen unermüdlich für Uniformität und wollen unbedingt, daß einzig und allein unsere Meinung von allen anderen anerkannt wird. Ich bin es, der recht hat, die anderen sind Dummköpfe oder etwas weitaus Schlimmeres. Auf drei Jahrhunderte Tatarenjoch folgten drei Jahrhunderte der Knechtschaft: Viele Leute werden zwar böse, wenn man Sklaverei und Knechtschaft auf eine Stufe stellt. Ihrer Meinung nach kommt das einer »Verleumdung« gleich, aber leider ist es keine Verleumdung, es ist eine historische Tatsache. Die geschichtliche Wahrheit zu verschleiern ist genauso schlimm, wie einen Kranken zu belügen oder eine Tuberkulose als Katarrh zu behandeln. Ein unbewußter Verrat ist genauso gefährlich wie ein geplanter. Fünfundzwanzig Jahre, die Jahre zwischen 1928 und 1953, haben ihre Spuren hinterlassen. Eine neue Form der Angst ist entstanden, und nur derjenige hat noch Hoffnung, der alles weiß, alles versteht, alles kann und dem gegenüber die anderen ein Gefühl von Unbedeutendheit und Ohnmacht empfinden.

Übrigens: Warum darf man rauchen, wenn man mit dem Flugzeug nach Warschau fliegt, obwohl der Flug nur zwei Stunden dauert, wohingegen man aber, wenn man nach Sibirien fliegt und sechs Stunden lang an seinen Sitz gefesselt ist, nicht einen einzigen Zug machen darf? Wer kann mir darauf eine Antwort geben?
Endlich geschafft! Die Leuchtanzeige ist erloschen. Das Flugzeug hatte die Wolkendecke durchstoßen und schwebte nun über einem weißen Nebel. Es schien sich nicht zu bewegen, obwohl seine Geschwindigkeit neunhundert Stundenkilometer betrug. Ich öffnete meine Tasche; ein phantastisches Ding, sogar ein Elefant hätte darin Platz! Ich holte meine Notizzettel heraus und unternahm zum x-tenmal den Versuch, Ordnung in meine Zettelwirtschaft zu bringen.

Offen gestanden, ich weiß nicht, was bei all dem herauskommen soll. Jedenfalls habe ich mir das Auf und Ab unseres absurden ökonomischen Abenteuers vergegenwärtigt – es kann ja tatsächlich nichts anderes als Sabotage sein –, und es mit dem verglichen, was Lenin in seinem letzten Lebensjahr geschrieben hat:

> »Mit allen Mitteln und unter allen Umständen müssen wir die Zirkulation des Geldes erhöhen, ohne den Kapitalismus zu fürchten, denn wir haben ihm ziemlich enge und ›moderate‹ Grenzen gesetzt (durch die Expropriation der Grundbesitzer und der Bourgeois auf wirtschaftlicher und durch den Einsatz der Arbeiter und Bauern auf politischer Ebene).«

Da Lenin Einwände von seiten der Verfechter des Dogmas erwartete, ging er noch einen Schritt weiter:

> »Wir brauchen keine Angst zu haben vor kapitalistischen Gesellschaften, denn wir haben die sichere Gewißheit, daß wir jedes Geschäft abschließen können, so schwierig es auch sei, daß wir in sein Wesen eindringen und es bewältigen werden.«

Und weiter fügte er hinzu:

> »Das System der gemischten Gesellschaften ist das einzige System, das in der Lage ist, den schlechten Apparat des Volkskommissariats für Außenhandel wirklich zu verbes-

sern, denn bei diesem System arbeiten neben uns der ausländische und der russische Kaufmann. Könnten wir nicht einmal unter solchen Umständen etwas lernen und erlernen und dabei auslernen, so wäre unser Volk ganz hoffnungslos ein Volk von Dummköpfen.«

Und unerbittlich erklärte er:

»Wir leben in der vollkommenen Illegalität; Schlußfolgerung: Die örtliche Bürokratie bildet das beste Mittel, um das Volk der Arbeiter von der politischen Führung abzuschotten!«

Und über die Kultur sagte er folgendes:

»Es hat sich [...] herausgestellt, daß wir noch sehr weit von der allgemeinen Schulbildung entfernt sind, und daß sogar unser Fortschritt im Vergleich zu den zaristischen Zeiten (1897) ein allzu langsamer ist. Das ist eine strenge Warnung und ein ernster Vorwurf an die Adresse derjenigen, die in Träumereien von der ›proletarischen Kultur‹ geschwelgt haben und bis jetzt schwelgen.«

Wann haben wir das letzte Mal das Gehalt der Lehrer erhöht? Erst als uns klar wurde, daß diese Tätigkeit ihren guten Ruf verloren hatte. Nur Versager, die keine andere Schule besuchen konnten, machten die Aufnahmeprüfungen für die pädagogischen Institute. Aber die moralische Gesundheit des Volkes hängt von den Lehrern ab, vor allem, wenn nicht nur die Väter, sondern auch die Mütter arbeiten. Mehr als sechzig Jahre lang erhielten die Lehrer ein Monatsgehalt, von dem sie nicht einmal warme Stiefel für den Winter kaufen konnten; und an die Einrichtung einer kleinen Hausbibliothek war nicht einmal im Traum zu denken; man weiß ja, was ein gutes Buch auf dem Schwarzmarkt kostet!

Wie konnte es so weit kommen? Hatte man aus purer Dummheit die Empfehlungen Lenins vergessen? Oder versuchte man absichtlich, den Erwerb von Wissen zu bremsen? Es ist ja viel einfacher, einem Analphabeten Befehle zu erteilen als einem gebildeten Bürger. Nur ein begabter Pädagoge kann einen Menschen heranbilden, der kritische Fragen stellen kann, ja, der sich sogar dazu verpflichtet fühlt, sie zu stellen. Aber wer konnte bis vor kurzem bei uns auf die Fragen eines gebildeten Menschen eine Antwort geben?

Man hat noch viel mehr von dem vergessen, was Lenin gesagt hat. Niemand hat eine tiefgreifende Analyse seiner Schrift über die Arbeiter- und Bauerninspektion gemacht, in der er insbesondere vorschlug, den Mitarbeiterstab um den Volkskommissar Stalin deutlich zu reduzieren. Nach Lenins Auffassung behindern Inspekteure, wenn es zu viele sind, »jede Arbeit, die der Herstellung von Legalität und eines Minimums an Kultur dient«.

Lenin hatte die Absicht, auf dem Parteikongreß das Problem des Volkskommissariats der Arbeiter- und Bauerninspektion zur Sprache zu bringen, dessen zahlreiche Mitglieder uneingeschränkte Macht besaßen. Aber leider hatte er dazu keine Zeit..., und die anderen wollten oder konnten es nicht tun.

Auch haben wir die Analyse des Nationalitätenproblems vernachlässigt, das Lenin folgendermaßen beschrieb: »Wir Angehörige eines großen Volkes haben uns in der geschichtlichen Praxis fast immer einer Unzahl von Gewalttaten schuldig gemacht, ja mehr als das, unmerklich für uns selbst fügen wir den anderen eine Unzahl von Gewalttaten und Beleidigungen zu – ich brauche mir nur meine Wolgazeit ins Gedächtnis zurückzurufen, um mich daran zu erinnern, wie man bei uns die Nichtrussen behandelt [...]. Ein Georgier (Stalin), der sich geringschätzig zu dieser Seite der Sache verhält, der leichtfertig mit Beschuldigungen des ›Sozialnationalismus‹ um sich wirft (während er selbst ein wahrer und echter ›Sozialnationalist‹, ja mehr noch, ein brutaler großrussischer Derschimorda* ist, ein solcher Georgier verletzt im Grunde genommen die Interessen der proletarischen Klassensolidarität, weil nichts die Entwicklung und Festigung der proletarischen Klassensolidarität so sehr hemmt wie die nationale Ungerechtigkeit, und weil die ›gekränkten‹ nationalen Minderheiten für nichts ein so feines Gefühl haben wie für die Gleichheit und für die Verletzung dieser Gleichheit, sei es aus Fahrlässigkeit, sei es auch nur im Scherz...« Man braucht nur zu beobachten, was in

* Figur aus Gogols *Revisor*: brutaler Polizist

Aserbeidschan oder Armenien passiert, um die Richtigkeit dieser Warnungen bestätigt zu sehen.

Ich unternahm mehrmals den Versuch, noch einmal die letzten Bände der Werke Lenins zu lesen, nachdem ich zufällig auf die Mitschriften seiner Sekretärinnen gestoßen war; diese Dokumente erschütterten mich. Eine Schlußfolgerung aus dieser Lektüre ergab sich wie von selbst: In den Monaten, die er in Gorki [Dorf in der Nähe Moskaus, das heute Lenin heißt] verbrachte, kämpfte der kranke Lenin einen politischen Kampf ohne Gnade. Die Kräfte jedoch waren ungleich verteilt; er war geschwächt und von Krankheit gezeichnet, seine Feinde hingegen stark und mächtig.
Am 1. Februar 1923 notiert seine Sekretärin Lidja Fotjewa in ihr Tagebuch:

> »Ich teilte Lenin mit, das Politbüro habe der Herausgabe der Materialien zugestimmt. Wladimir Iljitsch antwortete: ›Wenn ich in Freiheit wäre‹ – zuerst hatte er sich versprochen, aber dann wiederholte er lachend: ›Wenn ich in Freiheit wäre, dann würde ich das leicht alles selbst machen.‹

9. Februar:

> Morgens bestellte mich Wladimir Iljitsch zu sich. Er bestätigte, daß er die Frage der Arbeiter- und Bauerninspektion vor den Parteitag bringen werde.

12. Februar:

> Es geht Wladimir Iljitsch schlechter. Er hat starke Kopfschmerzen. Er rief mich für ein paar Minuten zu sich. Wie mir seine Schwester Maria Iljinitschna erzählt, haben ihn die Ärzte derart aufgeregt, daß seine Lippen zitterten. Foerster (ein deutscher Arzt, der aus Berlin geholt worden war) hatte am Vorabend gesagt, er verbiete ihm das Lesen von Zeitungen, Zusammenkünfte und politische Informationen kategorisch. Auf die Frage, was er unter politischen Informationen verstehe, hatte Foerster geantwortet: ›Nun, sehen Sie, zum Beispiel interessieren Sie sich für die Zählung der Sowjetangestellten.‹ Offensichtlich ärgerte sich

Wladimir Iljitsch darüber, daß die Ärzte so gut informiert waren. Zudem hatte Wladimir Iljitsch offenbar den Eindruck, daß nicht die Ärzte dem Zentralkomitee Anweisungen gaben, sondern daß eher das Zentralkomitee den Ärzten Instruktionen gegeben hatte.«

Am 5. März notiert Maria Woloditschewa:

»Wladimir Iljitsch bestellte mich gegen zwölf Uhr zu sich und bat mich, zwei Briefe zu schreiben: einen an Trotzki und einen an Stalin. Der erste Brief begann so: ›Werter Genosse Trotzki, ich möchte Sie bitten, die Verteidigung der georgischen Sache im Zentralkomitee der Partei zu übernehmen.‹ Trotzki antwortete ablehnend und gab vor, krank zu sein.

Der andere Brief war hart, ja wütend: ›Lieber Genosse Stalin, Du hast die Frechheit besessen, meine Frau ans Telefon zu zitieren und sie wüst zu beschimpfen. Obwohl sie Dir gesagt hat, sie wolle Deine Bemerkungen vergessen, haben Sinowjew und Kamenjew dennoch durch sie von der Sache erfahren. Ich habe nicht die Absicht, etwas so schnell zu vergessen, was gegen mich gerichtet ist, und ich brauche hier wohl nicht zu betonen, daß ich alles als gegen mich gerichtet betrachte, was meiner Frau angetan wird. Ich ersuche Dich deshalb, sorgfältig zu prüfen, ob es Dir lieber ist, Deine Worte zurückzunehmen und Dich zu entschuldigen, oder ob Du den Abbruch der Beziehungen zwischen uns vorziehst.‹«

Schon im Dezember 1922 hatte Lenin einen Brief an Trotzki diktiert, in dem er ihn bat, ihn in seinem Kampf gegen Stalin zu unterstützen, um das staatliche Außenhandelsmonopol zu retten. Stalin, der – inzwischen Generalsekretär – die Verantwortung für die medizinische Behandlung Lenins übernommen hatte, rief die Krupskaja [Lenins Frau] an, beschimpfte sie und drohte damit, die Sache vor die Kontrollkommission zu bringen. Die Krupskaja schrieb Kamenjew folgendes:

Lew Borissowitsch!

Ich bin nicht erst seit einem Tag Parteimitglied, aber in all den dreißig Jahren habe ich niemals von irgendeinem Genossen ein grobes Wort gehört. Die Sache der Partei und Iljitschs ist mir nicht weniger teuer als Stalin. [...] Was man mit Iljitsch besprechen kann oder nicht, weiß ich besser als jeder Arzt, weil ich weiß, was ihn nervös macht und was nicht. Auf jeden Fall weiß ich es besser als Stalin [...]. Ich habe keinen Zweifel, wie die einmütige Entscheidung der Kontrollkommission ausfallen wird, mit der Stalin mir drohen zu müssen glaubte, doch habe ich weder genügend Kraft noch Zeit, um sie auf diesen dummen Streit zu verwenden.

Wenn man das Gesamtwerk Lenins analysiert, so wird deutlich, daß er seinen ersten schweren Schlaganfall kurz nach seinem langen Kampf gegen einige Mitglieder des Politbüros des Zentralkomitees bekam, die den Außenhandel abschaffen wollten; ein weiterer Auslöser war der Konflikt in Tiflis zwischen dem Regionalkomitee der Transkaukasischen Partei und einer Gruppe georgischer Bolschewiken mit Mdivani und Macharadse an der Spitze. Am dreizehnten Dezember erlitt Lenin einen zweiten Schlaganfall. Dennoch und trotz ärztlichen Verbots schrieb Lenin Briefe an Trotzki. Am sechzehnten Dezember verschlimmerte sich sein Gesundheitszustand; sein rechter Arm und sein rechtes Bein wurden gelähmt. Da er wußte, daß er schwerkrank war, diktierte Lenin einen »Brief an den Parteitag«, in dem er vor allem die Absetzung Stalins von seinem Posten als Generalsekretär forderte.
Im Januar, Februar und März 1923 arbeitete Lenin praktisch den ganzen Tag. Als er die Nachricht über die Vorfälle in Tiflis erhielt – bei denen Trotzki nicht einmal den Versuch gemacht hatte, ihn zu unterstützen, obwohl er über Stalins eklatanten Mangel an Höflichkeit gegenüber der Krupskaja informiert war –, verlor er die Sprache. Lenin bemühte sich, mit der linken Hand schreiben zu lernen.
Am zwanzigsten Januar 1924 las Nadeschda Konstantinowna dem Genossen Wladimir Iljitsch die Resolutionen des XIII. Parteitags

vor. Die Krupskaja erinnert sich, daß er, während sie las, sehr aufgeregt war. Am nächsten Tag lebte er nicht mehr.
Welcher Abschnitt dieser Resolutionen, die seine düstersten Prophezeiungen für die Zukunft bestätigten, hatte wohl Lenins Aufmerksamkeit auf sich gezogen?
Ich habe mich noch einmal mit den Fragen befaßt, die Lenin beschäftigten, bevor ihn die Krankheit dahinraffte, und ich frage mich immer wieder, ob Lenin wirklich alles, was auf der Tagesordnung stand, durchsehen und prüfen mußte. So fand zum Beispiel am siebzehnten November 1922 eine Versammlung des Sownarkom [Rat der Volkskommissare] statt, auf der über die Preisregulierung, über die Vergabe von zehn Traktoren an die für die Landverteilung zuständige Behörde in Mugani und über einzelne Maßnahmen für die Erntezeit debattiert wurde.
Eine Woche bevor Lenin erkrankte, nahm er an einer Sitzung des Politbüros teil. Er ergänzte den Entwurf einer Resolution über den Bericht der Beschaffungskommission und korrigierte den Entwurf einer Resolution über die Beziehungen zwischen dem Volkskommissar für Erziehung und seinen Stellvertretern. Es wurde auch über eine Demilitarisierungskonferenz debattiert, über den Getreideexport, über Landwirtschaftskredite, über Lohngelder für den Monat Dezember 1922, über die Fusion der Apparate des Volkskommissariats für Handel und des Volkskommissariats für Finanzen, sowie über die Entsendung von Ingenieuren ins Ausland.
Da haben wir diese klugen Leute, die eingesehen haben, daß man den Menschen nicht uneingeschränkt belasten darf, denn sie wissen, wozu die Anhäufung von Aufgaben, die Tag für Tag erledigt werden müssen, führt. Warum haben denn diese Leute nicht protestiert? Warum haben sie nicht von Lenin gefordert, sich zu schonen, damit er die Probleme, von denen die Zukunft abhing, besser lösen konnte?
Warum ließ Lenin durch den Rat der Volkskommissare Resolutionen verabschieden, in denen Rykow, Tsiurupa und Gorki Urlaub verordnet wurde? Warum forderte niemand in seiner Umgebung auch das gleiche für ihn? Wenn man Wladimir Iljitsch gebeten

hätte, er wäre dieser Bitte nicht gefolgt, aber er hätte sich schweigend und ohne zu murren einem Beschluß des Zentralkomitees unterworfen.

Sein Tod war ein tragischer Einschnitt in die Geschichte, der sechzig Jahre dauern sollte. Die Bedeutung von Initiative und unternehmerischer Freiheit wurde eigentlich erst Ende der achtziger Jahre erkannt und gewürdigt. Die Ideen eines genialen Menschen können nicht unterdrückt werden und sind ihrer Zeit weit voraus. Aber wie viele Genies bringt die Menschheit schon hervor?

Kapitel 2

Ich, Rustjom Islamowitsch Karimow, Vorsitzender des Ministerrats der autonomen Republik Usbekistan

Sicherlich halte ich mich ganz zu Unrecht für einen Physiognomiker und mache einen Fehler, wenn ich die Leute schon bei der ersten Begegnung in bestimmte Kategorien einteile. Besser man überläßt dieses Vorrecht den großen Ärzten und auch nur dann, wenn sie über den Zustand ihrer Patienten ein wenig Bescheid wissen. Ach ja, leider ist die gute alte Zeit vorbei, in der es noch Hausärzte gab! Die Medizin ist in »Spezialgebiete« eingeteilt; ein Lungenarzt kennt sich im HNO-Bereich nicht aus, ein Therapeut versteht nicht übermäßig viel von Arteriosklerose – eine Krankheit, die heutzutage so verbreitet ist wie Krebs oder Herzinfarkt. Die sitzende Lebensweise, die wechselnden Spannungssituationen, denen der Mensch ausgesetzt ist, der Streß; ein verstopftes Blutgefäß und schon muß das Auge operiert werden. Dabei hätte man sich eigentlich schon früher darum bemühen müssen, die eigentliche Ursache der Krankheit zu finden und zu ergründen, auf welch geheimnisvolle Weise sich Giftstoffe im Körper ablagern.

Kurz und gut, mir gefiel die Physiognomie jenes untersetzten und schwerfälligen Journalisten mit Namen Warrawin. Auch seine Hände gefielen mir, große Hände, die sich langsam bewegten, Hände, mit denen man Zuverlässigkeit assoziiert. Er hatte sehr lebhafte Augen, nicht jenen starren Blick der meisten »Apparatschiks«. Der Wunsch, die Sichtweise des Vorgesetzten zu verstehen, setzt ausgereifte schauspielerische Fähigkeiten voraus: die Beherrschung der eigenen Gefühle, Bedächtigkeit im Ausdruck und die Kunst, mit den geäußerten Ansichten auch Unausgesprochenes zu verstehen zu geben. Das erlaubt es, den Sinn des

Gesagten in sein völliges Gegenteil zu verkehren, sobald man auch nur die leiseste Andeutung von Mißfallen bei seinem Vorgesetzten wahrnimmt oder eine Veränderung in seinem Gesichtsausdruck bemerkt. In den letzten Monaten haben sich die cleversten Bürokraten eine neue Taktik zugelegt: Sie erwecken, wenn sie sprechen, den Eindruck von Begeisterung; wiederholen, oft sogar Wort für Wort, was in den Zeitungen steht, und dabei bleibt das, was sie sagen, immer äußerst ungenau und verschwommen. Wir leben in einer Zeit, in der jemand, der heute in den Schmutz gezerrt wird, schon morgen – und keiner kann dir sagen, wie – in die Chefetage wechselt und plötzlich statt einem gleich zwei Telefonapparate zur Verfügung hat!

Mir gefiel auch die Art, wie Warrawin mich direkt und ohne Umschweife fragte, ob ich denn nicht bald das Büro des Premierministers räumen müsse. Er gehörte nicht zu denen, die große Umstände machten; er packte den Stier gleich bei den Hörnern.

Ich antwortete ihm, das hinge nicht von mir ab; ich sei der Überzeugung, meine Bürgerpflichten erfüllt zu haben und füge mich im übrigen dem Willen meiner Wähler und der Instanzen, die mich zum Premierminister ernannt hätten.

»Sagen Sie mir doch bitte, Rustjom Islamowitsch«, fuhr Warrawin bedächtig fort, »warum Sie den Verurteilten Gorenkov so beharrlich verteidigt haben.«

»Sie sagen, ich *habe* ihn verteidigt? Ich verteidige ihn noch immer! Er und ich, wir haben das gleiche Prinzip. Und auf das kommt es doch an. Es ist die Grundlage des Denkens und Handelns.«

»Ich hüte mich immer vor abstrakten Formulierungen«, warf Warrawin ein und sah mich forschend an. (Dabei hatte ich plötzlich das Gefühl, daß er mir gegenüber distanziert war.) »Wenn man die Zeitungen der letzten Jahre aufschlägt und den abstrakten Formulierungen darin Glauben schenkt, dann könnte man meinen, in unserem Land herrsche Frieden und Wohlstand...«

»Ja, das war die Zeit, in der ich aufgewachsen und erzogen worden bin, Genosse Warrawin. Ich habe nicht mit einem Schlag die Vergangenheit abgelegt; das ergab sich erst ganz allmählich im

Laufe der Kämpfe, die ich mit mir selbst ausgefochten habe. Wie oft habe ich mir gesagt: ›Gegen wen willst du eigentlich zu Felde ziehen, du Zwerg? Da oben sitzen Leute, die sind viel klüger als du...‹ Wir leben nicht in einem luftleeren Raum, und eure Generation wird sich später noch oft genug mit Leuten herumschlagen müssen, die im Geist der Vergangenheit erzogen sind... Jemand aus dem Umkreis Stalins soll sich im Jahr 1950 über die Schriftsteller beklagt haben. Stalin soll ihm ins Wort gefallen sein und gesagt haben: ›Ich habe keine anderen zur Verfügung. Man muß sich mit dem begnügen, was da ist...‹«

»Mögen Sie Stalin?«

Auf diese Frage hatte ich schon gewartet. Und ich hatte lange darüber nachgedacht, vor allem nach dem XX. Parteitag und nach dem Sturz Chruschtschows. Der Ausgang des XX. Parteitags hat letztlich meine Entscheidung bestimmt. Dann las ich die Erinnerungen der kriegführenden Generäle und die des Bauingenieurs Jakowlew, und ich habe mich an ihr Zeugnis zugunsten Stalins wie an einen Strohhalm geklammert; es gibt ja nichts Tragischeres, als den Glauben an ein Idol zu verlieren. Die Rückbesinnung auf Stalin war für mich in verschiedener Hinsicht bedeutsam; die Stagnation in der Ära Breschnew hatte zumindest einen positiven Aspekt: In unserer Gesellschaft tauchten Fragen auf. Ja, so war es. Aber es wurden keine Antworten darauf gegeben. Man zitierte sogar diejenigen vor Gericht, die die Werte der alten Ordnung allzusehr in Frage stellten. Es hieß dazu nur: ›Bloß keine Unsicherheit verbreiten! Die Leute sollen ihre Ruhe haben...‹ Trotzdem wurde die Lage immer prekärer...

»Ich kann Ihre Gefühle gegenüber dem Generalissimus an Ihren Augen ablesen... Kennen Sie den Briefwechsel Stalins mit Roosevelt und Churchill?«

»Ja«, antwortete Warrawin.

»Na also. Sie müssen doch zugeben, daß Stalin in diesen Briefen den Eindruck eines achtbaren Staatsmanns vermittelt.«

»Da haben Sie vollkommen recht.«

»Wenn dem so ist, müssen wir ihm dann nicht eine gewisse Achtung entgegenbringen, da er den Kampf gegen den Faschismus anführte?«

»Er hätte die Führerrolle in diesem Kampf schon 1939 übernehmen können, wenn er nicht den Pakt mit Hitler geschlossen hätte.«

»Wirklich? Gehen wir mal davon aus – obwohl es auch darüber unterschiedliche Meinungen gibt. Doch antworten Sie bitte genau auf die Frage, die ich Ihnen gestellt habe. Müssen wir dem Anführer des weltweiten Kampfes gegen Hitler nicht eine gewisse Achtung entgegenbringen?«

»Nicht Stalin, sondern das Volk hat den Nazismus besiegt.«

»Auch das ist richtig«, antwortete ich. »Doch Sie weichen mir schon wieder aus. Von altersher haben wir die leidige Angewohnheit, zu urteilen, ohne zu wissen, zu verurteilen, ohne zu lesen, und zu loben, ohne einen ausreichenden Grund dafür zu haben.«

Warrawin bat darum, rauchen zu dürfen, zog ein Päckchen Java aus der Tasche – die Zigarettenmarke, die ich am meisten verabscheue. Man könnte meinen, daß die Tabakindustrie meine Landsleute vernichten will: Wie kann man nur solch ein widerliches Gift verkaufen? –, nahm einen Zug, blies den blauen Dunst an die Decke und antwortete: »Na gut, Sie zwingen mich, positiv zu antworten: Ja, wir müssen dem Mann eine gewisse Achtung entgegenbringen, der den Kampf gegen den Faschismus geführt hat.«

»Haben Sie persönliche Gründe dafür, Stalin zu hassen? Antworten Sie nicht, wenn Sie nicht wollen. Ich erzähle Ihnen von mir; ich hätte gute Gründe, ihn in den Himmel zu heben. Mein Vater, der aus einer Familie von Analphabeten stammte, hat die Kaderschule der Partei besucht; 1938 wurde er Sekretär des Regionalkomitees der Partei; 1941 ging er als Kämpfer an die Front und erhielt dafür einen Orden. Nach dem Krieg bekleidete er das Amt eines Staatssekretärs im Landwirtschaftsministerium.

Ich studierte Ökonomie und hatte häufig Auseinandersetzungen mit ihm. Er sagte, daß wir nur dann zu Wohlstand kämen, wenn wir vor allem im Bereich der Landwirtschaft investierten. Ich dagegen behauptete, man müsse den Kolchosbauern zugestehen, ihr eigenes Land zu bestellen, sie großzügig entlohnen und sie nicht mit hohen Abgaben belasten. Wir gingen getrennte Wege, doch mein Vater war ein bemerkenswerter Mann, ein anständiger Mensch, der bis 1953 seinen Posten behielt. Aber ich habe das eigentlich nur nebenbei erwähnt, weil wir im Gespräch darauf gekommen sind.

Und das zweite: Warum mußte Stalin 1937 die ganze proletarische Führungsmannschaft der Partei und die Intellektuellen, die zusammen mit Lenin Anhänger der Revolution gewesen waren, eliminieren? Warum hat er sie durch junge Leute ersetzt, von denen 95 Prozent aus armen bäuerlichen Familien stammten? Nicht durch die Söhne von wohlsituierten Funktionären, sondern durch Söhne von ärmlichen Bauern! Und diese waren es auch, die nach der Absetzung Chruschtschows die Führung im Land übernahmen: ›Frieden und Sicherheit‹, das bedeutete Erstarrung...

Und eine weitere Frage: Hat Stalin absichtlich und wohlüberlegt die Macht im Land der Arbeiter den besitzlosen Bauernsöhnen übertragen, oder war das eher ein Zufall? Wenn dieses politische Manöver aber kalkuliert war, so muß man von einer radikalen Umwälzung sprechen, von dem Austausch einer Denkweise gegen eine andere, die der vorherigen genau entgegengesetzt war.

1937... vielleicht konnte Stalin den Sturm der Denunziation, der Bezichtigungen und der Vergeltung nicht mehr zum Stillstand bringen? Aber kann man die Massenprozesse nach demselben Prinzip bewerten? Ich meine die persönliche Abrechnung Stalins mit den Mitgliedern des Politbüros, die von 1917 an bis 1926 mit ihm und zum Teil auch mit Trotzki, Kamenjew und Sinowjew zusammengearbeitet hatten, oder sogar bis 1930, wie im Fall von Bucharin, Rykow und Tomski. Mit den Prozessen der dreißiger Jahre sollte angeblich bewiesen werden, daß Lenin im Politbüro von deutschen und japanischen Spionen umgeben gewesen sei, und zwar schon seit Beginn der Revolution! Er allein, Stalin, war demnach rein und der Sache treu geblieben...

Etwas Vergleichbares hatte sich schon zur Zeit Iwans des Schrecklichen abgespielt. Er entledigte sich all seiner politischen Gegner, all jener, die ihn noch als schwachen und kränklichen jungen Mann gekannt hatten... Dann folgten die Massenhinrichtungen, die

Opritschnina* spürte mit Vergnügen jeden auf, der aufs Schafott gebracht werden konnte, sie erzwang Beweise, folterte, quälte und demütigte die Menschen... Hat Stalin nicht Eisenstein aufgefordert, einen Film über Iwan den Schrecklichen zu machen?...
Ich frage mich auch, aus welchem Grund Stalin die ganze junge Blüte der Roten Armee vernichtet hat. Er begnügte sich nicht mit dem Oberkommando unter Tuchatschewski, Jakir und Uborewitsch, er bemächtigte sich auch der Divisionskommandanten. Rokossowski verdankte seine Rettung quasi einem Wunder: Stalin sagte in jenen tragischen Tagen zu ihm: ›Sie haben genau den richtigen Augenblick erwischt, um ins Gefängnis zu gehen! Jetzt heißt es, in den Krieg ziehen...‹ Glaubte er wirklich an eine Verschwörung der obersten Militärs? Oder hegte er den Verdacht, daß sie das Andenken Trotzkis, des ersten Vorsitzenden des revolutionären Militärkomitees, bewahren würden? Hätte er deshalb die Grenzen des Landes militärisch ungedeckt lassen sollen? Glaubte er etwa an die ›Aufrichtigkeit‹ seiner Feinde, wo er doch nicht einmal seinen Freunden traute? Was war passiert? Das, Genosse Warrawin, sind meine Fragen. Es sind sehr viele und das zeigt Ihnen, daß ich auf keiner Seite stehe...
Was Stalins Maßnahmen im Bereich der Wirtschaft betrifft, so muß ich Ihnen kategorisch widersprechen. Ich weiß nicht, ob Sie sich daran erinnern, aber im Jahr 1954 besaßen unsere Bauern keinen Paß und konnten noch nicht einmal ihr Dorf verlassen, in dem sie mit hohen Steuerforderungen belastet wurden. War das nicht die Wiederkehr der Leibeigenschaft? Oder was sonst?«
Warrawin zündete sich eine neue Zigarette an – diesmal, ohne vorher zu fragen; er wirkte jetzt ruhig, ich möchte sogar sagen, entspannt. Heute hören die Kämpfer für mehr Demokratie nicht besonders aufmerksam zu, wenn der Gegner seinen Standpunkt vertritt; ehe man sich versieht, haben sie einem schon ein Etikett aufgedrückt. Ehrlich gesagt, ein Jahr reicht nicht aus, um Demokratie zu erlernen, das dauert wenigstens eine Generation...

* polizeil. Sondereinheit unter Iwan dem Schrecklichen, deren Emblem ein Hundekopf war

»Eigentlich teile ich keine Ihrer Ansichten«, bemerkte Warrawin. »Aber Sie haben laut nachgedacht, ohne zu versuchen, sich an einem Vorbild zu orientieren, und ich sehe jetzt klarer... Gestatten Sie mir bitte, zur nächsten Frage überzugehen. In welchen Punkten sind Sie mit der Verurteilung Gorenkovs nicht einverstanden?«

»Ich will Ihnen antworten, aber dazu muß ich ein bißchen weiter ausholen, weil ich so viel auf dem Herzen habe... Sind Sie mit dem Flugzeug oder mit dem Zug hierher gekommen?«

Warrawin zeigte ganz offen sein Erstaunen; das verriet, wie arglos er war.

»Natürlich bin ich geflogen. Wer vergeudet heutzutage noch seine Zeit und fährt mit dem Zug? Zeit zu gewinnen – das ist heute einfach viel zu wichtig...«

»Der Meinung bin ich auch. Doch am Flughafen stoßen Sie auf das gleiche Problem wie am Bahnhof: Es gibt keine Gepäckträger. Das hat Sie sicher nicht weiter beunruhigt, denn Sie haben sich einfach Ihre Tasche geschnappt, und los ging's! Was aber macht eine Frau mit einem kleinen Kind und zwei Koffern? Ich habe einem Bahnhofsvorsteher – nachdem das Gesetz über individuelle Arbeit in Kraft getreten war, versteht sich – den Vorschlag gemacht, sich über das Regionalfernsehen an die Jugend zu wenden: ›Wenn ihr arbeiten wollt, könnt ihr an den Bahnsteig kommen und ohne weitere Formalitäten, außer einer geringfügigen Gebühr für die Lizenz (ein Betrag, der dem Unternehmenskomitee des Bahnhofspersonals eine erhebliche Summe einbrächte), den Fahrgästen eure Dienste anbieten.‹

Ich bekam zur Antwort: ›Die Leute hier nehmen die Dienste eines Gepäckträgers nicht in Anspruch. Wir haben eine Umfrage gemacht.‹ ›Und warum nimmt man sie in Moskau in Anspruch? Man könnte ja versuchen, den Leuten neue Gewohnheiten zu vermitteln, aber im Augenblick ist es unmöglich – mangels Gepäckträger...‹

›Aber ein Gauner könnte sich mit falschen Papieren unter die Gepäckträger mischen und Koffer stehlen!‹

›Dann hätte die Polizei wenigstens wieder etwas zu tun.‹

›Die, ja, die tun ihren Dienst, und wir müßten für den Diebstahl geradestehen und den Schaden aus eigener Tasche bezahlen.‹
›Gut, dann bestellen wir eben Gepäckwagen; die Fahrgäste bezahlen einen Rubel, mieten den Wagen und schieben ihn selbst.‹
›Schon am ersten Tag wären alle Gepäckwagen verschwunden!‹
›Dann nehmt den Paß als Pfand!‹
›Es gibt keine Rohstoffe, Eisenerz ist viel zu teuer...‹
Was sagen Sie dazu? Ein Skandal, nicht wahr?
Aber fahren wir fort... Sie gehen hinaus auf den Bahnhofsplatz. Heutzutage können Sie problemlos ein Taxi finden, denn der Wettbewerb funktioniert. Die Privatleute machen das Geschäft. Inzwischen sind Sie bereits im Stadtzentrum angekommen. Wo werden Sie die Nacht verbringen? Natürlich sind alle Hotels ausgebucht, und im Augenblick vermietet niemand private Zimmer, denn man hat immer noch genausoviel Angst wie vorher. Eine Zeitung aus der Hauptstadt terrorisiert unaufhörlich ihre Leser, indem sie sie bei der Vorstellung, sie könnten sich ›andere Einkünfte, als die aus der Arbeit‹ verschaffen, in Angst und Schrecken versetzt. Ich habe unseren Zeitungsredaktionen vorgeschlagen, zu diesem Thema eine Diskussion zu eröffnen. Ich erhielt zur Antwort, man müsse darüber erst mit Moskau sprechen. Und wer wird sich dort für unser Problem interessieren? Die Prawda? Ogonjok? Natürlich niemand! ›Aber weshalb? Haben wir dazu keine eigene Meinung?‹ habe ich gefragt. ›Das Gesetz über die Zimmervermietung ist nicht so eindeutig.‹ Das haben sie gewagt, mir zu antworten!
Fahren wir also fort... Sie sind mit Ihrer Arbeit um zehn Uhr abends fertig: Wo können Sie einen Bissen essen? Nirgendwo! Alles zu! Man hat nur die Möglichkeit, sich ein paar Saufkumpanen anzuschließen, die unter einem Torbogen eine Flasche Wodka leeren. Wo gibt es abends etwas zu essen für einen Fremden? Es gibt nichts, es hat nie etwas gegeben, und es wird auch nie etwas geben, solange wir immer nur darauf achten, was der Wirt in die Tasche steckt. Unser Unglück besteht ja darin, daß wir das Geld der anderen zählen, anstatt selbst welches zu verdienen...
Gut... Am Tag darauf begeben Sie sich in die Firma, die man

Ihnen genannt hat. Dort erfahren Sie, daß das Angebot eines ungarischen oder österreichischen Unternehmens vorliegt, neue Maschinen zu liefern; die alten stammen aus der Zeit Iwans des Schrecklichen oder sind noch älter. Innerhalb von zwei Jahren soll, so wird versprochen, diese Umstellung goldene Früchte bringen.
›Ja, und?‹ fragen Sie. ›Wann werden Sie anfangen?‹
Man sagt Ihnen, daß keiner etwas Genaueres weiß, denn zuerst müsse der Gosplan, das Finanzministerium, das Standardisierungsbüro, der Außenhandel, das Beschaffungsministerium etc., etc., ihre Zustimmung geben und ihre Genehmigung erteilen.
Sie studieren das Angebot genau, das Ihnen Ihre Partner geschickt haben. Sie halten es für hochinteressant, Sie möchten eine Kopie davon. Man sagt Ihnen, daß die Sekretärin kein Sterbenswörtchen Deutsch spricht, und daß es äußerst schwierig ist, die Erlaubnis zu erhalten, ein Fotokopiergerät benutzen zu dürfen, wie es an jeder Ecke in jeder europäischen Stadt zu finden ist... Sie bitten um eine Telefonverbindung nach Wien, denn Sie möchten ein paar konkrete Einzelheiten des Angebots abklären. Sie erfahren, daß ein Selbstruf nicht möglich sei und man das Gespräch für den nächsten Tag anmelden müsse... Wo ist sie, unsere berühmte Perestroika? Wie viele Millionen Arbeitsstunden gehen auf diese Weise verloren? Haben Sie sich das nie gefragt, Genosse Warrawin?«
»Doch. Aber mir fällt es noch schwerer als Ihnen, für diese Probleme Lösungen zu finden.«
»Das ist der Punkt. Der Kern des Problems ist nämlich das ›Personal‹. Wissen Sie, wer sich gerade in den verdreckten Gefängnissen unserer schönen autonomen Republik befindet? Beschäftigte aus dem Bereich des Handels, Konstrukteure, Kolchosleiter, die es wagten, etwas auf eigene Faust zu unternehmen. Und das kommt dann dabei heraus! Sie werden wie Gauner und Schurken behandelt!
Sie passen den Bürokraten da oben nicht in den Kram, weil sie selbständig denken und Entscheidungen fällen; der Apparat mag das nicht; er ist nur mit Leuten zufrieden, die gefügige Befehlsempfänger sind. Unter solchen Umständen kann man es sich nicht

erlauben, Persönlichkeit zu haben. Seinerzeit machte ich zu diesem Thema eine Eingabe. Man antwortete mir, das sei etwas Altbekanntes, ich solle lieber konkrete Vorschläge unterbreiten. Ich tat es. Ich schlug für unsere Republik die Schaffung einer Tourismusindustrie vor, sowohl auf nationaler als auch auf internationaler Ebene. Man antwortete mir, es fehlten die nötigen Mittel, um das Material für den Bau von Hotels kaufen zu können. Ich erwiderte: ›Gestatten Sie mir, mit ausländischen Firmen Verträge abzuschließen.‹

›Machen Sie uns einen Kostenvoranschlag.‹

Auch das habe ich getan. Nach drei Monaten kam endlich eine Antwort: ›Bitte überarbeiten Sie Ihre Vorschläge.‹

Nun gut, ich habe sie überarbeitet, denn ich halte mich immer an jenen Satz Lenins, der lautet: ›Das Wesentliche ist, sich ins Getümmel zu stürzen, das Übrige kommt von allein.‹ Ich habe nie eine Antwort erhalten.

Wenn die französischen und spanischen Geschäftsleute so viel Zeit damit verbracht hätten, Entwürfe und Pläne zu analysieren und hochzurechnen, dann hätten sie niemals den Touristikboom erlebt, der ihnen heute Milliarden einbringt...

Ich habe vorgeschlagen, in unserer Republik den Gemüsegroßhandel abzuschaffen. Ich begründete dies damit, daß er eine schwerfällig funktionierende und nutzlose Zwischenstation sei. Da nimmt nun entweder die Sowchose die Sache in die Hand, nachdem das Handelsministerium sein Einverständnis erklärt hat, oder das Handelsministerium kümmert sich selbst darum.

›Schicken Sie uns einen Plan und Vorschläge für die Umschulung des Personals, das durch die Abschaffung des Großhandels freigestellt wird‹, bekam ich zur Antwort.

Das tat ich. Und warte bis heute auf eine Antwort.«

»Die Perestroika wird systematisch unterlaufen!« sagte Warrawin.

»Das ist ein Satz von Josef Wissarionowitsch Stalin«, entgegnete ich ihm. »Es ist sehr einfach, alles in Bausch und Bogen zu verurteilen, aber bringt das die Sache voran? Ich kenne unsere Ministerien, unsere Trusts, unsere Leiter; die Leute haben haufenweise vernünftige Vorschläge, aber sie unterbreiten sie nicht. Warum? Was befürchten sie? Wagen sie es nicht, um ein Gespräch mit dem Premierminister zu ersuchen, aus Angst, sie könnten auffallen? Früher gab es ständig Herausforderungen, denen man sich stellen mußte; heute, wo der Augenblick gekommen ist, die Ärmel hochzukrempeln, ist man nicht zur Stelle, man versteckt sich. So zum Beispiel wir, die Tataren, wir haben euch dreihundert Jahre lang unterjocht, dann kamen die germano-russischen Herrscher, die uns und euch gemeinsam unterdrückten, und schließlich kam Stalin und schärfte uns blinden Gehorsam gegenüber den Befehlen von oben ein. Keine Rede davon, die Eigeninitiative zu fördern...

Neulich las ich in der Zeitung folgenden Vorschlag: Die kleinen Organisationen sollten aus den Räumen im Parterre, die sie ja nur blockieren, ausziehen und für Cafés, Tanzflächen und Amateurclubs Platz machen. Das wäre eine zusätzliche Einnahmequelle für die örtlichen Vereinigungen gewesen. Doch die Antwort lautet immer gleich: ›Was machen wir mit den Leuten, die in solch nutzlosen Organisationen beschäftigt sind?‹

Die Initiative, das Recht auf individuelle Arbeit, all das ist gut und schön... Doch warum hat man bis zum heutigen Tag nicht die Genehmigung für die Gründung privater Baukooperativen erteilt? ›Diejenigen, die schwarz arbeiten, beeilen sich, Geld zu verdienen, und der Staat steht ohne Arbeitskräfte da‹, erklärte man uns. Meine Antwort ist einfach: ›Überlaßt den Bautrusts die freie Verfügung über ihre Lohngelder. Ein Arbeiter, der für den Staat tätig ist, wird Berge versetzen, wenn er zusätzlich zu seinem Lohn den seines Kollegen erhält, der lieber in einer Unternehmenskooperative arbeitet... Man darf Einsparungen vornehmen, wo man will, nur nicht bei dem Preis, den gute Arbeit nun einmal hat.‹

Und nun? Also weiter... Ich habe angeregt, den Bau von Krankenhäusern und Kliniken auf kooperativer Basis zu genehmigen. ›Tasten Sie bloß die kostenlose medizinische Versorgung nicht an, das ist eine der Errungenschaften des Sozialismus!‹ hat man mir vorgehalten.

Also, man kann sehr wohl eine Wohnung auf kooperativer Basis bauen, nicht aber ein Krankenhaus! Kostenloses Wohnen ist ebenfalls eine der Errungenschaften des Sozialismus, jedoch wird man um eine Korrektur der Mietpreise nicht herumkommen, auch wenn deshalb die Gehälter angehoben werden müssen oder die Leute gezwungen sein werden, sich zusätzliche Einnahmequellen zu suchen ...«

»Sie reden offen und ehrlich«, bemerkte Warrawin, »ich bin Ihnen dafür dankbar.«

Ich kann nicht leugnen, daß mich diese Worte äußerst angenehm berührten. Deshalb fuhr ich auch fort: »Kommen wir jetzt also zu Gorenkov... Schon als der Gesetzentwurf über das sozialistische Unternehmertum veröffentlicht wurde, hat er eine Versammlung einberufen. Er hat die Leitung des Bereichs Arbeit und Gehälter, die Leute von der Planungsbehörde und von der Materialbeschaffungsstelle gebeten, alle Beschlüsse und Dienstanordnungen zusammenzutragen, nach denen sie sich in ihrer Arbeit zu richten haben. Sie haben Hunderte von Akten zusammengetragen. Er warf einen Blick darauf und sagte: ›Weg damit! Was für eine Schande, heute unter dem Diktat der Verbote von 1946 leben zu müssen!‹

Ein Sturm der Entrüstung brach über ihn herein, und es hagelte Beschwerden! Der Leiter des Bereichs Plansoll unterbreitete sein Entlassungsgesuch. Er wechselte in einen anderen Trust und schickte von dort einen Brief nach dem anderen an alle Dienststellen, um sich über die ›Eigenmächtigkeit‹ Gorenkovs zu beschweren. Er schrieb auch an mich. Daraufhin übernahm ich persönlich die Leitung einer Untersuchungskommission und konnte Gorenkov von dieser Verleumdung reinwaschen. Aber es gibt ja zahlreiche weitere Instanzen...

Dann die Sache mit dem Kulturpalast, dessen Wandgemälde Gorenkov bereits sieben Tage vor dem vereinbarten Termin fertiggestellt hatte. Moskau hatte ihm für die Ausstattung des Kulturpalastes 100 000 Rubel bewilligt. Gorenkov wandte sich an die Regionalstelle der Union Junger Maler und schloß mit ihnen einen Vertrag über 20 000 Rubel ab. Alle waren zufrieden: Die jungen Maler und die Mitarbeiter von Gorenkov, denn mit dem so

eingesparten Geld konnten dreißig Häuschen mit Garten gebaut werden, die als Gratifikation für engagierte Arbeiter vergeben wurden. Die Inspekteure ließen mit ihrer Kritik nicht lange auf sich warten: ›Wo sind die Einsparungen geblieben? Warum denken Sie nicht an die Interessen des Staates?‹
›Der Staat sind wir!‹ antwortete Gorenkov.
Konnte man ihm solche Worte jemals verzeihen?
Mißbrauch der finanziellen Mittel, um damit Gratifikationen zu gewähren, Selbstverwaltung, wirtschaftliche Eigenmächtigkeit...
›Wir können nicht einmal mehr die Löhne zahlen, und er verteilt Einfamilienhäuser!‹, so lautete der Vorwurf gegen ihn.
›Arbeitet wie wir, und ihr könnt eure Löhne bezahlen!‹ – das war alles, was Gorenkov darauf erwiderte.
Nun, er wurde während seines Urlaubs verhaftet. Binnen eines Monats war es gelungen, den Widerstand der Schwächsten unter seinen Mitarbeitern zu brechen; sie sagten gegen ihn aus, während Gorenkov sich weigerte, vor dem Richterstuhl zu erscheinen: ›Seht zu, wie ihr ohne mich zurechtkommt!‹ erklärte er. Er war außer sich, und es ist bei solchen Streitigkeiten immer schlecht, emotional zu reagieren. Man hat ihn sich geschnappt. Übrigens, man wollte eigentlich nicht ihn persönlich treffen, sondern dem Trend, den er repräsentierte, einen Schlag versetzen; und dies beunruhigt mich sehr...«
»Sie sind bereit zu kämpfen, um Gorenkov zu helfen?«
»Gewiß, und zwar auf allen Ebenen. Allerdings hoffe ich, daß Sie sich darüber im klaren sind, wie schwierig das sein wird. Viele Schlüsselpositionen halten Leute besetzt, die den Grundsätzen Leonid Illjitsch Breschnews und Michail Andrejewitsch Suslows treu ergeben waren. Trotz allem bin ich bereit. Ich habe meinen Rücktritt eingereicht, damit man mir nicht vorwerfen kann, ich würde meine Autorität mißbrauchen.«

Kapitel 3

Iwan Warrawin

Seit zehn Minuten saß ich im Besucherzimmer, das ein vergittertes Fenster hatte und dessen Mobiliar aus einem am Boden festgeschraubten Hocker und einem schäbigen Schreibtisch bestand. Ich wußte aus Erfahrung, daß Möbel dieser Art normalerweise knarrten und wackelten und daß man sie nicht gut benutzen konnte. Ich wollte deshalb den Tisch mit den Knien ausbalancieren, damit ich besser schreiben konnte, aber zu meinem großen Erstaunen stellte ich fest, daß das Tischchen sozusagen im Boden verankert war.

Das ist gar nicht weiter verwunderlich, dachte ich, in jedem Gefängnis gibt es Arbeitsgruppen. Und hinter Gittern lassen sich die fehlerhaften Produkte der ortsansässigen Industrie gut reparieren; es ist höchste Zeit, den Vorschlag zu machen, daß die Industrie mit den Leuten hier zusammenarbeitet. Die Gefängnisse könnten auf diese Weise eine Art Zwischenstation zwischen den Taugenichtsen in den Fabriken und den anspruchsvollen Käufern sein. Sie wären dann der Garant für die hundertprozentige Qualität der Erzeugnisse.

Der Wärter führte einen ziemlich kleinen Mann herein, der eine Drillichjacke und an den Spitzen abgerundete Schuhe trug. Seine Füße waren im Vergleich zu seiner Körpergröße auffallend groß; er war etwa vierundvierzig Jahre alt, seine Jeans aus sowjetischer Produktion waren an den Knien ausgebeult; sein geflickter Pullover war handgestrickt, vielleicht noch ein Werk seiner Frau, die sich inzwischen von ihm hatte scheiden lassen. Sie hatte öffentlich erklärt: ›Ich verfluche ihn, niemals werde ich ihm verzeihen, was

er getan hat; ich werde meinen Haß an meine Kinder und Kindeskinder weitergeben!‹
Gorenkov hatte so ein Gesicht, das sich einem sofort einprägt: Er hatte silbergraues Haar wie Frauen, die sich die Haare färben, ein Grübchen am Kinn, eingefallene Wangen und wache, hellgrüne Augen.
»Sie sind Wassili Pantelejewitsch Gorenkov?« fragte ich ihn und schämte mich zugleich meines etwas sachlich-offiziellen Tons, der die Ungleichheit unserer Positionen unterstrich.
»Ja, das bin ich«, antwortete er und versuchte zu lächeln.
»Meine Zeitung hat mich geschickt, wir beschäftigen uns mit Ihrem Fall... Ich habe eine Woche lang in der Stadt bei der Staatsanwaltschaft recherchiert...«
Er unterbrach mich: »Haben Sie nicht vielleicht eine Zigarette für mich? Bitte, geben Sie mir eine.« Ich reichte ihm mein Päckchen Java.
»Vorgestern ist mir klargeworden, daß jemand von draußen sich mit meinem Fall beschäftigt. Ich wurde zum stellvertretenden Staatsanwalt gerufen, der mir den Vorschlag machte, ich solle mich medizinisch untersuchen lassen. Meiner Meinung nach wäre Tuberkulose ein guter Vorwand, um mich zu entlassen... aber, wie Sie vielleicht gut verstehen können, werde ich das Gefängnis niemals heimlich verlassen, außer man entzieht mir die sowjetische Staatsbürgerschaft und zwingt mich, mein Land zu verlassen...«
»Welche Arbeit machen Sie hier?«
»Ich hacke Holz.«
»Sie waren Wirtschaftsingenieur...!«
»Ich war ein Dummkopf. Wissen Sie, was das ist, ein Dummkopf? Sie glauben vielleicht, das ist ein Trottel oder ein Einfaltspinsel? Da liegen Sie ganz falsch! Ein Dummkopf ist jemand, der an die Wahrheit glaubt, der den Worten der Politiker vertraut, das ist ein Dummkopf. Wenn es keine solchen Dummköpfe mehr gibt, dann sind wir erledigt. Total erledigt. Solange es dagegen noch Dummköpfe in diesem Land gibt, kann man hoffen, daß wir durchhalten.«

Meine Mutter erzählte mir oft von meinem Vater. Er wurde 1949 verhaftet. 1941 war er verwundet und gefangengenommen worden. Im Konzentrationslager schloß er sich dem Widerstand an und erhielt den Auftrag, in die Russische Befreiungsarmee einzutreten, deren Oberbefehl Wlassow hatte. Mein Vater arbeitete an ihren Zeitungen mit, er erlebte den Rückzug von Wlassows Führungsstab nach Prag, er war bei dessen Verhaftung in Prag dabei und erhielt den Orden der Roten Fahne. 1949 wurde er mit dem Vorwurf des Verrats ins Gefängnis gesteckt... 1954 wurde er rehabilitiert. Ich bin ein Jahr danach zur Welt gekommen. Als er an einem Herzanfall starb, war ich zwei Jahre alt. Er wurde mit militärischen Ehren bestattet, es wurden Reden gehalten und unzählige Kränze niedergelegt.

In der Schule wurde ich Funktionär des Komsomol, dann Sekretär, und oft mußte ich bei Versammlungen und Konferenzen Reden halten. Anfangs hatte ich keinerlei Erfahrung; es bereitete mir Kopfzerbrechen, und ich verbrachte viel Zeit damit, meine Redebeiträge vorzubereiten, aber dann bekam ich Übung; ich schrieb mir ein paar Floskeln auf, die überall paßten, und mußte schließlich nicht einmal mehr auf meinen Notizzettel sehen. So hatte ich sehr viel Erfolg, und das Komitee des Komsomol setzte sich dafür ein, daß ich die Journalistenschule besuchen durfte. Im Frühjahr 1968 machte ich mein Abschlußdiplom. Mama schlug vor, ein Treffen mit Nadeschda Petrowna zu organisieren, die als Beamtin in der gleichen Bibliothek beschäftigt war wie meine Mutter.

Nadeschda Petrowna war eine verdiente Kämpferin des letzten Kriegs. Sie hatte eine Doktorarbeit in Philosophie geschrieben, und ihr Vater hatte am Sturm auf das Winterpalais teilgenommen; mit einem Wort: Sie besaß einen unbezahlbaren Schatz an Informationen und war die ideale Person für ein großes Interview. Nadeschda Petrowna kam zu uns, denn sie mußte ein einziges Zimmer mit ihrer gelähmten Mutter teilen, die durch ihre Krankheit ein äußerst schwieriger Mensch geworden war.

Wir machten uns an die Arbeit, und die ganze Sache nahm viel Zeit in Anspruch. Dann begleitete ich sie nach Hause, und als ich zurückkam, sagte meine Mutter: »Wanja, willst du nicht lieber den Beruf wechseln? Du hast ja überhaupt nicht die Fähigkeit, den Leuten zuzuhören.«

»Was willst du damit sagen?« Ich hatte das Gefühl, daß eine Welt für mich zusammenbrach. »Ich habe Nadeschda Petrowna Fragen gestellt, sie hat darauf geantwortet, und ich habe auf diese Weise außergewöhnlich interessantes Material sammeln können.«

»In deinen Augen kommt keine Anteilnahme zum Ausdruck. Nadeschda Petrowna hat sich gelangweilt. Du hast immer nur Fragen gestellt, und sie hat lediglich darauf geantwortet. Es ist dir nicht gelungen, dich in sie hineinzuversetzen. Dein Vater hielt jeden Menschen für ein außergewöhnliches Wesen, er bewunderte seinen Gesprächspartner, er unterhielt sich mit ihm, er entdeckte in ihm Schätze, die der andere selbst nicht in sich vermutet hätte. Dein Vater war ein richtiger Journalist, denn er war der Überzeugung, daß jeder, dem er auf seinem Weg begegnete, ein Geheimnis in sich trug, das er der Welt enthüllen mußte. Einfach nur zuhören, das besagt noch gar nichts, Wanja...

Zuhören um des Zuhörens und reden um des Redens willen, das ist verlorene Zeit. Du kannst nur dann ein guter Journalist sein, wenn das, was deine Gesprächspartner äußern, dich auch berührt, sonst... ein Reporter muß sich entzünden lassen, Feuer und Flamme sein, verstehst du?«

In der Folgezeit übte ich mit imaginären Gesprächspartnern vor dem Spiegel; ich legte den Ausdruck von Güte in meine Augen, ich lernte, ein Lächeln aufzusetzen, studierte Gebärden des Mitleids und des Bedauerns, des lebhaften Interesses ein. Anfangs half mir das, aber alles wurde über den Haufen geworfen, als ich in der Komsomol-Zeitung einen Artikel über Hooligans, die im Hinterhof einer Mietskaserne randaliert hatten, und deren Anführer Senka Schtscharikow veröffentlichte. Man beglückwünschte mich: »Was für ein gelungener Bericht! Besser könnte es gar nicht sein!« Abends kam Senkas Mutter in die Zeitungsredaktion und klagte: »Was mache ich jetzt bloß, wo Senka im Gefängnis sitzt? Ich habe zwei kleine Kinder und arbeite in der Nacht am Bahnhof, denn dann bekomme ich zwölf Rubel als Nachtzuschlag. Bei wem kann ich jetzt die Kinder lassen? Wenn sie aufwachen, weinen sie,

sie haben Durst, man muß sie aufs Töpfchen setzen. Genia ist noch nicht sauber, sie muß gewaschen werden... Das hat sonst alles Senka gemacht... Schicken Sie mir wenigstens freiwillige Helfer, damit sie ihn mir ersetzen.«

Ich verbrachte zwei Nächte bei Schtscharikowas Kindern, dann ging ich zum Polizeikommissariat und setzte mich für die Freilassung Senkas ein. Der Kommissar würdigte mich keines Blickes. Er war ein gewissenhafter Mann, und da er bald in den Ruhestand ging, hatte er nicht mehr viel zu verlieren. Er sprach mit schnarrender Stimme und in einem streng offiziellen Ton: »Nicht Senka sollte ins Gefängnis gesteckt werden, sondern ihr Schwätzer vom Komsomol. Was sollen denn die jungen Leute in einem Hinterhof anderes machen? Gibt es vielleicht einen Sportplatz? Nein! Sind die Kellerräume leer? Ja, sie sind leer! Dann könnte man doch dort einen Tanzraum einrichten? Das geht natürlich nicht. Das wäre gegen die Vorschriften. In den Bibliotheken kann man sich keine interessanten Bücher ausleihen, und wenn, dann muß man lange vorbestellen und warten...

Und da kommt dann einer von euch jungen Lackaffen in Anzug und Krawatte daher und will unseren jungen Burschen einen Entwurf zum Versorgungsplan oder zur Kinderarbeit in der kapitalistischen Welt vorlegen... Senka und seine Kumpel langweilen sich zu Tode. In ihrem Alter müssen sie sich bewegen, ihre Energie ausleben. Und ihr? Nichts als ›Blablabla... und vorwärts zu neuen Erfolgen!‹ Dabei hat seine Mutter am Monatsende nur lächerliche neunzig Rubel in der Hand... mit denen muß sie eine vierköpfige Familie ernähren...«

Am folgenden Vormittag begab ich mich zum Wohnungsamt. Die Direktorin konnte mir nur seufzend sagen: »Wo soll ich bloß das Geld für einen Sportplatz hernehmen? Wir leben in einem Land, in dem es nur Verbote gibt... Alle Ausgaben sind im Budget schon genau festgelegt: tausend Rubel für die Instandhaltung, dreitausend für Reinigungsarbeiten. Aber in der Praxis... Auch wenn Reinigungsarbeiten nicht nötig sind, weil die Mieter ihr Haus gut in Schuß halten und aufpassen, daß die Mauern nicht beschmiert werden, habe ich nicht die Möglichkeit, das Geld auf einen anderen Ausgabeposten umzulegen. Und ich selbst werde auch keinen Finger krumm machen, denn ich habe nicht die geringste Lust, hinter Gittern zu landen. Bei uns ist es seit Menschengedenken üblich, nur das zu tun, was die Behörden erlauben, und selbst keine Initiative zu ergreifen... Wir waren Leibeigene, und wir werden Leibeigene bleiben! Ich habe den Mut, so offen zu sprechen, weil ich nur eine kleine Invalidenrente bekomme, von der ich mir gerade Brot und Milch leisten kann...«

Ich erinnerte mich auch daran, was Mama mir darüber erzählt hatte, wie mein Vater sich seine Mitmenschen vorstellte; das war für ihn sicherlich eine Art Selbstschutz. Denn mit der Vorstellung, daß in jedem Menschen ein guter Kern verborgen sei, erschien ihm das Leben weniger hoffnungslos. Eigentlich ist ja jeder Mensch seines Glückes Schmied, aber die einen stehlen, um sich teure Möbel kaufen zu können, und die anderen stellen sich eben eine Welt voll ehrlicher Mitmenschen vor, um anständig zu bleiben, solange sie auf dieser Erde leben. Sie alle erwartet letztendlich das gleiche, doch die Wege, auf denen sie es erreichen, sind verschieden.

»Wassili Pantelejewitsch«, sagte ich zu Gorenkov, »eine Expertenkommission untersucht Ihre Akten. Soweit ich verstanden habe, haben Sie sich nichts vorzuwerfen.«

»Das stimmt. Aber ich begnüge mich nicht mit einer Begnadigung, mit einer Befreiung aus Krankheitsgründen oder mit einer Änderung der rechtlichen Bestimmungen... Ich will meine Rehabilitation.«

»Sie haben in Ihren Aussagen keine Namen erwähnt... Wollen Sie diejenigen benennen, die Sie verurteilt haben?«

»Ich kann sie nicht anklagen, diese Leute haben keine Macht, ihre Situation ist furchtbar. Sie sehen sich im Fernsehen nur ›Wremja‹ an [populäre Nachrichtensendung im sowjetischen Fernsehen] und lesen die Prawda. Alle sind aufgerufen, an der Perestroika mitzuarbeiten, Initiative zu ergreifen, etwas zu wagen; aber die, die mich verurteilt haben, leben noch unter einem Regime, das per

Gesetz Initiative und Wagnis bestraft. Arme, arme Richter! Ich bedauere sie... Ich klage unseren Staatssekretär Tschurin an. Er hat meine Vorschläge angenommen; er hat die Erlaubnis gegeben, das Experiment durchzuführen, und zwar noch vor dem Inkrafttreten eines entsprechenden Dekrets. Ich habe mich auf seine Zusage verlassen, ich habe keine schriftliche Erlaubnis verlangt. Als dann die Inspekteure über mich herfielen, weil ich zu große Gewinne gemacht und die Aufträge zu schnell erfüllt hatte, und als sie entdeckten, daß ich die Gelder, die für den Posten »Telefonate« bestimmt waren, als »Prämien« verteilt hatte, und die für den Posten »Wandverkleidung« in den »sozialen Sektor« umgeleitet hatte – da nahm Tschurin, der für die Resolutionen des XXVII. Parteitags gekämpft hatte, sein Wort zurück und behauptete, ich sagte die Unwahrheit und er hätte mir niemals grünes Licht gegeben.«

»Darf ich Ihnen ein paar Fragen stellen?«

»Bitte. Aber bremsen Sie mich, wenn ich mich zu sehr ereifere. Wissen Sie, der Zorn ist teuflisch, er macht einen blind, und man verliert den Kopf.«

»Erläutern Sie mir, wie Sie es geschafft haben, in nur einem Jahr Ihren Trust so gut zu organisieren?«

»Sehen Sie in meinen Gerichtsakten nach, da steht alles.«

»Ihre Aussagen verraten Ihre Nervosität, Wassili Pantelejewitsch«, antwortete ich. »Haben Sie sie im Gefängnis geschrieben?«

»Kann ich noch eine Zigarette haben?«

»Bitte, nehmen Sie das Päckchen.«

»Danke. Ja, also, ich habe mich mit den Arbeitern des Bautrupps getroffen, der die geringste Leistung erbrachte. Sie hatten keinen Direktor, aber ihr Chefingenieur war ein bewährter Mann..., und er verdiente nur hundertfünfzig Rubel im Monat... Aber die Saufkumpane, mit denen er zusammenarbeiten mußte, rührten für weniger als dreihundert Rubel monatlich nicht einmal den kleinen Finger. Sie setzten sich einfach auf die Steinhaufen, schlugen die Zeitung auf und lasen den Leitartikel. Na gut... Ich berief eine Versammlung ein und sagte den Leuten: ›Um das

siebzehnte Haus zu bauen, brauchen wir siebenhunderttausend Rubel ... Laut Plan müssen wir Ende des Jahres mit dem Bau fertig sein.‹ (Ich fügte hinzu, daß jeder Tag zweitausend Rubel koste.)
›Wenn ihr ein Haus, das höchsten Qualitätsansprüchen genügt, einen Tag vor dem festgesetzten Termin fertig habt, dann gehören die zweitausend Rubel euch, und ihr müßt diese Prämie nur noch unter euch aufteilen. Wenn ihr zehn Tage früher fertig seid, dann könnt ihr euch zwanzigtausend Rubel teilen.‹
Zuerst haben sie nur gelacht und gefragt: ›Dann bekäme also jeder von uns eine Prämie von tausend Rubel?‹
›Wenn ihr so schnell seid, daß ihr einen Monat einspart, bekommt jeder von euch tausendfünfhundert Rubel ...‹
Wir haben den ganzen Tag lang diskutiert, die Leute glaubten mir nicht: Schnell ist das Vertrauen dahin; es ist nicht so, daß es in unserem Land keines gäbe, aber es wiederzugewinnen, ist eine ganz andere Sache. Dennoch sind wir schließlich zu einer Übereinkunft gelangt: Ich unterzeichnete im Namen des Bautrusts, und drei andere unterzeichneten für die Baudirektion. Das Haus wurde von einer Prüfungskommission und von den sozialen Organisationen abgenommen. Dann kam das Fernsehen, in den Zeitungen standen Artikel. Das zweite Haus wurde von dem zwölften Bautrupp meines Trusts errichtet – nach genau dem gleichen Prinzip: alle finanziellen Einsparungen, die auf Zeitgewinn zurückzuführen sind, gehören den Bauarbeitern. Schließlich haben wir eine entsprechende Vereinbarung mit allen Bautrupps unterzeichnet; und dann, wie nicht anders zu erwarten war, klopfte eines Morgens jemand an meine Tür und verkündete mir, ich hätte rücksichtslos Staatseigentum verschwendet. ›Wenn Sie die Vorwürfe freiwillig als gerechtfertigt anerkennen‹, sagte er, ›dann können Sie noch einmal straffrei davonkommen. Geben Sie zu, daß das leitende Personal des Bautrupps Ihnen Schmiergelder für die Prämien gezahlt hat, die es erhielt.‹
Ich fing an, zu meiner Verteidigung Lenin zu zitieren, ich sprach vom Gewinnanteil; das ist, wenn Sie sich erinnern, der Prozentanteil des Gewinns, und er wird in Gold berechnet. Ich sagte auch, daß wir die Betriebsführung von den Kapitalisten noch lernen

müßten, und ich trug Sätze aus den Resolutionen des XXVII. Parteitags vor. Man hielt mir ein Gesetz aus dem Jahr 1939 unter die Nase und fragte mich: ›Wer hat es außer Kraft gesetzt und warum?‹
Zuerst versuchte ich zu widersprechen: ›Lesen Sie die Zeitungen, sehen Sie fern, jeden Tag wird darüber gesprochen!‹
›Wir sind dazu da, um über die Einhaltung des Gesetzes zu wachen, und Sie, Sie haben es übertreten. Zeitungen und Fernsehen, das ist alles nur Gewäsch. Heute sagen sie das und morgen etwas anderes. Wir haben in den letzten dreißig Jahren schon alle möglichen Varianten erlebt. Sie sollten sich weder nach den Zeitungsredaktionen noch nach dem Fernsehen richten, sondern nach einem Gesetz, das noch immer gültig ist!«
»Ruhen Sie sich ein bißchen aus«, riet ich Gorenkov, denn ich hatte bemerkt, daß er kreidebleich geworden war. »Eine kleine Pause wird Ihnen guttun!«
Er aber lachte höhnisch: »Die hab ich schon hinter mir. Achtzehn Monate Haft, das reicht, um alle Illusionen zu verlieren. Wenn man wirklich Umstrukturierung, Initiative und einen Schritt nach vorn gewollt hätte, dann hätte man schon längst ein Gesetz erlassen müssen, das all die Verbote aufhebt, für die unser gutes Mütterchen Rußland so berühmt ist – dieses Land, in dem der einzelne nur ein Rädchen im Getriebe ist und lediglich das Recht hat, das zu tun, was der Vorgesetzte ihm befiehlt. Die Initiative ist etwas Gefährliches, man kann sie nicht voll und ganz unter Kontrolle halten. Sie erzeugt bei den Menschen ein Gefühl für die eigene Würde, und dann sind sie nicht mehr zu halten. Vor allem, wenn man selbst ein Rindvieh ist und dazu erzogen wurde, einen Stuhl für einen Sessel zu halten.
Die Verdienste zählen wenig in diesem Fall, denn diejenigen, die die Kader ernennen, wählen sie nicht aufgrund ihrer Kompetenzen, sondern aufgrund der Vorteile, die sie ihnen verschaffen können. Gott ist mein Zeuge, es ist das reinste Marionettentheater. Die Leute sind passiv und akzeptieren die Posten, die ihnen von irgendwelchen kleinen Chefs gewährt werden. Diese wiederum haben auf diese Weise ein Heer von unterwürfigen, dummen

Erfüllungsgehilfen zur Verfügung, das nicht den Mund aufmacht.«

»Warum mußte der Staatssekretär Tschurin nicht vor Gericht aussagen?« fragte ich. »Und weshalb hat der Untersuchungsrichter ihn nicht vorgeladen?«

Gorenkov zuckte mit den Achseln.

»Er wollte wohl jede Gegenüberstellung mit mir vermeiden. Er behauptet, er habe sich nicht mit mir getroffen. Das ist der Punkt.«

»Und wie haben Sie einen Termin bei ihm bekommen? Haben Sie ihn von Sagrjajsk aus angerufen, oder sind Sie selbst nach Moskau gefahren?«

»Ich bekam ein Telegramm, in dem man mich bat, nach Moskau zu kommen.«

»Und wer hatte das Telegramm unterschrieben?«

»Wie soll ich das wissen?« Gorenkov nahm noch eine Zigarette, ohne mich aus den Augen zu lassen. »Karimow, der Vorsitzende des Ministerrats, rief mich zu sich und sagte mir, er habe ein Telegramm aus Moskau und ich solle in meiner Funktion als Direktor des Trusts zu einer Unterredung nach Moskau reisen.«

»Zu einer Unterredung mit wem?«

»Mit dem Staatssekretär.«

»Mit welchem?«

»Das habe ich nicht gefragt. Aber da wußte ich auch noch nicht, daß ich ein Jahr später im Gefängnis sitzen würde! Wäre ich doch bloß nach Sotschi gefahren, um mich zu erholen . . . Sie stellen mir eine Frage, und ich fühle mich schuldig, weil ich die Gesetze nicht gut genug kenne! Ein Amerikaner verläßt nicht einmal sein Haus ohne Anwalt, aber wir erinnern uns erst daran, daß es Gesetze gibt, wenn wir schon eingesperrt sind! Warum?«

»Also war jenes Telegramm, mit dem Sie nach Moskau bestellt wurden, nicht an den Trust adressiert?«

»Mein Aufgabenbereich ist der Nomenklatura des Ministerrats unterstellt, und dorthin wurde das Telegramm geschickt.«

»Wer hat Ihre Ernennung unterzeichnet?«

»Tschurin.«

»Kann man denn jemanden auf einen Posten berufen, den man nicht kennt?«
»Zweifellos, da er ja der Anweisung gefolgt ist. Er sagte, er habe einen Bericht des ›Apparats‹ über mich erhalten und gebe sich damit zufrieden, denn, so erklärte er: ›Ich vertraue meinen Mitarbeitern, wir bilden zusammen ein fähiges und leistungsstarkes Kollektiv und arbeiten in vollem Einverständnis miteinander.‹«
»Und welcher von seinen ›fähigen‹ Mitarbeitern hat diese Unterredung mit Ihnen geführt?«
»Sein Assistent Tschuprinski und der Leiter der Kaderdirektion, Chripow.«
»Weshalb haben Sie die beiden nicht zur Gerichtsverhandlung vorladen lassen?«
»Wozu? Sie hatten mir nicht die Genehmigung erteilt, dieses Experiment durchzuführen. Ich habe nicht einmal darum gebeten, sie vorzuladen... Ein Kader ist nur ein Kader, er begnügt sich damit, auszuführen, was man ihm sagt.«
»Sie kennen doch Rustjom Islamowitsch Karimow?«
Gorenkovs Gesicht verfinsterte sich.
»Man wollte wissen, wieviel ich ihm zugeschoben habe. Der Untersuchungsrichter hat versprochen, mein Strafmaß um drei Jahre zu verringern, wenn ich eine Aussage in diesem Sinne mache...«
»Ich will Ihnen die Wahrheit sagen, Wassili Pantelejewitsch, ich lüge nicht gern, das ist mir zu anstrengend. Karimow ist mir sehr sympathisch...«
»Und Sie ändern Ihre Meinung auch dann nicht, wenn er ins Gefängnis kommt? Ich glaube, daß es nicht mehr lange dauern wird. Jedem das seine...«
»Und weshalb sollte er ins Gefängnis wandern?«
»Weil die Idealisten bestraft werden müssen. Das Leben ist ohne sie viel ruhiger...«

Kapitel 4

Protokoll

An Oberst Kostenko – Ministerium für Inneres der UdSSR, Kriminalpolizei:

Hiermit teile ich Ihnen mit, daß im Verlauf einer Gegenüberstellung mit Tschurbanow (dem ehemaligen stellvertretenden Innenminister) der frühere Sekretär des Regionalkomitees von Buchara, Rachmatow, folgende Aussage zu Protokoll gegeben hat: Ein Mann namens Zaver, ein Juwelier im Ruhestand, hat ihm ein Sammlerstück verkauft, das durchaus in einem Museum ausgestellt werden könnte. Es handelt sich dabei um einen Edelstein, genauer gesagt um einen Rauchtopas, der Anfang des Jahrhunderts von einem Juwelier aus dem Ural in einen Ring gefaßt wurde. Der Name des Juweliers ist nicht bekannt.
Wir kennen den Namen des Mannes nicht, der Rachmatow mit Zaver bekannt gemacht hat. Aber wir können Ihnen folgende Personenbeschreibung geben:

Alter: etwa fünfzig Jahre, korpulent; sein Gesicht erinnert an das eines geistlichen Würdenträgers, d. h. Schnurrbart und Kinnbart, graues, in der Mitte gescheiteltes Haar.
Größe etwa ein Meter fünfundsiebzig.
Besondere Kennzeichen: keine. Er spricht schnell, ein wenig abgehackt, in gewisser Weise pathetisch.

Ein erstes Treffen fand während der »Design«-Ausstellung statt. Ich bitte Sie, den Mann namens Zaver, sowie den Mann, der ihn mit Rachmatow zusammengebracht hat, gegebenenfalls so schnell als möglich ausfindig zu machen.

Anbei finden Sie das Phantombild von Zaver, das wir nach den Angaben Rachmatows angefertigt haben.
Ich möchte darauf hinweisen, daß der Austausch von Ware und Geld in der Nähe der Fahrkartenschalter im Bahnhof von Kiew stattfand.

Oberstleutnant Wakidow

Kapitel 5

Valeri Wassiljewitsch Schtyk, Maler

Ich interessiere mich vor allem für unbekannte Flugobjekte. Die Menschen, die nicht einmal die mögliche Existenz außerirdischen Lebens anerkennen, sind in gewisser Weise Chauvinisten, denn sie behaupten: Im gesamten Universum gibt es nur eine einzige Erde, und das ist die unsere; auf dieser Erde sind wir die überlegenen Lebewesen.

Als ich der Auswahlkommission zum erstenmal die Bilder vorlegte, die ich den Außerirdischen gewidmet hatte, winkte Saweli Emmanuilowitsch mit einer unwilligen Geste ab: »Sie haben so vielversprechend angefangen, Schtyk... guter Realismus und eine handfeste Komposition, was sollen diese Hirngespinste jetzt?«

Ich habe mich langsam daran gewöhnt, daß meine Malerei auf Mißfallen stößt und meine Bilder von den Ausstellungen abgelehnt werden. Aber was brauche ich schon? Man hat mir ein Atelier zugebilligt, das, obwohl es im Erdgeschoß liegt, recht hell ist. Zwei Verlage haben mir Aufträge für Buchillustrationen gegeben, das ist doch schon etwas...

Ich habe allerdings Schwierigkeiten, mir Farben zu beschaffen. Sie sind doppelt so teuer wie früher. Um ein großes Bild malen zu können, habe ich monatelang sparen müssen. Im Sommer ist das kein Problem, in den Geschäften gibt es Gurken. Man braucht sie nur in Scheiben zu schneiden und einen Joghurt darüber zu geben, und schon hat man den ganzen Tag über genug zu essen. Im Winter allerdings werde ich regelrecht gefräßig, die Kälte hat eine ganz eigenartige Wirkung auf mich. Ich habe größte Lust, mich ins Bett zu legen und dick einzumummeln. Außerdem könnte ich dreimal täglich eine ganze Pfanne in Öl gebratener Kartoffeln mit Zwiebeln verdrücken.

Man hat mich mit Lob überhäuft, vor allem als ich damals die Schwerarbeiter aus meinem Dorf gemalt habe. Vor fünf Jahren hat *Die sowjetische Kultur* einen Artikel über mich veröffentlicht, und die Zeitschrift *Der Maler* hat sogar mehrere gebracht. Die Kommission für Ankauf erwarb jedes Jahr zwei oder drei meiner Bilder, ich lebte wie ein Krösus.

In einer grauen, regnerischen Nacht hatte ich dann plötzlich das Gefühl zu schweben. Ich habe Angst vor dem Fliegen, und ich steige nie in ein Flugzeug. Der Zug ist doch bei weitem das beste Fortbewegungsmittel, und wenn ich könnte, würde ich in einer Pferdekutsche reisen, aber dafür würde man mich sicherlich ins Gefängnis stecken. Bei uns müssen alle, die sich von den anderen unterscheiden, bestraft werden. Darum gibt es auch nirgendwo auf der Welt ein anderes Volk, in dem sich jeder so sehr anstrengt, sich ja nicht von den anderen zu unterscheiden. In einem Film habe ich mal ein brennendes Flugzeug gesehen. Mir ist der kalte Schweiß ausgebrochen, als ich beobachtete, wie es schwerfällig vom Boden abhob. »Es wird abstürzen«, habe ich gedacht. Mein Gott, habe ich Angst gehabt! Angst! Ich habe mir den Film mehrmals angesehen, denn der Moment des Abhebens wird ganz genau gezeigt. Ich habe diesen Augenblick bewundert, wie man ein Kunstwerk bewundert. Das müßte man in den Kunstakademien zeigen! Es wäre unglaublich schön, so etwas zu malen! Wer interessiert sich heutzutage schon noch für diese schweren Samtbehänge, diese Äpfel und Krüge, die man uns in den Schulen malen läßt? Als es verboten war, solche Art Stilleben zu malen, hatte es ja noch einen gewissen Reiz, aber wer will heute noch das bewundern, was einem aufgezwungen wird?

In jener Nacht habe ich an die Außerirdischen gedacht: Wie uns diese unglückseligen Insekten wohl sehen, wenn sie aus ihren fliegenden Untertassen steigen? Sie sind wie Grashüpfer, diese durchsichtigen außerirdischen Wesen. Sie bewegen sich sicherlich mit großen Sprüngen vorwärts, und ganz hoch oben eröffnet sich ihnen ein unglaubliches Panorama; dort können sie sogar den

Wind sehen. Der ist am schwersten in der Malerei darzustellen. Nur im August, in den Bergen, in Koktebel, ganz in der Nähe von Woloschins Grab kann man den Wind begreifen.
In diesem Augenblick habe ich bis ins kleinste Detail das Bild vor mir gesehen, das ich malen würde: Ein auf der Erde sitzender Marsmensch, die langen Arme um die mageren Beine geschlungen, der die Landschaft betrachtet. Er scheint sie mit einer Traurigkeit zu entdecken, die nicht in Worte zu fassen ist. Worte drücken im übrigen nicht viel aus, man kann diese Schlingel schließlich sagen lassen, was man will; bei einem Bild ist das schon schwieriger und in der Musik völlig unmöglich. Für mich ist Bach rätselhafter als ein Transistorradio, obwohl wahrscheinlich nur der Teufel weiß, was in diesen kleinen Kästen vorgeht! Winzige Nietbolzen, ein paar Pappstücke und einige Drähte, und wenn man das Ganze in die Steckdose steckt, kann man in unserem Dorf Amerika hören, ohne sich um den Nachbarn Igor Romanowitsch zu kümmern. Der liefert nämlich täglich seinen Bericht bei den zuständigen Stellen ab und glaubt tatsächlich, ein guter Sowjetbürger müsse das Radio seines Landes hören. Wenn er einen ausländischen Sender hört, begeht er ein Verbrechen. Ich habe auch den Hintergrund meines Bildes gesehen. Es war die geheimnisvolle Kulisse der Schöpfung: unser winziger Planet, verloren in einer interplanetarischen Weite, und unten die Ebene von Kanaan, von den Bergen von Koktebel umschlossen. Der Wind tobt, und rundherum riecht es nach Heu. Nicht nur die Außerirdischen fühlen sich fremd auf der Erde, sondern auch die Menschen, darum ist das Leben auch so traurig. Die Melancholie zerfrißt uns langsam, die Seele sehnt sich nach dem Unbekannten, doch wo soll man es finden? Der Mensch weiß über alles, was ihn betrifft, Bescheid.
Ich habe Skizzen gemacht (obwohl ich das eigentlich nicht gern tue, denn das ist wie in der Schule; ein Bild dagegen muß man spüren, wie eine Mutter das Kind spürt, das sie in ihrem Leib trägt), und ich bin zur Union der Maler gegangen. Ich habe darum gebeten, mich auf die Krim zu schicken. Man hat mir eine Reise nach Zentralasien angeboten, um dort eine Porträtserie der Baum-

wollbauern zu malen; das wäre gut bezahlt worden. Der Herbst näherte sich, das Obst würde wieder billiger werden. Ich habe mich also an verschiedene Verlage gewandt, wo man mir wohlwollend zuhörte, ehe man mir die Tür vor der Nase zuschlug.
Einen Augenblick lang habe ich daran gedacht, mich der abstrakten Malerei zuzuwenden. Die ausländischen Diplomaten hätten dann mit den bunten Kugeln auf meinen Bildern spielen können, aber ich kann solche Sachen nicht malen. Ich stehe mit beiden Beinen auf der Erde und glaube nur das, was ich sehe und fühle. Also habe ich für den Klub nebenan einige Kohlezeichnungen gemacht. Dafür habe ich dreihundert Rubel bekommen. Ich habe mir davon eine Fahrkarte nach Feodosija gekauft und bin nach Koktebel aufgebrochen.

Bei meiner Rückkehr bekam ich Besuch von Viktor Nikititsch Russanow: »Ah! Mein Bester, Sie sind ein ehrlicher Mensch! Sehen Sie sich doch nur um! Ihre Kollegen Grischa und Benjamin haben die richtige Masche gefunden. Sie kassieren jede Menge Geld und malen doch das, was sie wollen. Und Sie? Sie kommen nicht so gut klar wie die beiden, und das ist doch sehr schade...«
Ich bin kein Freund von Gesprächen; ich höre zu, was man mir sagt und behalte nur das, was mich interessiert. Der Rest geht zum einen Ohr rein und zum anderen wieder raus. Worte stören mich nicht. Sie sind nicht wie die Musik, denn eigentlich kann mich nur Musik begeistern. Einige Kollegen hören beim Malen Musik, das kann ich nicht. Das wäre so, als würde ich ein Sakrileg begehen. Doch ich war neugierig genug, um Viktor Nikititsch zu fragen, was er denn mache, und er hat mir gesagt, er restauriere Bilder. »Wirklich«, fügte er hinzu, »erinnern Sie sich denn nicht mehr? Wir sind uns doch vor zehn Jahren bei Tzelkow begegnet.« Ich erinnere mich wirklich an alle Leute, die ich bei Tzelkow kennengelernt habe. Das Gedächtnis ist eine Qual für einen Maler, er behält alles im Kopf, doch da war kein Viktor Nikititsch. Aber was soll's, wenn es ihm Spaß macht, daß wir uns kennen, mir soll es egal sein.
Dann hat Nikititsch mir folgenden Vorschlag gemacht: »Ich habe

da so meine kleinen Tricks. Ich weiß, woher ich Aufträge für die Ausschmückung neuer Bauten bekommen kann. Wenn Sie wollen, kann ich Ihnen einen Vertrag über mindestens fünfzigtausend Rubel beschaffen. Natürlich würden Sie nur ein Fünftel davon bekommen, den Rest muß ich wohlüberlegt verteilen. Aber immerhin, zehntausend Rubel findet man auch nicht so mir nichts dir nichts. Damit hätten Sie die Möglichkeit, das zu malen, was Ihnen am Herzen liegt.«

Ich hatte schon von solchen Geschäften gehört. Das hörte sich ziemlich verlockend an, aber ich habe ihn trotzdem gefragt: »Warum sind Sie mit diesem Vorschlag ausgerechnet zu mir gekommen?«

Russanow hat seinen Schnurrbart glattgestrichen und mit Überzeugung, ja fast sogar ein wenig feierlich geantwortet: »Valeri Wassiljewitsch, Sie sind in Kriajewska geboren und ich in Widny. Ich hoffe, Sie haben das nicht vergessen.«

Wie sollte ich das vergessen? Natürlich erinnerte ich mich an den Ort. Ich habe viel in Widny gearbeitet, manchmal habe ich sogar die Nacht dort verbracht, aber ich glaube nicht, daß es im Dorf eine Familie Russanow gab. Vielleicht lebte seine Mutter dort. Aber was ging mich das an?

»Und der Vertrag wäre völlig legal?« fragte ich ihn.

Er zog drei abgestempelte Formulare aus der Tasche, mit etwa zehn kleinen Kritzeleien versehen, die wohl Unterschriften darstellen sollten: »Wenn Sie einverstanden sind, geben Sie mir eine Vollmacht, die wir von einem Notar beglaubigen lassen. Mit diesem Papier kann ich mich dann um Ihre Geschäfte kümmern. Das wichtigste für Sie ist doch, daß Sie über das Geld verfügen können, nicht wahr? Ansonsten haben Sie keine Sorgen mehr. Geben Sie mir Ihre Kontonummer bei der Sparkasse, und in einem Monat werden Sie Ihr Geld bekommen. Natürlich unter der Voraussetzung, daß Sie Ihre Entwürfe vorlegen...«

Ich hatte kein Sparkassenkonto. Aber man kann schließlich eines eröffnen. Dazu muß man nicht mehr als einen Rubel einzahlen, und es hat noch nie geschadet, etwas Geld auf der hohen Kante zu haben...

»Aber ich muß zumindest einen Blick auf den Bau werfen, den ich ausmalen soll...«
»Kein Problem!«
Verächtlich schob er den Topf, in dem ich meinen Tee zubereitete, mit dem Fuß beiseite, dann öffnete er eine Akte, trennte mit dem Fingernagel die einzelnen Blätter und breitete sie auf dem Boden aus.
»Welcher Art soll das Gemälde denn sein, Viktor Nikititsch? Ich begeistere mich im Moment für außerirdische Lebewesen... Ich nehme an, das entspricht nicht Ihren Vorstellungen.«
»Nein, natürlich nicht.« Russanow brach in schallendes Gelächter aus. »Aber das Gemälde, das Sie als Abschlußarbeit vorgelegt haben, wäre genau das Richtige. Ich möchte Felder und im Hintergrund, im Licht eines sommerlichen Sonnenuntergangs, Telefonleitungen und die Umrisse einer Fabrik.«
»Und, muß ich es signieren?«
»Das steht Ihnen frei... Wir werden Ihnen zwei weitere Maler zur Seite stellen. Man muß einander ja schließlich helfen, und da es sich um alte Leute handelt, die nicht mehr viel zu bieten haben, sollen die doch signieren. Das kann Ihnen ja egal sein. Sie bekommen das Geld und können Ihre Ausstellung vorbereiten. Die Marsmenschen werden sicherlich auf Interesse stoßen, jetzt, da alles erlaubt ist. Aber ist ein solches Thema eines russischen Malers mit Ihrem Talent würdig?«
Ich muß zugeben, daß er mich bei dieser Geschichte nicht übers Ohr gehauen hat. Es gab zwar ein geringfügiges Mißverständnis wegen zweitausend Rubeln – vielleicht habe ich nicht genug Steuern bezahlt oder Gott weiß was –, aber das war nur ein unbedeutender Zwischenfall.
Man hat mir für drei Monate Arbeit siebentausendfünfhundert Rubel ausbezahlt; und ich mußte noch nicht einmal die Farbe verstreichen. Das haben die anderen an meiner Stelle getan; Leute, die ich absolut nicht kannte. Viktor Nikititsch hat alles zwischen ihnen und mir geregelt, und ich war glücklich, mich in die Arbeit an meinem neuen Bild stürzen zu können.
Was bedeutet Glück? Selbst die besten Wörterbücher geben unter-

schiedliche Definitionen dieses Begriffs. Und das philosophische Wörterbuch, das peinlich genau ist, hat die Frage von allen Seiten beleuchtet.
Manchmal besuchte mich Russanow und brachte ein Päckchen indischen Tee mit, da er keinen Alkohol trank. Er bereitete einen Aufguß aus diesem Tee zu und erging sich in endlosen Exkursen. Meistens kam er nach Abschluß eines neuen Vertrages. Er arbeitete vor allem mit Leuten aus der Bau- und der Ölbranche, eine wahre Goldgrube, große Transaktionen, ein lukratives Geschäft! Seine vordringliche Sorge war die Frage, wie man die Leute dazu bringen könnte, nach dem Wort Gottes zu leben.
»Es gibt nur wenige Leute, die wirklich Menschen sind«, sagte er und nippte kurz und hastig an seinem schwarzen Tee, wie ein kleiner Vogel. »Was ist der Mensch? Man nimmt an, er sei eine Zwischenstufe in der Entwicklung hin zum Schöpfer, zum Vater... Aber den Schöpfer teilweise nachzuahmen, bedeutet noch nicht, daß wir wirklich seine Ebenbilder werden. Kennen Sie Leute, für die Religion wirklich von Bedeutung ist? Nennen Sie mir nur einen einzigen, das würde mir Freude machen. Der Normalsterbliche hat eine nachlässige Haltung gegenüber der Religion; die geringste Kleinigkeit läßt ihn umschwenken – wie ein Fähnchen im Wind. Sie lesen heute ein Buch und benehmen sich wie dessen Held. Doch wenn sie am nächsten Tag einen Film sehen, dann wollen sie schon wieder etwas ganz anderes. Wir sind fast alle Sünder, denn wir sind klein und schwach, Valerij Wassiljewitsch... Unser geistiges Leben hat keine feste Grundlage, der Mensch schwankt zwischen allen Möglichkeiten, die sich ihm bieten. Wie schnell kann es geschehen, daß ein Freund oder ein Buch unsere innere Welt ins Wanken bringt. Kann man sich auf solche Menschen verlassen? Wenn es uns gelingen würde, die Menschen davon zu überzeugen, daß wir alle von demselben Fleisch abstammen, wäre das ein großer Schritt vorwärts.«
Ich hörte ihm zu, fast ohne ihn zu unterbrechen, denn ich hing meinen Gedanken nach. Schwatzhafte Menschen machen mir immer ein wenig angst: Sie fliegen davon, sie verlieren den Sinn für die Realität, und ihre Ideen enden nicht selten in der Errich-

tung von Kasernen und Konzentrationslagern. Dennoch, jeder hat das Recht, sich zu äußern; lassen wir ihn also reden, vielleicht muß er sein Herz ausschütten. Mir persönlich hat er nur Gutes getan; er hat es mir ermöglicht, mich ausschließlich meinem Meisterwerk zu widmen. Wie sollte ich ihn da nicht anhören?

Übrigens, sobald er rot anlief und verlangte, daß alle Menschen der gleichen Meinung sein müßten, erinnerte ich ihn an Stalin und dessen verächtliche Worte hinsichtlich der endlosen Geduld des russischen Volkes. Er hat die Fleißigsten und Intelligentesten in Lager gesperrt, er hat die Ehrlichsten erschießen lassen, und dann hat uns dieser Teufel erklärt, daß wir ein gutes Volk wären, weil wir alles über uns ergehen ließen. In dieser Hinsicht empfinde ich eine Art Mitgefühl für Stalin: Er war ein Mann, der auf Grund der herrschenden Verhältnisse an die Macht gekommen war. Anfangs war er von der Spitze der Intelligentzija umgeben, und er lebte in der beständigen Angst, gestürzt zu werden. Das war sicherlich auch der Grund, warum er auf die Bürokraten setzte, die ihm für einen kleinen Essenszuschuß mit Haut und Haaren ergeben waren. Er hat sie aus dem Dreck geholt, um aus ihnen Herren zu machen.

Bei uns im Dorf lebte »Onkelchen« Stiopa, der nicht gerne arbeitete und bei den Parteiversammlungen immer das große Wort führte. 1937 ist das Bürschchen Vorsitzender der Kolchose geworden, und von dort ist er schnell ins Exekutivkomitee der Partei aufgestiegen. 1939 war er schon Regionalsekretär der Partei, und während des Krieges wurde er zum stellvertretenden Volkskommissar ernannt. Obwohl er so dumm wie lang war, stellte er sich geschickt an, und instinktiv schrie er immer im richtigen Moment und am richtigen Ort das Richtige...

Unsere Führer sind also Emporkömmlinge! Aber »Onkelchen« Stiopa war nicht so sehr an Geld interessiert. Er hat seine Kinder Wanja und Kolja streng erzogen und sie in keinster Weise verwöhnt. Unser Abstieg zur Hölle war mit guten Vorsätzen gepflastert.

»Ah, mein guter Valeri Wassiljewitsch«, antwortete Russanow schnell, so als habe er für jede erdenkliche Situation schon eine

Antwort parat, »allein der Schöpfer«, fuhr er fort, »kann die Grundlagen der Moral verändern; kein anderer kann daran rütteln. Wir können die ehernen Gesetze der Moral weder verändern noch verbessern. Gibt es sie überhaupt? Ja, es gibt sie! Also gelten sie für alle. Stalin hat nicht alle hinrichten lassen. Er hat sogar Diebe, die sich seinem Willen unterwarfen, mit hohen Positionen belohnt.«

»Wirklich? Der Volkskommissar für Außenhandel, Rosenholz, schrie selbst nach seiner Verurteilung zum Tode noch ›Es lebe der Genosse Stalin!‹.«

»Natürlich, eben weil er Rosenholz hieß!« Viktor Nikititsch begann zu lachen. »Das wundert mich nicht weiter, dabei will ich ihm nicht das Recht auf Reue absprechen. Aber heutzutage haben wir dieses Privileg nicht mehr«, es gibt zu viele mittelmäßige Menschen auf dieser Welt, vor allem unter den Ausländern, den Rassen, die sich von der unseren stark unterscheiden, und das ist äußerst beunruhigend. Reue ist nur in der Einsamkeit der Wüste möglich... auch der Urlauber, der in einem kleinen Boot aufs Meer hinausfährt, ist allein, aber in seinem Herzen leben alle, die er liebt. Die Tragödie beginnt erst mit der geistigen Einsamkeit, wenn wir von dem getrennt sind, der uns geschaffen hat... Das trifft vor allem auf uns, die Maler, zu. Das Talent glaubt an die Einsamkeit, allein der Charakter formt sich durch Auseinandersetzungen mit unseresgleichen.«

Die Tatsache, daß ich ihm zuhörte, bestärkte meinen Glauben an das, was ich tat. Ich träumte davon, die Einsamkeit und den Wind zu malen, doch manchmal beunruhigten mich Russanows Grausamkeit und seine Borniertheit. Ich kann nicht behaupten, daß ich damals, als ich in seiner Mannschaft arbeitete, immer ruhig geschlafen hätte. Innerlich bedrückte mich etwas, doch ich hatte endlich die Möglichkeit, das zu tun, wovon ich schon immer geträumt hatte.

An dem Tag, an dem Iwan Warrawin zu mir kam, brach alles zusammen...

Kapitel 6

Hauptdezernat der Kriminalpolizei

An Oberst Kostenko – Bericht:

Nachdem Zaver sein Haus verlassen hat, ist er zur Lenin-Bibliothek gegangen. Dort bestellte er ein Buch über europäische Juweliere. Er hat sich einige Notizen gemacht und ist anschließend in ein Restaurant gegangen. Von dort aus hat er eine gewisse Glafira Anatoljewna angerufen und mit ihr fünf Minuten lang über Schmuckversteigerungen in der Schweiz gesprochen. Bei einer Auktion war der Preis für »Fabergé-Objekte« erneut gestiegen. Er hat ihr eine Liste der außergewöhnlichsten Diamanten versprochen und hinzugefügt, daß er eine Expertise anfertigen lasse, um sie mit unseren Schmuckstücken zu vergleichen. Zum Schluß sagte er: »Aber ich bitte Sie, Glafira Anatoljewna, es ist in keinster Weise die Verlockung des Geldes, die mich dazu treibt. Ich bitte Sie, hören Sie auf, mich zu demütigen. Gestatten Sie doch einem Kriegsveteranen, sich der Perestroika nützlich zu erweisen. Sie allein gibt meinem Leben, wie auch dem des ganzen Landes, wieder einen Sinn.«
Dann hat er einen Salat und eine Tasse Milchkaffee bestellt. Nach dem Mittagessen ist er zum Bahnhof von Kiew gegangen. Als er am regionalen Fahrkartenschalter anstand, um eine Fahrkarte zu kaufen, hat sich ihm ein Unbekannter genähert. Es war ein sehr korpulenter Mann mit einem grauen Anzug. Er war blond, hatte blaue Augen und ein spitzes, energisches Kinn, keine weiteren besonderen Kennzeichen.
Aufgrund der Menschenmenge, die sich an dem Schalter drängte, war es uns nicht möglich, die Objekte, die Zaver und der Unbe-

kannte ausgetauscht haben, zu fotografieren. Es steht aber fest, daß Zaver ihm einen Gegenstand von der Größe eines Umschlags übergeben hat. Der Unbekannte hat ihm ein wesentlich größeres Päckchen ausgehändigt, das die Form eines Buches hatte. Zaver hat es schnell in seiner Aktentasche verschwinden lassen.

Der Unbekannte und Zaver haben nicht miteinander gesprochen. Anschließend hat sich der Unbekannte aus der Menge gelöst, ist zu einem Taxistand gegangen und in einen Wagen mit dem Kennzeichen MMT 4219 gestiegen, der ihn zur Hausnummer 42 am Frundse-Kai gebracht hat. Er hat das Taxi warten lassen und ist in dem Haus verschwunden. Nachdem wir festgestellt hatten, daß der Hintereingang des Gebäudes verschlossen war, haben sich unsere Mitarbeiter sofort im Hof postiert. Wir haben eine Stunde lang auf den Unbekannten gewartet, aber er tauchte nicht wieder auf. Daraufhin habe ich beschlossen, die Eingänge zu untersuchen. Wir haben festgestellt, daß sich die Tür zum Dachboden öffnen ließ, und daß man von dort aus ohne Schwierigkeiten die anderen Flügel des Gebäudes erreichen kann, die ihrerseits ebenfalls einen Ausgang zum Hof haben.

Diese Eingänge haben wir zwölf Stunden lang beobachtet. Wir kamen zu dem Schluß, daß der Unbekannte uns entkommen ist.

Hauptmann Korowiakow

Kapitel 7

Ich, Iwan Warrawin

»Guten Tag, ich bin Journalist... Kann ich mit Genosse Tschurin sprechen?«
»Der Genosse Tschurin ist im Augenblick in einer Sitzung.«
»Wann kann ich wieder anrufen?«
»In etwa einer Stunde.«
Wie ist dieses »etwa« zu verstehen? Fünfzig Minuten? Siebzig Minuten?
Die Stimme der Sekretärin klang leicht gereizt. Ich spürte, wie sie sich zu beherrschen suchte, aber ich hatte den Eindruck, sie könne jeden Augenblick zu schreien anfangen und ihrem Ärger Luft machen – so als befände sie sich in einer Gemeinschaftsküche. Es ist merkwürdig, daß es bei uns immer weniger Gemeinschaftswohnungen gibt, während es in New York dagegen immer mehr werden! Unser UNO-Korrespondent erzählte neulich in einer Sitzung, daß jetzt viele Einwohner Manhattans – dort kostet eine kleine Zwei-Zimmer-Wohnung monatlich zwischen achthundert und tausend Dollar – sich einen Untermieter suchen, um billiger zu wohnen.
Als ich nach einer Stunde wieder anrief, sagte mir die Sekretärin, der Genosse Tschurin habe sich zum Gosplan begeben, jedoch könne ich, wenn es dringend wäre, seinen Assistenten, den Genossen Kusinzow, anrufen. Er würde mir sicherlich behilflich sein, denn er möge die Leute von der Presse.
Gut, daß er die Presse mag, dachte ich, aber bevor ich Kusinzow bitte, ein Treffen zwischen seinem Chef und mir zu arrangieren, muß ich zur Ekonomitschka gehen und ein wenig mit dem alten Markarian plaudern.

Als ich jung war – die Jugendzeit endet meiner Meinung nach mit dem sechsundzwanzigsten Lebensjahr, dem Alter, in dem Lermontow starb –, hatte ich die dumme Angewohnheit, die Dinge schnell anzugehen. Ich war überzeugt, daß ich aus einer Vielzahl gut vorbereiteter Fragen im rechten Augenblick die passende auswählen und richtig plazieren könnte. Das ging zwei- oder dreimal schief: Zum Beispiel habe ich einmal einen Gauner als Kämpfer für Gerechtigkeit bezeichnet, und ein anderes Mal habe ich mich über eine unbescholtene Frau lustig gemacht, die zweifellos voller Komplexe steckte. Beim Teetrinken preßte sie immer die Arme ganz eng an den Körper – ein Zeichen von Introvertiertheit –, und ihre Hände waren ständig in Bewegung. Ich habe sie als reaktionär beschimpft. Damals habe ich einen Entschluß gefaßt, an den ich mich versuche zu halten: Ich habe mir nämlich vorgenommen, meine Analysen stets auf der Grundlage gut dokumentierter Fakten zu machen, die Punkt für Punkt stichhaltig sind; ich will mich nicht allein auf meine subjektiven Eindrücke verlassen.
Leider besitzen wir kein Nachschlagewerk wie das amerikanische *Who's who?*. Wir müssen Freunde und Bekannte der Person aufsuchen, die uns interessiert. Das bedeutet, daß wir behutsam vorgehen, das Terrain sondieren und uns mit Anspielungen begnügen müssen. Übrigens können wir ganz gut Zeichen deuten und verstehen uns darauf, auch das Schweigen des Gesprächspartners zu interpretieren; das ist eine Gewohnheit, eine Tradition, die der Teufel holen soll!
Als ich Material für einen Artikel über die überhöhten Geldforderungen der örtlichen Verwaltungsbehörden privaten Unternehmern gegenüber sammelte, erhielt ich den Rat, Markarian bei der Ekonomitschka aufzusuchen. Dieser Mann hat ein phänomenales Gedächtnis, er ist ein scharfsinniger Analytiker, ein gescheiterter Schriftsteller, der wie kein anderer das Labyrinth der Intrigen kennt, das die Arbeit der Behörden durchzieht.
Diesmal empfing er mich mit düsterer Miene. Er wiederholte mehrmals, daß er mir, wenn ich ihm kein Schmiergeld zahle, nichts sagen werde, und daß er es satt habe, den Don Quijote zu

spielen. Ich lud ihn ins Café ein, wo er sich immer einen Milchkaffee bestellt, und erzählte ihm von Gorenkov, von Vizeminister Tschurin und von dessen Assistenten Kusinzow.

»Moment mal, mein Junge«, unterbrach mich Markarian, als ich an diesem entscheidenden Punkt angelangt war, »warte mal, wie heißt dieser Tschurin?«

»Arseni Kyrillowitsch, wieso?«

»Zuallererst mußt du dir klarmachen, weshalb Tschurin nach Moskau beordert worden ist. Du weißt ja, Wanja, wir sind die Erben von Byzanz, und mit westlicher Logik kommt man bei uns nicht weiter. Unsere chamäleonhaften Verwandlungen sind wahrlich mysteriös. Sie können das Ergebnis von Feindseligkeit oder auch von Sympathie sein. Stell dir vor, Tschurin wäre ein Hindernis für den Aufstieg seines Vorgesetzten gewesen... Er ist jung, siebenundvierzig Jahre alt, auf dem Höhepunkt seiner Schaffenskraft; er ist Bauingenieur von Beruf, kann gut argumentieren und seinen Standpunkt verteidigen... Wir leben in einer neuen Zeit und wissen nicht, was kommt. Nehmen wir also einmal an, Tschurin habe sich bei einer Parteikonferenz mit seinem Vorgesetzten angelegt, der den Vorfall ja nicht einfach ignorieren kann, ohne dabei den eigenen Sturz zu riskieren. Was sollte er tun? Tschurin auf einen höheren Posten versetzen, ihn nach Moskau schicken, seine Beziehungen spielen lassen, seinen Feind in den Himmel loben, sich mit aller Kraft und bei jeder sich bietenden Gelegenheit für den Aufstieg dieses Kadermitglieds einsetzen... Das ist die eine mögliche Erklärung. Die zweite ist die: Der Minister brauchte tatsächlich einen wertvollen Verbündeten, er ließ ihn in die Hauptstadt rufen und vertraute ihm einen Posten an, auf dem er sich bewähren mußte. Und wie alt ist der Minister? Welche Position hat er im Ministerrat? Was schreibt die Presse über ihn? Das ist das Entscheidende. Sonst wirst du nie herausbekommen, warum Tschurin jenen Mann ausgebootet hat, der eine gut funktionierende Abteilung der Bauindustrie auf die Beine gestellt hat und dem der Heldenorden hätte verliehen werden müssen, anstatt ihn ins Gefängnis zu stecken. Und vielleicht hat Gorenkov ihn bestochen...«

»Nein!« Ich fuhr zurück. »Das ist unmöglich!«
»Alles ist möglich, Wanja. Alles! Denk immer daran: Solange der Staat den Arbeiter für die Stellung bezahlt, die er innehat, und nicht für den Nutzen, den seine Arbeit der Gesellschaft bringt, so lange ist alles möglich. Ein Staatssekretär ist ein armer Mann, Wanja. Er bekommt nicht viel mehr als fünfhundert Rubel monatlich; das ist so viel, wie ein tüchtiger Gießer oder ein Bergarbeiter verdient. Und auch er muß tausend Rubel hinlegen, wenn er seiner Frau eine Pelzjacke kaufen will. Vielleicht wollte Gorenkov den Genossen Tschurin gar nicht an seinem guten Einfall teilhaben lassen und den ganzen Verdienst allein einstreichen. Alles ist möglich! Sei nicht böse, es lohnt sich nicht! Hör auf deinen alten Kumpel! Und noch etwas möchte ich dich fragen: War Gorenkov der einzige in der Branche, der dieses Experiment durchführte, oder war da noch jemand?«
»Er war der einzige«, antwortete ich, »und als er gehen mußte, war auch das Experiment zu Ende.« Markarian nahm das zufrieden zur Kenntnis und bestellte sich noch einen Kaffee.
»Das ist eine wichtige Auskunft, Wanja. Wenn das so ist, dann sag mir, wer sich vom Erfolg dieses Experiments bedroht fühlen mußte.«
»Rustjom Islamowitsch Karimow sagte mir klar und deutlich: die Bürokraten ...«
»Karimow? Zum Beispiel?«
»Ja.«
Markarian wurde nachdenklich, spitzte seine fahlen Lippen, die vom vielen Rauchen gelblich waren, sog den Schaum des Kaffees ein und sagte: »Sei nicht so sparsam mit den Informationen, die du hast, Wanja. Ich bin nicht hierhergekommen, um Geschichten zu erfinden. Wir müssen offen miteinander reden und die Karten auf den Tisch legen. Nur dann können wir zu einem Ergebnis kommen.«
»Karimow meint, es habe sich ein Block von korrupten Bürokraten formiert, und die Minister wollen ihre Posten natürlich nicht kampflos aufgeben. Jede Initiative muß diskutiert und von ihnen gebilligt werden.«

»Gut, Wanja, dann geh nicht zu Kusinzow... Und wenn du doch gehst, sei schlau. Sag ihm: ›Ich schreibe einen Artikel über Ihren Vorgesetzten; dieser Mann ist doch für einen riesigen Sektor der nationalen Wirtschaft verantwortlich, der schlecht funktioniert: für das Baugewerbe. Was denkt dieser Mann, von dem die Reformen der Perestroika abhängen, über die Zukunft?‹«
»Ich will nicht mit einer Lüge leben, Gework Arschakowitsch...«
»Und ich? Glaubst du, es sei mein sehnlichster Wunsch, wie gedruckt zu lügen? Wieso seid ihr jungen Leute immer so schnell dabei, die anderen zu beleidigen?«
»Ich habe doch nur die Wahrheit gesagt...«
»Glaubst du nicht, daß auch die Wahrheit dem anderen weh tun kann? Nur die abstrakte Wahrheit beleidigt niemanden. Und da sie erst im Laufe der Jahre Gestalt annimmt, bleibt der einzige Maßstab für die Wahrheit die Zeit, Wanja.
Ich bin gescheitert, weil ich mit dem Schreiben zu einem Zeitpunkt angefangen habe, als ein laxes Gewissen gefragt war. Ich hatte, genau wie du, eine Menge Ideen, ich zog gegen Bordelle, gegen die Borniertheit der Leute, gegen die Angst zu Felde, aber ich richtete nichts aus. Wozu sich mit der Zensur anlegen? Jeder von uns hat doch die Schere im eigenen Kopf – das ist das Schlimmste! Und jetzt, wo die Zeiten kommen, die wir immer ersehnt haben, fühle ich mich leer und verbraucht... Eure Generation ist noch nicht zerbrochen, du arbeitest seit sechs Jahren bei der Zeitung. Davon wie viele, zwei oder drei? unter Glasnost. Eure Nachkommen werden euch ein Denkmal inmitten der Hauptstadt errichten. Auf einer Gedenktafel wird der Satz geschrieben stehen: ›Für die Wahrheit – Eure dankbaren Landsleute!‹ Wir dagegen, wir sind der Dünger, der Mist. Ich hätte nicht gegen meine Natur handeln sollen, auch nicht im Namen der Wahrheit. Du jedoch kannst das. Jedenfalls im Augenblick... Versuch doch, Tschurin in die Schranken zu weisen; ich denke aber, er wird dich nicht an sich herankommen lassen. Also mußt du schlau sein und es mit Kusinzow versuchen, Iwan, du mußt aus ihm Informationen herauslocken... Und ich könnte versuchen, dir dabei zu helfen, ich könnte Freunde bitten... In drei Jahren, wenn wir sechzig

sind, wird man uns in hohem Bogen hinauswerfen, und das zu Recht; aber in der Zwischenzeit werden wir dir helfen, um, sagen wir, eine alte Schuld wiedergutzumachen.«

Am Tag darauf sagte mir die Sekretärin, der Genosse Tschurin würde die nächsten zwei Tage von einer wissenschaftlichen Konferenz in Anspruch genommen, anschließend fahre er in die Ukraine, und deshalb sei es besser, ich versuche es noch einmal gegen Ende der kommenden Woche.

»Und der Genosse Kusinzow, bleibt er in Moskau?« fragte ich, »oder wird er seinen Chef begleiten?«

»Er wird sicherlich mit Arseni Kyrillowitsch in die Ukraine fahren, aber bis dahin ist Fjodor Fomitsch hier. Ich gebe Ihnen die Nummer, unter der Sie ihn direkt erreichen können.«

Kusinzows Büro war klein, aber gut eingerichtet: holzgetäfelte Wände, Fensterbretter aus Eiche, ein elegantes Tischchen, auf dem eine Kaffeemaschine stand. In den Regalen entdeckte ich interessante Bücher, nicht das Übliche, was man sonst in Büros findet: Werkausgaben, die man einfach im Regal stehen haben muß, Nachschlagewerke, Sammelbände und eine unglaubliche Menge von Broschüren, die kein Mensch jemals lesen wird. Hier dagegen gab es Dostojewski, Gogol, Scholochow, die Hauptwerke der Weltliteratur, Lyrik von Smeljakow, Rubzow und von Anna Achmatowa, Fotobände zur Architektur von Smolensk, Pskow und Nowgorod.

Auch Kusinzow selbst war auf den ersten Blick sympathisch; er war untersetzt und sah mich wohlwollend an. Aber sein Hippie-Haarschnitt war für den Kabinettschef eines Ministeriums doch etwas merkwürdig. Außerdem fuhr er sich unablässig durch seinen Bart. Normalerweise haben die Apparatschiks kurzgeschnittenes Haar und sind korrekt und unauffällig gekleidet: das Sinnbild der Uniformität schlechthin.

»Bitte, kommen Sie, bitte sehr!« Kusinzow behandelte mich sehr zuvorkommend, er sprach rasch und genau. »Ich bewundere Menschen, die schreiben. Als junger Mann wollte ich unbedingt

Schriftsteller werden. Aber lassen wir die Vergangenheit ruhen! Ich werde versuchen, Ihre Fragen zu beantworten, Genosse Warrawin...«

»Ich habe keine schriftstellerischen Ambitionen«, begann ich vorsichtig, um mich auf mein Gegenüber einstellen zu können. »Ich bin Journalist und es gewohnt, direkte Fragen zu stellen. Wie zum Beispiel folgende: Wodurch wird in Ihrem Ressort die Perestroika behindert?«

»Oh, mein lieber Freund, Ihr Notizblock würde nicht ausreichen, um alle Mängel aufzuschreiben! Die Bürokratie, die Angst vor neuen Ideen, der Mangel an Initiative..., um nur die wichtigsten zu nennen. Es gibt aber auch äußere Ursachen, zum Beispiel den desolaten Zustand unserer Industrie, die unregelmäßigen Lieferungen, die leeren Vorratslager, zu wenig Zement, Schiefer oder Holz – alles Dinge, die für den Häuserbau unbedingt erforderlich sind.«

»Jeder weiß ja, wie schlecht die Versorgungslage im Augenblick ist. Aber was tun Sie dagegen, welche Maßnahmen wollen Sie ergreifen?«

»Entschuldigen Sie, wenn ich Klischees gebrauchen muß, aber der Ausweg liegt für mich – und nicht nur für mich – in einem allgemeinen Bewußtwerdungsprozeß, in der täglichen Erziehungsarbeit, in der Vermittlung dessen, was Perestroika ist, und sicherlich nicht zuletzt auch in materiellen Anreizen.«

»Und was ist wichtiger: die Bewußtmachung oder die materiellen Anreize?«

Kusinzow wiegte den Kopf hin und her, räusperte sich und sagte dann: »Das sind zwei Dinge, die unauflösbar miteinander verbunden sind. Dem einen oder dem anderen den Vorzug zu geben, hätte schwerwiegende Konsequenzen.«

»Und wenn man davon ausgeht, daß das Sein das Bewußtsein bestimmt?«

»Man muß sorgfältig formulieren: Es ist nicht das Sein an sich, es ist vor allem die Gesellschaft, die den Stand des Bewußtseins bestimmt. Also schließt die Gesellschaft auch das Bewußtsein mit ein.«

»Um es noch einmal ganz direkt zu formulieren: Wenn ich sagen würde, der Mensch ist, was er ißt, was würden Sie dann dazu sagen? Was halten Sie von diesem Satz?«
»Ich sehe schon, ich habe es hier wohl mit einem Anhänger für den ›Menschen der Tat‹ zu tun.« Das sagte er in einem Ton, in dem ein gewisses Bedauern mitschwang, und der Kusinzows herablassende Haltung verriet.
»Ich spreche als Marxist«, antwortete ich ihm. »Wenn Sie einzig auf das Bewußtsein setzen und nur an das Geistige des Menschen glauben, so ist es an der Zeit, mit dem Vatikan und mit Sagorsk [Zentrum des orthodoxen Glaubens und Priesterseminar] ein Abkommen zu schließen. Denn dort wird seit Menschengedenken alles als nichtig erachtet, was Materie ist, und lediglich das Geistige zählt. Nur die Hungrigen gehen auf die Barrikaden, wer in Freiheit lebt und einen vollen Bauch hat, bleibt zu Hause.«
»Sussanin und Karatajew [Helden der russischen Geschichte; im Jahr 1610 starb Sussanin für die Befreiung Moskaus von den polnischen Invasoren. Ihr Denkmal steht auf dem Roten Platz.] waren Leibeigene und damit waren sie, wenn ich Ihrer Logik folge, hungrig und unterdrückt; doch sie sind auf die Barrikaden gegangen, um ihr Vaterland zu verteidigen und nicht, um es zu bekämpfen.«
»Eine kritische Situation, der Kampf gegen Invasoren, da kann man schlecht etwas dagegenhalten. Rasin und Pugatschow [Räuber, die einen großen Teil Rußlands gegen die Zarenherrschaft im 17. und 18. Jahrhundert aufwiegelten] hatten einen anderen Ausgangspunkt. Und es war Lenin selbst, der die Theorie vom Scheitern des Kolonialismus aufgestellt hat.«
»Ach, ihr jungen Leute, ihr diskutiert eben gern!« Kusinzow lächelte freundlich. »Wie soll es uns armen Tröpfen bloß gelingen, euch zu widersprechen? Ihr stopft uns doch sofort den Mund! Glauben Sie nur nicht, daß ich gegen materielle Anreize bin ... Ich bin dafür, mit ganzem Herzen. Ich kann Ihnen die Erlasse zeigen, die Genosse Tschurin unterschrieben hat. Demnach sollen größere Prämien an die besten Arbeiter ausgezahlt werden. Man scheut sich nicht, die Löhne der Arbeiter zu erhöhen. Aber Sie kennen ja

den Schlendrian, der sich uns, insbesondere in der Provinz, entgegenstellt. Die Leute klammern sich an die alten Stereotypen; sie haben Angst, sie könnten sich bereichern. Von einem Tag auf den anderen ändert sich deren Denkweise nicht!«

»Und wie viele Tage sind wohl nötig, um sie zu ändern?«

»Das Wort ›ändern‹ macht mir angst, Genosse Warrawin«, antwortete Kusinzow nach einer langen Pause. »Sie haben die Zeit der ›Veränderungen‹ nicht erlebt. Ich schon. Gott bewahre Sie vor ›Veränderungen‹; so viele kaputte Eier und kein Omelett.«

»Ist Ihr Gehalt vom Erfolg des Ressorts abhängig?«

»Ganz und gar nicht! Wir finden Mittel und Wege, alle drei Monate eine Prämie an unsere Angestellten auszuschütten, aber es gibt keinen direkten Zusammenhang zwischen Lohn und Leistung. Über diese Frage muß diskutiert werden... Wollen Sie vielleicht konkrete Fakten wissen? Ich bin bereit, Ihnen im Rahmen meiner Möglichkeiten zu helfen. Ich könnte Ihnen die Namen derjenigen nennen, die die besten Leistungen erbringen, aber auch die der Nachzügler und der Diebe. Möchten Sie eine Liste sämtlicher Aktivitäten? Wir verfolgen alles, was in unserem Ressort passiert, mit großer Aufmerksamkeit.«

»Ich interessiere mich für den Fall des Ingenieurs Gorenkov.«

»Wer ist das?« Kusinzow legte die Stirn in Falten, »Gorenkov? Helfen Sie mir, ich habe da eine Gedächtnislücke...«

»So hieß der Direktor eines Bautrusts in Sagrjajsk.«

»Ach ja, ist das der, der jetzt im Gefängnis sitzt? Als Betriebsleiter war er ganz geschickt, aber er wußte auch, wie man sich in die eigene Tasche wirtschaftet; er war ein Hai, ein richtiger New Yorker Geschäftsmann.«

»Und weshalb hat Ihr Chef ihn dann unterstützt?«

»Aber nie im Leben!« fuhr Kusinzow dazwischen. »Das war jemand anders.«

»Können Sie mir seinen Namen sagen?«

»Das ist schwierig, gewiß, aber ich will es tun. Es ist Fjodor Fomitsch Kusinzow, der ihm seine Unterstützung gewährt hat, anders gesagt, Ihr ergebenster Diener. Ich habe seine Ernennungsurkunde unterschrieben.«

»Und Genosse Tschurin?«
»Sehen Sie, seit dreiundzwanzig Jahren arbeite ich hier, ich habe hier meine Doktorarbeit gemacht, worauf ich sehr stolz bin; hier habe ich die Hälfte meines bewußten Lebens verbracht; selbst das Kollektiv dieses Ministeriums vertraut mir.«
»Also hat Ihr Chef die Ernennungsurkunde unterzeichnet, ohne Gorenkov zu kennen?«
»Wozu sollte er? Ich habe ihn kennengelernt; verzeihen Sie, wenn ich mich wiederhole, aber meine Kollegen im Ministerium vertrauen mir. Er wurde dem technischen Dienst und dem Personalrat vorgestellt. Ich habe zwei Tage mit ihm zusammen verbracht, um die Pläne zu studieren. Wir haben die Grundzüge seines Vorgehens festgelegt und die kritischen Punkte gemeinsam durchgesprochen. Aber wer konnte vorhersehen, daß er sich auch noch die Prämien zuschanzen würde?«
»Sie haben ihm also grünes Licht gegeben, sich in ein Experiment der Selbstfinanzierung und der internen Finanzierung der Gewinnprämien zu stürzen?«
»Ein Krimineller sucht sich immer einen, den er für seine Verbrechen verantwortlich machen kann. Übrigens habe ich ihm keine unbeschränkte Vollmacht erteilt...«
»Wer hat ihm dann die Erlaubnis gegeben?«
Kusinzow zuckte mit den Achseln: »Ein Minister, Kollegen, vielleicht Tschurin... Gorenkov wurde durch Ergänzungswahl in seinen Funktionen bestätigt, der Erlaß hat die Runde gemacht...«
»Dann hat also Genosse Tschurin ihm nicht die Erlaubnis gegeben?«
»Nein. Wenn Tschurin sie ihm gegeben hätte, dann wäre ich davon unterrichtet gewesen.«
»Einer lügt«, sagte ich.
»Gorenkov oder ich? Verstehe ich Sie richtig?«
»Man kann sich auf Gorenkov nicht verlassen, er ist abgeurteilt«, entgegnete ich. »Entweder lügen Sie oder Karimow vom Ministerrat der autonomen Republik Usbekistan. Er versichert nämlich, Tschurin habe Gorenkov bei sich empfangen, er habe sich für ihn eingesetzt, und mit ihm über dieses Experiment gesprochen...«

Kapitel 8

Fjodor Fomitsch Kusinzow, Stellvertreter von Staatssekretär Tschurin

»Nun ist es also soweit! Tatsächlich! Die Maschinerie hat sich in Gang gesetzt«, dachte Kusinzow. »Ist das wirklich möglich? Anscheinend ja. Gegen Justizirrtümer gibt es keinen Schutz. Meine Aufmerksamkeit hat ein klein wenig nachgelassen, und nun haben sie aufgrund des Berichts der Inspekteure Gorenkov verhaftet!«
Kusinzow war einer der ersten gewesen, der die ganze grauenvolle Tragweite der bevorstehenden Veränderungen vorausgesehen hatte. Außer ihm hatte kein Mensch im Ministerium die für einen Beamten unerträgliche Bedrohung wahrgenommen, die das Konzept der »Umstrukturierung«, der »Eigenfinanzierung«, der »Demokratie« und der »Transparenz« beinhaltete.
Er hatte physisch gespürt, daß diese Begriffe, die auf den ersten Blick nach Propaganda aussahen, für ihn das Ende eines wundervollen Lebensabschnitts bedeuteten, den er in Ruhe und voller Hoffnung verbracht hatte, da alles schon längst im voraus geregelt und geplant war.
Jedesmal, wenn ein Minister aus den Sowjetrepubliken zu Besuch nach Moskau kam – das geschah meistens zweimal pro Jahr –, um Gelder zu bekommen oder um Korrekturen am Plan vorzubringen, gab es ein Geschenk: der eine brachte eine Kristallvase, der andere eine Kiste Wein, der dritte eine Auswahl an verschiedenen Fleischsorten und geräuchertem Fisch. Dabei handelte es sich keineswegs um Bestechung, denn bei uns war es von jeher üblich, bei einem Besuch in der Hauptstadt ein Geschenk dabeizuhaben. Welcher gute Christ würde es wagen, eine Einladung anzunehmen, ohne ein Geschenk mitzubringen?
Die Staatssekretäre kamen öfter. Dreimal, ja manchmal sogar

viermal pro Jahr, und auch sie kamen nie mit leeren Händen, ganz zu schweigen von den Abteilungsleitern und den Direktoren der Trusts. Ein Anruf bei den Ministerien der Republiken genügte, und der Urlaub treuer Freunde und »wichtiger Kontakte« in den Ferienheimen des Baltikums oder des Kaukasus war geregelt.
Die »wichtigen Kontakte« blieben ihrerseits nicht lange in der Schuld ihrer Freunde. Medikamente, Gegenstände des täglichen Bedarfs, geräuchertes Fleisch, gesalzener Fisch, ein helfendes Wort, um die Kinder von Freunden in der richtigen Hochschule unterzubringen, Auslandsreisen für Mitglieder der eigenen Familie, Steuerbefreiungen: durch diese rein freundschaftlichen Beziehungen konnte man einfach alles bekommen. Die Leute wissen selbst, woran es im Augenblick mangelt, und Gott sei Dank hat unser Volk einen ausgeprägten Sinn für Dankbarkeit. Von der Wiege an wurde den Menschen eingeschärft, daß es eine Todsünde sei, einem Wohltäter nicht zu danken. Winterstiefel oder ein billiger japanischer Kassettenrekorder kosten in den Kooperativen, die den ausländischen Fachleuten vorbehalten sind, so gut wie nichts. Es hat keinen Sinn, sich etwas vorzumachen, wir sind, verglichen mit anderen Ländern, so sehr im Hintertreffen, daß man bei uns Hunderte von Rubel braucht, um sich solche Dinge leisten zu können. Woher soll man die nehmen, wenn man monatlich – selbst in einer gehobenen Position – nicht mehr als zweihundert Rubel verdient?
Kusinzow war es gelungen, seine Dissertation noch einen Monat vor der Reform des staatlichen Schulwesens vorzulegen. Er schuldete Tschurin Dank dafür, daß er die Bauarbeiter animiert hatte, Briefe an die Prüfungskommission zu schicken. Es war unmöglich, die Meinung der Arbeiterklasse zu übergehen, vor allem da es in der Dissertation um die Reform des Bauwesens ging. Eigentlich hatte Kusinzow die Arbeit schon vor zwanzig Jahren geschrieben, doch er hatte Erkenntnisse verarbeitet, die – politisch gesehen – der falsche Mann gemacht hatte. So hatte Kusinzow seine Arbeit in der Versenkung verschwinden lassen müssen. Die Veröffentlichung von Chroniken und Grundsatzartikeln hatte es ihm ermöglicht, sich wissenschaftlich zu profilieren und seinen Namen vor

allem in jenen Gegenden in die Presse zu bringen, in denen besondere Bauvorhaben durchgeführt werden sollten.
Als er feststellte, daß die patriotische Bewegung zur Rettung von Altertümern und die Erhaltung alter Baudenkmäler in der Öffentlichkeit an Ansehen gewonnen hatten – vor allem dann, wenn ein Gelände neu bebaut werden sollte –, hatte er sich gesagt: »Ich bleibe bei meinem Thema! Ich muß schleunigst die Richtung meiner Dissertation ändern und ein zusätzliches Kapitel über die Notwendigkeit, Historiker, Archäologen und Kunstschaffende bei den Bauarbeiten zu Rate zu ziehen, hinzufügen.«
Kusinzow war von Natur aus ein kühler, logisch denkender Kopf. Deshalb dachte er immer an die Zukunft. Probleme, die mit der Vergangenheit verbunden waren, beschäftigten ihn kaum. Seine Prognose bewahrheitete sich: Die Anhänger der Forderung, daß man der nationalen Geschichte Respekt zollen sollte, kamen ihm zu Hilfe. Diese Strömung wurde von Wissenschaftlern, Malern, Schriftstellern und Persönlichkeiten des öffentlichen Lebens unterstützt. Auf diese Leute kann man nicht verzichten. Sie kennen sich in solchen Fragen absolut nicht aus, sie sind naiv, aber wenn man mit ihnen arbeitet, fühlt man sich so sicher, als wäre man von einer Betonmauer umgeben.
Zu dieser Zeit begann Kusinzow, sich für die Organisatoren der Gesellschaft »Die gute alte Zeit« und die Rettung historischer Bauwerke zu interessieren. Er konzentrierte sich vor allem auf den Präsidenten Tichomirow – ein recht eigenartiger Mann, hysterisch, doch hartnäckig und schlau; ein wahrer Volkstribun, der es verstand, die Jugend zu entflammen. Seine Unterstützung konnte unter gewissen günstigen Umständen von unschätzbarem Wert sein. Im Innersten war Kusinzow ein wenig beunruhigt wegen der Borniertheit, mit der dieser seinen Blick ausschließlich auf die nationale Sache zu richten schien. Tichomirow lehnte kategorisch die neue Architektur ab, die die Litauer und Armenier einbrachten, und er hielt es für absurd, ihrem Beispiel zu folgen. »Le Corbusier hat uns genug davon gezeigt! Das reicht!« bekräftigte er seine Meinung. Die Werke von Tsurab Tseweteli in Moskau machten in krank. »Sie haben Georgien, sie sollen ihre Erfahrun-

gen dort sammeln!« verkündete er. Kusinzow wurde klar, daß Tichomirows Verhältnis zu den russischen Intellektuellen irgendwann einmal zu Spannungen führen würde. Er glaubte sogar, daß man früher oder später jemand anderen auf Tichomirows Platz setzen würde, wenn es ihm nicht gelingen sollte, sich zu mäßigen und an den Normen des Anstands zu orientieren. Doch Kusinzow wußte auch nur allzu gut, daß man das Eisen schmieden muß, solange es heiß ist und solange man noch die Kraft dazu hat. Er entschloß sich, einen Versuchsballon zu starten. Eine Taktik, die er während seiner Laufbahn als Funktionär gelernt hatte.

Tichomirow nahm gerne ein einmaliges Stück an; es handelte sich um einen Flakon aus dickem, farbigem Glas, der aus der Zeit Peters des Großen stammte, sowie um ein Weinservice, das auf Bestellung im Atelier des Ministers angefertigt worden war. Glücklich wie ein Kind rief er: »Obwohl ich diesen Monarchen nicht mag, gehöre ich doch zu den Leuten, die der Geschichte unseres Landes die großen Persönlichkeiten bewahren wollen. Ich glaube, man sollte nicht nur die *Reise* von Radischtschew [*Reise von Moskau nach Petersburg*: in diesem Buch porträtierte Radischtschew das Rußland des XVIII. Jh. dergestalt, daß Katharina II. ihn festnehmen und nach Sibirien verbannen ließ] verbreiten, sondern auch die Reisenotizen lesen, die Puschkin auf seiner Fahrt von Moskau nach Petersburg gemacht hat. Man darf ein Urteil über Purischkewitsch nicht nur anhand der Reden fällen, die er vor der Duma hielt, sondern man muß auch den Mord an Rasputin sehen, den er mit Jussupow und dem Großherzog Dimitri im Namen Rußlands beging. Wir verehren Herzen [Sozialistischer Westler des XIX. Jh.; lebte in Paris und London, wo er die Zeitschrift der russischen Opposition DIE GLOCKE herausgab] so sehr, warum sprechen wir nie von Chomjakow und Aksakow [Slawophile, Gegner Herzens]? Einseitige Information ist gefährlich, und man sollte deshalb auch nicht nur die Hegelianer bewundern, selbst wenn es unsere Landsleute sind. Uns mangelt es Gott sei Dank nicht an Denkern. Darauf können wir stolz sein. Es wäre noch zu klären, wer mehr Einfluß gehabt hat: wir auf Europa oder Europa auf uns!«

Als Tichomirow einmal nebenbei bemerkte, daß er nicht wisse, wo er den Artikel schreiben solle, mit dem man ihn beauftragt habe, (bei ihm zu Hause wären die Eltern zu Besuch, und es sei viel zu turbulent), da brachte Kusinzow ihn kurzerhand in einem ruhigen Ferienhaus am Baltischen Meer unter. Die Verbindung zu den »wichtigen Kontakten« funktionierte auch weiterhin. Allerdings hatte er in diesem Fall einen offiziellen Antrag stellen müssen. Früher hatte bei solchen Lappalien ein Telefonanruf genügt, aber die Zeiten hatten sich geändert, da war nichts zu machen. In zwei Jahren würde sich alles wieder beruhigt haben, die Lage hätte sich stabilisiert, alles würde wieder seinen gewohnten Gang gehen, aber bis dahin mußte man durchhalten, man durfte sich nicht unterkriegen lassen, einer für alle, alle für einen. Wir mußten zusammenhalten, anders war es nicht möglich...
Einen Monat später erklärte Tichomirow, daß sein Assistent Sawenkow, ein herausragender Spezialist für russische Keramik und Porzellan, nicht die Möglichkeit hätte, ordentlich zu arbeiten. »Dabei hat er eine verantwortungsvolle Aufgabe, er muß die alten Muster rekonstruieren, die Geheimnisse der Porzellanmalerei ergründen, all die Dinge, die der Stolz der alten Meister waren.« Kusinzow bot sofort einen Platz für Sawenkow in dem experimentellen Atelier von Gurewitsch in Moskau an. »Dort werden wahre Wunder vollbracht, die technische Ausstattung ist ganz ausgezeichnet, wir haben sie in Deutschland gekauft, sie ist gerade geliefert worden.«
Tichomirow schüttelte den Kopf: »Sie sind wirklich ein unschuldiges Kerlchen, Fjodor Fomitsch. Könnten wir das Restaurieren unseres Porzellans jemals einem Gurewitsch anvertrauen? Natürlich nicht! Wir sollten besser nach Sibirien gehen, wo uns die Leute mit Rat und Tat zur Seite stehen. Es muß schon jemand von hier sein, der an unserer nationalen Kunst interessiert ist... Nein, nein, ich habe wirklich keine Vorurteile! Gurewitsch kann machen, was er will, aber wir brauchen ihn für unsere Vorhaben nicht. Er soll sich ruhig um die zeitgenössische Kunst kümmern, wenn Sie meinen, daß er es ernsthaft tut, und daß so etwas von Nutzen ist.«

Kusinzow antwortete ihm, daß es an der Wolga eine Fabrik gäbe. Das käme allerdings wesentlich teurer, denn es würden Transport- und Spesenkosten für die Fachleute anfallen. Außerdem wäre es sicherlich nicht leicht, einen solchen Vertrag abzuschließen, denn die Lokalbehörden würden eifersüchtig über ihre Vorrechte gegenüber der Hauptstadt wachen, und man müsse sicherlich viele Vorzimmer passieren, ehe man einen Vertrag bekäme.
Tichomirow begann zu lachen: »Wir werden keine Vorzimmer in irgendwelchen Behörden durchlaufen müssen. Sagen Sie mir nur, wer das Papier unterschreiben und auf welchen Namen es lauten muß... Wie heißt übrigens der Verantwortliche dieser Fabrik an der Wolga? Potapow? Gut. Wie heißt seine Frau? Ihr Mädchenname? Bykowa? Alles in Ordnung. Ich bin kein Chauvinist, und ich respektiere die Kunst aller Völker, sofern sie ihren Niederschlag in der Geschichte gefunden hat. Aber Sie müssen doch zugeben, daß es recht merkwürdig wäre, wenn ein russischer Regisseur sich daran machen würde, den Engländern das Theaterspielen beibringen zu wollen.«
Kusinzow hatte gute Lust, ihn darauf hinzuweisen, daß die Engländer auch heute noch Stanislawski, Meyerhold, Wachtangow und Tairow studierten, doch ihm wurde klar, daß es letztendlich sinnlos war. Manchmal, wenn man auf die »nationale« Frage zu sprechen kam, wurde Tichomirows Gesicht ganz starr und war plötzlich von winzigen Falten überzogen, wie das eines Greises. Seine Augen waren unbeweglich, sie schienen durchsichtig wie Wasser und von unterdrückten Tränen erfüllt zu sein. Wenn er in diesem Zustand war, hörte Tichomirow seinen Gesprächspartner nicht mehr. Er sprach mit der Erregung eines Eigenbrötlers, so als würde er eine alte Diskussion fortführen, die nie zu einem Ende kam.
Binnen drei Tagen hatte Tichomirow die Unterschriften aller erforderlichen Stellen für das Papier, das Kusinzow ihm diktiert hatte. Letzterer versuchte nicht einmal, seine Verwunderung über diesen unglaublichen Erfolg zu verbergen. Tichomirow brach in schallendes Gelächter aus: »Mein lieber Fjodor Fomitsch, das ist noch gar nichts. Lassen Sie uns ein wenig Zeit, und wir werden alle

Hindernisse überwinden. Warten Sie nur, Sie werden schon bald von uns hören!«

Die Unterschriften auf dem Papier bewiesen es: Tichomirow hatte Kontakte zu Leuten, von denen Kusinzow nur träumen konnte. Dabei hatte er während der dreiundzwanzig Jahre, die er nun schon auf seinem Posten saß – in einem kleinen Büro, das durch die Holzverkleidung sehr gemütlich wirkte –, unendlich viele Beziehungen zu allen Ministerien geknüpft.

Als er jetzt sein Gespräch mit Warrawin analysierte, wurde ihm klar, daß nur ein Mann die Affäre Gorenkov im Keim ersticken konnte, und dieser Mann war Präsident Tichomirow.

Kusinzow bat ihn um ein Treffen. Tichomirow antwortete ihm, daß er erst ab sieben Uhr abends Zeit hätte, da er sehr beschäftigt sei. Er müsse sich mit einigen Architekten treffen und den Maßnahmeplan der Gesellschaft »Die gute alte Zeit« für den Sommer festlegen. Kusinzow sagte ihm, er erwarte ihn gegen sieben Uhr in der Nähe des Ministeriums.

»Nein, lieber nicht, Fjodor Fomitsch! Ich könnte mich verspäten, und dann müßten Sie in der Halle auf mich warten. Ich hätte ein schlechtes Gewissen, Sie warten zu lassen. Lassen Sie mir lieber einen Passierschein ausstellen. Ich mag es nicht, unter Zeitdruck zu arbeiten.«

Kusinzow verließ sein Büro und machte einen kleinen Bummel durch die Stadt. Er hatte nur einen einzigen Gedanken: Er wollte Tichomirow nicht verärgern. Der »innere Radar« des Professors war absolut in der Lage, die kleinste Lüge aufzudecken. Nichts könnte den Verlust eines solchen Kontakts ersetzen. Und erst der Gedanke, ihn zum Feind zu haben, Gott bewahre! Mit seinen Beziehungen könnte er einen umknicken wie einen Strohhalm! Er war ein launischer Mann; ein Mann, den man lenken konnte; eine Natur, die von einem Augenblick zum anderen ihre leidenschaftliche Zuneigung in grenzenlosen Haß umschlagen lassen konnte. Doch es gab Dinge, über die man besser nicht mit ihm sprach, Dinge, die man sich selbst kaum eingestehen konnte, wenn man seine Seele nicht verderben und vor Angst sterben wollte. Viele Krebskranke leugnen noch die Krankheit, wenn sie schon von ihr gezeichnet sind. Im Westen haben die Menschen keine Seele; die Ärzte sagen dem Kranken dort ganz offen, daß er Krebs hat; doch nicht jeder kann einen solchen Schock verkraften. Man darf nicht jede Wahrheit aussprechen, da bin ich einer Meinung mit Gorki. Es gibt wirklich Wahrheiten, die eine tödliche Wirkung haben... Zum Beispiel hat Chruschtschow auf dem XX. Parteitag die Wahrheit gesagt. Was war der Erfolg? Wie viele Seelen hat er damit zerstört?

Stalin hat man zum Gott gemacht. Warum durften wir ihn nicht weiter verehren? Man kann die Toten doch sowieso nicht wieder zum Leben erwecken! Und wozu auch? Wir Russen können nicht leben, wenn wir nicht Vertrauen in die Autorität eines großen Führers haben. Das ist nun mal eine historische Tatsache, daran kann man nichts ändern. Wir brauchen Zuckerbrot und Peitsche, die Demokratie bekommt uns nicht. Schade, daß ich das nicht offen sagen kann, aber wenn ich es täte, was würde dann aus mir werden? Lehrer in einer technischen Schule? Man würde mich ohne die Intervention einer hochgestellten Persönlichkeit nicht aufnehmen.

Wenn jemand aus der Nomenklatura fällt, vergißt man sogar seinen Namen; der Mann ist nichts als Staub. Und jetzt kündigt man uns Wahlen an. Wir sollen Politiker wählen! Sind wir darauf vorbereitet? Man hätte das behutsam machen, unser Volk jahrzehntelang darauf vorbereiten müssen. Doch was geschieht? Schnell, schnell, vorwärts! Man hat nichts mehr zu befürchten, man kann alles machen, nichts ist mehr verboten.

Wir haben Iwan den Schrecklichen nicht vergessen, weil er den Leuten angst gemacht hat, doch wer würdigt die Verdienste von Alexander II., dem Befreier? Er hat das Dekret zur Befreiung der Bauern unterschrieben, und kein Mensch erinnert sich daran. Man hat ihn in die Luft gejagt, den Armen, er ist von einer Bombe zerfetzt worden. Das war der Wind der Demokratie. Unter Nikolaus I. hätte man das nicht gewagt. Er hatte den Aufstand der Dekabristen so brutal niedergeschlagen, daß in den folgenden zehn Jahren kein Mensch es mehr wagte, sich gegen ihn zu erheben. Die Elite lebte wie die Made im Speck, und der Bauer, was

brauchte der schon? Er hatte Brot und manchmal auch Milch. Warum sollten die Reichen mit aller Welt teilen?
Ohne zu wissen, wie, kam Kusinzow auf seinem Bummel zum Gum [Kaufhaus im Zentrum Moskaus]. Er ging hinein, und als würde er von einer unsichtbaren Hand geschoben, stieg er hinauf in die Haushaltswarenabteilung und kaufte einen kleinen Samowar. Als er wieder im Ministerium war, entfernte er die Kaffeemaschine und stellte statt dessen den Samowar auf den kleinen Tisch, die Kaffeetassen tauschte er gegen Teegläser aus. Sein diensthabender Kollege hatte Gott sei Dank indischen Tee, der noch aus der Zeit stammte, als man bei Elissejew kaufte [Elissejew gründete vor der Revolution eine Lebensmittelkette, die später in ›Gastronom‹ umbenannt wurde].
Tichomirow unterbrach Kusinzow nicht ein einziges Mal. Er hörte aufmerksam zu und stellte keine der Fragen, die jener so sehr gefürchtet hatte. Den Tee lehnte er ab: »Ich hätte heute gerne aus reiner Genußsucht eine Tasse starken Kaffee getrunken. Der Tag war anstrengend, ich bin völlig am Ende.« Dann schüttelte er mit betrübter Miene den Kopf: »Machen Sie sich keine Sorgen, wir werden schon eine Lösung finden. Sie sehen ja vollkommen erschüttert aus. Helfen Sie morgen Viktor Nikititsch Russanow, damit er noch einmal in den Archiven recherchieren kann. Wir müssen die Vorschläge, die für den russischen Nationalpark ausgearbeitet wurden, sorgfältig untersuchen. Wir brauchen Fotokopien mit den Unterschriften derer, die die Pläne geprüft und abgezeichnet haben. Was Karimow angeht, geben Sie mir seinen letzten Personalbogen. Wer den Frieden will, muß den Krieg vorbereiten! Unsere arischen Vorfahren verstanden es besser als wir, ihre Gedanken in lapidare Formeln zu fassen: Wir zahlen die Rechnung für die Erschütterungen der Revolution, der Pöbel ist schwatzhaft, der Adel zeigt seine Gefühle nicht.«
Tichomirow schloß die Augen, sicherlich vor Müdigkeit. Sein Gesicht wurde blaß, und er sagte bitter: »›Warrawin‹, das ist ein schöner Name, darin liegt etwas Kühnes, etwas Großes ... schade um den Jungen, aber er stört unsere Pläne, er muß verschwinden. Sie haben recht, in dieser Lage gibt es keinen anderen Ausweg.«

Kapitel 9

Ich, Iwan Warrawin

Unser Chefredakteur Jewgeni Kaschljajew ist jetzt seit einem Jahr bei der Zeitung; vorher hatte er die Kulturabteilung des Regionalkomitees des Komsomol geleitet. In dieser Funktion machte er sich einen Namen, als er einen Bulldozer auffahren ließ, um die erste Ausstellung abstrakter Malerei zu verhindern. Daraufhin stieg er rasch vom Ausbildungsleiter zum stellvertretenden Verwaltungsleiter auf. Als solcher startete er eine Kampagne gegen die Vokal- und Instrumentalensembles. Im ganzen Land gab es kein Stückchen Fleisch mehr, und im Norden wurde Milch für Kinder nur mit Lebensmittelkarten ausgegeben; er aber verkündete lautstark: »Wir werden die Einflüsse aus dem Ausland abwehren, unsere Kultur wird sich nicht von den Grobheiten einer Pugatschowa [Rocksängerin] und von den Verrenkungen eines Leontjew [Rockmusiker und -sänger] in ausgewaschenen Jeans verseuchen lassen!« Manche begrüßten diese Kampagne: »Dieser Kerl hat eine patriotische Gesinnung, er respektiert die Traditionen! Bravo!« Kaschljajew vertrieb die Liebhaber des Jazz aus den Musiklokalen; in den Kulturpalästen traten nur noch Tänzerinnen in volkstümlichen Trachten und Sänger mit Schirmmützen auf. Was sie boten, war nur eine blasse Nachahmung des künstlerisch großartigen Piatnizki-Chors und hatte mit dieser hervorragenden Musikgruppe gar nichts zu tun; es wurde auch keine echte Folklore geboten, sondern lediglich eine armselige Imitation. Selbstverständlich zog es nur Rentner in diese Veranstaltungen, die Jugend flüchtete sich in die Kellerlokale! Allmählich traten dort Rocker und Punks im Stil amerikanischer Rockgruppen auf. Diese hatten sich durch ihr Engagement gegen den Vietnamkrieg legitimiert; die Unsrigen dagegen, die davon nichts wußten, brüllten und schrien so laut, daß man kein einziges Wort verstand. Dennoch tanzten die Jugendlichen zu dieser Musik, kreischten, stöhnten und gerieten in Ekstase.

Da begab sich Kaschljajew in die Vororte; dorthin, wo früher kleine Dörfer gewesen waren, die Moskau mit frischem Gemüse versorgt hatten. Die Hauptstadt schluckte diese Dörfer. Dadurch änderte sich aber nicht die Mentalität der Leute dort, die weder Proletarier noch Bauern waren: Die Alten gruben ihren Gemüsegarten um und machten kleine Geschäfte mit dem, was sie anbauten, die jungen Leute aber ergriffen die Flucht: nicht um alles in der Welt hätten sie eine Schaufel angerührt. Kaschljajew traf sich mit den »jungen Proletariern« in einem Kulturklub und brachte sie – in schwarzen Anzügen, eleganten Krawatten und weißen Hemden – abends in die Rockkeller: »Wenn sich die Polizei weigert, diese Dämonen zu vertreiben, dann schaffen wir selbst Ordnung!« Es kam zu einer Schlägerei! Sieben Personen mußten ins Krankenhaus eingeliefert werden. Die Absetzung Kaschljajews ging zwar nicht ganz unspektakulär vonstatten, aber da er zur Nomenklatura gehörte, wurde er zur Umerziehung nicht in die Fabrik, sondern zur Zeitung geschickt. Wir galten anscheinend als gute Mannschaft und sollten ihm seine Irrtümer allmählich begreiflich machen.

Als wir von seiner Beförderung erfuhren, gingen wir alle gemeinsam zum Chef. Er sagte uns, daß nicht er diese Entscheidung getroffen habe, und daß sie unwiderruflich sei: »Eigentlich hängt jetzt alles von euch ab; wir können kein schlechtes Klima hier gebrauchen...«

Der Chef ist in einem kritischen Alter: zweiundvierzig; und als Kader des Komsomol wartet er jetzt auf seine Beförderung. Das ist ein heikler Moment, in dem er sich nicht den geringsten Fehler leisten kann, denn er wird von Dutzenden von Augenpaaren scharf beobachtet. Plötzliche Bewegungen und vor allem leichtfertig getroffene Entscheidungen könnten seine ganze Zukunft gefährden. Nur die Geduld ist in einem solchen Fall die Mutter aller Tugenden.

Doch wir haben eine Generalversammlung gefordert. Denn bei uns hat das Personal Mitspracherecht: Wir alle schreiben, und wir sind ganz allein zurechtgekommen, ohne die Einmischung von Papa und Mama oder eines Onkels mit guten Beziehungen; wir sind Arbeiterkinder. Nur der Redakteur für den Bereich Außenpolitik kommt aus einer Lehrerfamilie und ist ein Intellektueller, wie er im Buch steht.

Kaschljajew stand mit dem Rücken zum Fenster, war also vom Licht abgewandt, doch trotzdem sah man, daß er Ringe unter den Augen hatte und sein Gesicht blaß und aufgedunsen war. Wir sagten ihm, was wir über ihn dachten: Ein grundloses Verbot provoziert Widerstand. Niemand von uns war von abstrakter Malerei begeistert, aber daraus die größte Bedrohung für den Sozialismus zu machen, heißt, daß man von den Realitäten des heutigen Lebens nichts verstanden hat. Die Gefahr liegt anderswo. Sofort nachdem die Ausstellungen avantgardistischer Maler genehmigt worden waren, hörten deren Auftritte als Kämpfer für die Freiheit der Kunst auf. Nichts ist einfacher, als Verbote zu erlassen; aber noch nie im Verlauf der Geschichte hat ein Verbot, das ausgesprochen wurde, um anderen gefällig zu sein, etwas Gutes bewirkt. Auch wir sind nicht von dem Gekreische der Rockmusiker begeistert; aber ist es nicht besser, der Jugend Lieder, Tänze und Unterhaltung – um die sich im übrigen das Fernsehen bemüht – anzubieten, die dann den Rock verdrängen? Solange die Jugendlichen nicht wissen, wo sie ihre Freizeit verbringen sollen, solange man ihnen keine Möglichkeit gibt, ihre überschüssige Energie loszuwerden – Wissenschaftler haben errechnet, daß ein Erwachsener vor Erschöpfung tot umfallen würde, wenn er sich so viel bewegen würde wie ein Kind, das im Hof herumtobt –, solange der Komsomol sich darauf beschränkt, Meetings und Versammlungen zu organisieren und den Jugendlichen nicht hilft, zu sich selbst zu finden, so lange haben wir nicht das Recht, zu Verboten zu greifen und Linientreue zu predigen. Es gab eine Zeit, in der die Polizei hinter den jungen Leuten her war, die enge Hosen trugen, und sie einsperrte. Und was hat man damit erreicht? Daß das Gefängnis ihre Schule wurde. Wir selbst, so hieß

es, seien daran schuld, daß sie die Staatsmacht immer mit dieser gräßlichen Floskel von der »Verteidigung der Werte« verbinden. Wie kann unser neuer Chefredakteur Kaschljajew unsere Arbeit leiten, wenn wir über das, was sich im Milieu der Jugendlichen abspielt, völlig gegenteiliger Ansicht sind?
Der Chef nahm an dieser Versammlung nicht teil. Er gab vor, er müsse unbedingt an einem von der Akademie der Wissenschaften veranstalteten Kolloquium teilnehmen, zu dem ihn einer unserer Fotografen begleitete. Er wollte selbst die Besprechung schreiben. »Das wird interessant werden«, fügte er hinzu. Gewöhnlich hatte immer ein Journalist aus dem Bereich Wissenschaft bei derartigen Versammlungen als Berichterstatter teilgenommen. Aber schließlich ist es ja seine Sache, und wenn man so peinlich genau jeden Schritt vorher überlegen muß, den man tun will, kann man ja nur verrückt werden oder einen Herzinfarkt bekommen.
Der erste Stellvertreter des Chefs, Pawel Gunko, leitete die Versammlung. Er stammt aus Lwow, ist genauso alt wie ich, einunddreißig, und schreibt gut. Wenn es um die Wahrheit geht, macht er keine Zugeständnisse. Er kann es nicht leiden, wenn man unentschlossen auf einer Sache herumreitet und nicht auf den Punkt kommt.
»Los, Genosse Kaschljajew«, sagte er, als alle gesprochen hatten. »Wie die Sache ausgeht, hängt allein von deiner Antwort ab. Ich möchte folgende Frage zur Abstimmung stellen: Wollen wir dich als Leiter einer unserer Abteilungen akzeptieren? Ich werde mich nicht gegen meine Kollegen stellen, obwohl das Politbüro deiner Ernennung zugestimmt hat. Denn Transparenz muß doch für alle gelten.«
»Ich will ein paar Worte dazu sagen.« Kaschljajew stand auf, holte nervös Luft – wie ein Kind, bevor es ein Gedicht aufsagt; dabei preßte er die Hände so fest gegeneinander, daß ich seine Knochen knacken hörte. »Ich möchte die Genossen etwas fragen: Sind denn Klatsch, Denunziation und üble Nachrede wirklich unvermeidliche, ja, sind sie notwendige Begleiterscheinungen von Demokratie und Glasnost? Ich meine, daß es nur eine einzige Antwort auf diese Frage gibt, und die lautet: Nein! Denn dies verhindert den

Prozeß der Umstrukturierung, den ihr und ich ja begeistert begrüßen. Ich möchte von Perestroika sprechen, von einer neuen Art, unsere Bürgerpflichten wahrzunehmen... Ich möchte euch auch fragen: Unterdrückt die größere Ausweitung der Demokratie...«
Gunko brach in ein schallendes Gelächter aus: »Die Demokratie ist doch kein Gürtel, den man weiter oder enger schnallen kann! Entweder es gibt sie, oder es gibt sie nicht.«
»Das ist richtig«, nickte Kaschljajew. »Ihr hier kennt die Funktionärssprache nicht. Ich dagegen, ich kann nicht anders, ich bin ein Apparatschik... aber ich möchte trotzdem meine Frage fertig formulieren: Hebt die Transparenz, also Glasnost, für den Komsomol etwa die Notwendigkeit von Disziplin auf? Muß er etwa nicht die Regeln des demokratischen Zentralismus respektieren? Ich denke doch. Jedenfalls habe ich nirgendwo gelesen, daß solche Anordnungen erlassen worden sind, und außerdem war nicht ich es, der die Initiative ergriffen hat, die Ausstellung abstrakter Malerei zu verbieten; ich habe nur den Beschluß des Politbüros ausgeführt. Hatte ich das Recht, diesen Befehl zu verweigern? Ihr werdet sagen, ich hatte das Recht dazu; und deshalb möchte ich jeden einzelnen von euch fragen: Du, hättest du nein gesagt, wenn du an meiner Stelle gewesen wärest? Weshalb habt ihr in eurer Zeitung wütende Artikel gegen die abstrakte Malerei, gegen Leontjew und gegen Rockkonzerte verfaßt? Weshalb habt ihr es nicht abgelehnt, solche Artikel zu schreiben, da es doch nicht eurer Meinung entspricht? Wer kann beweisen, daß ich es war, ich allein, der mit einem Bulldozer gegen die Ausstellung der Avantgarde vorgegangen ist? Wart ihr dabei? Habt ihr die Dokumente gesehen, die ich angeblich unterzeichnet habe? Oder habt ihr nur davon gehört?
Ich verstehe die abstrakte Malerei nicht, und ich mag sie nicht. Ja, so ist es, und ich habe das niemals verheimlicht, ich verheimliche es auch jetzt nicht, und ich habe nicht vor, es in Zukunft zu verheimlichen. Erlaubt mir, euch, die ihr Artikel zugunsten dieser Art der Malerei verfassen wollt, zu sagen, daß ich verlangen werde, daß auch Gegendarstellungen möglich sind. Ja, ich liebe Beethoven und Mozart, ich weine, wenn ich Tschaikowsky höre.

Ich bin in Woronesch aufgewachsen, und für mich ist das Lied ›Wenn die Schwäne ziehen‹ das schönste Lied, das es gibt. Meine Kampagne gegen die Rockkonzerte war von dem Wunsch beseelt, der Jugend die Liebe zu den ewigen Werten einzubläuen! Ja, ich verabscheue die *metallisty*, diese russischen Skinheads, die sich mit Ketten panzern. Aber wer kann beweisen, daß ich die ›Traditionalisten‹ ermuntert habe, den ›Punk zu vernichten‹? Es war wahrscheinlich mein Fehler, daß ich, ohne zu überlegen, die Entscheidung zu einer einmütigen Pressekampagne akzeptiert habe. Man muß meinen, daß ich zuviel Wind um eine Sache gemacht habe, die man eher hätte bagatellisieren müssen... Aber heutzutage hat jeder dazugelernt, jeder will Demokratie und Fortschritt... Es ist leicht, jemanden rauszuschmeißen, der einem nicht paßt, und ihm alle möglichen Vorwürfe zu machen... Aber ist denn das Demokratie?

Das war alles, was ich sagen wollte. Ich möchte euch auch bitten, eine Kommission zu bilden und meine Aktivitäten im kulturellen Bereich zu untersuchen – befragt die jungen realistischen Maler, die Gesellschaft Junger Dichter, die Tanzschule für die Jugend, die Designer und Modellzeichner. Und noch etwas... der Prozeß, der gegenwärtig im Gang ist, heißt zu Recht Umstrukturierung; denn er gibt allen und jedem – auch denen, die sich in ihrer Einschätzung der Dinge getäuscht haben – die Möglichkeit, sich ›umzustrukturieren‹. Nicht Repressionen, Sondergerichte, Erschießungskommandos, Deportationen und Verfolgungen, sondern eine Atmosphäre des guten Willens, der Solidarität und der gegenseitigen Hilfe – das bedeutet für mich die Pere... die Pere...«

Kaschljajew war noch blasser geworden, er sank auf das Fensterbrett und zerrte am Kragen seines gestärkten Hemdes. Sekretärinnen eilten mit kaltem Wasser herbei. Ein Arzt wurde gerufen. Kaschljajew bekam ein paar Spritzen; eine Abstimmung stand nun nicht mehr zur Debatte...

Im übrigen bin ich gar nicht sicher, ob ich gegen ihn gestimmt hätte, nachdem er in seiner Stellungnahme so vieles gesagt hatte, was mir fremd war, dennoch aber gewisse Punkte angesprochen hatte, deren Berechtigung nicht abzustreiten war; besonders, als er sagte, daß auch wir keine Engel seien und daß sich jeder zunächst an die eigene Nase fassen müsse...

Kaschljajew nahm nach dieser Versammlung keinen Urlaub, obwohl die Ärzte ihm rieten, er solle mindestens eine Woche im Bett bleiben. Er war als erster in der Redaktion und ging als letzter. Wenn er sich auch geradezu begierig in alles einmischte, so korrigierte er doch nicht unsere Manuskripte, sondern begnügte sich damit, Bemerkungen zu machen, die ihm in den Sinn kamen, und diese Bemerkungen waren häufig ganz hilfreich. Er hat ein Gespür für das richtige Wort, seine Sprache ist nüchtern, aber er ist keineswegs ein Anhänger des Telegrammstils. »Wir alle brauchen ein bißchen frische Luft!« war sein Motto.
»Versuche, vom Chef hundert Zeilen mehr für unseren Bereich zu bekommen«, bat ich ihn, »dann haben wir auch Platz für frische Luft. Meinst du, wir haben kein Interesse daran?«
»Wir wollen es versuchen«, antwortete Kaschljajew, »aber um eine entsprechende Entscheidung herbeizuführen, müssen wir keinen bürokratischen Kampf mit dem Sekretariat ausfechten, sondern einfach nur zwei oder drei Artikelentwürfe vorlegen, die unsere Forderungen rechtfertigen.«
Einen dieser Entwürfe verfaßte ich. Ich hatte die Gelegenheit zu einer Begegnung mit einem Veteranen, der am fünften Kriegstag eine hohe militärische Auszeichnung erhalten hatte. Der alte Mann wohnte in einem Schuppen, da das Exekutivkomitee ihm eine Wohnung mit dem Hinweis darauf verweigerte, er habe seine Wohnung, die er in der Stadt besaß, verkauft. Er hatte sie aber niemandem verkauft, sondern auf seine Tochter überschrieben, die ihn drei Jahre später auf die Straße setzte. Shakespeare war ein Genie, denn er behandelte Themen, die auch heute noch gültig sind. Er war tüchtig und kannte sich aus, der Engländer! Unsere Schriftsteller, die nur klagen und jammern, täten gut daran, sich an ihm ein Beispiel zu nehmen. Wenn es wenigstens einen gäbe, der einen Vorschlag hätte oder einen möglichen Ausweg aufzeigen könnte. Aber nein! Nichts als Heulen und Zähneklappern!

Der andere Entwurf stammte von Kaschljajew. Man muß zugeben, daß er gute Arbeit geleistet hatte. Er kritisierte den Finanzminister, der zu diesem Zeitpunkt noch keine Stellungnahme zu einem Gesetz abgegeben hatte, das den Leuten ermöglicht, sich auf eigene Beine zu stellen, und ihnen Selbstfinanzierung und Selbstverwaltung erlaubt. In diesem Bereich herrscht die absolute Verwirrung, und angesichts unserer tiefverwurzelten Tendenz, »uns die Taschen zu füllen, ohne ein Krümelchen fallen zu lassen«, nimmt die Perestroika dadurch schweren Schaden; die Industrie tritt auf der Stelle, vor allem im Baubereich. Kaschljajew wurde für seinen Artikel das Ehrenabzeichen zuerkannt, und Pawel Gunko lobte ihn bei einer Arbeitssitzung.
Kaschljajew hat mir die nötige Erlaubnis verschafft, um Gorenkov in der Strafanstalt aufsuchen zu können. Zuerst sollte unser Sibirienkorrespondent dorthin geschickt werden, damit Reisekosten eingespart würden, doch Kaschljajew setzte sich bei der Redaktionskonferenz für mich ein: »Das ist Warrawins Thema. Er muß dorthin fahren, denn es gibt ja schließlich eine journalistische Ethik. Halten wir uns daran – nicht mit Worten, sondern mit Taten!«
Er wünschte mir eine gute Reise und gab mir ein paar Ratschläge mit auf den Weg: »Wenn Gorenkov tatsächlich irrsinnig hohe Geldprämien bekommen hat, wie der Staatsanwalt meint, dann zertrete diesen Wurm. Wenn sich das aber nicht bestätigen sollte, dann mußt du ihn bis zum letzten verteidigen...«
Als ich aus Sagrjajsk zurückkam, setzte Kaschljajew einen dreitägigen Urlaub beim Chef für mich durch, damit ich ungestört schreiben konnte.
Und wie immer bin ich nicht fertig geworden: Ich kann mir meine Arbeit nicht gut einteilen, das ist mein schwacher Punkt. Vor dieser Geschichte mit Gorenkov habe ich drei Monate lang Material über Nowosibirsk gesammelt, wo sogenannte Wissenschaftler die Studenten mit allerlei Belanglosigkeiten vollstopfen, und dies unter dem Deckmantel der für uns heiligen Idee, das Volk zu bilden. Ich habe Arbeiten dazu gelesen und bin dabei sehr bald an Grenzen gestoßen, denn ich benötigte Informationen über Wlas-

sow, über den Propagandaminister und über die Reden der »Schwarzen Hundertschaft« [extrem rechte Bewegung] vor der Duma. Während der Chef eine Eingabe an das Institut für Militärgeschichte abfaßte, während alles seinen geregelten Gang durch die Instanzen der Bürokratie ging, war ich von meiner wunderbaren Entdeckung begeistert.
Musiker haben einen Chor gegründet, der kirchenslawische Lieder und Bittgesänge des 19. Jahrhunderts vorträgt. Wenn man diese Lieder hört, bekommt man eine Gänsehaut; nur die Schwarzen haben solche »Spirituals«, in denen von Schmerz und Hoffnung die Rede ist...

Kaschljajew las alle meine Aufzeichnungen zum Fall Gorenkov. »Das ist ja nur ein kleiner Teil«, sagte er nachdenklich, »nur die Spitze des Eisbergs; da gibt es noch viele Ungereimtheiten und offene Fragen.«
»Ich habe Informationen gesammelt«, antwortete ich. »Staatssekrektär Tschurin verkriecht sich. Ich mußte mich mit Kusinzow begnügen...«
»Wer ist denn das?«
»Sein Assistent.«
Kaschljajew war erstaunt.
»Auf dieser Ebene solltest du nicht arbeiten. Was kann dich denn an einem Assistenten interessieren?«
»Ach, einiges... Übrigens ist er promovierter Naturwissenschaftler.«
»Wie heißt er?«
»Fjodor Fomitsch... Warum?«
»Nur so. Ein weitverbreiteter Name... Ich verstehe nicht ganz, was Karimow mit der Sache zu tun hat. Nimm dich in acht, er ist – im Moment jedenfalls noch – Premierminister einer autonomen Republik. Sein Nationalstolz könnte verletzt werden...«
»Dürfen deiner Meinung nach nur die Russen kritisiert werden? Sind die Baschkiren, die Juden, die Litauer unantastbar? Wo bleibt denn der vielgepriesene Internationalismus?«
»Ich dachte genauso... bis zu dem Tag, an dem ich eines Besseren belehrt wurde...«

»Wie denn?«
»Durch Jonosas Lakubaitis, den Leiter des Ensembles ›Rhythmus‹. Erst wurde lamentiert, dann warf man mir Chauvinismus vor, und so weiter und so fort. Also nimm dich in acht vor Karimow, das ist mein Rat. Begnüge dich bei deinen Nachforschungen mit Gorenkov...«
»Der ist nur ein Glied in der Kette.«
»In welcher Kette?« Kaschljajew zuckte mit den Achseln. »Wir leben heute nicht mehr in den Zeiten der allgemeinen Verdächtigungen. Weck diese Gespenster nicht wieder auf...«
»Ich habe Beweise. Und wie sagt doch unser ›Großer Steuermann‹: Die Fakten sind dickköpfig!«
»Ich sehe keine Fakten, ich sehe nur Fragmente.«
»Das ist richtig. Du siehst die Bausteine, die zusammengesetzt werden müssen, aber es fehlt noch viel; und es gibt vor allem noch keinen Mörtel... Ich gehe auf die Jagd, ich habe meine Netze ausgelegt. In den nächsten Tagen werde ich Antworten erhalten, Namen, Telefonnummern, Hinweise auf Akten... Kannst du mir zwei freie Tage verschaffen?«
»Ich will es versuchen. Aber ich kann es dir nicht versprechen. Das wird Ärger geben, wegen der Konferenzen; es gibt viel Arbeit... Noch einmal mein Ratschlag«, wiederholte er. »Bring die Sache ins Rollen, dann übergeben wir das Ganze der Staatsanwaltschaft. Die sollen die Fäden entwirren. Schließlich bist du kein Privatdetektiv...«

Kaschljajew verschaffte mir trotzdem einen freien Tag; ich habe den Vormittag beim alten Markarian verbracht, der erst siebenundfünfzig Jahre alt ist – wahrhaftig kein Greisenalter –, aber seine Haare sind schon ganz grau, und er hat schlechte Zähne. An meinem dreißigsten Geburtstag saß ich am Fenster an Bord eines Linienflugzeugs. Ich hatte dienstlich den Auftrag erhalten, auf dem BAM [neugebaute Eisenbahnstrecke in Sibirien] zu fahren. Während des Fluges dichtete ich folgenden Vers: »Ich bin dreißig, ich bin dreißig, bald werde ich sechshundert sein, das letzte Jahr der Jugend ist vorbei.« Stimmt's, oder stimmt's nicht? Mit dreißig

Jahren ist die beste Zeit des Lebens schon vorbei. Puschkin hielt sich in diesem Alter für einen Greis, aber was hatte er bis dahin denn geschrieben? Pissarew? Er starb mit dreiundzwanzig Jahren... Dobroljubow? Er wurde nicht mal dreißig... und Lermontow? Auch nicht! Zum Teufel mit meiner Unbekümmertheit! Wir können nicht arbeiten, wir sind Müßiggänger, Nichtsnutze, wir haben nichts anderes im Kopf, als bei einem guten Essen jemandem unser Herz auszuschütten, wir sind Schwätzer. Ob wir arbeiten oder nicht, das Gehalt wird immer weniger wert. Da drückt der Schuh! Und da unser Volk ein gutes Herz hat, gibt es auch heute ein Stück Brot, in der Hoffnung, daß ihr es ihm am nächsten Tag zurückgebt. So kann man sein Leben sorglos wie eine zirpende Grille verbringen, ohne Angst vor dem nächsten Tag.
Ich hatte noch ein Gespräch mit Markarian und eine Unterredung in der Architekturakademie, wo ich erfuhr, daß Tschurin derjenige ist, der die Aufträge zur Gestaltung neuer Räume an die Maler vergibt; danach telefonierte ich mit Karimow, der mir seine Privatadresse gab und sagte: »Meine Frau ist weniger schlimm als meine Sekretärin, die, wie alle ihre Kolleginnen, einen angeborenen Beschützerinstinkt ihrem Chef gegenüber hat. Sie können mich jederzeit zu Hause anrufen.«
Ich ging zu Kaschljajew und erklärte ihm, wie ich das zusammengetragene Material zu verwenden gedachte. Als ich meinen Notizblock aufschlug, erinnerte ich mich daran, daß ich Geld sparen wollte, um mir ein Diktiergerät kaufen zu können. Aber dafür bräuchte ich dann auch die passenden Kassetten, die auf dem Schwarzmarkt ein Vermögen kosten: vierzig Rubel das Stück.
Kaschljajew hörte mir aufmerksam zu, so als ob ich ihm ein Geheimnis anvertraute. Er wollte wissen, wie zuverlässig die Schätzungen über Gorenkovs Gewinne seien, ob in dieser Sache anonyme Briefe existierten, und auf welche Beweise man sich gestützt hätte, um ihn zu stoppen. Kurzum, er billigte meine Auffassung in dieser Sache.
»Aber ich kann dir nicht noch mehr freie Tage geben«, fügte er hinzu, »arbeite hier, denn es gibt eine Menge zu tun. Das Beweismaterial muß noch einmal durchgesehen werden.«

Ach, die Beweise! Ich blieb nach acht Uhr abends noch im Büro – um diese Zeit ist normalerweise nur noch der Chef vom Dienst, jemand vom Informationsdienst und die Sekretärin da. Das ist die ideale Zeit, um zu schreiben: eine Tasse Kaffee, die Stille und das Hoffen auf einen Artikel, der am nächsten Tag wie eine Bombe einschlagen würde. Früher kam so etwas nie vor; man warf einen gleichgültigen Blick in die Zeitung, heute dagegen liest sie wirklich jeder: Es ist, als wenn einem Sekt zu Kopf steigt und ein Prickeln auslöst; man ist so aufgeregt wie kurz vor dem Start bei einem Wettlauf; kurzum: Man fühlt sich lebendig!

Markarian rief mich genau an dem Morgen an, an dem ich mich wieder dem Fall Gorenkov zuwenden wollte. Genau in diesem Augenblick kam Kaschljajew herein, um gemeinsam Korrekturen zu machen. Der alte Markarian brüllte in den Hörer: »Schreib seinen Namen auf: Viktor Nikitowitsch Russanow. Geh nicht selbst hin, aber bemühe dich darum, von Architekten und Restauratoren Informationen zu bekommen...«

»Wie bitte? Wie?« fragte ich noch einmal, denn im Hörer knackte es. »Viktor Nikitowitsch, sagst du?«

»Ja, aber sprich nicht viel darüber, die Jungs von der ›Wremja‹ im Fernsehen vermuten, daß er zur Baumafia gehört. Er ist es, der entscheidet, wer die Gebäude ausmalt und wer nicht.«

Kaschljajew wartete, bis ich das Gespräch mit dem Alten beendet hatte. Beiläufig blätterte er in meinem korrigierten Manuskript und ging wortlos in sein Büro zurück. Ich wurde in den vierten Stock gerufen.

Als ich wieder zurückkam, lagen zu meiner großen Überraschung meine Aufzeichnungen mit allen Informationen über Gorenkov, Karimow, Kusinzow nicht mehr auf dem Schreibtisch, obwohl ich nur etwa zwanzig Minuten fort war.

Ich sah in der Schublade nach, in meiner Mappe: nichts. Das grenzt ja an Magie, dachte ich, wo kann denn das sein? Ich ging ins Sekretariat und suchte dort; ich fragte die Mädchen, ob ich vielleicht zufällig meine Aufzeichnungen liegengelassen hatte; dann ging ich hinaus auf den Gang; Kolja Sidorow vom Informa-

tionsdienst sagte mir, daß Kaschljajew in meinem Zimmer gewesen war. »Sonst habe ich niemanden gesehen«, fügte er hinzu. »Meine Tür ist immer offen, ich würde mich daran erinnern, wenn jemand anders hereingekommen wäre.«
Ich weiß nicht, was mich dazu brachte, aber ich ging zu Lisa Naryschkina. Seitdem wir uns getrennt hatten, war unsere Beziehung von einer neuen Qualität, sie war seltsamerweise viel enger als vorher. Auf meine Bitte hin rief sie Kaschljajew an, um ihn zu fragen, ob er nicht mit Material für einen Artikel zu ihr kommen könne: »Ich verspreche dir, ihn zehn Minuten aufzuhalten«, sagte sie lächelnd, »er wird mir nicht entwischen.«
In Kaschljajews Büro stand ein Aktenkoffer mit einem Zahlenschloß auf dem Schreibtisch. Ich versuchte, ihn zu öffnen – zwecklos. Er war verschlossen. Seinen Aktenkoffer abzusperren, wenn man in der Redaktion ist? Und noch dazu mit einem Zahlenschloß? Weshalb? Ich zog mein Taschenmesser heraus, drehte mit der Spitze an der Schraube und verstellte die Nummern; dann hörte ich ein leises Klicken, öffnete den Deckel, und da lag mein Notizheft. Ich überlegte einen Augenblick, dann rief ich Lisaweta an und bat sie, den »Patienten« noch zehn Minuten festzuhalten.
»Einverstanden«, antwortete sie, »das mache ich.«
Ich lief in mein Büro, holte meinen Fotoapparat, in den ein 400-ASA-Film eingelegt war; mit dem konnte man sogar im Dunkeln fotografieren. Ich machte Aufnahmen von meinem Notizheft, prägte mir alles genau ein, um ja nichts zu vergessen, dann klappte ich den Deckel des Köfferchens wieder zu und stellte die Zahlen wieder in ihre Ausgangsposition zurück.
In meinem Büro angelangt, wählte ich die Nummer von Giwi Kwizinja; der arbeitete bei der juristischen Beratungsstelle Nummer sieben und seine Hauptaufgabe war die Verteidigung von Delinquenten und kleinen Gaunern.
»Alter Junge, ich brauche dich«, sagte ich zu ihm. »Sofort! Beeil dich! Ich bin in der Redaktion.«
»Ist dir etwas zugestoßen?«
»Ja.«

»Warst du betrunken?«
»Alter Junge, ich habe doch schon vor längerer Zeit mein Motorrad verkauft! Es ist etwas weitaus Schlimmeres, etwas, das du dir gar nicht vorstellen kannst.«
Vor der Versammlung kam Kaschljajew bei mir vorbei: »Hör mal, willst du nicht die Briefe der Bauarbeiter redigieren? Ich habe sehr viel zu tun und muß mich auf die Versammlung vorbereiten.«
»Ich habe meinen Notizblock verloren«, sagte ich, ohne ihn anzusehen...
Kaschljajew antwortete ruhig: »Hol dir einen bei mir!«
»Was?«
»Ich habe welche in meiner Schreibtischschublade.«
»Du hast mich nicht verstanden; es handelt sich um meinen Block mit allen Notizen zum Fall Gorenkov.«
»Sieh dir das an!«, er deutete auf meinen Schreibtisch. »Bring mal diesen Haufen Papier in Ordnung, der auf deinem Tisch herumliegt; was ist das, was ist das alles hier?«
»Ich habe alles durchgesehen, alles, verstehst du? Wenn ich diesen Block nicht finde, ist mein ganzer Artikel im Eimer. Da stand alles drin: Name, Zahlen, Fakten.«
Kaschljajew setzte sich auf das Fensterbrett. Er mag diesen Platz ausgesprochen gern, er setzt sich oft neben ein offenes Fenster – eine furchtbare Angewohnheit. Es würde genügen, daß er sich ein bißchen zu weit hinauslehnt, und alles wäre aus. Er strich sich mit seinen schmalen Fingern über die Schläfen, dachte scharf nach und sagte dann: »Am wichtigsten ist es, ruhig Blut zu bewahren. Schlimmstenfalls werde ich noch einmal einen Auftrag für Sagrjajsk erwirken...«
»Das Schlimmste ist schon passiert«, antwortete ich. »Entweder finde ich meine Aufzeichnungen, oder ich muß die ganze Sache begraben. Das ist meine Schuld. Daran ist allein meine verdammte Schlamperei schuld. Es gibt einfach keine Entschuldigung dafür...«
Kaschljajew erhob sich vom Fensterbrett, sagte mir im Weggehen, ich solle auf ihn warten; er wolle zum Chef gehen. Zwanzig Minuten später kam er wieder, bleich und aufgeregt: »Wir werden

sammeln! Du wirst nach Sagrjajsk fahren können! Ich bin der erste, der dir zwanzig Rubel beisteuert.«

Das sagte er ganz aufrichtig und sah mir dabei in die Augen wie ein guter und ehrlicher Freund; in diesem Augenblick spürte ich eine Angst, wie ich sie in meinem ganzen Leben noch nicht gehabt hatte.

Kapitel 10

Hauptdezernat der Kriminalpolizei

An Oberst Kostenko – Bericht:

Um 19 Uhr 52 verließ der Juwelier Zaver das Haus von Glafira Anatoljewna Rumina, der Schwiegermutter des Journalisten Iwan Warrawin, und begab sich in einen Supermarkt, wo er an der Kasse mit Tamara Glebowna Aristarchowa sprach. Er blieb dreiundvierzig Minuten dort. Dann stieg er – wiederum ohne mit irgend jemandem Kontakt aufzunehmen – in einen Trolleybus und fuhr nach Hause. Währenddessen begab sich die Aristarchowa zum Restaurator Russanow, Viktor Nikitowitsch. Das Treffen dauerte einunddreißig Minuten, dann ging die Aristarchowa nach Hause zurück, während Russanow ein Taxi nahm und zu Kusinzow, F.F. fuhr. Er ließ das Taxi – der Fahrer heißt Nikulkow und arbeitet bei Taxiunternehmen Nr. 12 – warten und blieb zehn Minuten dort.

Oberleutnant Stupakow

Kapitel 11

Giwi Kwizinja, Anwalt

Er hatte unter recht dramatischen Umständen die Bekanntschaft Warrawins gemacht: Zu einer Zeit, da diese Art von Heldentaten sehr geschätzt war und begeistert aufgenommen wurde, beschuldigte ein anonymer Brief den Untersuchungsrichter der Regionalleitung des Ministeriums für Inneres, Kwizinja, seine georgischen Landsleute beim Aufbau von Verbindungen zu unterstützen, die den Verkauf von Obst auf dem Schwarzmarkt zum Ziel hätten.
Noch bevor die Untersuchung begann (der Brief war an mehrere Adressaten versandt worden: an die Direktion der Polizeikader, das Regionalkomitee der Partei und an verschiedene Zeitungen; alles war straff durchorganisiert), hatte man Giwi Kwizinja daran gehindert zu arbeiten. Er hatte nicht verstanden, warum. »Alle Welt weiß, daß ich niemals Vetternwirtschaft betrieben habe«, sagte er, »ich habe den Kaufleuten immer mißtraut wie dem Teufel selbst. Ich habe mich immer nur um Angeklagte gekümmert. Ist es nicht eine Schande, daß solchen Verleumdungen Glauben geschenkt wird?«
Man hatte ihn nicht von seinem Amt suspendiert, nein, man hatte ihm ganz einfach keine Arbeit mehr gegeben. Er bezog regelmäßig sein Gehalt. Man grüßte ihn kühl. Wenn er ein Büro betrat, unterbrachen seine Kollegen ihre Telefongespräche und schlossen ihre Akten.
Das ging eine Woche lang so. Er bekam seine ersten grauen Haare, und das mit dreiunddreißig Jahren. Ein wenig früh; sein Vater war fünfundvierzig Jahre alt gewesen, als er langsam grau wurde. Er ging zum Regionalleiter der Polizei.
»Genosse Oberst, wie lange kann eine solche Überprüfung dau-

ern? Warum hat man mich nicht einmal zu einem Gespräch vorgeladen? Vor kurzem hat man mir noch eine Urkunde für gute Leistungen verliehen, und jetzt vertraut man mir nicht mehr! Wird einem Denunzianten wirklich mehr Vertrauen geschenkt als einem Genossen?«

»Passen Sie auf, was Sie sagen«, erwiderte der Oberst kurz angebunden. »Die Arbeiter können überall und jederzeit Alarm schlagen, das ist ihr gutes Recht, ob sie ihre Briefe nun unterschreiben oder nicht. Unsere Aufgabe ist es, herauszufinden, was wahr und was falsch ist.«

»Soll ich vielleicht mein Entlassungsgesuch einreichen?«

»Worauf wollen Sie hinaus? Wollen Sie mir angst machen? Wir werden Sie nicht daran hindern. Der Warnruf eines Arbeiters ist für uns wertvoller als die Selbstachtung eines Mitarbeiters.«

Als Warrawin auf Beschluß seiner Kollegen hin in die Abteilung geschickt wurde, in der Giwi arbeitete, konnte ihm niemand genau sagen, was vorgefallen war. Er bekam nur ausweichende Antworten. Man gab ihm zu verstehen, daß die Abteilung diese Sache selbst regeln würde, daß man die Dinge nicht überstürzen dürfe, und schließlich der Presse keine Rechenschaft schuldig sei. Es wäre Aufgabe der staatlichen Organe, die Wahrheit an den Tag zu bringen und die Gesetze zu schützen. »Wir werden Ihnen Bescheid geben, sobald wir wissen, was wirklich geschehen ist.«

Kwizinja hielt nicht durch. Er kaufte eine Flasche Cognac, trank sich Mut an und schrieb sein Entlassungsgesuch. Er kam nicht mehr zur Arbeit. Ein Kollege, mit dem er das Büro geteilt hatte, ein junger Leutnant namens Sascha Jarmitow, gab Warrawin heimlich den folgenden Rat: »Kümmern Sie sich um den Fall Ufimzew. Kwizinja war vor einem Jahr damit betraut. Das ist ein Schuft der schlimmsten Sorte. Der Stil, in dem der anonyme Brief abgefaßt ist, ist seinem sehr ähnlich, lassen Sie die Handschriften vergleichen. Er hat Kwizinja damals auch gesagt, daß die ›Flugplatz-Käppis‹ [georgische Schmuggler, so benannt nach ihren breiten Schirmmützen] schon bis nach Moskau vorgedrungen wären; eine Betrügerbande, die sich nur noch bücken müsse, um das Geld aufzusammeln, und daß es an der Zeit wäre, daß sie so arbeiteten wie wir auch. Giwi hat ihm geantwortet, daß das Mangan, der Tee, die georgischen Trauben, die Schwarzmeerküste und die Automobilindustrie einen beachtlichen Beitrag zum Staatsbudget leisteten, und daß er persönlich sich nicht als Parasit betrachten könne. Damals ist mir der Ausdruck ›Flughafen-Käppis‹ besonders aufgefallen... Das ist die Sache, um die es im Grunde geht.«

Warrawin brauchte eine Woche, um den Fall Ufimzew in den Archiven zu recherchieren. Wenn er nicht neun Unterschriften benötigt hätte, hätte sicher ein Tag genügt (hätte genügen müssen, zum Teufel!). Kwizinja wurde betrunken festgenommen und wegen wiederholter Inkompetenz vom Dienst suspendiert.

Der Schriftvergleich und Ufimzews Aussagen im Verlauf der Untersuchung führten zu der Feststellung, daß er der Verfasser des anonymen Briefes war. Doch da Kwizinja wegen Trunkenheit festgenommen worden war, und es niemanden kümmerte, ob diese Trunkenheit vielleicht die Folge einer ungerechtfertigten Demütigung gewesen war, änderte man lediglich die Begründung für seine Entlassung: »Auf eigenen Wunsch, um künftig als Anwalt arbeiten zu können.«

Nach dem Frühjahr 1985 bot man ihm an, ihn wieder in seine alte Abteilung aufzunehmen, doch er lehnte ab: »Genau betrachtet gibt es kaum einen Unterschied zwischen der Arbeit eines Untersuchungsrichters und der eines Anwalts. Beide versuchen, die Wahrheit herauszufinden, beide verteidigen die Unschuldigen und stellen die Beweise des Gegners in Frage.«

Kwizinja hatte mit Warrawin Freundschaft geschlossen, denn er hatte nie vergessen, daß sein Vorgesetzter einmal in der Zeitungsredaktion angerufen hatte, um sich über »diesen frechen Journalisten« zu beschweren, »der es sich erlaubte, ohne groß nachzudenken, doppeldeutige Bemerkungen zu machen«. Als Giwi eines Tages bei Warrawin war, gestand er ihm: »Wanja, ich bin eigentlich zufrieden, daß ich als Anwalt arbeite, das schwöre ich dir. Vor allem dann, wenn ich erfolgreich ein Kind verteidige, das zehn Rubel im Autobus geklaut hat, und das man vor dem Gefängnis retten muß, weil es dort total verdorben würde und für die

Gesellschaft verloren wäre. Es gibt im übrigen solche Gangster und solche Gangster, und nicht jeder, der sich dafür hält, ist auch tatsächlich einer. Eigentlich machen wir noch immer kaum einen Unterschied zwischen dem, der der Beihilfe zu einem Verbrechen beschuldigt wird, und dem, der es begeht. Aber offen gestanden langweile ich mich etwas, weil ich keine großen Fälle untersuchen kann. Ich würde gerne einen Schurken hinter Gitter bringen, der den Dolch oder das Messer noch in der Hand hat. Das ist wohl der Jagdinstinkt.«

»Weißt du, ich habe einen tollen Film gesehen«, antwortete Warrawin, »es ging um einen jungen amerikanischen Anwalt. Er kämpfte für eine arme Alte gegen den Staatsanwalt und den Richter. Man bedrohte ihn, man verlangte, er solle seine Verteidigung niederlegen und gab ihm zu verstehen, daß es seiner künftigen Karriere erheblich schaden würde, wenn er diesen Fall vor Gericht vertreten würde. Die Amerikaner verstehen es, Filme zu machen. Da ist keine Einstellung überflüssig. Doch der Anwalt gab nicht nach und bewies den Geschworenen, daß die Alte unschuldig war. Sie wurde freigesprochen, der Anwalt sackte in seinem Sessel zusammen und ließ die Hände auf die spitzen Knie fallen. Die Kamera zog zur Totale auf, und schließlich erfahren wir, daß dieser Anwalt Abraham Lincoln war, der berühmte Präsident der Vereinigten Staaten... Giwi, du mußt auch an die Zukunft denken... Ich persönlich bin davon überzeugt, daß wir kurz vor einer Justizreform stehen. Nichts wiegt die Entscheidung der Geschworenen auf. Sie ist ein Schutz gegen voreingenommene Richter und Beisitzer. Erinnerst du dich an den Film ›Die zwölf Geschworenen‹?«

»Ja«, antwortete Kwizinja, »ich beklage mich ja gar nicht, ich habe dir nur mein Herz ausgeschüttet.«

Warrawin zündete sich eine Java an, die er ständig rauchte, und las mit leiser Stimme:

Der Jasmin, er war noch nicht verblüht,
Als wir ins Landhaus kamen, ans Ziel.
Es gab die ersten Frühlingsstürme,

Aber noch kein Regen fiel.
Noch waren wir für irgendwas gedacht,
Der Vorrat an Hoffnung war noch nicht erschöpft,
Nichts Böses denkend haben wir da noch gelacht
Und in Gesprächen bis zum Morgen
Unsere Freundschaft stark gemacht.

»Von wem ist das?« fragte Kwizinja.
»Von Lisa Naryschkina«, antwortete Warrawin.
»Hast du Olga angerufen?«
»Nein.«
»Aber du liebst sie?«
»Eben darum rufe ich sie nicht an.«

Kwizinja war der einzige, der von Iwans persönlicher Tragödie wußte. Ohne es zu wollen, hatte er davon erfahren, denn außer ihm hätte niemand die Wahrheit herausfinden können.
Warrawin hatte sich sofort in Olga verliebt, als er sie zum ersten Mal gesehen hatte. Sie war ein junges Mädchen von außergewöhnlicher Schönheit mit sehr entschiedenen Ansichten; sie hatte eigenwillige Ideen, die ihr kein Mensch eingeredet hatte. Urplötzlich trat sie in Warrawins Leben, und er hoffte, daß sie für immer bleiben würde. Drei Monate später heirateten sie. Die ersten sechs Monate waren die glücklichsten. Es stimmte, Olga verfiel manchmal in eine düstere Stimmung, dann hatten ihre dunklen, weit auseinanderstehenden Augen einen schwermütigen Ausdruck.
»Was hast du, mein Liebling«, fragte Warrawin dann. »Nichts, ich bin müde.« Einmal fand er sie in Tränen aufgelöst. Sie saß neben seinem Schreibtisch; die unterste Schublade, in der er seine Briefe aufbewahrte, stand offen, und sie hielt ein Bündel mit Briefen von Lisaweta in der Hand.
»Wahre Männer verbrennen die Briefe und Fotos ihrer Geliebten, ehe sie heiraten«, sagte Olga.
»Lisaweta ist eine Freundin von mir, das habe ich dir nie verheimlicht. Wir haben uns getrennt, lange bevor ich dich kannte. Aber fremde Briefe zu durchwühlen, das ist deiner nicht würdig.«

»Ich dachte, daß es, wenn ein Mann und eine Frau zusammenleben, weder ›dein‹ noch ›mein‹ gibt, sondern daß alles beiden gehört.«
Olga stand auf, schlüpfte in ihren Regenmantel und ging. Iwan lief ins Treppenhaus und rief: »Mach doch keinen Unsinn, du darfst nicht...«
Er bekam keine Antwort, das Geräusch der zuschlagenden Eingangstür hallte in der Leere wider; zurück blieb nichts als die Verzweiflung der Verlassenheit.
Spät am selben Abend rief sie an: »Ich bin müde, mein Kopf zerspringt, ich werde bei meiner Mutter übernachten.«
Olga kam auch am nächsten Tag nicht zurück.
»Ich habe Fieber, ich werde hierbleiben.«
»Ich komme sofort.«
»Nein, lieber nicht, es ist wahrscheinlich eine Grippe. Du würdest dich nur anstecken.«
Er rief um Mitternacht wieder an.
»Olga schläft, ich will sie nicht wecken«, antwortete Glafira Anatoljewna.
Welcher Teufel hatte ihn dazu getrieben, zu ihr zu gehen? Er konnte es sich nie verzeihen, wie ein Kind, keinerlei Selbstbeherrschung. Olga war nicht bei ihrer Mutter. Damals begriff er zum ersten Mal, was Schmerz ist. Er stach in sein Herz und pochte in seiner Schulter.
»Wanja, du hast nicht das Recht, Olga in irgendeiner Weise zu mißtrauen«, sagte Glafira Anatoljewna. »Es war ein furchtbarer Schock für sie, als sie bei dir die Briefe dieses Mädchens entdeckt hat.«
»Sie ist kein ›Mädchen‹, sie ist eine Freundin«, antwortete Warrawin, »wir arbeiten zusammen, Olga wußte alles über sie. Ich verheimliche den Menschen, denen ich vertraue – das heißt, die ich liebe –, niemals etwas.«
»Du darfst nichts Schlechtes von ihr denken«, sagte Glafira Anatoljewna. »Olga ist zu einer Wahrsagerin gegangen. Sie glaubt, daß du sie nicht mehr liebst, und daß du ihr nicht treu bist. So etwas kommt bei Frauen in ihrem Zustand vor...«

»In welchem Zustand?«
»Sie erwartet ein Kind, Wanja.«
»Wo wohnt diese verfluchte Wahrsagerin?« Warrawin stand auf. »Sagen Sie mir ihre Adresse!«
»Wenn du Olga verlieren willst, dann geh nur hin. Laß mich lieber anrufen, das ist besser.«
Sie wählte die Nummer und sagte mit einer unterwürfigen Stimme, die nichts mit dem autoritären Ton zu tun hatte, den man normalerweise bei ihr gewohnt war: »Tomatschka, Wanja ist hier... Er ist sehr beunruhigt, Gott weiß, was er sich vorstellt... Holen Sie bitte Olga ans Telefon.«
Kurz darauf erkannte Iwan Olgas Stimme.
»Du willst wissen, wo ich bin«, fragte sie mit gepreßter Stimme, die wie die einer Schlafwandlerin klang, »ich habe keinen Freund. Vor dir gab es niemanden, und wenn du glaubst, daß außer einer Frau, die meine ganze Hochachtung verdient, noch jemand bei mir ist, dann geh nach Hause und vergiß mich.«
Sie legte auf.
Giwi Kwizinja fand heraus, wer »Tomatschka« war: Diese Kassiererin im Supermarkt verhexte Menschen, sagte die Zukunft voraus und versetzte, wie es schien, andere in Hypnose. Sie war in den Wechseljahren, ihr Mann hatte sie verlassen, und sie blieb mit einem Adoptivkind zurück. Die Kleine war rachitisch, im Frühjahr hatte sie Asthma gehabt, und man hatte sie auf die Krim schicken müssen. Toma verdiente viel Geld. Die Frauen standen Schlange, um sie zu sehen. Iwan verstand, daß vor allem die, die alles Interesse am Leben, alle Hoffnung und allen Glauben verloren haben, Opfer ihrer eigenen Hysterie werden. Dann wird ein Kartenspiel zum besten Berater, selbst wenn die Karten dem widersprechen, was man selbst fühlt. Man hat sich nach den Befehlen des Pikkönigs und der Herzzehn zu richten.
Iwan und Olga versöhnten sich nach einigen Schwierigkeiten, doch irgend etwas in ihrer Beziehung war zerstört. Dennoch holte Iwan Olga zurück und unterwarf sich all ihren Launen. Er las ihr jeden Wunsch von den Augen ab und hoffte, daß sich mit der Geburt des Kindes alles regeln würde.

Eines Tages machte er Fotos von Olga, zwei ganze Filme. Sie waren ein voller Erfolg. Das außergewöhnliche Gesicht der jungen Frau, das durch die Schwangerschaft noch schöner geworden war, glich einem Porträt. Iwan ließ eine der Fotografien vergrößern und nahm sie mit in die Redaktion. »Ich werde sie über meinem Schreibtisch aufhängen, damit mich alle beneiden, weil ich eine so schöne Frau habe.« Am nächsten Tag war Olga in sich gekehrt, wie eine Fremde. »Was hast du?« Sie antwortete nicht, sondern starrte ihn nur mit abwesendem Blick an.

Nachts rief ihn Glafira Anatoljewna an: »Ich war heute in der Redaktion. Olgas Porträt hängt nicht mehr an der Wand, es ist auch nicht in deinen Schreibtischschubladen. Ja, ich habe sie aufgemacht, entschuldige... Hast du es Lisa gegeben? Hast du denn gar keine Angst um die Zukunft deines Kindes? Weißt du nicht, wozu eine Rivalin fähig ist? Wenn man eine Schwangere verhexen läßt, kann das zu einer Tragödie führen.«

»Ich hole Sie ab«, sagte Warrawin, »ich bin in zwanzig Minuten bei Ihnen, ich nehme ein Taxi und wir fahren zusammen zur Redaktion.«

»Du brauchst gar nicht hinzugehen, das Bild ist nicht da!«

»Es ist da!« Iwan begann zu schreien, »ihr seid ja beide verrückt geworden!«

»Nein«, er hörte hinter sich Olgas sanfte Stimme. »Du hast eine grauenvolle Sünde begangen, Iwan.«

Er warf den Hörer auf die Gabel und schrie: »Zieh dich an! Zieh dich an, sage ich! Komm mit! Sofort!«

Er brachte sie zur Redaktion, Olgas Mutter wartete schon vor der Tür. Er überredete den Nachtwächter, sie durchzulassen. Nachts brauchte man eigentlich eine Sondererlaubnis, um die Büros der Zeitung zu betreten. Tagsüber war die Kontrolle weniger streng, und man konnte sich schon einmal in das Gebäude schleichen. Er ging in sein Büro hinauf, öffnete den Schrank, warf drei Bände eines Wörterbuchs auf den Boden, nahm den vierten und öffnete ihn: Olgas Porträt lag zwischen den Seiten, er hatte es in das Buch gelegt, um es zu glätten, ehe er es rahmen ließ.

»Hier, nehmt es, damit Lisa es nicht zu einer Hexe tragen kann!«

Er ging mit den beiden Frauen wieder nach unten, öffnete die Tür des Taxis, gab dem Fahrer drei Rubel und sagte: »Bring die Damen nach Hause, mein Freund.«
Er drehte sich auf dem Absatz um und ging zurück in das Redaktionsgebäude, um nicht mehr das Gesicht der Frau sehen zu müssen, die er so glühend, so stolz liebte. Da sie allen möglichen Leuten und jedem hysterischen Unsinn eher Glauben schenkte als ihm, der sie liebte und ihr treu war, konnte zwischen ihnen nichts mehr sein. Alles wäre falsch und verlogen.

Damals rief er Giwi Kwizinja an und erzählte ihm alles, ohne irgend etwas zu verheimlichen. Giwi verschwand für eine Woche, dann kam er mit einer Flasche Cognac und Käse zu Iwan: »Iwan, mit Olga ist etwas passiert. Sie glaubt alles, was ihr diese alte Verrückte erzählt, die sich meiner Ansicht nach für ihr eigenes Unglück an denen rächt, die glücklich, schön und intelligent sind. Du kannst Olga erzählen, was du willst, du kannst vor ihr auf die Knie fallen, nichts würde helfen. Das einzige Mittel wäre, diese Toma zu bestechen oder sie, wenn möglich, einzuschüchtern.«
Warrawin hörte seinem Freund zu und versprach, darüber nachzudenken. Nachts rief Giwi ihn an: »Sag mal, wer ist dieser Russanow?«
Iwan war verschlafen und begriff nicht sofort, worum es ging.
»Welcher Russanow? Ich kenne keinen Russanow.«
»Dein Chef, Kaschljajew, war bis Mitternacht bei ihm, dann sind sie zu... Rate, wohin sie gegangen sind? Zu Tomatschka, der Wahrsagerin. Wie klein die Welt doch ist, nicht wahr?«

Kapitel 12

Hauptdezernat der Kriminalpolizei

An Oberst Kostenko – Bericht:

Während wir die Wohnung von Russanow beobachteten, in der Zaver verkehrt, haben wir einen Mann bemerkt, der offensichtlich dieselbe Person beobachtete. Er war uns schon wegen seiner häufigen Kontakte zu dem Juwelier aufgefallen.
Der »Beobachter« kam eine halbe Stunde, nachdem Zaver das Haus verlassen hatte und sieben Minuten nach der Ankunft eines jungen, uns unbekannten Mannes bei Russanow, mit dem er sich anschließend in die Tschaikowskystr. Nr. 6, Block Nr. 3 begab. Wir konnten den Beobachter nicht identifizieren, weil er das Haus vor uns betreten hatte.
Schließlich haben wir herausgefunden, daß es sich bei dem unbekannten »Beobachter« um einen Anwalt namens G. A. Kwizinja handelt, der früher als Untersuchungsrichter tätig war. Er wurde auf eigenen Wunsch entlassen. Man war der Ansicht, daß er private Verbindungen zu Obst- und Gemüseschmugglern hatte.

Diensthabender Oberleutnant Nikiforsik

Befehl Nr. 24-06 des Hauptdezernats der Kriminalpolizei:

Der diensthabende Leutnant Nikiforsik ist wegen Verleumdung des ehemaligen Untersuchungsrichters Kwizinja zu tadeln, der, wie es der Abschlußbericht beweist, keinerlei persönliche Beziehungen zu den Schmugglern hatte.

Oberst Kostenko

Kapitel 13

Ich, Viktor Nikitowitsch Russanow

Der Professor hat ganz recht; wie alle Waisenkinder, die ohne Vater aufwuchsen, lähmt mich noch heute die Schüchternheit, wenn ich mit Frauen zu tun habe. Als ich das Gedicht von Jewtuschenko las, in dem sich eine Frau darüber beklagt, daß ein Mann sie stumm liebte, habe ich mich sehr sehr schlecht gefühlt, so als habe mich jemand durchs Schlüsselloch beobachtet. Diese Zeilen schienen mir so unmoralisch, daß ich beschloß, an die Zeitschrift zu schreiben, die diese Verse abgedruckt hatte. Doch mir wurde klar, daß niemand meinen Brief veröffentlichen würde: Man muß einen Block bilden und gemeinsam Front gegen sie machen.

Ich protestiere mit meinem ganzen Wesen, wenn man im Kino eine Frau zeigt, die sich auszieht. Man hat nicht das Recht, vor aller Augen zu zeigen, was verborgen und intim bleiben muß. Ich erinnere mich noch daran, wie ich errötete und litt, als im Zeichenkurs zum erstenmal eine Frau Modell stand. Ich hatte vor allem Angst, daß sie vollkommen nackt sein könnte, alles in mir sträubte sich dagegen, schrie im stillen auf.

Das ist sicher auch der Grund dafür, warum meine erste Ehe schon nach so kurzer Zeit scheiterte. Natürlich war es meine Schuld. Ich habe nicht aufgepaßt und Lidia Remarque lesen lassen. Der war voll von Doppeldeutigkeiten, kühnen Ideen, endlosen Saufgelagen. Das hat unsere Beziehung verdorben, und es ist nie wieder besser geworden. Sie fing dann an, sich für die Poesie zu begeistern, die Ende der fünfziger Jahre die Seiten der Zeitschrift Junost [russ.: Jugend] füllte, und von der ich nichts verstand. Das war sicherlich der Grund dafür, daß sie sich nachts Freiheiten

herausnahm, die einer Frau unwürdig sind. Eines Tages sagte sie mir: »Wenn man zu zweit ist, ist alles erlaubt, alles ist rein.« Ich dachte sogleich mit Schrecken an die pornographischen Filme, die wir im Landhaus von Kusinzow gesehen hatten: »War es möglich, daß auch sie zu so etwas imstande wäre?«
Anschließend habe ich sechs Monate lang wie ein Eremit gelebt. Dann ließ ich ein junges Mädchen in mein Atelier kommen, das ich am Bahnhof von Kasan getroffen hatte. Sie kam aus Omsk und wollte eine Fahrkarte nach Simferopol auf der Krim. Die ganze Nacht über hatte sie Schlange gestanden, ohne zu schlafen. Da es kein freies Hotelzimmer mehr gab, nahm ich sie mit zu mir.
Sie war erstaunt, als sie entdeckte, daß ich Maler war. Sie glaubte, alle Bilder in meinem Atelier wären von mir. Ich habe ihr ein Abendessen angeboten und ihr zu trinken gegeben, dann habe ich ihr vorgeschlagen, für mich Modell zu stehen: »Fünfundzwanzig Rubel pro Sitzung, bist du damit einverstanden?«
Man kann behaupten, daß mich die Sache teuer zu stehen kam. Fünf Tage lang habe ich überlegt, an wen ich mich wenden könnte. Ich konnte nicht einfach in irgendeine Krankenstation gehen, wo man Geschlechtskrankheiten behandelt, das hätte Spuren hinterlassen. Ich brauchte einen Arzt, dem ich vertrauen konnte. Aber wo sollte ich den finden? Dazu braucht man Beziehungen, überall braucht man Beziehungen, ohne sie ist man ein Nichts!
Seither rühre ich keine Frau mehr an. Aber die Schüchternheit, die mich lähmte, ist nach und nach verschwunden. Ich erinnere mich noch genußvoll an das, was ich mit diesem Mädchen getrieben habe. Zurückgeblieben ist nur Angst, eine unüberwindliche Angst.

Als ich Olga traf, hatte ich den Eindruck, die Welt stehe still. Sie war so schön, eine jener strengen, perfekten Schönheiten, die ich so liebe.
Ich habe mich oft gefragt, warum ich mit solcher Hartnäckigkeit die Expressionisten ablehne. Ich bin zu der Überzeugung gekommen, daß ich ihre Werke nicht wirklich vollendet finde. Ihnen mangelt es an der Perfektion, die verhindert, daß jemand etwas

von seinen eigenen Vorstellungen hinzufügen könnte, etwas, was die grundlegenden Gegebenheiten des Bildes, das heißt seine Natur, verändern könnte. Die Kunst ist Präzision, die absolute Inkarnation der Konzeption, die wir von ihr haben. Nur so kann das, was der Künstler in sich trägt, für alle verbindlich werden. Wenn ein Maler wie Renoir sich bemüht, die Sonne durch ihre Lichtreflexe im Gras darzustellen, frage ich mich: »Wäre er auch in der Lage gewesen, das Gestirn selbst zu malen? Die Kunstgriffe enthüllen nicht die Wahrheit, sondern nur einen Ersatz der Wahrheit.«

Olga ging die Straße entlang, es war Anfang Herbst. Ich folgte ihr, getrieben von einer seltsamen, einer magischen Anziehungskraft, die von ihr auszugehen schien. Ich folgte ihr in das Haus, und es gelang mir, im letzten Moment in den Aufzug zu springen. Ich spürte, daß ich errötete (in meinem Alter!), ich drückte auf den Knopf für den siebten Stock, zwei Etagen über ihrer Wohnung. Als ich den Aufzug verlassen hatte, blieb ich unbeweglich am Treppengeländer stehen, während sie die Tür der Wohnung Nr. 17 aufsperrte. Meine größte Befürchtung war, daß sie vielleicht nur hergekommen war, um eine Freundin zu besuchen. Die Existenz eines anderen Mannes konnte ich mir nicht einmal vorstellen, denn ich fühlte mich dieser Schönheit mit Leib und Seele ausgeliefert. Sie hätte nur ein Wort sagen müssen, und ich wäre bis ans Ende der Welt gegangen, um alle Schätze von Golkonda vor ihren Füßen auszubreiten.

Ich blieb auf dem Flur des siebten Stocks stehen, bis es Nacht wurde. Jedesmal wenn der Aufzug hielt, und die Mieter nach Hause kamen, mußte ich wie ein Detektivlehrling so tun, als suchte ich eine bestimmte Wohnung. Schließlich klopfte eine grauhaarige, nicht mehr ganz junge Frau – der man jedoch noch die Spuren ihres früheren Charmes ansah – an die Tür meiner Schönen. Ich hörte ihre Stimme: »Guten Abend, meine liebe Mama.« Ich hatte gerade genug Zeit, ihre Gestalt, in einen kurzen, halb geöffneten Bademantel gehüllt, zu erkennen. Mein Herz klopfte zum Zerspringen und mein Gesicht lief dunkelrot an. Ich schlich mich auf Zehenspitzen hinab, blieb an ihrer Tür stehen und

versuchte zu verstehen, was drinnen gesprochen wurde. Doch die Tür war mit einem dicken, gepolsterten Wachstuch überzogen, das grauenvoll nach Präservativen stank, man konnte einfach nichts hören.
Der Professor empfing mich im Schlafanzug, einen Tschibuk rauchend. Er tat so, als würde er an dieser türkischen Pfeife ziehen. Das ließ ihn wichtiger erscheinen. Er fragte mich, ob ich Hunger hätte. »Sag bloß nicht nein, ich habe einen unglaublich guten Tee!« fügte er hinzu, um mich zu überzeugen, und brachte mich in die Küche, wo seine Tante schon ein Gedeck aufgelegt hatte. In diesem Haus bekommt man hervorragendes Pökelfleisch, und nirgendwo anders in Rußland habe ich einen solchen Meerrettich-Kwaß [alkoholisches Getränk aus gegorenem Brot, Mehl und Malz] getrunken, wie den, den man hier angeboten bekam.
»Warte«, sagte ich ihm, »im Moment bringe ich nichts herunter... Ich muß mit dir reden.«
»Einen Augenblick, Vitja, mein Liebling«, sagte seine Tante mit singender Stimme, »ich wärme die Brötchen auf und hole Butter und Schinken. Inzwischen könnt ihr euch eure kleinen Geheimnisse erzählen.«
Der Professor hörte mir zu und lachte leise. Er hatte ein merkwürdiges Lachen. Sein sprödes Gesicht mit den eingefallenen Wangen und der knochigen Nase blieb unbeweglich, seine Augen blickten vorwurfsvoll wie immer, nur der Körper bebte, und zwar so stark, daß ich den Eindruck hatte, einem Wasserkessel gegenüberzusitzen, aus dem jeden Augenblick das Wasser überschwappen und das Feuer löschen könnte.
»Die Liebe kennt kein Alter, nicht wahr?« prustete er, dann seufzte er mitleidig: »Es ist also wirklich ernst?«
»Sonst wäre ich nicht gekommen.«
»O Vitja, Vitja! Wie oft habe ich dir schon gesagt, du sollst dir eine kleine Freundin suchen. Es fehlt dir nicht an Geld, um sie auszuhalten. Du könntest sie besuchen und angenehme Stunden bei ihr verbringen. Das wäre das einzige Mittel gewesen, um dich vor der Leidenschaft zu schützen... Eine Leidenschaft wie diese tötet den Geist, Vitja. Sie schwächt, sie nimmt dir die Kraft, die für unsere heilige Sache nötig ist.«

»Die Liebe kann unserer Sache nur nützen«, erwiderte ich. »Es ist nicht nur die Schönheit, die die Welt retten wird, sondern auch die Liebe ...«
»Schon gut«, unterbrach mich der Professor. »Verallgemeinere nicht die Dinge, die nur dich betreffen. Sag mir lieber, was ich für dich tun kann. Soll ich um ihre Hand anhalten?«
»Oh, du bist grausam. In deiner Stimme liegt keine Zuneigung, du bist kalt, ja sogar gleichgültig ...«
Sein Gesicht entspannte sich: »Wie alt ist sie?«
»Sie ist jung... Ich weiß nicht... Sie ist sehr jung ...«
»Was heißt ›sehr jung‹? Fünfzehn Jahre?«
»Du kennst meine moralischen Prinzipien, wie kannst du ...? Sie ist vielleicht zweiundzwanzig Jahre alt... sie ist perfekt, verstehst du? Jeder Mann trägt in sich das Bild einer Frau, die er über alles liebt. Wir sterben mit dem Bild dieser schönen Dame in unserem Herzen, ohne sie je getroffen zu haben.«
»Schon gut, Vitja, schon gut, ich verstehe... Du weißt genau, daß ich immer bereit bin, dir zu helfen, sofern ich kann... was soll ich tun?«
»Ich weiß nicht. Ich bin zu dir gekommen, um dir mein Herz auszuschütten.«
Der Professor wurde plötzlich ärgerlich: »›Dein Herz ausschütten!‹, ›Dein Herz ausschütten!‹ Wir schütten einander das Herz aus, wir beklagen uns über das Leben und die Ganoven schreiten inzwischen zur Tat! Warum geben wir den anderen die Schuld, wo wir doch selbst für unser Unglück verantwortlich sind! Nimm dich zusammen! Wirklich, du benimmst dich wie ein Schuljunge! Mach Fotos von deiner Angebeteten, viele Fotos! Die Leute verstecken sich jetzt nicht mehr, wenn sie ein Objektiv sehen. Alle Welt ist jetzt mutig. Laß die Fotos vergrößern, und dann gehen wir zu Tomka. Du kannst dich über sie lustig machen, solange du willst, ich aber habe sie bei ihrer Arbeit gesehen.«
Zwei Tage später ging ich mit den Fotos wieder zum Professor. Er betrachtete sie und rief: »Deine Angebetete hat geheiratet! Man hat deine Prinzessin entführt! Ich bedauere dich, mein armer Freund!«

Ja, ich hatte meine liebe Olga im Hochzeitspalast fotografiert, als sie einen derben, grobschlächtigen Kerl namens Warrawin heiratete.
Tichomirow betrachtete die Fotos wieder und deutete mit seinem knochigen Finger auf das Profil einer Frau, die neben meiner Angebeteten stand: »Wer ist das?«
»Ihre Mutter.«
Ein kurzes Lachen schüttelte den Körper des Professors. Ich sah ihn vorwurfsvoll an. Er legte mir die Hand auf die Schulter: »Ich kenne die Mutter deiner...«
»Woher?« Ich war erstaunt.
»Sie ist einer der ›wichtigen Kontakte‹«, antwortete Tichomirow ohne weitere Erklärungen, »ebenso wie Aronitsch übrigens...«
»Kennst du sie schon lange?«
»Ja.«
»Das junge Mädchen auch?«
Er schüttelte den Kopf.
»Man sucht die ›Kontakte‹ nicht zu Hause auf. Das muß ich dir doch wohl nicht erklären, Vitja... Ja, das ist interessant...«
»Was ist interessant? Was? Eine Frau kann einen solchen Kerl nicht einfach mir nichts dir nichts verlassen. Er ist dreißig Jahre alt, und ich bin... was soll denn daran interessant sein?«
»Was daran interessant ist, Vitja, ist die Tatsache, daß dieser Zufall mir nützen kann, um die Mutter deiner Schönen fester an uns zu binden. Natürlich, entschuldige, daß ich jetzt vom Geschäft spreche, aber wenn es unsere Sache nicht gäbe, hättest du keine Zeit gehabt, dich zu verlieben. Du hättest an dein täglich Brot denken müssen, das ist großen Gefühlen nicht zuträglich. Komm, wir gehen«, sagte er, indem er aufstand. »Nur Mut!«
Und wir gingen zu Tamara...

Anfänglich konnte ich nicht verstehen, warum dem Professor so viel an dieser Frau lag. Er war ein sehr kluger Mann, der ganz genau wußte, daß jede Person, die in unserem freundschaftlichen Kreis aufgenommen wurde, oder auch nur die Erlaubnis bekam, sich ihm zu nähern, uns extrem gefährlich werden konnte.

Von Natur aus ist der Mensch aufgrund seiner Güte wankelmütig. Trotz seines abweisenden Äußeren und seines natürlichen Mißtrauens knüpft er zu leichtfertig Beziehungen mit allen möglichen Leuten; vor allem, wenn er ein paar Gläser getrunken hat. Vor Unbekannten, über die man nichts weiß, muß man sich hüten – wie vor der Pest. Früher garantierte die bäuerliche Gemeinschaft, daß man die, die dazugehörten, genau kannte. Sie vereinte die Menschen zu einer Familie. Seit Stolypin ihr Todesurteil unterschrieben hat, indem er dem Muschik erlaubte, diese Gemeinschaft zu verlassen, um unabhängig zu sein, hat sich all das aufgelöst. Man kann niemandem mehr vertrauen... Heute schwärmt jeder von Sergejewitsch Chruschtschow, weil er mehr oder weniger gute Häuser hat bauen lassen, in denen jeder eine Wohnung haben konnte... Aber was ist gut daran? Das Privatleben isoliert die Menschen. Jeder lebt für sich, während sich in den Gemeinschaftswohnungen alles vor aller Augen abspielte. Mein Gott, das Schlangestehen vor der Toilette! Man mußte eben ein wenig warten, man hatte keine Eile...

Nicht alle, die unsere Überzeugung teilen, werden so leicht in unseren Kreis aufgenommen, wie man meinen könnte. Der Trainer Antipow hat seine Verbindungen. Er versteht es, mit den Neuankömmlingen umzugehen, ohne irgend jemanden zu verletzen. Seine Jungs überwachen den Anwärter, Vertrauenspersonen belauschen die Gespräche seiner Freunde, und allmählich entwickelt sich ein Bild – Zug um Zug, wie ein Negativ, das man in einer Schale unter Rotlicht stellt. Wenn die betreffende Person uns nicht gefällt, nehmen wir keinen Kontakt mit ihr auf. Warum soll man sie für nichts und wieder nichts in Aufruhr versetzen? Wir lehren die Güte, unser Volk hat schon genug gelitten.

Eines Tages machte der Professor folgende Bemerkung: »Macht euch doch mal ein paar Gedanken darüber, was die ›Familienbetriebe‹ für Folgen haben. Sie sind nicht so unschuldig, wie es scheint. Man zeigt uns im Fernsehen Babys, Kinder, die sich mit einer Harke im Garten ihres Hauses amüsieren, kurz, das Paradies! Aber von den Dingen, die wirklich wichtig sind, spricht man nicht! Was heute wirklich wichtig ist, ist, daß unsere Nation ihre historischen Wurzeln wiederfindet, doch die Aufmerksamkeit wird von dieser Aufgabe abgelenkt. Man gaukelt ihr etwas von Wolkenkuckucksheimen vor, man lehrt sie, unsere weißen Haare zu verachten, man predigt eine Freiheit, die unserem Volk nicht entspricht, eine Freiheit, die aus dem Ausland kommt, wo jeder Wicht, wenn er die Taschen voll hat, sich einbildet, ›jemand‹ zu sein. Und dieser ›Jemand‹ schickt einen kurzentschlossen zum Teufel. Mit unserem Volk muß man streng sein, man muß eine absolute Gleichheit beibehalten. Alle müssen gleich leben, alle auf demselben Niveau – ausgenommen die Elite, auf deren Schultern die Verantwortung für unsere historische Entwicklung ruht. Sollen die Franzosen und die Engländer leben, wie sie es für richtig halten. Wir leben so, wie unsere Vorfahren gelebt haben. Davon wird uns niemand abbringen.«

»Noch hört man auf uns, doch von dem Moment an, wo all diese ›Mitarbeiter‹ und diese ›Unternehmer‹ [Anspielung auf die Reformen Gorbatschows, die ›Familienunternehmen‹ legalisierte] zur Oberschicht gehören werden, in ihrem eigenen Auto fahren und ihren Farbfernseher haben, sobald die Direktoren selbst den Lohn in den Fabriken festlegen, und die Verträge ohne Zustimmung des Ministeriums unterschrieben werden, ist alles verloren. Man wird keinen Tschurin und seinesgleichen mehr brauchen. Sie werden keine Macht mehr haben, und wie sollen wir dann unsere Bewegung finanzieren? Sollen wir vielleicht eine Bank überfallen?«

Ich antwortete ihm, daß unser Volk selbst mit diesen »Familienunternehmen« abrechnen würde, und daß wir die, die sich aufblasen wie der Frosch im Märchen und sich in den Vordergrund drängen, nicht mögen. Daß unsere Stärke der von einem Patriarchen gelenkte Artel [Form der Kooperative im alten Rußland] sei, und wir keinen anderen Weg akzeptieren würden.

»Nun gut, Vitja«, der Professor beharrte nicht weiter auf seiner Meinung. »Du bist zu gutmütig. Man hätte alles, was sich gegen unsere Traditionen richtet, im Keim ersticken müssen. Es war kein Zufall, daß die größten Familien des alten russischen Adels gegen Stolypins Gesetz gestimmt haben, das es den Bauern ermöglichte, die Gemeinschaft zu verlassen. Das waren sehr kultivierte Leute, die verstanden haben, daß es nicht richtig ist, wenn das niedere Volk sich stark fühlt. Daß die kleinen Leute nicht ohne Beschränkungen leben dürfen, daß sie noch nicht reif sind für die Demokratie, daß man sie zuerst erziehen muß und daß das sehr lange dauern wird.«

Antipow, unser Vertrauensmann, der bei dieser Diskussion anwesend war, schlug mit der Faust auf den Tisch: »Es ist an der Zeit, die, die sich an unseren heiligen Prinzipien vergreifen, in Lager zu stecken, wo sie Holz fällen können!«

Ich erinnere mich noch, daß wir diese Diskussion führten, ehe der Professor und ich zu Tamara fuhren. Im Taxi sagte er mir: »Glaub mir, Vitja, wir haben es mit einer neuen Helena Blavatsky zu tun [Helena Blavatsky brachte im XIX. Jh. das Universum des ›Mediums‹ und der ›Wunder‹ der orientalischen Philosophie nach Europa. Sie gründete zusammen mit Oberst Olcott die Theosophische Gesellschaft]. Heute spricht niemand mehr von dieser Frau, aber sie war eine Prophetin, ein weiblicher Magier, sie konnte alles bewirken. Lies die Zeitungen aus dem letzten Jahrhundert, du wirst staunen! Hol sie dir von deinem Onkel, es lohnt sich wirklich. Einige Zeitschriften haben *Seiten aus dem alten intimen Tagebuch des Oberst Olcott* veröffentlicht. Er hat diese Seherin aus nächster Nähe beobachtet. Ein Phänomen!

Weißt du, wie oft Tamara sich geirrt hat, wenn sie mir die Zukunft vorausgesagt hat? Nicht ein einziges Mal! Alles ist immer so eingetreten, wie sie es vorhergesagt hat.«

Ich machte mich damals ein wenig über den Professor lustig. Er schien nicht verärgert darüber und bemerkte ruhig: »Vitja, erinnere dich an die Geschichte der Menschheit. Die Seher waren zuerst da, die Gelehrten kamen erst später. Das niedere Volk sah die einen wie die anderen als Schwachsinnige an, und genau das tut es auch heute noch. Doch die Wissenschaft bekam ihre Chance und sie hat die Magie im Bereich der praktischen Ergebnisse überrundet, und daraus haben sich Berufe entwickelt. Sich um die Wissenschaft zu bemühen, wurde lukrativ. Früher war es das alleinige Interesse der Gelehrten, die Ursachen gewisser Phänomene herauszufinden. Und heute? Heute ist das nicht mehr so, die Gelehrten sind mit der Technik verbunden, sie haben sich von der Theorie, der rein geistigen Reflexion distanziert. Das einzige, was sie interessiert, ist, so schnell wie möglich das zu liefern, was man von ihnen verlangt... Die Wissenschaft ist zu einem Beruf geworden, und das Loch, das sie hinterlassen hat, wird von den Magiern ausgefüllt werden, von Magiern einer ganz neuen Art. Du wirst sehen...«

Tamara legte ihre Karten aus und begann zu sprechen, zunächst ganz ruhig, dann immer erregter, so als spreche sie mit jemandem. Von Zeit zu Zeit hielt sie inne, die Augen starr auf uns gerichtet. Was sie sagte, hatte weder Hand noch Fuß, doch wenn man aufmerksam zuhörte, hätte man es auf die Diskussion beziehen können, die ich gerade zuvor mit dem Professor geführt hatte. Zuerst war ich recht skeptisch, doch langsam spürte ich, daß ich mich ihrem Willen unterwarf. Ich begann, mich auf sie einzustellen, das ist eine meiner Fähigkeiten.

Tamara streifte Olgas Bild mit einem tiefgründigen Blick, sie legte ihre Hand – eine Hand, die aussah, als wäre sie aus Teig geformt – auf die Fotografie, ließ sie dort ruhen. Dann lachte sie leise: »In dieser Sache reicht die graue Magie nicht aus... Ich brauche Hilfe.«

»Welche Hilfe?« fragte ich.

»Ich muß wissen, wann die Kleine geboren ist, die Stunde, den Tag, den Monat, den Ort... Welche ist ihre Lieblingsfarbe? Ich muß auch wissen, welches Lied sie am liebsten hört, denn die Musik bewirkt, daß die durch die Luft übertragenen Wellen, die sich mit denen vermischen, die die Menschen übertragen, um sich in der Harmonie des Universums aufzulösen, nicht lügen...«

Der Professor, der Tamara mit angehaltenem Atem lauschte, nickte schweigend.

»An welches ihrer Kinderspielzeuge erinnert sie sich noch?« fuhr Tamara fort. »Wie nannte sie das Stofftier, das sie nachts mit ins Bett nahm?«

In diesem Augenblick begriff ich plötzlich, wie sie arbeitete. Um so erstaunter war ich, als ich sah, wie der Professor an ihren Lippen hing! Gebt mir so viele Informationen über irgend jemanden, und ich habe ihn in der Hand, wer auch immer es sein mag. Die Leute sind leicht zu beeindrucken. Sag einem Unbekannten auf der Straße, wie der kleine Hund hieß, dessen Erinnerung er seit der Kindheit in seinem Herzen trägt, oder daß er morgen um ein Uhr sein Lieblingslied hören wird. Entweder wird der Mann wahnsinnig vor Angst oder er folgt dir bis ans Ende der Welt.

Von Tamara aus rief der Professor Glafira Anatoljewna, Olgas Mutter, in ihrem Büro an. Sie verabredeten ein Treffen. Dann sagte er: »Die Welt ist doch merkwürdig, Vitja. Sieh nur, der alte Zaver hat heimlich angefangen, Kusinzow auszuschalten. Er versucht, direkt mit Tschurin zu verhandeln, das heißt, uns auszutricksen. Aber ohne Glafira ist er nichts, sie bringt ihm die Ware, sie ist die einzige, die das kann. Wenn der Alte nicht aufhört, wird unsere kleine Tamara Glafira zuflüstern, daß der Pikkönig sie dazu drängt, etwas Böses zu tun und sie von ihren Freunden entfernt... Das ist alles! Er wird sie nicht entfernen. Ich überlege schon seit langem, wie ich die Dinge wieder in Ordnung bringen kann. Und plötzlich kommt dein unbeabsichtigtes Zusammentreffen mit dieser schönen jungen Frau, die die Tochter von genau der Dame ist, die wir für unsere Sache brauchen. Wegen ihrer Tochter wird die Dame die Kastanien für uns aus dem Feuer holen. Wie sehr doch in dieser kleinen Welt alles miteinander verwoben ist, nicht wahr? Olga für dich, für uns Glafira und ihre Armbänder. Das ist das Schicksal. Vitja, mein Bester, ein Fingerzeig Gottes!«
Ich war noch nie so glücklich wie an jenem Abend. Ich war bei mir zu Hause auf dem Land, als mich der Professor anrief und in den Hörer flötete: »Herzlichen Glückwunsch, mein lieber Vitja. Deine Schöne hat ihren ungehobelten Kerl verlassen. Meine Freundin Tamara macht keine leeren Versprechungen. Jetzt ist die Mutter bei der Pythia, die ihr etwas von dir erzählen wird. Warte und hoffe, mein kleiner Vitja, mein kleines Herzchen, mein armes schüchternes Vögelchen.«
Ich warte. Jetzt bin ich sicher, daß die Dinge nach meinem Wunsch verlaufen werden. Nein, ich bin kein Egoist, ich zerstöre nicht ihr

Glück. Wie könnte sie mit einem solchen Mann glücklich sein, der nie zu Hause ist, in seinem kleinen, weichen Nest. Ich werde ihr ein überirdisches Glück bescheren, ein reines, ätherisches Glück. Die Schönheit muß von Schönheit umgeben sein, sonst trägt der Wind sie fort und knickt sie um wie eine junge Birke. Das wäre unverzeihlich, man hat nicht das Recht, der Perfektion Schaden zuzufügen. Sie gehört allen, wie das Landschaftsbild eines großen Meisters...

Kapitel 14

Ich, Lisaweta Naryschkina, alias Janina,

Journalistin

»Wer hat dir meinen Namen gegeben, Janotschka, mein kleines Vögelchen, meine Schöne? Von wem hast du die Adresse?«
Tamaras Stimme war sanft; ihre Worte klangen rund, doch in ihren Augen lag ein Schimmer von Unruhe, obwohl sie sich krampfhaft bemühte, einen zärtlichen Gesichtsausdruck aufzusetzen.
»Zu mir kommt man nicht ohne Vorankündigung, außer man kommt von der Polizei. Eine Hexe muß man suchen ... Aber was heißt Hexe? Ich versuche nur, so gut ich kann, den armen Frauen zu helfen; der einen gebe ich einen Pflanzenaufguß, der anderen ein paar tröstende Worte.«
»Galja Tscherpunowa hat mir Ihre Adresse gegeben, Sie haben sie wegen ihrer Alpträume behandelt.«
»Galja Tscherpunowa? Eine kleine Blondine, nicht wahr? Mit einem Leberfleck auf dem linken Augenlid?«
»Nein, im Gegenteil, sie ist dunkelhaarig und sieht aus wie eine Zigeunerin. Eine Tänzerin; ihr Mann hat sie verlassen, und sie hatte Schlafstörungen. Rufen Sie sie doch an: Neunhundertsiebenundachtzig, Null, Drei, Fünfundneunzig.«
Tamara wählte rasch diese Nummer. Dabei merkte ich, daß sie versuchte, ihre Hast zu verbergen, ganz so, als interessiere diese Frau sie nicht im geringsten.
Galja war tatsächlich bei ihr gewesen. Sie war davon überzeugt, daß Tamara außergewöhnliche Kräfte besaß. Ich hatte ihr geraten: »Wende dich doch an Wladimir Iwanowitsch Safonor. Die Wissenschaftler schreiben in den Zeitungen sehr lobend über ihn. Er

hat äußerst sensible Hände, aber er nimmt nur die Fälle an, die er auch behandeln kann. Er hat bei Alpträumen, Ischias und Migräne sehr gute Erfolge zu verzeichnen, und durch das Auflegen der Hände stellt er außergewöhnliche Diagnosen.«

»Soll ich meine Frauengeschichten vielleicht einem Mann erzählen?«

»Erinnerst du dich an Lida? Sie war mit uns in einer Klasse. Die war schon bei ihm und sie ist nicht daran gestorben. Seien wir doch ehrlich, die Männer verstehen sich einfach besser aufs Heilen als wir. Sie haben die körperliche Kraft, die uns so fehlt. Außerdem haben wir nicht die nötige Geduld, wir sind launisch und haben ständig irgendwelche Dummheiten im Kopf...«

Ich hatte dieses Gespräch vergessen, weil ich nichts vom Kartenlegen halte. Trotzdem, für Patiencen kann ich mich begeistern. Ich lege oft Patiencen, um zu erfahren, wie eine bestimmte Sache wohl verlaufen wird. Noch heute liebe ich diese Art Spiele. Natascha und ich machen so etwas heimlich: Eine Journalistin und eine Chirurgin amüsieren sich königlich bei Kartenspielen, die sie noch aus ihrer Kindheit kennen, es ist zum Totlachen. Ich erinnerte mich auch nicht mehr an mein Zusammentreffen mit Galja in der Gorkistraße. Sie kam zusammen mit einem alten, weißhaarigen Geschäftsmann aus einem Café. Ich hatte vergessen, was sie mir damals zugeflüstert hatte: »Du hast ja darüber gelacht, aber Tomka hat mir einen Ausländer vorausgesagt, und es hat sich bewahrheitet. Geh zu ihr, sie wird dir deinen Iwan zurückgeben.« So ein Unsinn! Es ist unmoralisch zu versuchen, einen Mann zurückzugewinnen: Wenn er dich nicht mehr liebt, bringt ihn nichts zurück, auch keine Hexerei!

In dieser Nacht – nein, es war nicht mehr Nacht, es war fünf Uhr morgens – hat mich Iwan angerufen. Ich weiß nicht, warum es mir solche Angst einjagt, wenn das Telefon um diese Zeit klingelt, es ist wie ein schlechtes Omen. Jeder Mensch macht in seinem Leben eine Phase durch, in der sich die Trauerfälle häufen. Igor, der Älteste in unserer Fotoredaktion, hat zunächst seinen Onkel verloren, dann seine Mutter und schließlich seinen Bruder; ein

Unglück kommt selten allein... Mein Vater hat geweint wie ein Kind, als er das Bild von Alexis Gawrilowitsch *Das Fußballspiel unserer Kindheit* sah. Mein Vater war nicht im Krieg. Er war sechzehn Jahre alt, als er zu Ende war, aber die Erinnerung an diese Zeit ist das einzige, was ihn zum Weinen bringen kann. Er ist Krebsspezialist und wirklich kein sentimentaler Mensch. Er ist Realist; er ist so, wie er ist, und ich wünsche mir keinen anderen Vater. Ihm ist dasselbe passiert: Zuerst ist ein Freund, der mit ihm in einer Klasse war, an Lungenkrebs gestorben; dabei rauchte und trank er nicht. Einen Monat später hat der Tod sieben andere hingerafft: Herzinfarkt und Arterienverkalkung. Mein Vater rief mich an: »Ich möchte ein paar Nächte bei dir bleiben. Geht das? Ich bin nervlich völlig am Ende. Ich fürchte mich vor einem weiteren Telefonanruf.«
Die sieben Tage waren wundervoll. Ich habe ihm »Mistigri«, ein altes Kartenspiel, beigebracht, und auf das Patiencelegen war er total versessen: »Eine phantastische Sache, wenn man Nachtwache hat. Erinnerst du dich an das, was der Dichter Jaschin geschrieben hat: ›Die, die einmal krank waren, wissen um das Gewicht jeder Minute der Nacht. Man stirbt nicht morgens, morgens fängt man wieder an zu leben.‹ Jedesmal, wenn ein Kranker stirbt, stirbt man mit ihm, auch wenn man nicht bei ihm Wache gehalten hat. Ein Teil von einem selbst, ein kleiner Teil des Glaubens an die Gerechtigkeit geht dahin. Es sind immer die Besten, die Begabtesten, die zuerst sterben, die Dummen haben soviel Widerstandskraft wie ein Tausendfüßler.«
Ich räusperte mich kurz, dann nahm ich den Hörer ab.
Iwans Stimme klang belegt; es war eigentlich nicht mehr seine Stimme; man hätte meinen können, er hätte eine dicke Angina.
»Was ist los, mein Junge?«
»Die Geschichte Kaschljajew geht weiter. Ich hatte dir gesagt, du sollst sie nicht vergessen... Es geschehen unglaubliche Dinge... Wenn du erlaubst, komme ich zu dir. Ich komme nicht allein, Giwi kommt mit...«

Ich gab Toma Galjas Telefonnummer. Ich hatte sie während der Proben getroffen. Gott sei Dank war sie nicht auf Tournee. Ihr alter Geschäftsmann hatte sie verlassen, sie hatte abgenommen, ihre Backenknochen standen vor wie bei einem kleinen ausgehungerten Tataren. Ihre Augen waren leer, vollkommen erloschen, doch für die, die sie nicht kannten, schienen sie noch immer wie glühende Kohlen zu sein. Ich erinnerte mich noch an die Zeit, als sie ganz anders aussahen. Die Augen der Menschen verändern sich ständig. Wenn man jemanden verstehen will, muß man ihm tief in die Augen sehen. Man muß die Menschen in aller Ruhe betrachten, langsam, ohne den anderen durch einen inquisitorischen Blick zu verschrecken, diese Art von Aufmerksamkeit haben wir alle satt.

Als wir uns trennten, sagte Galja mir: »Sie hat mir gesagt, ich solle ihr Barthaare von Hans, meinem Verflossenen, bringen. ›Alle Männer hinterlassen Barthaare in ihrem Rasierapparat‹, hat sie gesagt, ›entferne sie heimlich, und bring sie mir, dann gehört er für immer dir!‹ Aber Hans ist ein Deutscher, und du weißt, wie genau die Deutschen sind. Er reinigt seine Rasierklinge mit Seife. Ich meine, er reinigte... Dann hat sie mir gesagt, ich solle ihr das Geschenk bringen, das mir das liebste unter all seinen Geschenken war. Ich habe ihr eine Wildlederjacke gebracht... Er ist trotzdem gegangen... Bitte sehr... Diese Toma ist ein Scheusal... Die Welt ist im übrigen voll von Scheusalen und Gaunern, ich hätte lieber im XV. Jahrhundert gelebt. Damals gab es zwar die Inquisition, aber es gab auch Ritter, außerdem gab es nicht so viele Menschen, man konnte sich verstecken. Wenn Toma anruft, werde ich ihr sagen, daß ich dich geschickt habe.«

»Galja, mein Liebling«, Toma zwitscherte so sehr, daß sie fast sang, »warum schaust du nicht mehr bei mir vorbei? Wie geht es dir? Tatsächlich? Na, siehst du... Janotschka ist zu mir gekommen... Was?... Sie ist eine Freundin? Ich werde alles für sie regeln! Du weißt, daß ich Wort halte. Sag mal, ist das deine neue Telefonnummer? Aha... Komm vorbei, wir werden zusammen Tee trinken... Und mach dir keine Sorgen um Janotschka, alles wird gut werden.«

Sie hat mir die Karten gelegt, es hat ziemlich lange gedauert und einmal hatte sie recht, sicherlich ein Zufall: »Du denkst die ganze Zeit an den Herzkönig.« Iwan ist blond, und ich denke die ganze Zeit an ihn, aber sicherlich denken alle Frauen an den Mann, den sie lieben...

»Dein Herzkönig ist schon vergeben. Janotschka, hör mir gut zu, die Pikdame liegt immer neben ihm, und die Pikneun ist auch ständig da, ah, ich mag diese Karte nicht... Aber wenn es sein muß, werden wir sie vertreiben, das dauert nicht lange bei mir, aber ich tue es nicht gerne, es ist ein solcher Kraftaufwand, daß man hinterher reif ist fürs Erholungsheim...«

»Ich danke Ihnen, ich bin zu allem bereit.«

»Du glaubst, daß ich das des Geldes wegen tue?« Toma seufzte. »Es ist meine Berufung, den Leuten Gutes zu tun. Ich glaube an nichts mehr. Die Priester lesen die Messe in der Kirche, als wären sie in einem Büro. Wie soll man da noch Trost finden? Wir, die Auserwählten...«

»Was heißt das?«

»Nun, die, die Gott gewählt hat. Und nun sieh mir in die Augen. Ich erkenne die Krankheit an der Form der Pupillen und vertreibe das Schlechte...«

»Ich ertrage keine Hypnose«, sagte ich, »mir wird schlecht!«

»Wer sagt denn, daß ich dich hypnotisieren will?«

»Mein Vater ist Arzt. Ich weiß, was das ist.«

»Wo arbeitet er?«

Sie sah mir direkt in die Augen, und ich hatte Lust, ihr zu sagen, daß Papa in einem Krebsforschungszentrum arbeitete, daß er keine Koryphäe war, sondern ein Mann an der Basis, dem man immer versucht hatte, den Posten streitig zu machen. Dabei kenne ich auf der Welt keinen besseren Arzt als ihn. Aber ich bin nicht objektiv, er ist mein Vater, er ist ein unglücklicher Mann, ein mittelloser Träumer, ein armer Typ, den Mama in den Wahnsinn treibt.

»Wo arbeitet er?« wiederholte Toma mit noch sanfterer Stimme. »In welcher Klinik?«

»In Tobolsk«, antwortete ich und versuchte, mich zusammenzunehmen. »Es gibt dort eine Klinik im Medizinischen Institut, Sie haben vielleicht davon gehört?«

»Entspann dich, meine Kleine, so entspann dich doch ... diese spitze Nase, die kleinen Härchen, entspann dich, Janotschka ...«

Tamara legte ihre fleischige Handfläche auf meine Hand. Es gelang mir, mir ständig zu wiederholen: »Vor irgend etwas hat sie große Angst.«

Mein Kopf war klar, und ich fühlte mich ganz ruhig. Dann war ich der Ansicht, daß Iwan recht gehabt hatte, als er mir sagte, ich solle ihr Theater vorspielen, alles mit mir geschehen lassen und all ihre Fragen beantworten, langsam, träge und doch sehr genau.

Ich hatte keinerlei Zweifel, was sie mich fragen würde. Und ich hatte mich nicht getäuscht.

»Du schläfst, mein kleines Mädchen«, sagte Toma noch sanfter, »alles ist ruhig und still, sag mir jetzt, meine Kleine, was du auf dem Herzen hast.«

»Mein Liebster ...«

»Wie heißt er?«

»Iwan«, antwortete ich sehr langsam.

»Und was macht er?«

»Er ist Journalist.«

»Iwan, sagst du? Und sein Familienname?«

»Warrawin.«

Ich spürte, wie Tamaras dicke Finger zitterten, und sie rückte noch näher.

»Janotschka, mein Vögelchen, er liebt dich nicht. Er liebt nur sich selbst, er ist ein schlechter Mann, ein Mann ohne Herz. Denke nicht mehr an ihn. Quäl dich nicht ... Ich fürchte, du gehst zu ihm, nicht wahr?«

»Ja.«

»Bring mir etwas, das er geschrieben hat. Ich werde seine Schrift untersuchen und ihn von dir fernhalten, meine arme Kleine.«

»Ich werde es bringen.«

»Und wie heißt dein Vater?«

»Wladimir Fedorowitsch.«

»Was hast du gesagt, was er macht?«

»Er ist Arzt.«
»Also dein Name und dein Vatersname ist...«
»Janina Wladimirowna...«
»Und wo ist deine Mutter?«
»Bei meinem Vater, wo sonst.«
»In Tobolsk?«
»In Tobolsk.«
»Und wie heißt sie?«
»Xenia Jewgenjewa.«
»Wem ähnelst du mehr?«
»Meiner Mutter«, antwortete ich nach einer kurzen Pause, weil ich Lust verspürte, ihr die Wahrheit zu sagen, doch irgendwie schien es mir – ich weiß nicht, warum – als hätte ich nicht das Recht, es zu tun.
»Wen hattest du vor Iwan?«
»Niemanden.«
»Oh, mein armes kleines Häschen!« Toma sprach mir ihr Mitleid aus, ohne ihren schweren Blick von meinen Pupillen zu wenden. Ihre Augen schienen mich zu durchdringen. Ich mag keine Leute, deren Augen funkeln. Sie haben etwas Herrisches, etwas Teuflisches. »Es ist nicht schlimm, ich werde deinen Kummer lindern, wir werden den bestrafen, der deine reine, unschuldige Liebe gedemütigt hat... Dein Schmerz wird nachlassen, sobald du befreit bist... Willst du frei sein?
»Ich will, daß er bei mir ist.«
Toma beugte sich noch weiter vor. Sie war mir so nah, daß ich die Wärme ihres Gesichts spürte.
»Warum sagst du, daß du Janina heißt, mein Kind, wo du doch in Wirklichkeit Lisa Naryschkina heißt? Wer hat dir das befohlen?«
Und ich antwortete ihr: »Iwan Warrawin.«

Kapitel 15

Ich, Nikolai Michailowitsch Tichomirow, Professor, Präsident der Gesellschaft »Die gute alte Zeit«

Der Tag, an dem uns ein großes, helles Zimmer in der Wohnung des Dr. Weinberg zugewiesen wurde, war für mich der unvergeßlichste Tag meiner ganzen Kindheit. Es war sechs Tage nach dem Einmarsch der Deutschen in unsere kleine Stadt, als sie alle Juden erschossen hatten. Die Wohnungen, in denen vorher die Mitglieder des Regionalkomitees und des NKVD gewohnt hatten, wurden von Offizieren beschlagnahmt. Der Bürgermeister verteilte die Wohnungen der Juden an die, die – wie wir – ihre Bleibe während der Bombenangriffe verloren hatten.

Wir waren in einer Baracke in der Nähe des Bahnhofs untergekommen, doch sie fing Feuer und verbrannte. Wir haben eine Lehmhütte gebaut, in der mein kleiner Bruder Arseni gestorben ist. Er hatte eine Lungenentzündung und kämpfte drei Tage lang gegen den Tod. Es gab keine Medikamente, die Apotheken waren geschlossen, das Krankenhaus war den Soldaten vorbehalten. An wen hätten wir uns wenden sollen?

Nach dieser Hütte schien mir ein Zimmer von zwanzig Quadratmetern mit Mahagonimöbeln wie ein märchenhafter Palast. Ich hatte sogar Angst, das Parkett zu betreten, ich zog mir nicht nur die Schuhe, sondern auch die Strümpfe aus, und ich ging auf Zehenspitzen.

Meinen zweiten Schock bekam ich an jenem Tag, an dem der Bürgermeister das Schuljahr eröffnete. Wir mußten uns in einer Reihe auf der Wiese aufstellen, auf der früher die Gipsbüste eines Pioniers gestanden hatte. Iwliew war mit einem Deutschen gekommen, der Russisch verstand. Zunächst sprach er mit uns wie mit Freunden, ohne zu schreien und ohne uns zurechtzuweisen.

»Wir werden in der Schule arbeiten, die uns unsere lieben deutschen Befreier zur Verfügung gestellt haben. Sie haben uns das Heil gebracht und uns vom bolschewistischen Joch befreit. Ihr seid noch klein und ihr versteht noch nicht, wie grauenvoll für eure Eltern, eure Großmütter und Großväter die Zeit war, in der die Bolschewisten, die Juden und die Freimaurer unser unglückliches Vaterland regiert haben. Früher hat man euch beigebracht, daß alle Völker gut, daß alle Menschen Brüder sind usw.«
»Aber wann hat denn der Russe einen dreckigen Juden zum Bruder gehabt? Im Laufe eures Unterrichts in eurer neuen Schule werdet ihr lernen, daß nach dem Staatsstreich vom Oktober die Letten, die Chinesen und die Juden die Russen ausgebeutet haben.«
Sweta Kalanitschewa sagte leise: »Der Vater von Marina ist Kommissar, und sie, sie ist Russin...«
»Wer ist die kleine Marina, deren Vater Kommissar ist?« erkundigte sich der Deutsche sofort.
»Marina Zwetkowa, sie wurde mit den Juden in der Schlucht erschossen.«
»Das waren keine Zwetkowas«, seufzte Bürgermeister Iwliew, »sondern einfach nur Blumen... Auf deut... auf Jiddisch... auf Jiddisch bedeutet Zwetkowa Blümchen. Sie verstellten sich, um insgeheim unser Volk zu regieren... Wie viele ›Rybkins‹ gab es, die in Wirklichkeit ›Fisch‹ hießen und alle Arten von ›Gorny‹, die in Wirklichkeit ›Berg‹ hießen.«
»Berg ist ein germanischer Name«, bemerkte der Deutsche. »Er ist nicht typisch jüdisch. Eisler, Furtwängler, Levitan, Chaplin, Piscator, Ehrenburg, Bloch... da versteht jeder, daß die Juden sind, die kein Recht auf Leben haben... Wir sind die Soldaten des großen Führers Adolf Hitler, wir fürchten die Wahrheit nicht, denn wir kämpfen für die Freiheit der Menschheit, für eine neue Ordnung... Nein, wir fürchten die Wahrheit nicht. Darum sage ich euch, Kinder, wir wissen, was eure Eltern euch noch erzählen. Wir sind ein geduldiges Volk, wir können warten, aber nicht zu lange. Ist das klar?«
Iwliew gab das Zeichen zum Applaudieren: »Das ist klar, wir

haben es verstanden, Herr Major! Völlig klar, Herr Major! Unsere Kinder sind nicht dumm! Also, Kinder, Applaus für unseren Gast!«

Niemand klatschte, wir waren alle wie vor Schreck gelähmt, einem Faschisten Beifall klatschen... einem Deutschen...

Iwliew sprang auf den Ältesten zu, er stand rechts von mir, und gab Wassja Kobriakow eine Ohrfeige!

»Los«, schrie Iwliew. »Du bist der Älteste und der Dümmste!«

Der Major sagte: »Man darf die Kinder nicht schlagen, Herr Bürgermeister... Sie sind von der Krankheit des internationalen Bolschewismus vergiftet... Man muß sie ohne Brutalität umerziehen. Auf Wiedersehen, Kinder, ich bin euch nicht böse. Schon bald werdet ihr verstehen, daß wir es sind, die recht haben.«

Dann erschien in unserer Stadt eine russische Zeitung. Die Deutschen hatten Gregori Pawlowitsch Dowgalew zum Chefredakteur ernannt. Er war unser Nachbar gewesen und arbeitete im Metzgerkombinat. Man hatte ihn einen Monat vor Kriegsausbruch festgenommen. Meine Eltern waren als Zeugen zur Vernehmung vorgeladen worden. Der Untersuchungsrichter machte keine Umschweife und fragte, ob man denn etwa nicht nachts Fleisch von einem Lastwagen auf den anderen umgeladen hätte. Mama hat gesagt, daß sie Bremsen hat quietschen hören, aber daß sie nichts gesehen habe. Es ist besser, man hat nichts mit der Polizei zu tun und hält einen gewissen Sicherheitsabstand zu den Behörden.

Dann hat man festgestellt, daß Dowgalew fünfzigtausend Rubel unter dem Holz in der Garage von Glascha Tschubukina versteckt hatte. Ein Hund hatte sie gefunden, ein Polizeihund mit einem schwarzen Halsband.

Zehn Tage nach der Ankunft der Deutschen kam Dowgalew wieder nach Hause. Er hatte behauptet, daß er als »Politischer« insgeheim die Bolschewisten bekämpft habe. Wenig später ist er verschwunden. Man erzählte, daß er in Deutschland geschult werde. Vier Monate später ist er zurückgekommen, um die Zeitung DAS NEUE WORT RUSSLANDS herauszugeben.

In der ersten Nummer der Zeitung hat er vom Weg des großen Führers berichtet, von seinem vorbildlichen Kampf gegen den

weltweiten Bolschewismus, der Frucht eines Teufels; den die Kräfte des Bösen auf diese Welt gesandt hatten. Er hat die wundervolle Ordnung beschrieben, die im Reich herrschte.
Auf der zweiten Seite hat Dowgalew zwei Kapitel aus dem *Protokoll der Weisen Zions* abdrucken lassen, aus dem hervorging, daß eine geheime Verschwörung der Juden die ganze Welt erobern wolle.
Mama las die Zeitung abends leise vor, während Pascha Krupenkow und ich uns unter die Bettdecke kuschelten. Paschas Großmutter arbeitete nachts im Lager, sie ließ ihn bei uns. Das Haus war nicht geheizt, der Kommandant hatte verboten, Öfen aufzustellen. Die einzige Hoffnung auf ein wenig Wärme hatte man, wenn man unter die Decke kroch und Großvaters pelzgefütterten Mantel darüberlegte.
Auf der letzten Seite schrieb Dowgalew:

> »Unsere Vorfahren, die von Lenins Bolschewisten ins Verderben geführt wurden, die Patrioten der Union des russischen Volkes, schrieben schon 1910: ›Man sollte den Juden untersagen, Techniker, Handwerker, Arzt, Krankenschwester oder Jurist zu werden, und sie mit allen Mitteln daran hindern, Wissen zu erlangen.‹ Das ist uns nicht gelungen, und wir hatten unter dem zerstörerischen Wahn der Revolution zu leiden. Erst Adolf Hitler hat es geschafft, er hat Europa vor den Juden und den Freimaurern gerettet, die von der Welthegemonie träumten. Seht euch nur den Innenhof unseres Kulturpalastes an! Er hat die Form eines Sternes mit sechs Spitzen. Wessen Symbol ist das? Das der Juden! Und wer hat den Kulturpalast gebaut? Der Architekt Fedorow, der in Wirklichkeit Feder heißt, ein Freimaurer. Und wer hat aus der Kirche eine Lagerhalle gemacht? Die jüdischen Kommissare, wer sonst hätte so etwas tun können?«

Ich erinnere mich, daß meine Mutter ausrief: »Mein Gott, aber es war doch Dowgalews Neffe, der die Lagerhalle eingerichtet hat! Was erzählt er denn um Himmels willen da!«

All diese Artikel, all die politischen Informationen, die wir in der Schule bekamen, gingen uns zum einen Ohr rein, zum anderen wieder raus, sie ließen uns kalt. Nachts vergoß ich heiße Tränen wegen Wowa Kakuzin und Lena Sortz, die man mit ihren Eltern im Wald umgebracht hatte. Sie waren meine Freunde gewesen.
Ein weiterer Schock war für mich jener Tag, an dem die Deutschen und die Polizei unseren Priester, Vater Nikodemus, erschossen haben, weil er in seinem Keller drei Juden und den verletzten Kommissar Demianjuk versteckt hielt. Daraufhin haben Guera Kumankow und ich auf altes Papier – Hefte hatten wir nicht, da man uns nur drei pro Monat zuteilte – die Worte »Tod den faschistischen Monstern« geschrieben. Es wurde früh dunkel, aber es war noch keine Ausgangssperre, und wir haben die Zettel auf dem Heimweg von der Schule an den Gartenzäunen befestigt.
Zwei Tage später brachte man uns, Kumankow und mich, zur Polizei. Dort hat man uns erbarmungslos geprügelt, doch der körperliche Schmerz war nicht so grauenvoll wie die Vorstellung, am nächsten Tag barfuß, wie Vater Nikodemus, durch die schneebedeckten Straßen ziehen zu müssen und dann einer Gruppe von Männern in Schwarz gegenüberzustehen.
Dann kam ein Deutscher, ein Oberst, der hat die Polizisten hinausgeworfen, nur einer in einer deutschen Uniform und dem Zeichen »ROA 1« am Ärmel blieb im Zimmer. [1. ROA: Russische Befreiungsarmee] Der Deutsche sagte sanft (er hätte im übrigen besser daran getan, in seiner Sprache zu sprechen und einen Dolmetscher zu nehmen) in holprigem Russisch: »Tichomirow, du bist zum Tode verurteilt, aber zuvor werden wir deine Mutter vor deinen Augen erschießen.« In meinem Kopf begann sich alles zu drehen, mein Körper bäumte sich auf, dann wurde alles schwarz, ich brach bewußtlos zusammen.
Man weckte mich mit Ammoniak. Der Faschist stand noch immer in derselben Haltung da, er betrachtete weiter eingehend seine eckigen Fingernägel, und der Russe in deutscher Uniform kniete neben mir. Er streichelte meinen Kopf: »Du hast eine Möglichkeit, dein Leben und das deiner armen Mutter zu retten. Bist du bereit, zu tun, was wir dir sagen?«

Und ich habe geantwortet: »Ja.«
Das geschah im Februar 1944, und ich war gerade vierzehn Jahre alt.

Gleich nach dem Rückzug der Deutschen hat meine Mutter mich weggebracht, wir haben uns auf den Weg nach Osten gemacht, um den Ort zu verlassen, wo die Deutschen mich vor unserer ganzen kleinen Stadt mit Schande überhäuft hatten.
Wir hatten Verwandte in Engels, und dort haben wir uns niedergelassen. Glücklicherweise gab es viele leerstehende Häuser, seit man die Republik aufgelöst und alle Wolga-Deutschen nach Kasachstan geschickt hatte. [Es handelte sich um die Deutschen, die seit dem XVII. Jh. in Rußland lebten.]
Als es an der Zeit war, einen Paß für mich zu beantragen, ging meine Mutter – Gott habe sie selig – mit mir zum Standesamt: »Der Vater hat uns verlassen, als ich noch schwanger war, ich möchte, daß der junge Mann meinen Namen trägt.«
Und so wurde ich zu Tichomirow, andernfalls hätte ich Krylowski geheißen. Doch es ist wahr, mein Vater hatte sich in einer Fischerbarke auf den Weg in die Türkei gemacht, und seither hatten wir nie wieder etwas von ihm gehört...
Meine Mutter hat mir erzählt, daß er kein Gegner des Sowjets gewesen ist, er war auch kein »Weißer« und kein Kulak. Er wollte einfach nur in dem Beruf arbeiten, den er gelernt hatte, und daran hinderte man ihn: Einmal mußte er einen Arbeitsnachweis bringen und beim nächsten Mal fragte man ihn, wer ihm erlaubt hatte, seine Stelle zu wechseln. Mein Vater, den ich nie gesehen habe, begann zu trinken, er vergaß Moral und Anstand und brach auf, um sein Glück anderswo zu machen. Er versprach, daß er uns benachrichtigen würde, wenn er sich irgendwo niederließe. Aber wir haben nie wieder etwas von ihm gehört. Vielleicht hat uns seine Nachricht nicht erreicht, die Zeiten waren hart. Es war in den dreißiger Jahren, in der Zeit der Massenkollektivierung, der Lebensmittelkarten, der Hungersnot, der fehlenden Wohnungen. Drei Familien teilten sich ein Zimmer. Das sind Dinge, die man nie im Leben vergißt. Im übrigen sind die Kindheitserinnerungen die,

die am tiefsten im Menschen verwurzelt sind, sie sind unauslöschlich...

Seit ich beispielsweise über die »Teller«, so nannten wir die Lautsprecher, gehört hatte, daß Valeri Tschkalow den Pol überflogen hatte, träumte ich davon, Flieger zu werden. [In jeder Wohnung gab es eine Antenne, an die man einen Lautsprecher anschließen konnte, der dann ständig das Programm von Radio Moskau übertrug.] Es war mir egal, ob ich Militär-, Zivil- oder Polarpilot würde, wenn ich nur in einem Flugzeug in den Himmel abheben könnte.

Als ich meine Gymnasialzeit abgeschlossen hatte – und zwar mit der Note »gut« –, habe ich sofort ein Gesuch an die Luftwaffe gerichtet.

Ich wurde zu einem Gespräch vorgeladen. Ein weißhaariger Major, Michail Grigorewitsch Lewantowitsch fragte mich, warum ich denn unbedingt Flieger werden wollte, ob ich schon einmal in einem Flugzeug geflogen wäre oder wenigstens eine Flugausstellung besichtigt hätte und welche Helden des Großen Patriotischen Krieges ich aus dem Kopf hersagen könnte. Ich zählte Stalins sämtliche Falken auf. Dann gab er mir einige Formulare zum Ausfüllen. Ich war glücklich, als ich das Büro verließ. Ich setzte mich in den Raum, in dem sich die Anwärter drängten, und machte mich mit Feder und Tinte daran, Antworten auf die Fragen auszuarbeiten.

Doch ich kam sofort ins Schwanken: »Haben Sie Ihren Namen gewechselt? Wenn ja, wo, wann und warum?« Ich spürte, wie mir das Blut in die Wangen stieg und meine Hände hingegen eiskalt wurden. Ich blätterte die fünf Seiten des Formulars durch, und als ich Fragen wie die folgenden sah, spürte ich, daß ich verloren war:

»Haben Sie Familie im Ausland? Wenn ja, geben Sie an, wo, seit wann, die genaue Anschrift und den Beruf.«

»Haben Sie in einem der zeitweilig von den deutschen Eindringlingen besetzten Gebiet gelebt, wenn ja, wann? Geben Sie Ihre genaue Adresse an.«

Ich habe den Bogen zusammengeknüllt und mich aus dem von Stimmengewirr erfüllten Raum geschlichen. Dann bin ich in den

Park der Kultur gegangen, der am Ufer eines Flusses liegt, und fing an zu grübeln.

Es ist merkwürdig, daß ich heute, wenn ich meine damalige Lage objektiv betrachte, Gemeinsamkeiten zwischen mir und diesem Schwächling von Schtyk feststellen muß. Nach dem, was Nikititsch erzählt, schwebt er vollkommen über den Dingen und sieht die Welt von oben. Ich komme zu dem seltsamen Schluß, daß unsere Eigenart darin besteht, daß wir anders sind, wir unterscheiden uns sogar von unseren Vorfahren, den Ariern des antiken Rom.

Unsere Vorfahren wußten nichts von der Bedeutung der Vergangenheit: Sie feierten ihre Mathematiker, ihre Architekten und ihre Philosophen, doch sie interessierten sich in keiner Weise dafür, was dem vorausging. Darum kannten die Griechen und die Römer nie eine Wissenschaft wie zum Beispiel die Archäologie. Sie hatten auch kein Verlangen nach der Zukunft: Sie berechneten ihre Zeit ausschließlich nach den Olympiaden, und das auch nur, um dem Volk, das gierig nach solchen Spektakeln verlangte, Tribut zu zollen. Eigentlich existierte für die alten Kulturen die Zeit nicht. Als Caesar beschloß, einen Kalender einzuführen, sahen seine Gegner darin einen Versuch, in Rom eine kaiserliche Dynastie durchzusetzen, denn jedes Reich huldigt als erstes der Zeit. Mit ihr kann man sich eine Vorstellung von Dauerhaftigkeit machen.

Sicherlich ist die Erfahrung gewisser Perioden unserer Geschichte, die jeder von uns in seinem genetischen Code fest verankert hat, insofern wertvoll, als sie uns Vorsicht und Bedachtsamkeit für die Zukunft lehrt. Sie bringt uns wenigstens dazu, genau nachzudenken, ehe wir etwas sagen. Bismarck hat schon recht gehabt: »Die Russen spannen ihre Pferde sehr langsam an, doch dann sind sie um so schneller.«

Erst kürzlich bin ich zu der Überzeugung gekommen, daß wir historisch gesehen recht haben, uns ohne Hast weiterzuentwickeln. Ich war, eigentlich zum erstenmal in meinem Leben, der Ansicht, einen Zustand erreicht zu haben, der es mir erlaubte, für die Zukunft zu hoffen. Da die Welt nur noch von etwa einem Prozent der denkenden Wesen gelenkt wird, sind die anderen nur mehr Instrumente, derer man sich bedient. Also liegt die Kraft, die die Welt vorantreibt, in uns, wir müssen uns nur zusammenschließen. Natürlich kann ich meine Idee nur den Intellektuellen enthüllen, die das gleiche Blut und die gleiche Abstammung von ein und demselben Boden miteinander verbindet.

Aber leider muß man zugeben, daß selbst von diesem einen Prozent der Erwählten nicht alle Genies sind. Was ist ein Genie? Ein Prophet. Jemand, der über das nachdenkt, was bis heute unbekannt war. Unter den Historikern gibt es keine Genies, denn sie befassen sich mit der Vergangenheit, die sie je nach ihrem persönlichen Ehrgeiz auslegen. Nur die, die in die Welt der Politik vorgedrungen sind, können die Tatsachen der Vergangenheit nutzen, um sie in eine Vorstellung von der Zukunft zu verwandeln. Die Mathematiker, die Schriftsteller, die Maler, die Chemiker, die Architekten, die Physiker und die Politiker, sie alle haben die Möglichkeit, sich dem Genie zu nähern. Nur sie. Die anderen zählen nicht.

Es können also nur einige Tausend dieses einen Prozents den Gipfel der Existenz erreichen, nicht mehr! Doch diese paar tausend Menschen beginnen ihren Aufstieg mit der Ablehnung alles dessen, an was wir gewöhnt sind, das ist die grausame Logik der Entwicklung. Trotz aller Grausamkeiten enthielt Hitlers Doktrin ein Körnchen Vernunft. Wenn er sich hätte beherrschen können und – wie er es am Anfang vorhatte – alle Juden nach Madagaskar geschickt hätte, wo sie sich in der Sonne dieser paradiesischen Insel hätten erwärmen können, wenn er nicht Auschwitz hätte bauen lassen, wenn er sich nicht in den Slawen getäuscht hätte, die nicht weniger arisch sind als die Deutschen – es gibt eine eindeutige Blutsbrüderschaft zwischen den »Groß-Russen« und den »Preußen« –, dann wäre der Ausgang des Zweiten Weltkriegs vielleicht ein anderer gewesen...

Und in eben jenem Park der Kultur am Ufer der Wolga, in der kleinen Stadt von Wolsk habe ich begriffen, daß mir jeglicher Weg in die Zukunft – zumindest im Augenblick – versperrt war. Man

kann die Autoritäten nicht täuschen, zumindest nicht die unseren, die mit vollem Eifer die Überprüfung des geringsten Details betreiben.
Die Hintergründe einer Angelegenheit sind für sie ohne Bedeutung, was zählt, ist, daß alles miteinander übereinstimmt. Es ist unnütz, ein Risiko einzugehen, indem man falsche Auskünfte gibt, denn das kann bestenfalls mit einer Verbannung enden.

Ich bin zurück nach Engels gefahren und habe Arbeit in einer Fabrik gefunden. Ich habe mich ganz klein gemacht und ein ruhiges Leben geführt, ohne aufzufallen, und ich habe regelmäßig meine Beiträge an den Komsomol gezahlt. Ich war Autodidakt, ich las alles, was mir in die Finger kam, vor allem historische Texte. Ich habe große Veränderungen vorausgesehen, als man begann, die Verräter zu foltern, die Kosmopoliten, die Literaturkritiker jüdischer Nationalität und dann, nach der Hinrichtung der Mitglieder des antifaschistischen jüdischen Komitees, als man erklärt hat, daß die jüdischen Ärzte die Russen vergiften würden. Die Deutschen haben uns erzählt, daß Beyles in Kiew vor der Revolution ein russisches Kind habe abstechen lassen, um christliches Blut in den Ostermatzen zu mischen. Dabei spielte es keine Rolle, daß man ihn freigesprochen hat, man könne alles rechtfertigen, sagten sie. Und was die Ärzte, die Agenten des ›Joint-Komitee‹ angehe, so haben sie insgeheim wissenschaftliche Untersuchungen durchgeführt, und sie sagten, Iwliew hätte die Wahrheit gesagt, als er von einer »geheimen Verschwörung gegen die Nation« sprach.
Während einer Versammlung in der Fabrik habe ich das Wort ergriffen und verlangt, daß man der Jugend die historische Wahrheit über das jüdische Komplott gegen unser Volk enthülle.
Das war im Januar 1953 geschehen. Im April, nach Stalins Tod, hat man die Ärzte rehabilitiert, indem man in den Zeitungen behauptete, alles sei nichts als Verleumdung gewesen, ein Attentat auf die Freundschaft der Völker, ein Skandal!
An jenem Tag verließ ich Engels. Zuerst bin ich nach Sibirien gefahren, dann ins »unberührte Land«, dort habe ich eine Medaille

bekommen, und nach alldem habe ich mein Studium der Kunstgeschichte an der Universität begonnen...

Ich werde nie das Ende der sechziger Jahre vergessen, als man begann, die Juden als Zionisten zu bezeichnen und sie aus Polen zu vertreiben. Zu jener Zeit teilte uns ein alter Mann, sicherlich ein Veteran der Partei, verbittert seine Sicht der Dinge mit: »Sicher, alles ist die Schuld der Juden, das behauptete man zur Zeit des Zaren in Rußland, das erklärte auch Henry Ford, und Hitler hat es verkündet, es ist ihre Schuld, daß die Arbeiter schlecht bezahlt werden und das Leben teuer ist. Aber wie wollen wir garantieren, daß wir genug Butter und genügend Autos haben werden, wenn man sie vertrieben hat, wenn wir unsere Wirtschaft nicht reformieren? Wenn nach ihrer Vertreibung das Leben nicht besser wird, wird das Volk die Kommunisten und die Macht der Arbeiterklasse der Unfähigkeit beschuldigen. Und wer ist dann verantwortlich? Wem könnten wir dann die Schuld für unser Scheitern zuschieben? Uns selbst, den Russen? Den Kommunisten?«

Damals habe ich die Richtung eingeschlagen, der ich bis zum Ziel folgen mußte. Ich hatte dieser Macht nichts zu verdanken, außer der Angst. Alles, was ich hatte, hatte ich mir sauer erarbeitet, ganz ohne ihre Hilfe. Soll diese Macht doch sehen, wie sie damit fertig wird. Wir kommen auch ohne sie klar, uns fehlt es nicht an Mitteln!

Meine Professorin für Kunstgeschichte, Maria Franzewna Girsch, die für mich wie eine Mutter war, hat mir, als ich meine Abschlußarbeit vorbereitete, gesagt: »Merken Sie sich gut, Mischa: Die Masse hat tragischerweise absolut kein Gedächtnis. Man sagt, daß wir uns nicht an unsere Familie erinnern, das ist die russische Volkskrankheit. Nur die Israeliten und die Muselmanen ehren das Andenken an ihre Vorfahren... Doch, doch, da gibt es keine Diskussionen. Wann haben sich denn die Italiener endlich mal an Cicero erinnert? Tausende von Jahren mußten erst vergehen. Erst nach dem Fall der Inquisition hat man sich an ihn erinnert! Und El Greco? Erst Ende des letzten Jahrhunderts ist er als ein offizieller

Teil des Erbes der Menschheit anerkannt worden. Erst wenn die Zivilisation des Fortschritts überdrüssig ist, erst wenn nach einer wahren Flut innovativer Ideen ihre Kräfte nachlassen, wendet sich die Menschheit ihrer Vergangenheit zu, um in ihr die Ewigkeit und die Ruhe zu suchen.«

»Wir prahlen damit, daß wir Trost in ihr, das heißt, in der Erbfolge der Generationen, finden. Ich sage es Ihnen noch einmal, das geschieht nur in den Zeiten, in denen die Menschheit nach einer Serie von gewaltigen Katastrophen und Entdeckungen erschöpft ist, und sich danach eine neue Form des Denkens etablieren kann... Wenn ich geizig wäre und außerdem noch das nötige Geld hätte, würde ich alles in die alte Malerei, in Ikonen und alte Bücher investieren. Versteigern Sie heute ein Briefchen von Plutarch! Sie würden nicht weniger als zehn Millionen dafür bekommen! Und Ihr Name würde in die Geschichte eingehen, man würde Sie als den Hüter des Menschheitsvermächtnisses bezeichnen. Man würde es Ihnen nicht übelnehmen, daß Sie daraus Ihren Profit ziehen, sondern man würde Sie als einen neuen Mäzen feiern. Doch all das ist leider eng mit der Politik, mit dem Ehrgeiz der Maler oder der Propheten, denen es nicht gelungen ist, sich durchzusetzen, gekoppelt.

Doch, doch, keine Diskussionen... Hitler hat die lateinischen Buchstaben verboten, die klar und umgänglich waren. Er hat die Deutschen gezwungen, wieder die deutsche Schrift zu benutzen. Die hervorragende Literatur des XX. Jahrhunderts hat er verworfen und die Nation gezwungen, sich wieder den Trümmern und den Legenden aus alter Zeit zuzuwenden, da er der Ansicht war, daß nur die Würde der Vergangenheit – selbst wenn es sie gar nicht gegeben hat – in eine noch würdevollere Zukunft führen könne. Diese Haltung ist übrigens typisch für Menschen, die wenig Kultur und fundierte Bildung haben. Der persönliche Geltungsdrang führt zur Zerstörung der Persönlichkeit. Was den nationalen Geltungsdrang angeht, so gefährdet er die Existenz der ganzen Nation, sobald er die Form des Messianismus annimmt. Keine Diskussionen! Im alten Rom war es der kaiserliche Geltungsdrang, der die Stadt in ihr Verderben geführt hat. Und

Karthago? Und Byzanz? Und die mystischen nationalen Ansprüche Spaniens? Und Polen? ›Von einem Meer bis zum anderen‹! Und der Krieg, den wir 1904 gegen Japan geführt haben? ›Wir werden sie ohne einen Schwertstreich einkassieren‹! Na und, letztlich waren wir es, die einkassiert wurden.«

Ich hörte ihr zu. Innerlich war ich entsetzt über das, was sie sagte, und ich dachte: »Nach uns die Sintflut... Ich werde nie Kinder haben, die Angst und der Hunger hinterlassen unauslöschliche Spuren...«

Ich erinnere mich an dieses Gespräch, das im Dezember 1964, kurz nach dem Sturz von Nikita Chruschtschow, stattfand, als wäre es heute. Die Leute verfolgten die Ereignisse mit großer Aufmerksamkeit. Sie stellten ihr Radio auf volle Lautstärke und kommentierten die möglichen Veränderungen im Land, sie standen vor Rätseln. Mein Gott, sind wir unglücklich! Wir ersticken, doch nun ist das Wichtigste, den Anschein von Ruhe, Würde und Haltung zu wahren.

Ich sah das Ende von Chruschtschows unerhörten Unternehmungen kommen, und ich fragte mich: »Und ich, was kann ich, Michail Tichomirow, jetzt tun?« Früher lebten wir in der Angst vor Stalin, und zugleich bewunderten wir sein Genie, dann haben wir an die Veränderungen unter Nikita geglaubt, und jetzt? Ich beantwortete selbst meine Frage: Denk selber nach, niemand wird dir zuflüstern, was du zu tun hast.«

Ich habe einige Zeit gebraucht, um die Antwort zu finden, doch ich habe sie gefunden. Nachdem man die »Avantgardisten« liquidiert und alles verboten hatte, entdeckte man plötzlich ein paar junge Sprößlinge, die äußerst talentiert zu sein schienen: die Maler von Suzdal. Es war eine klare, kraftvolle, bläuliche Malerei, sehr russisch. Doch man hat auch sie gegängelt: »Zu viele Kirchen, zu viele alte Sachen, wo ist die Freude an den modernen Errungenschaften?« Diese Maler waren stark, sie haben nicht gezittert, sie haben es stolz auf sich genommen, zu leiden. Aber sie haben nicht nachgegeben und sich lieber damit begnügt, von Wasser und Brot zu leben.

Da habe ich mich an mein Gespräch mit Maria Franzewna erinnert und mich entschlossen, ein Risiko einzugehen: Ich habe im Institut eine Ausstellung für sie organisiert. Ich habe mich um den Verkauf der Bilder gekümmert, und wir haben den Erlös brüderlich geteilt. Das ist der richtige Weg: Man muß auf die setzen, die Schläge einstecken können, die in ihrer Haltung rein sind, und die begreifen, daß es ohne Vergangenheit keine Zukunft gibt.
Jedem das Seine. Mir hat Gott nicht das Talent zum Maler oder Bildhauer gegeben, aber dafür hat er mich mit Intelligenz gesegnet.
Und da ich ständig an meine Zukunft dachte, wandte ich mich der Vergangenheit zu und gab meiner Arbeit den Titel: ›Kunst und Tradition‹.
Ich beschloß, meine erste Auslandsreise zu unternehmen, sobald man auf den Ausreiseformularen die Frage über die Besatzungszeit gestrichen hatte. Ich hatte ja eigentlich nichts damit zu tun, schließlich war nicht ich es gewesen, der die Deutschen bis Moskau und Stalingrad hatte vordringen lassen.
Bei meiner Ankunft in jenem Deutschland, das wir besiegt hatten, empfand ich Trauer und Leid, als ich das Unglück Rußlands mit dem Leben verglich, das man hier führte. Es war von Wohlstand, Harmonie und gegenseitigem Respekt bestimmt. »Und wir betrachten uns als das Volk der Auserwählten! Dabei hat uns Gott verflucht, das ist die Wahrheit! Denn wir haben zu leichtfertig unsere Idole verbrannt, wir haben im XVII. Jahrhundert unsere Kirchen zerstört und unsere Statuen umgeworfen, und wir haben zu leichtherzig dem Bösen vergeben. Bis in alle Ewigkeit sind wir gezeichnet!« [Anspielung auf die orthodoxe Kirchenreform, die das Schisma der Altgläubigen zerriß. Sie widersetzten sich den Reformen des Patriarchen Nikon, der ein Anhänger der Rückkehr zur griechisch-orthodoxen Kirche war.]
Ich bin also von der Erfahrung ausgegangen, die ich dank der Maler von Suzdal gemacht hatte, und zu der Entscheidung gekommen, daß allein das Geld dem Menschen zu einer wahren geistigen Freiheit verhelfen kann, alles andere ist illusorisch. In dieser Zeit begegneten mir der gute Russanow und Kusinzow, die das Ge-

schäft mit den Malern aufgebaut hatten, und ich fühlte mich endlich in Sicherheit. Ich habe ein Haus für meine Mutter gekauft und mir eine Wohnung bauen lassen, ich habe gelebt, wie es mir gefiel. Man braucht nur einen Maler zu finden und ihm zu helfen, und schon weiß er nicht mehr, wie er seine Dankbarkeit zum Ausdruck bringen soll. Die Künstler haben ein reines Herz...
Und plötzlich, bum, ist die neue Zeit da! Die Menschenrechte! Die Parteilinie gibt nach, die alten, solide aufgebauten Beziehungen brechen zusammen, die Angst vor der Armut ist wieder da.
Und die Leute? Die Leute sind Dummköpfe! Man muß ihnen andauernd eintrichtern, wen sie lieben und in wem sie einen versteckten Hexer sehen sollen. Diese Art Arbeit ist nicht immer einfach: Selbst unter den Dummköpfen gibt es gerissene Jungen, die sofort kapieren, daß es letztlich um den Markt, um Geld und Profit geht. Im Ursprung jeglicher menschlichen Unternehmung liegt letztendlich ein Goldenes Kalb verborgen, wir alle tragen das Zeichen der Sünde, es gibt keine Möglichkeit, ihr zu entkommen. Unsere Landsleute ertragen alles: Diebstahl und Plünderung, und sie fallen immer wieder auf die Füße, aber bei den Ausländern ist das etwas anderes.
Man kann jemand anderen belügen, aber sich selbst zu belügen ist ein Verbrechen. Wenn wir jetzt verlieren, ist alles vorbei. Ich bin, ob ich will oder nicht, über fünfzig Jahre alt, es ist zu spät, um bei Null wieder anzufangen. Man muß kämpfen, um das zu erhalten, was man erreicht hat. Entweder sie oder ich, eine dritte Lösung gibt es nicht.
Die individuelle Arbeit, die Kooperativen, die Unterstützung der Privatinitiative, das Recht auf Profit, all das ist objektiv schlecht, es zerstört die Kette, in der jeder von uns, wenn er sein Einverständnis gibt, dafür seinen Tribut bekommen muß. Und wenn man nun keine Genehmigungen mehr braucht? Wenn die Rechte jedes einzelnen in der Verfassung festgeschrieben sind? Dann bleibt denen, die die Genehmigungen vergeben, nichts anderes übrig, als von zweihundert Rubeln zu leben und wieder das Beil zu schärfen, das ein jeder von uns noch zu Hause hat.
Aber man kann einen Panzer nicht mit einem Beil angreifen...

Wenn plötzlich alle Rechte haben, so bedeutet das nichts anderes als unseren Untergang, den Untergang der Elite, der Auserwählten, die die höchste Glückseligkeit der Macht erreicht haben, die eine Genehmigung verweigern können, die Verbote aussprechen können, und die Leute mit ihren Fragebögen, Papieren und Vollmachten bis zum Wahnsinn treiben können.
Wir wissen besser als irgend jemand sonst, was unser Volk braucht. Es werden Jahrhunderte vergehen, ehe es lernen wird, was Demokratie ist. Die Demokratie ist nichts für uns, wo wir uns nur der Stärke und nicht dem Recht unterwerfen, nur der Knute und nicht dem Gesetz.
Ich habe Kusinzow gesagt, er solle sich verkriechen, ich habe Russanow förmlich verboten, in Tschurins Landhaus zu fahren, man sieht ihn viel zu oft dort! Ich habe allen befohlen, den Namen Zaver zu vergessen, er wird mit Sicherheit verdächtigt. Der Alte versteht nicht, daß sich die Zeiten geändert haben, und daß heutzutage gewisse Bekanntschaften schädlich sein können.
Jetzt muß der Kampf um unsere Rettung zum Diskussionsthema in den Klubs und Versammlungen unserer Organisation »Die gute alte Zeit« werden. Die Mächtigen in Angst zu versetzen, ist eine große Aufgabe. Wenn etwas schiefgeht, kann man Entschuldigungen finden und sich an die öffentliche Meinung wenden: »Man rächt sich an uns, weil wir die Wahrheit sagen.« Sollen sie nur versuchen, mir etwas anzuhaben, die Demokratie will jetzt keine Skandale! Das wichtigste ist, den Feind zu finden, gegen den ich, und nur ich allein, den Maler schützen kann. Ohne getreue Gefolgsleute gibt es keinen Lehnsherren, das Konzept »Dankbarkeit« basiert auf »Unterstützung«, »Verteidigung«, »Schutz«, da ist nichts dabei, dessen man sich schämen müßte.
Russanow braucht Warrawin nur hochgehen zu lassen. Toma hat Glafira Anatoljewna schon darauf vorbereitet, einen Brief zu schreiben, um eine öffentliche Kritik am Benehmen ihres Schwiegersohns zu fordern. Gott sei Dank sind die Privatangelegenheiten noch immer wichtig bei uns. Im Westen haben die Leute ihre Klatschkolumnen, und wir, wir haben die öffentliche Kritik, alle zusammen, zeigen wir doch unsere Leidenschaft! Alle Mann legen

den Kopf auf den Richtblock, so etwas bekommt man nur bei uns zu sehen.
Kaschljajew ist vernünftig, er bereitet den Boden in der Redaktion, und dann fliegt Warrawin mit einem Tritt in den Hintern raus. Er wird die Ränge der Gescheiterten füllen, und da er nicht wissen wird, an wen er sich wenden soll, wird er zu uns kommen...
Tichomirow untersagte es sich sogar, daran zu denken, daß ihm zwanzig Prozent von jedem Vertrag zustanden, den Russanow abschloß. Dennoch hatte er sich abgesichert, indem er den aktiven Mitgliedern der Gesellschaft »Die gute alte Zeit« seine Sparkassenbücher mit dem Eintrag »dem Überbringer« überließ. So bewies er den Glauben, den er in die gemeinsame Sache setzte. Wenn sich die Dinge beruhigt haben würden, konnte man ja den Eintrag in den Sparkassenbüchern ändern. Das war eine Sache von fünf Minuten. Er wiederholte immer wieder: »Wir arbeiten im Rahmen der sowjetischen Legalität, ich dulde keine Abänderung der Normen des proletarischen Internationalismus, unsere Feinde sind die Zionisten und die Freimaurer. Es ist nicht unsere Schuld, wenn sie alle Repräsentanten einer gewissen Nationalität sind.«
»Nein, sagte er sich, »ich bin unverletzlich. Meine Verteidigungsstrategie ist perfekt, ruhig Blut bewahren, das ist die goldene Regel. Das wichtigste ist jetzt, diese wirre Zeit zu überstehen, dann werden wir wieder unseren alten Platz einnehmen. Vor allem aber muß man die Glieder unserer Kette retten: Die Idee (ich), die Jagd nach Malern (Russanow), die Vorbereitung des Umfelds (Kusinzow), den Auftrag für die Ausschmückung der Bauten (Tschurin), die Diamanten für die zusätzlichen Dienste (Juda Zaver und Rumina), »Die gute alte Zeit« (Absicherung des ganzen Unternehmens durch eine Idee, die allen zugänglich ist). Wir haben alles mit äußerster Genauigkeit geplant. Das wichtigste ist jetzt, sich daran zu halten...

Kapitel 16

Wir: Lisaweta, Iwan und Giwi

Wenn man in Moskau in ein anständiges Café gehen will – man kann sie im übrigen an einer Hand abzählen –, so muß man das vormittags tun. In diesem Café gab es fünf Kellner, wir sind wirklich nicht kleinlich, wenn der Staat die Angestellten bezahlt. Wären es allerdings nur zwei gewesen, die den Verdienst von vieren bekommen hätten, wäre der Service sicherlich besser gewesen.

Schließlich bemühte sich einer der Kellner um uns. Er gähnte herzhaft und fragte dann nach unseren Wünschen. »Glück«, antwortete Iwan. Der Kellner sah ihn zunächst verständnislos an, dann wurde er ärgerlich: »Machen Sie Ihre Witze mit Ihren Freunden, aber nicht mit mir! Ich bin im Dienst!«

Nach zehn Minuten brachte er endlich den Kaffee.

»Ich bin nicht sicher, ob Giwi so schnell auftauchen wird«, sagte Iwan zu Lisaweta. »Magier telefonieren nicht, diese Leute sind sehr ängstlich; sie fürchten, abgehört zu werden. Sie haben zu viele Spionagefilme gesehen. Sie wird sich also persönlich an die entsprechende Person wenden, um ihren Bericht über dich abzuliefern. Darum bitte ich dich, mir noch einmal ganz ausführlich und genau zu erzählen, was sich bei ihr abgespielt hat...«

Lisa sah traurig auf das Schild, das das Rauchen untersagte. »Nun, zuerst hatte ich keine Angst, ich habe ihr als Frau sogar eine gewisse Sympathie entgegengebracht. Das könnt ihr Männer nicht verstehen; wir sind unglücklicher als ihr, darum halten wir zusammen.« Lisa lächelte. »Eine Art Freimaurerloge der Frauen. Doch Tamaras Gesicht veränderte sich plötzlich, als sie mit ihren Zauberformeln begann... Zugegeben, sie versteht etwas von

Hypnose. Ich denke, ich habe ihr nur das gesagt, was wir ausgemacht hatten. Am Ende schien sie plötzlich sehr beunruhigt zu sein. Ich habe gezittert, als sie mich – nachdem sie überzeugt war, mich in ihrer Gewalt zu haben – fragte, warum ich mich Janina und nicht Lisa Naryschkina nenne... Ich hatte plötzlich große Angst. Aber ich habe mich die ganze Zeit über wie an einen Rettungsring an ein Gespräch geklammert, das wir beide, du und ich, vor langer Zeit geführt haben. Wir fragten uns, warum die Familie des Zaren, die letzten Romanows, nicht einen einzigen Schritt taten, ohne vorher einen Hellseher konsultiert zu haben. Einmal war es Philippe, der ihnen sagte, was sie tun sollten, das andere Mal Rasputin. Erinnerst du dich?«

»Ich erinnere mich an alles, Lisaweta«, antwortete Iwan und streichelte ihre Wange.

»Warum hast du mich dann verlassen?«

»Glaubst du, die Liebe ist wie ein Offizierseid, der, wenn man ihn abgelegt hat, für alle Zeiten gilt? Fürs ganze Leben? Und die Freiheit? Ja, wenn wir Kinder gehabt hätten, wäre das etwas anderes gewesen. Aber... Anna Karenina... die Leidenschaften Puschkins... das Leben des Anatole France... und Hemingway... Nicht nur die Männer hören auf zu lieben, auch die Frauen verlieben sich neu...«

»Das kommt viel seltener vor, Wanja... im allgemeinen beginnt eine Frau, sich in jemand anderen zu verlieben, wenn sie Zweifel quälen; wenn sie das Gefühl hat, daß sie das Vertrauen in ihren Mann verliert. Wenn sie glaubt, daß er nicht mehr so wie früher ist, nicht mehr so aufmerksam, nicht mehr so zärtlich... Dann stürzen wir uns in kleine Abenteuer.« Sie seufzte. »Dann wagen wir uns schon mal ins Hinterland des Feindes... Aber wir sind schwächer als ihr...«

»Die Gleichheit ist also eine Fiktion? Weshalb sollte man dann den Schwachen die gleichen Rechte zugestehen wie den Starken? Ich habe mich mit einem sehr interessanten Mann unterhalten, einem Biologen, der mir gesagt hat, daß die Physiologie der Frau nicht geeignet sei, all die Belastungen durchzustehen, die wir ihr auferlegen. Er hat zum Beispiel mit der Hilfe eines Mathematikers errechnet, daß für die Frau eine Arbeitszeit von fünf Stunden ideal wäre. Wenn sie mehr als fünf Stunden arbeitet, bringt die Arme keine anständigen Resultate mehr zustande, weil sie ständig daran denkt, was sie ihrem Mann zum Abendessen kochen könnte. Sie fragt sich, ob sie rechtzeitig im Kindergarten sein wird, oder wo sie sich anstellen könnte, um das ausgelöste Fleisch ein wenig billiger zu bekommen. In diesen Augenblicken kümmert sie sich nicht mehr um das Ergebnis der Arbeit, die man ihr zugeteilt hat.«

»Das kann man von den Journalistinnen nicht behaupten«, warf Lisa mit einem Seufzer ein.

»Doch«, unterbrach Iwan sie, »sobald sie einen Mann und Kinder haben.«

Lisa warf wieder einen traurigen Blick auf ihre Zigarettenschachtel. Doch Iwan bemerkte das gar nicht. Er fuhr leidenschaftlich fort: »Die Frauen können sich nicht ändern, der mütterliche Instinkt und die Sorge um den Haushalt sind stärker. Die Verfechter des nationalistischen Geistes, die glühenden Anhänger der Gesellschaft ›Die gute alte Zeit‹ machen alles und jeden für die sinkende Geburtenrate verantwortlich. Doch sie analysieren nicht die Statistiken: Sechzig Prozent der amerikanischen und belgischen Frauen arbeiten nicht und kümmern sich ausschließlich um den Haushalt, die Erziehung der Kinder und das Wohlergehen des Mannes. Wir täten vielleicht besser daran, den Lohn eines Vaters von drei Kindern anzuheben, dann könnten sich unsere Frauen nämlich ausschließlich um ihre Familie kümmern. Und was die empörten Aufschreie angeht, wir würden das Volk absichtlich in den Alkoholismus treiben... das ist unverschämt und geradezu kriminell dem Volk gegenüber. Du weißt genau, daß die, die ein gutes Gehalt haben, nicht trinken. Sie sparen, um ein Auto oder ein Landhaus kaufen zu können, oder um zu verreisen! Nur die Verzweifelten trinken, Lisaweta! ›In vino veritas‹, es waren nicht die Freimaurer, die diesen Ausspruch erfunden haben, er stammt aus grauer Vorzeit. Das ist unter anderem meine Antwort auf die Frage, warum die Zarenfamilie sich von Hysterikern hat leiten lassen. Weil selbst die Romanows laut Verfassung nicht das Recht hatten, neue Ideen und vernünftige Pläne zu entwickeln. Der Zar hatte keine Rechte, Lisaweta!«

»Tatsächlich? Warum?«

»Weil ihm das Wort ›Verfassung‹ angst machte! ›Der Großmeister der Tradition‹ unterhielt sich mit seiner Frau auf englisch oder auf deutsch, doch nie in seiner Muttersprache; er war ungebildet, hatte keine Universität besucht und verstand sich nicht auf die Analyse der realen Gegebenheiten. Er wiederholte, was ihm seine Berater, wie zum Beispiel Pobedonoszew [die graue Eminenz], einhämmerten: ›Orthodoxie, Autokratie und Liebe zum Volk‹. Aber wo ist die ›Liebe zum Volk‹, wenn man dem Volk das Recht abspricht, zu denken, zu sprechen und zu handeln? Die Romanows wollten nicht einmal die Hilfe annehmen, die ihnen die gemäßigten Monarchisten anboten. Gutschkow und Miljukow hatten die Mehrheit in der Duma* und träumten davon, die Monarchie zu retten, indem sie sie in eine konstitutionelle Monarchie umwandelten. Doch der Monarch konnte doch keine Hilfe von seinen Untergebenen annehmen. Er war nicht gekrönt worden, um zu regieren, er war der Gesalbte des Herrn; er wollte eine Eingebung ›von oben‹, weil er an Wunder und Hellseher glaubte. Er war so in der Tradition verhaftet, daß er nicht an sich selbst oder an sein Volk glauben konnte. Die heutige Rechte verdächtigt Nekrassow noch nicht, ausländisches Blut in den Adern zu haben; dabei hat er geschrieben: ›Muschik** oder Stier, das ist kein großer Unterschied, wenn sie einmal eine Idee im Kopf haben, bekommt man sie nicht wieder heraus, nicht einmal mit Stockschlägen.‹ Die Leidenschaft für die Ordnung – die in einem so großen Land wie dem unseren unabdingbar ist – ist in Grausamkeit umgeschlagen. Man hatte Angst, die Menschen für eine gemeinsame Sache zu einen; das hätte das Auftauchen zu vieler starker Männer bewirken können. Also hat man mit Angst und Verboten regiert. Und welche Ordnung kann man einführen, wenn man alles verbietet? Ich habe die Diskussionen zwischen denen gelesen, die für die individuelle Arbeit und die Familienunternehmen sind – was unser Generalsekretär Michail Sergejewitsch befürwortet – und ihren Gegnern, die Angst vor der ›Bereicherung‹ haben. Wozu

* Das russische Parlament von 1906 bis 1917

** Bauer im zaristischen Rußland

soll es gut sein, sich mit veralteten Konzepten herumzuschlagen. Wäre es nicht einfacher, die Zahlen zu veröffentlichen, die Milliarden von Dollar, die wir den Amerikanern für ihren Weizen gezahlt haben? Und in den Vereinigten Staaten (Iwan lächelte) gibt es doch nur Privatunternehmen... Nun, wer hat denn daran verdient, daß die amerikanischen Bauern ihr Land in Familienbetrieben bearbeiten? Doch die Vereinigten Staaten von Amerika!...

Nur die Schwätzer, die Dummköpfe und die Unwissenden glauben, daß der Sozialismus das Land ist, wo Milch und Honig fließen. Die alten Inspekteure und die unverbesserlichen Anhänger des Dogma schreien auf: ›Wer in Wohlstand lebt, ist ein Feind des Sozialismus!‹ Aber was ist der Sozialismus? Ist er etwa eine Gesellschaft von armen Wichten? Wer braucht denn einen solchen Sozialismus? Der Sozialismus ist eine Gesellschaftsform, in der wohlhabende, freie und eigenständig denkende Menschen einander in brüderlicher Freundschaft zugetan sind. Das ist meine Meinung, das ist der wahre Sinn von Gleichheit. Ich will nicht gleich sein mit einem Dummkopf oder einem Faulpelz. Alle Menschen, ohne Ausnahme, haben das Recht, genug zum Leben zu verdienen. Also sollten sie lieber endlich etwas verdienen, anstatt Unsinn zu reden.«

»Merkst du«, fragte Lisa, »wie sich das Land um die Befürworter und die Gegner der Reformen polarisiert? Wir verstehen es nicht zu handeln, wir erschöpfen uns in unnützen Diskussionen. Wir müssen handeln, Wanja! Wir müssen etwas tun! Die konservative Clique bildet einen Block, und wir? Alles mögliche kann geschehen, weil sich unsere Gedanken nur stoßweise weiterentwickeln, und wir zu sehr in den alten Dogmen verhaftet sind...«

»Was meinst du damit?«

Lisa sah noch einmal betrübt auf das Schild, das das Rauchen untersagte, dann hob sie langsam, wie in der Schule, die Hand. Nach einigen Minuten bemerkte es der Kellner endlich, der schon wieder gähnte.

»Genosse, ich habe eine Bitte.« Lisa zog einen Drei-Rubel-Schein aus ihrer Jackentasche. »Bringen Sie uns doch einen Aschenbe-

cher. Sie sehen ja, daß im Augenblick außer uns niemand hier ist.«
Der Typ stopfte sich die drei Rubel in die Tasche und sein Gesicht wurde freundlicher: »Ich habe dieses dumme Schild nicht aufgehängt, mein Fräulein. Nehmen Sie die Untertasse... Aber wenn jemand hereinkommt, muß ich so tun, als würde ich Sie zurechtweisen, das dürfen Sie mir nicht übelnehmen.«
Als der junge Mann gegangen war, sah Lisa Iwan an: »Und wenn wir nun Inspekteure wären? Wenn wir den Jungen provoziert hätten? Das Gesetz verbietet solche Art von Provokationen nicht, im Gegenteil, es unterstützt sie... Was wäre dann passiert?«
»Du hast stark abgenommen.«
Lisa lächelte: »Das macht die Angst.«
»Wie kannst du in einer halben Stunde so abnehmen?«
»Es gibt Menschen, da geht das in zehn Minuten... Der Streß hat bei jedem andere Auswirkungen. Wie geht es Olga?«
»Schlecht. Sie täte besser daran, den Namen Warrawin zugunsten ihres zaristischen Mädchennamens Romanow abzulegen... Sie kann nicht einmal mehr eigenständig denken; sie tut einfach alles, was Toma ihr sagt...«
»Soll ich mit ihr reden?«
»Bist du wahnsinnig?... Sie kann nicht einmal deinen Namen hören, ohne gleich kreidebleich zu werden.«
»Sie glaubt nicht, daß zwischen uns alles vorbei ist?«
»Nein.«
»Liebst du sie noch genauso wie früher?«
Iwan nahm eine Zigarette und drehte sie sorgfältig zwischen den Fingern. Er zögerte mit der Antwort, doch dann konzentrierte er sich und nickte. Es war, als müsse er sich anstrengen, irgendeine Regung zu unterdrücken. Er sagte: »Ja.«
»Sagst du mir das oder dir selbst?«
»Ich weiß nicht. Ich war entsetzt, als diese Toma Olga und ihrer Mutter erzählt hat, du hättest Olgas Foto genommen, um es verhexen zu lassen. Man kann eine Person nicht lieben, wenn man ihr nicht vertraut... ihr und ihren Freunden...«
»Ich bin kein Freund, ich bin eine Frau.«
»Und eine Frau kann keine Freundin sein?«

Lisa zündete sich die nächste Zigarette an, dann richtete sie ihre grauen Augen auf ihn und fragte: »Glaubst du denn, daß es für mich einfach wäre, deine Freundin zu sein?«
»Du hast einen hübschen Haarschnitt.«
»Du mochtest mich doch mit kurzen Haaren...«
»Die Zeiten ändern sich, Lisaweta. Sag mir dein Gedicht auf...«
»Das letzte?«
»Ja.«
Lisa sprach leise, so als würde sie eine Geschichte erzählen:

Früh hast du dich verfinstert,
Bei Sonnenaufgang gingst du fort.
Das Negativ meines Verlustes
hat die Maisonne verdorrt.
Und das Kostüm der Kolombine
lag auf dem Bett, nun leer,
Die Nacht schwand ohne Spuren,
Schlaf fand ich keinen mehr.
Wenn wir bei jeder Trennung
So stets den Schlaf einbüßen,
Dann werde ich von nun an
wohl nie mehr schlafen müssen.

Iwan seufzte: »Gehen wir zum Bahnhof, hm? Dort kann man bei den Taxifahrern eine Flasche Wodka kaufen. Ich habe Lust auf einen ordentlichen Schluck, ich halt's nicht mehr aus.«
»Wann wird Olga entbinden?«
»Ich bin nicht in das Geheimnis eurer Berechnungen eingeweiht.«
»Sicherlich im September«, sagte Lisa, »ich habe so eine Ahnung.«
Iwan streichelte wieder Lisas Wange. Sie hatte ein rundes Gesicht und ihre Wangen schienen genau für die Wölbung einer Handfläche gemacht. Lisa entzog sich krampfhaft seiner Liebkosung, bestellte eine Tasse Kaffee und sah mit einer wenig natürlichen Geste auf ihre Uhr. Sie spürte, daß Iwan es bemerkt hatte und feixte: »Kennst du die Anekdote über die Hochzeit, bei der es keinen Alkohol gab?«

»Nein.«
»Der Zeremonienmeister wendet sich an die jungen Leute: ›Liebes Brautpaar, liebe Gäste... fühlt ihr eure Venen?... Gut so? Also, dann können wir ja die Spritzen vorbereiten! Auf zum Trip!‹«
»Ein recht makabrer Humor!«
»Ja, aber wo bleibt bloß Giwi?«
»Das frage ich mich auch. So langsam mache ich mir Sorgen.«
»Ich weiß nicht, warum, aber diese Tamara und ihre Gefolgsleute scheinen mir zu allem fähig. Es ist so, als würde man seinen Fuß ohne es zu merken, oder besser gesagt unabsichtlich, in ein Schlangennest setzen. Als Tamara mir sagte: ›Meine Kleine, rate deinem Freund, sich nicht an mir zu vergreifen. Das würde ihn teuer zu stehen kommen‹, habe ich mich plötzlich sehr schlecht gefühlt.«
Iwan machte eine unwillige Geste: »Was kann sie schon tun?«
»Dir nichts. Aber Olga?«
Iwan legte eine Streichholzschachtel auf die Tischkante und schnippte sie plötzlich mit dem Daumen in die Luft, dann sah er nach, auf welche Seite sie gefallen war.
»Alles klar. Das ist die Ordnung der Dinge... Wenn ich Olga nicht zurückgewinnen kann, werde ich dich wieder fragen, ob du meine Freundin sein willst. Das Wort ›Frau‹ ist für mich ab jetzt eng mit der Vorstellung von Unfreiheit verknüpft.«
»Iwan, ich habe immer mehr Angst... Ehrenwort... Trotz all meiner Fehler und meines Phlegmas, und obwohl ich wirklich nicht hysterisch veranlagt bin; ich spüre, daß etwas Beunruhigendes in der Luft liegt.«
In ebendiesem Augenblick tauchte Giwi auf.
»Hallo Freunde! Kann man hier irgendwas essen? Ich habe zwei sehr anstrengende Stunden hinter mir, ich bin erschöpft.«
»Man kann dir sicherlich ein paar Spiegeleier machen«, sagte Lisa. »Schnell, erzähl, was ist geschehen...?«

Tamara war in einem Taxi nach Mytischtschi gefahren und dort in den Sportklub gegangen. Sie hatte ein Gespräch mit dem Trainer Antipow und fuhr dann mit demselben Taxi zurück.

Antipow hatte seinen Kurs ausfallen lassen, um sich zum Boulevard der Roten Armee Nr. 40 zu begeben, in die Wohnung von Vitali Wikentjewitsch Blassenkow. Dort war er etwa zehn Minuten geblieben und dann wieder nach Hause gegangen.
Giwi hatte sich bei ihm gemeldet, um sich in den Sportklub einzuschreiben. Aber Antipow hatte ihm geantwortet, daß der Klub nur Ortsansässige aufnehme, »und außerdem ist unser Sport bei Leuten Ihrer Art nicht sehr populär, Sie würden nicht durchhalten«.
Dann war Giwi zur Polizei gegangen. Der Stellvertreter des Untersuchungsrichters war glücklicherweise ein früherer Studienkollege, Hauptmann Chmeljew, der ihm gerne weiterhalf. Der Rentner Vitali Wikentjewitsch Blassenkow war 1945 nach Artikel 58, Paragraph 1 – der an düstere Zeiten erinnerte – verhaftet worden:* Er war nicht von einer Sonderkommission, sondern von einem normalen Gericht verurteilt worden. Von 1943 bis 1945 war er im Ausbildungslager von General Wlassow gewesen. Dort hatte er als Instrukteur und Propagandaagent in Dabendorf gearbeitet. Anläßlich der Amnestie von 1953 wurde er freigelassen...

Giwi erzählte laut und gestenreich, während er seine Eier hinunterschlang. Weder er noch Iwan oder Lisa bemerkten die beiden jungen Männer an einem Tisch neben der Tür, die Kaffee und Kuchen bestellt hatten. Sie schienen sich nur für ihren Blätterteigkuchen zu interessieren. Da sie im voraus bezahlt hatten, standen sie auf und gingen, sobald sie zu dem Schluß gekommen waren, daß die Unterhaltung der drei Freunde beendet war.
Diese Männer gehörten zu Antipows Sportlern. Der ältere war vierundzwanzig Jahre alt und hieß Igor Antipow, er war der Bruder des Trainers. Der jüngere, Iwan Schebzow, war zwanzig Jahre alt. Beide arbeiteten als Hilfsarbeiter in einem Lebensmittelgeschäft.

* Man bezichtigte ihn des Hochverrats.

Kapitel 17

Interne Mitteilung

An Oberstleutnant Wakidow, Kriminalpolizei, Ministerium für Inneres von Usbekistan:

Ich bitte Sie, dem ›Verdächtigen‹ Rachmatow das Foto von Kusinzow vorzulegen. Unserer Meinung nach ähnelt sein Aussehen der Beschreibung, die Rachmatow bei seiner Gegenüberstellung mit dem ›Verdächtigen‹ Tschurbanow gegeben hat.

Oberst Kostenko

Interne Mitteilung:

An Oberst Kostenko, Kriminalpolizei, Ministerium für Inneres der UdSSR:

Rachmatow hat auf dem Foto, das wir ihm gezeigt haben, den Bürger Kusinzow erkannt. Er hat erklärt, daß dieser Mann ihn bei der »Design«-Ausstellung mit Zaver bekannt gemacht habe.
Rachmatow hat hinzugefügt, daß Zaver, ehe er auf Kusinzow zuging, noch mit einem Unbekannten – russischer Typ, korpulent, sehr groß, hellbraunes Haar, freundliches Gesicht und ein Grübchen am Kinn – gesprochen habe.
Wir konnten allerdings kein Phantombild dieses Mannes erstellen, da Rachmatow den oben erwähnten Mann nur ganz kurz gesehen hat. Kusinzow hat er im übrigen nur einmal getroffen.

Oberstleutnant Wakidow

Kapitel 18

Ich, Iwan Warrawin

Ein Archivangestellter in einem schwarzen Kittel, wie ihn Hausfrauen tragen, brachte mir – gestützt auf einen eleganten Stock mit einem elfenbeinernen Knauf – die Akte. Darin waren die Berichte aufbewahrt, die mein Vater nach Moskau geschickt hatte. Er hatte das Ausbildungslager der ›Russischen Befreiungsarmee‹ (ROA) unter General Wlassow* in Dabendorf besucht. Der Ort liegt circa vierzig Kilometer von Berlin entfernt zwischen Rahnsdorf und Glienicke.

Ich öffnete die Aktenmappe und erkannte sogleich die runde, aber flüssige, die leichte und zugleich sichere Handschrift meines Vaters. Ein wehmütiges Gefühl ergriff mich, mein Vater fehlte mir; aber ich spürte auch, wie schwer es ist, den Tod eines Menschen hinzunehmen, der eine Aufgabe, die nur er allein vollbringen konnte, nicht beendet hat.

Ich blätterte die Akte durch, es waren zwölf Berichte. Unter welchen Schwierigkeiten hatte er wohl diese Berichte geschrieben? Unter all den Menschen, mit denen er in jenen langen Jahren zusammen war. Ich dachte an diejenigen, die seine Berichte in die Straßen von Hitlers Berlin getragen hatten, die sie weitergegeben und abgeschickt hatten. Ich sah es ganz klar vor mir: diese eisige Atmosphäre, die sich aus der Notwendigkeit der Geheimhaltung ergab: ein Leben auf des Messers Schneide, und bei dem geringsten Fehler drohten die Folterkammern der Gestapo...

* Andrej Andrejewitsch Wlassow: sowjetischer General, der in der Roten Armee kämpfte und von den Deutschen gefangengenommen wurde. Im Jahr 1943 trat er in den Dienst der Deutschen und stellte eine Armee gegen die Sowjets auf. 1945 wurde er von den Sowjets gefangengenommen, in seine Heimat gebracht und dort 1946 hingerichtet.

»Wlassow bot den Deutschen nicht sofort seine Dienste an«, schrieb mein Vater. »Ein paar Wochen lang wurde er von Hauptmann Wilfried Karl Strick-Strickfeld von der Spionageabteilung der deutschen Armee ›bearbeitet‹. Dieser Deutsche aus dem Baltikum war in Riga geboren und sprach Russisch ohne den geringsten Akzent. Er gehörte zu einer Gruppe, die den geheimen Auftrag hatte, dem Führer Generäle wie Lukin, Karbyschew und Musytschenko zuzuführen. Das war das eigentliche Ziel der äußerst gewagten Taktik, die Strick bei Wlassow anwandte.
›Der Reichsminister für die besetzten Ostgebiete, Alfred Rosenberg, ist ein Intrigant‹, erklärte er ihm. ›Er hat großen Einfluß auf den Führer; deshalb ist es ihm gelungen, die Vorstellung von den Russen als ›Untermenschen‹ durchzusetzen. Übrigens wird die von Goebbels herausgegebene Zeitschrift gleichen Namens ausschließlich an Deutsche verkauft. Ich als deutscher Offizier und als Freund Rußlands schäme mich, daß so etwas Ungehöriges, das sich gegen Rußland richtet, veröffentlicht wird. Sie allein, Andrej Andrejewitsch, können Himmler so weit beeinflussen, daß er Goebbels überzeugt, die Publikation seiner Zeitschrift einzustellen, und daß die SS mit der Vernichtung der russischen Gefangenen Schluß macht.‹
Strick ›bearbeitete‹ Wlassow mehr als zwei Monate lang. Dieser Gefangene war wichtig, denn der russische General hatte sein Studium am Seminar von Saratow absolviert, hatte eine diplomatische Ausbildung und war als Diplomat mehrere Jahre lang der von der Roten Armee entsandte militärische Berater Tschiang Kaischeks gewesen.
Anfangs sprach Strick nicht von der Schaffung einer Russischen Befreiungsarmee; er sprach nur immer und immer wieder von der schwierigen Situation der Gefangenen und vermittelte Wlassow allmählich das Gefühl, es handle sich um eine rein humanitäre Aktion: ›Haben Sie Mitleid mit den russischen Soldaten, Andrej Andrejewitsch, erinnern Sie sich an die Worte unseres Herrn, an das, was er über Erbarmen und Nächstenliebe gesagt hat. Sie allein können sie retten, ihnen Hunger und Krankheit ersparen.‹
Wlassow antwortete darauf: ›Der Genosse Stalin sagte mir, als er

mir 1941 den Oberbefehl über die Armee in Moskau anvertraute: ›Nicht Mitleid mit den Menschen, sondern eine rücksichtsvolle Behandlung ist wichtig...‹ Doch wie könnte ich diesen Soldaten schon helfen?‹

Das war für Strick-Strickfeld der Augenblick, die Karten offen auf den Tisch zu legen: ›Wenn Sie sich an die Gefangenen wenden und ihnen sagen, sie sollen mithelfen, ein wahrhaft nationales Rußland zu schaffen; wenn Sie der ganzen Welt erklären, daß Sie eine Armee zur Befreiung Rußlands organisieren, dann wird Himmler gewiß die russischen Gefangenen aus den Lagern entlassen.‹

Wenig später wurde die von einem Büro der Ostarmee des Generals Gehlen vorbereitete Erklärung Wlassow überbracht, und er unterzeichnete. Man darf den Einfluß von General Blagowetschenski nicht unterschätzen, der im Lager Wildheide etwa dreihundert junge Leute als Spione und Propagandaagenten für den Truppennachschub der Roten Armee ausbildete.

Trotz der Erklärung Wlassows wurden die Gefangenen nicht freigelassen. In Dabendorf, Riga und Hammelburg wurden Propagandaschulen für eine Armee zur Befreiung Rußlands geschaffen, die es noch gar nicht gab. Hammelburg war die Keimzelle der nationalsozialistischen Arbeiterpartei mit Philippow und Malzew an der Spitze. General Truchin, Wlassows Generalstabschef, sagte im Verlauf eines Gesprächs mit Oberst Wladimir Bojarski, daß Malzew mit der deutschen Abwehr zusammenarbeite, und daß er auch Funktionär der Nationalen Arbeitsunion sei, mit der ›wir – das ist auch Truchins Meinung – nichts zu tun haben; denn sie wollen die Wiederherstellung des alten Regimes, während wir ein neues Rußland mit der brüderlichen Beteiligung des deutschen Volks erstreben, und uns dabei auf das Nationalprinzip stützen und nicht auf das Genossenschaftsprinzip‹. Aus diesem Grund weigerte sich übrigens Wlassow, in seine Reihen die Kosakengeneräle Krasnow und Tschkuro aufzunehmen; in bezug auf beide meinte er: ›Die jungen Leute in der Roten Armee werden von der bolschewistischen Propaganda verdorben und glauben, daß wir uns mit den Weißen zusammenschließen, während unsere Bewegung in Wirklichkeit doch rein national ist.‹«

Als ich diesen Bericht las, erinnerte ich mich daran, daß Mama mir von einem langen Gespräch erzählt hatte, das mein Vater nach seiner Entlassung aus dem Gefängnis mit dem Regisseur Roman Karmen geführt hat.
»Ich bin Wlassow bei Wolchow begegnet«, erzählte dieser, »das war ein paar Tage vor der Einkesselung seiner Armee und einen Monat vor seiner Kapitulation. Wir haben am Abend vor meiner Abreise die ganze Nacht in seiner Baracke verbracht. Wir kannten uns schon lange, wir waren zusammen in China gewesen. Ich habe noch seine Worte im Ohr: ›Roman, mein Alter, wir werden den Sieg davontragen, egal, was kommt! Unter welchen Umständen auch immer – wir werden den Fritzens den Hals brechen, wenn nur der Genosse Stalin auf unserer Seite bleibt... Von allen genialen Menschen, die das Schicksal Rußland geschenkt hat, ist er sicher der bemerkenswerteste.«

»Ich übermittle euch hiermit Ausschnitte aus der Sendung, die die Propagandaagenten der ROA hören. Diese Sendung wurde von Generalfeldmarschall Keitel genehmigt, zuvor aber von der SS zensiert. Das Ziel dieser Sendung ist es, die Sowjetmacht zu stürzen, indem Zwietracht unter die verschiedenen Nationalitäten gesät wird.
Der sogenannte theoretische Kurs umfaßt zwei Teile: Im ersten wird die Geschichte der Nationalsozialistischen Partei Deutschlands, Hitler, die ›Rassenfrage‹ und die ›Judenfrage‹ behandelt. Dann kommen die Kapitel, die dem Thema ›Rußland und der Bolschewismus‹ gewidmet sind. Der wichtigste Teil soll die Zuhörer mit der Geschichte des russischen Volkes und seiner besonderen Aufgabe in der Entwicklung Osteuropas bekannt machen. Darin wird die wichtige Rolle der Patrioten der Union des Russischen Volks behandelt, die 1905 von Dr. Dubrowin und von dem Duma-Abgeordneten Purischkewitsch gegründet wurde. Dann werden den Zuhörern Themen wie die folgenden präsentiert: ›Das ideologische Joch der UdSSR‹. Es wird behauptet, daß schon den Schülern die Idee der Weltrevolution und des Bolschewismus eingehämmert wird; diese Ideale schaden dem Begriff der Nation.

Deshalb müßten diese Klischees verschwinden und man solle zu der Geschichtsschreibung vor 1917 zurückkehren.
Das Kapitel mit der Überschrift ›Der Kampf der Macht gegen die Bevölkerung‹ beschreibt den dauernden Widerstand des russischen Volkes gegen den Bolschewismus.
›Die Juden in Rußland‹ – unter diesem Schlagwort ist von einer geheimen Verschwörung der Juden und Freimaurer gegen das russische Volk die Rede, von ›Ritualverbrechen‹, die von den Juden an russischen Kindern verübt worden sein sollen, von den Bolschewiken, die lediglich das Werkzeug in den Händen der Freimaurer seien. Es müsse unbedingt eine ›Endlösung der Judenfrage‹ in Rußland gefunden werden – das Vorbild dafür ist das vom Führer ausgearbeitete Programm.
Das Kapitel ›Das russische und das deutsche Volk‹ beschwört die Gemeinsamkeiten unserer Entwicklung, die alten Bande, die die auserwählten Völker verbinden. Unter dem Titel ›Die UdSSR und Deutschland‹ wird das Thema der ›brutalen Opposition der Bolschewiken gegen die triumphale Ideologie des Nationalsozialismus‹ behandelt, die Verhandlungen Molotows 1939 um den Freundschaftsvertrag und schließlich die Versuche, die zur Aneignung von Territorien unternommen wurden, während Deutschland damit beschäftigt war, das Weltjudentum niederzuschlagen; schließlich noch der ›heimtückische Angriff Deutschlands durch die Bolschewiken am 22. Juni 1941‹.«

Ich erinnerte mich an das Programm der Veranstaltungen, die die Gesellschaft »Die gute alte Zeit« organisierte, und das Lisa mir letzte Woche mitgebracht hatte. Die Hauptthemen der Diskussion waren: ›Warum sind unsere Traditionen verschwunden?‹, ›Der Einfluß der zionistischen und freimaurerischen Verschwörung auf die Kultur unseres Vaterlandes‹, die ›unselige Rolle Englands‹, der ›Mutter der weltweiten Freimaurerei‹.*

* Diese Punkte entsprechen einer in Moskau gegründeten und heute noch existierenden Vereinigung mit dem Namen Pamjat (auf russisch Erinnerung). Diese Bewegung trägt antisemitische und antiwestliche Züge und repräsentiert eine russisch-nationalistische Richtung.

Mama hat mir erzählt, daß im Jahr 1948, als die Kampagne Lysenkos* gegen die Partisanen Weissmann und Morgan begann, als man ›Kosmopoliten ohne Familie‹ suchte, die keinen russischen Namen trugen, und als man zum Kampf gegen den ›Obskurantismus der Kybernetik‹ aufrief, da stellte mein Vater Suslow unter Aufsicht: ›Das klingt wie die Vorschläge von Wlassow. Ihre Floskeln kommen mir sehr bekannt vor‹, schrieb er an Suslow. Eine Woche später wurde mein Vater verhaftet... Die Hysterie klang nach dem Tode Stalins im März 1953 ab. Jedoch lebte sie Ende der sechziger Jahre wieder auf. 1985, mit dem Amtsantritt Michail Sergejewitschs, erlosch sie. Und jetzt kommt diese Stimmung langsam wieder hoch. Wer zieht daraus einen Nutzen?
Ein weiteres Schreiben meines Vaters an die Zentrale: »Ich zitiere Auszüge aus der Sammlung ›Kämpfer der Russischen Befreiungsarmee‹ (ROA), die von Goebbels' Propagandastelle herausgegeben wurde: ›Die ROA ist ein einzigartiges Gebilde, denn sie ist eine rein russische Armee; das heißt, sie ist durch und durch national, genau wie die glorreiche deutsche Armee. Die Armee General Wlassows ist die einzige Kraft, die die glorreiche Vergangenheit unserer Nation wiederherstellen kann.‹«

In einem seiner letzten Berichte schrieb mein Vater: »Himmler hat Wlassow endlich empfangen. Das Gespräch fand unter vier Augen statt und dauerte zwei Stunden. Wlassow wurde nun endgültig in seiner Funktion als Präsident des Komitees für die Befreiung der Völker Rußlands bestätigt... Aktive, aber unsichtbare Unterstützung leistete dabei das Oberkommando der Wehrmacht, vor allem die Generäle Gehlen und Heusinger, die glauben, man müsse jetzt so oft wie möglich Fotos von Wlassow in Begleitung Himmlers, Ribbentrops und Keitels in den dänischen, norwegischen und italienischen Zeitungen zeigen, um bei den westlichen Alliierten den Eindruck zu erwecken, es gäbe ein ideelles

* sowjetischer Genetiker; wurde durch seine Rechtfertigung der stalinistischen Theorien mittels angeblich wissenschaftlicher Beweise bekannt.

Bündnis zwischen den freien Russen und dem Nationalsozialismus...

Obwohl Goebbels' antisemitische Propaganda krankhafte Züge angenommen hat – vor allem seit die Rote Armee sich den Grenzen des ›Reiches‹ nähert –, wiederholt Wlassow immer seltener das Schlagwort von der Notwendigkeit einer ›Endlösung der Judenfrage‹. Manchmal verzichtet er auch auf die Silbe ›End-‹. Seine Haltung gegenüber unseren politischen Militärs ist unverändert: ›Wir haben nicht die Absicht, alle Volkskommissare vor ein Gericht zu stellen, sondern nur diejenigen, die die erbittertsten Partisanen des europäischen und freimaurerischen Bolschewismus waren.‹

Leutnant Vitali Wikentjewitsch Blassenkow bekämpfte am heftigsten die ›bolschewistisch-jüdisch-freimaurerische Verschwörung‹. Blassenkow lief im Jahr 1943 zu den Deutschen über – kurz nachdem er an die Front geschickt worden war. Vorher hatte er in Taschkent gearbeitet. Er stammt aus Mytischtsch, wo er die höhere Schule besuchte. In die Propagandadienste der ROA ist er eingetreten, nachdem er den politischen Leiter der bolschewistischen Propagandaagenten im Konzentrationslager verraten hatte, der daraufhin von der Gestapo hingerichtet wurde. Es heißt, er sei vom alten Bataillonskommissar Sykow ausgebildet worden. Dieser war Wlassows wichtigster theoretischer Kopf, er soll in Moskau bei der *Iswestija* gearbeitet haben – bis zu dem Tag, an dem sein Schwiegersohn Bubnow erschossen wurde, der Volkskommissar für Bildung gewesen war. Dennoch war nach der Hinrichtung Sykows – man argwöhnte, er sei gemischtblütiger Abstammung – Blassenkow der erste, der sich mit diesem ›Juden‹ beschäftigte und verlangte, das ganze Korps der Propagandaagenten der ROA solle untersucht werden, damit man herausfinden könne, ob sie beschnitten seien. Er wollte auch, daß man ihre Schädel und Ohren maß, um – dies entspricht der Auffassung Rosenbergs – den Grad ihrer Zugehörigkeit zum Judentum festzustellen...

Als Präsident Andrejew, einer der Instrukteure der ROA, erfahren hatte, daß die Juden ihre Posten als Sekretäre in den Regionalkomitees nicht wieder einnahmen, hielt er dies für eine der wichtigsten Maßnahmen, um das Ansehen der Bewegung um Wlassow zu festigen. ›Warum sollte man sich nicht auf dieser Grundlage mit der vorrückenden Roten Armee verbrüdern?‹ Blassenkows Antwort auf diesen Vorschlag lautete: ›Die Rote Armee wird euch brüderliche Grüße mit dem Maschinengewehr schicken; macht nicht den Fehler, eure Wünsche mit der Wirklichkeit zu verwechseln...‹

Seltsam: Leutnant Blassenkow hält in letzter Zeit nicht nur Kontakt zu den Bolschewiki, er stellt sich auch mit den Deutschen gut: ›Sie sind bereit, sich den Amerikanern zu ergeben. Sie werden uns fallenlassen; wir müssen uns selbst helfen, wenn wir aus der Sache herauskommen wollen!‹

Man sagt, er versuche, die Gestapo zu provozieren. Er ist übrigens nicht der einzige, der in ein Konzentrationslager möchte, um dann als Märtyrer daraus hervorzugehen, um so ein Alibi für die Zukunft zu haben.«

Lange habe ich versucht, einige unter die Abschnitte zu Blassenkow mit Bleistift gekritzelten Bemerkungen zu entziffern. Ich konnte die Unterschrift lesen: ›V. A‹. A wie Abakum, das war der damalige Minister... Dann gelang es mir, die anderen Worte zu entziffern, und das war wirklich eine Entdeckung für mich: Mein Vater konnte nicht wissen, wer ihn denunziert hatte, aber ich, ich habe es erfahren... dreißig Jahre danach...

»Strick-Strickfeld gab Wlassow zu verstehen«, fuhr mein Vater fort, »daß nach seiner ›Rede in Prag‹ über die Notwendigkeit für das russische Volk, den Bolschewismus niederzuschlagen, es am klügsten wäre, den Rückzug anzutreten: ›Es ist möglich, daß das Konzentrationslager auf euch wartet‹, sagte er, ›aber die westlichen Politiker lesen schon eifrig eure Kampfschriften gegen den Bolschewismus und kennen eure nationalistische Kampagne... Wer weiß, was in nächster Zukunft passiert, wenn der Führer seine Macht an diejenigen abtritt, die sie eigentlich schon jetzt innehaben?‹«

Ich ließ meine Hände lange auf den vergilbten Blättern ruhen. Es war ein Gefühl, als ob ich die Hände meines Vaters hielte. Dann verschloß ich sorgfältig die Akte, die die Aufschrift trug ›Zur Aufbewahrung für alle Zeiten‹, und brachte sie dem Archivar zurück. Dann begab ich mich zum ›Archiv der Oktoberrevolution‹. Dort bat ich um die Dokumente über die Union des russischen Volkes des Dr. Dubrowin und um die Reden der Deputierten der Duma... Ich las bis spät am Abend darin...

Zurück im Büro, holte ich aus meiner Schreibtischschublade die Einladung zu einer Diskussion hervor, die von der Gesellschaft »Die gute alte Zeit« zum Thema »Innovation und Tradition« veranstaltet wurde. Der Präsident Tichomirow sollte bei dieser Debatte den Vorsitz führen.

Kapitel 19

Ich, Valeri Wassiljewitsch Schtyk

Dieser Warrawin hat mir vom ersten Augenblick an nicht gefallen. Ich habe selbst Komplexe, und ich kann Leute, die mir ähnlich sind, nicht leiden. Obwohl er einen reichen Wortschatz hat und gut Russisch spricht (er verwendet nicht diese vulgären Ausdrükke, die mir so zuwider sind), und obgleich er geduldig wartet, bis man geantwortet hat, finde ich dennoch, daß seine Fragen zu direkt sind. Ich verabscheue seinen Pragmatismus, und seine Ausdrucksweise ist zu brutal, wenn er auf das zu sprechen kommt, was ihn eigentlich interessiert. Er hat sich mir gegenüber verhalten, als spräche er mit einem Untergebenen, als stünde ich ihm zu Diensten.

Mir hat die Art mißfallen, wie er mich gefragt hat: »Warum werden selbst heute, in der Zeit von Glasnost, Ihre Arbeiten über die Außerirdischen noch immer nicht in den seriösen Galerien ausgestellt?«

In seiner Frage lag zugleich Nachsicht und Härte, der geheime Wunsch, mir von Anfang an bei unserem Gespräch überlegen zu sein.

Ich habe ihm also geantwortet: »Was gehen Sie meine Werke überhaupt an? Ich habe Sie nicht eingeladen. Sie sind unangemeldet hierhergekommen, und wenn Sie wirklich Reporter sind, sollten Sie eigentlich wissen, daß bis jetzt die Maler bei uns keine privaten Galerien haben, sondern nur die Verbände. Fragen Sie die doch!«

»Schon geschehen«, antwortete Warrawin und zog ein Päckchen Java aus der Tasche.

»Ah, nein! Ich bitte Sie, keinen Tabak vor meinen Augen. Ich rauche nicht, und ich verbiete den anderen, es zu tun. Rauchen ist eine Sünde.«

»Eine meiner vielen Sünden«, gab Warrawin zurück.

Er schob die Zigarette in den Mund, doch er wagte nicht, sie anzuzünden.

»Was haben Sie mir sonst noch zu sagen?« fragte ich. »Ich bin sehr beschäftigt. Ihr Besuch war nicht vorgesehen, und jede Minute meiner Zeit ist verplant.«

»Ich werde mich kurz fassen«, versprach er. »Ist es Ihrer Meinung nach eine größere Sünde, einen Unschuldigen ins Gefängnis zu stecken als eine Zigarette zu rauchen? Oder ist das vielleicht ebenso banal wie das herrschende Elend?«

»Warum stellen Sie mir diese Frage?« Ich empfand ihm gegenüber jetzt eine Feindseligkeit, die ich nicht mehr verbergen konnte.

»Sie waren in Sagrjajsk.«

»Ja, und?«

»Haben Sie dort den Direktor des Bautrusts, Gorenkov, getroffen?«

»Ich erinnere mich nicht mehr, wen ich getroffen habe. Ich bin nicht hingefahren, um Bekanntschaften zu machen, sondern um zu begutachten, wie lange ich wohl für meine Arbeit brauchen würde, und um mein Projekt genehmigen zu lassen.«

»Und, haben Sie das getan?«

»Nein.«

»Warum nicht?«

Ich schämte mich, weil ich gefügig wie ein Lamm alle Fragen dieses Mannes beantwortete.

»Mit welchem Recht verhören Sie mich?« fragte ich ihn und sah meinen Besucher aufmerksam an.

Er tat das gleiche. Er betrachtete nicht zuerst mein Gesicht, sondern die Form meiner Ohren. Ich habe häßliche Ohren; sie sind sehr klein und liegen am Kopf an. Ljuda sagte, daß ein Mann mit Talent nicht solche Ohren haben könnte, da die Ohren sozusagen die Quintessenz des Menschen seien, sie sind sein Modell in Kleinformat, der Embryo...

Ich stand auf: »Entschuldigen Sie mich bitte, ich habe keine Zeit mehr. Auf Wiedersehen.«

Warrawin rührte sich nicht vom Fleck, sondern konzentrierte sich weiter auf meine Ohren; die Situation erinnerte an Gogol: Man hätte lachen und zugleich vor Wut heulen können.
»Auf Wiedersehen«, wiederholte ich, »ich hoffe, Sie sind gut genug erzogen, um das zu verstehen.«
»Setzen Sie sich!« Warrawin runzelte die Stirn. »Sie sind sicherlich ein guter Mensch, aber Sie verstehen die Welt, in der Sie leben, nicht besonders gut. Wenn ich Ihnen die Situation schildere, werden Sie bestimmt anderer Meinung sein. In Sagrjajsk hat man Gorenkov, den Direktor des Bautrusts, verhaftet und verurteilt. Er ist übrigens ein Mann, der Ihnen sehr ähnlich ist; er kann sich ebenso schlecht verteidigen wie Sie. Das ist wirklich tragisch; ein Chef, der sich nicht verteidigen kann, nicht wahr?«
Ich wollte das Gespräch nicht fortsetzen, doch irgend etwas trieb mich dazu, ihm zu antworten: »Sie haben keinen Sinn für Tragik. Sie denken, daß eine Tragödie ein Komplex von Handlungen ist. Die Autoren der Antike haben darin aber das Prinzip der Passivität gesehen; jegliche Handlung widerspricht dem eigentlichen Sinn der Tragödie, ich spreche nicht einmal von der Form... Das Ritual des Weinens bei Beerdigungen...«
»Darüber könnte man streiten... Jede Periode der Geschichte hat ihre Tragödie. Man muß die Dinge weitläufig betrachten. Aber ich will über etwas ganz anderes reden. Ihr Mitarbeiter beziehungsweise der, der Ihr Mitarbeiter werden sollte, hat gegenüber dem Inspekteur der Partei erklärt, daß Gorenkov von ihm zehntausend Rubel verlangt habe, damit Sie mit Ihrer Mannschaft den Vertrag über das Ausmalen der Gebäude bekommen.«
»Wer war das?«
»Krisin. Hat er mit Ihnen gearbeitet?«
»Wenn Krisin solche Erklärungen abgegeben hat, wenden Sie sich doch an ihn. Von mir hat niemand Bestechungsgelder verlangt«, antwortete ich.
Plötzlich habe ich mich ganz klein gemacht.
Ich habe mich zum x-tenmal daran erinnert, daß Viktor Nikititsch eine notariell beglaubigte Vollmacht besaß, die ihn autorisierte, sich in meinem Namen um alle finanziellen Transaktionen zu

kümmern. Ich wußte seit langem – er hatte es mir selbst gesagt –, daß ich nur einen Teil der Gesamtsumme bekam, die mir laut Vertrag bewilligt worden war. War der Rest vielleicht dazu verwendet worden, Bestechungsgelder zu zahlen?
»Wollten Sie noch etwas sagen?« fragte Warrawin, indem er sich langsam erhob. »Oder habe ich mich getäuscht? Wissen Sie, ich war bei Krisin. Er hat sich geweigert, mit mir zu sprechen, er hat sein Alter und Herzbeschwerden vorgeschoben. Ist er krank?«
»Spielt das eine Rolle?«
»Eine große Rolle. Eben wegen seines Gesundheitszustandes ist er nicht beim Prozeß in Sagrjajsk erschienen. Ab er hat hier unter Eid versichert, daß Gorenkov ein Erpresser sei... Und obwohl der Untersuchungsrichter, ich weiß nicht aus welchem Grund, diese Aussage nicht an das Gericht weitergeleitet hat, hat man einen Unschuldigen für zwölf Jahre ins Gefängnis gesperrt. Soll ich Ihnen erzählen, was er in seinem Trust gemacht hat? Malen Sie die Außerirdischen, weil Sie den irdischen Wesen nicht mehr trauen? Ist das nicht vielleicht der Grund, der Sie zu diesem Thema inspiriert hat, dem Sie sich ganz gewidmet haben und mit dem Sie neue Wohnblocks, vor allem in Sibirien, ausgeschmückt haben? Man hat mir erzählt, daß Sie früher nicht einmal genug Geld hatten, um sich Pinsel zu kaufen.«
Ich brauste wieder auf: »Was, sammeln Sie etwa Material, um mich verklagen zu können? Arbeiten Sie überhaupt für eine Zeitung?«
»Sie sagen nicht das, was Sie denken, Valeri Wassiljewitsch. Sie sollten sich schämen. Gott hat Sie zu einem Maler auserkoren, Sie haben Talent...«
Warum sind wir nur alle so gierig nach solchen Worten? Warum glauben wir sie? Alle Worte sind voller Lügen. Man sollte sie vergessen und nur das behalten, was dem Malen zuträglich ist.

»Erzählen Sie mir etwas über diesen Mann, der im Gefängnis sitzt«, sagte ich zu ihm, ohne es eigentlich zu wollen.
Er begann seine Erzählung, in deren Verlauf seine Zigarette, an der er ständig sog, von einem Mundwinkel in den anderen wanderte...

Merkwürdigerweise habe ich, als er mir erzählte, daß dieser Direktor mit dem Geld, das er an meinem Vertrag verdient hatte, den besten Arbeitern und Ingenieuren Prämien in Form von Häuschen gegeben hatte, gedacht, daß ich, wenn ich den Vertrag selbst abgeschlossen hätte, auch nicht mehr als zehntausend Rubel verlangt hätte. Meine Arbeit ist nicht mehr wert. Noch dazu habe ich eigentlich nie selbst gemalt, sondern, wenn man so will, meine »Neger« malen lassen.

Gleichzeitig kam mir ungewollt eine andere Idee: »Welches Recht hatte er, diese Häuser zu verschenken?« Sobald diese Frage in einem verborgenen Winkel meiner Seele aufgetaucht war, begann ich unbeabsichtigt – während ich Warrawin zuhörte – für mich selbst alle möglichen Antworten auf diese Frage zu finden, und plötzlich fragte ich mich entsetzt: Woher kommt diese unterwürfige Angst? Warum hindern wir die Menschen daran, den anderen Gutes zu tun? Warum habe ich sofort gedacht, daß das unmöglich, ja schlimmer noch, zu verdammen ist? Warum ist es ein solches Vergnügen, etwas zu verbieten? Weil ich auf der Erde und nicht in der Luft erzogen wurde. Ich blicke von unten zu den Dingen hinauf und nicht, wie jetzt, von oben auf die Dinge hinab. Die Menschen vergessen nichts. Werde ich eines Tages vergessen, daß unsere Brigadeleiterin, Tantchen Zina, nichts ohne Genehmigung des Kolchoseleiters Gromow unternehmen konnte? Aber auch ihm waren die Hände gebunden. Er führte buchstabengetreu alle Anweisungen aus, die ihm von der Regionalleitung erteilt wurden: Welche Menge er in welcher Zeit und mit welchen technischen Mitteln säen sollte. Beim geringsten falschen Schritt wäre sogleich eine Kommission aufgetaucht und hätte ihm gesagt: »Gib uns dein Parteibuch und geh auf dem Feld arbeiten.«

Wie haben die Muschiks früher ohne jeglichen Befehl Weizen angebaut? Der Zeichner Fedotow hat mir erzählt, daß es auch früher Befehle gegeben hätte, daß diese nur nicht von der Regionalleitung, sondern vom Grundbesitzer oder seinem Verwalter kamen. Und so hat man uns den Willen nachzudenken genommen. Tu, was man dir befiehlt, Punkt aus, das ist alles. Wir haben erst zur Zeit Stolypins und unter Lenin, als man die NEP einführ-

te, das Recht bekommen, uns aus der Gemeinschaft zu lösen, um unser eigener Herr zu sein. Und sogleich gab es einen neuen Typus des Muschik: wohlhabend, fleißig, stolz, voller Hochachtung für sein Ackerland. Bei ihm fehlte es an nichts, sein Haus war fest gebaut, und er hatte seine Würde wiedergefunden.
Wie hätte irgendein idiotischer Bürokrat Druck auf ihn ausüben können? Deshalb kümmerten sich auch die Beamten, die man auf die Felder schickte, nur noch darum, Schmetterlinge zu fangen. Und darum nannte man diese fleißigen, intelligenten Leute Kulaks* und deportierte sie nach Sibirien, während man die anderen wieder unter das Joch der Gemeinschaft zwang: Führt die Befehle aus, die von oben kommen, und spielt nicht die Schlaumeier!
All das stimmt, aber warum habe ich noch immer in mir diesen Drang, etwas zu verbieten? Warum ich, gerade ich, Valeri Schtyk, warum habe ich, und nicht irgendein Bürokrat, im Fall dieses Direktors gedacht: ›Das ist verboten, er setzt sich über das Gesetz hinweg!‹ O ja, wir sind groß darin, alle Schuld den öffentlichen Organen und dem Westen zuzuschieben. Aber was ist mit uns selbst? Ich sah es klar und deutlich vor mir. Alles lag daran, daß ich, Valeri Schtyk, für mich allein genommen ein Nichts, ein armseliger Wurm bin! Nur durch die Unterstützung der Union der Maler, abgesichert durch die Stiftung für Malerei und von der Kommission zugelassen konnte ich – vorausgesetzt, daß ich rund zwanzig Bestätigungen beibrachte – etwas unternehmen; doch immer von der Furcht begleitet, daß jeden Moment die Maschinerie aufgrund irgendeines Bürokraten entgleiste, der noch ein weiteres Dokument verlangte, das zum Beispiel bestätigte, daß ich tatsächlich blond und nicht dunkelhaarig war!
Als Warrawin mir von der Ausschreibung erzählte, die Gorenkov an alle Bauunternehmen gerichtet hatte, um zu erfahren, wer für ihn arbeiten würde und wer bereit wäre, die Zeiten zu verkürzen und Gelder einzusparen – nicht nur für die Staatskasse, sondern auch zugunsten der Arbeiter – habe ich gedacht, daß so etwas nicht

* Kulak bedeutet auf russisch »Faust«, woraus im übertragenen Sinn »starker, mächtiger Mann« wurde.

möglich sei. Wer würde solche Dinge zulassen? Das ist genau das Gegenteil von dem, an das wir gewöhnt sind! So etwas gibt es nur im Westen: Eine Gemeinde macht eine Ausschreibung, sagen wir, um in einer festgelegten Zeitspanne und zu einem festen Preis einen Flughafen bauen zu lassen. Dann treten die einzelnen Firmen in Konkurrenz, niemand plant ihre Aktivitäten, sie wissen selbst, was sie zu tun haben. Niemand macht ihnen Vorschriften. Und niemand sagt ihnen, wieviel Zement sie brauchen und welche Nägel sie für ihre Bretter benutzen sollen. Die Leute denken eigenständig; es sind Menschen, die ein Gehirn haben, und die es auch benutzen. Wenn ich in aller Ruhe auf solche Ausschreibungen antworten könnte, würde ich auf der Erde bleiben! Ich verspürte das Verlangen, mich an jenem Tag in die Lüfte zu erheben, an dem auf unserem Planeten, unserem Kontinent, auf einem Sechstel der Erde die Luft schon so schwer geworden war, daß alles nach Morast, nach Sumpf zu riechen begann...
Ohne Warrawin einen Stuhl anzubieten, wie ich es zuvor getan hatte, habe ich ihn gefragt: »Hat dieser Direktor seine ungeheuerlichen Neuerungen ohne Erlaubnis eingeführt oder war er zu einer solchen Kühnheit autorisiert?«
»Brauchte er denn eine Erlaubnis?«
»Nur das tägliche Einerlei ist davon befreit... Bleib in deinem täglichen Trott, selbst wenn du merkst, daß es falsch ist. Das wichtigste ist doch, daß wir alle gezählt und in einer Kartei eingeordnet sind; das erleichtert die Kontrolle! Und allein die Tatsache, daß Ihr Gorenkov...«
»Unser Gorenkov!« unterbrach mich Warrawin leise und zugleich etwas barsch. »Es ist nicht meiner, es ist unserer. Wenn seine Art, die Dinge anzugehen, sich durchgesetzt hätte, würde Ihr Leben besser verlaufen. Das meine auch... Unser aller Leben!«
»Ich wiederhole«, ich fing jetzt mehr und mehr an, mich aufzuregen, »allein durch die Tatsache, daß er einen Vertrag mit den jungen Malern unterschrieben hat, daß er selbst mit ihnen verhandelt hat, daß er es war, der die Skizzen ausgewählt hat...«
»Das stimmt nicht, er hat überhaupt nichts ausgewählt. Er hat die Skizzen dieser jungen Maler einer Hauptversammlung aller Bau-

arbeiter vorgelegt, dann hat er eine regionale Ausstellung initiiert, und erst dann hat er sie gebilligt.«
Ich warf ihm einen mitleidigen Blick zu: »Und wo waren die Kunstkommission und die Kommission für Ankauf? Nur Surikow und Wrubel [große russische Maler des XIX. und Anfang des XX. Jahrhunderts] kamen ohne die Kunstkommission aus, und das auch nur, weil es zu ihrer Zeit noch Mäzene gab! Bei uns hingegen kann nur der Direktor eines Gemüselagers Mäzen werden... Und das würde ihm dann fünf Jahre einbringen, wenn es herauskäme! Ich verstehe nicht, warum das Fernsehen uns mal das Anwesen von Nekrassow, dann das von Tolstoi oder auch Puschkins Häuschen zeigt. Das hat auf uns Künstler eine demoralisierende Wirkung. Wir haben nur ein Anrecht auf elf Quadratmeter pro Kopf, höchstenfalls zwanzig, wenn man zur Union der Kunstschaffenden gehört, und nicht einen mehr, sonst bist du weg vom Fenster! Man kann aber in räumlicher Enge keine große Kunst zustande bringen. Man kann nur Dinge ›auskotzen‹! Lesen Sie doch Kafka. Für eine lebendige Kunst braucht man Raum und das Recht auf Einsamkeit.«
»Ich bin ganz Ihrer Meinung«, antwortete Warrawin. »Wir sprechen nur der Masse einen Wert zu, nicht dem einzelnen Menschen, daher rührt unser ganzes Übel...«
War das etwa Telepathie? Er hatte das laut ausgesprochen, was ich gerade gedacht hatte. Vielleicht sprach er auch mit sich selbst?
»Eigentlich bin ich mit der Geschichte von unserem Gorenkov fertig«, schloß Warrawin. »Die Geschichte eines Staates ist die Summe der Biographien jener Menschen, die diesen Staat bilden, der Tagebücher, der Prozesse, der Beichten, Valeri Wassiljewitsch. Niemand hat das Recht, über die Geschichte seines Landes, die der Welt oder die anderer Zivilisationen nachzudenken, wenn er selbst nicht mit seiner Zeit gelebt hat, und wenn er in seiner Zeit nicht seine Rolle gespielt hat. Wenn das nicht geschieht, gleicht der Künstler einer Spinne, die auf einem stehenden Gewässer dahingleitet.«
»Meinen Sie mich damit?«
Meine Feindseligkeit ihm gegenüber war in Interesse umgeschla-

gen. Er war ein stämmiger Mann, der mit beiden Beinen im Leben stand. In seinem Blick lag keine Boshaftigkeit, sondern ein etwas rüde wirkendes Wohlwollen. Wenn er zuhörte, konzentrierte er sich ganz darauf und hing nicht seinen eigenen Gedanken nach. Ich fände es interessant, seine Augen zu malen, wenn sie auch klein waren; in keinster Weise denen einer Ikone ähnlich. Man mußte sie sich näher ansehen, denn ich muß zugeben, es waren die Augen eines guten Menschen. Um sie herum müßten auf dem Bild lauter Schreibmaschinen sein; die sind so kalt, ohne jede Hoffnung; das wäre ein amüsanter Kontrast: die Wärme gegen die Kälte.

Warrawin beantwortete meine Frage nicht sofort, sondern fixierte wieder meine Ohren. Das ist kein Benehmen, ein Modell so genau zu untersuchen; ich bin nicht so weit gegangen. Ich wollte ihn nicht verletzen, ich habe ihn genau betrachtet, ohne daß man es mir anmerkte, doch er reißt die Augen so weit auf, daß es schon unanständig ist!

»Um ehrlich zu sein, ich bin erst gekommen, nachdem ich mich genau über Ihre Arbeiten informiert hatte. Ich wollte wissen, warum Sie wie ein Eremit leben, was Sie dazu gebracht hat, Ihren früheren Malstil aufzugeben. Sonst hätte ich eine solche Diskussion nicht gewagt, denn wenn man sich an den Augenschein hält, gehören Sie zu Gorenkovs Feinden, das heißt auch zu den unseren...«

Warum fragst du mich dann nicht nach Russanow? dachte ich. Da du die Dinge so genau untersucht hast, weißt du sicherlich auch, daß es Viktor Nikititsch war, der mir Krisin zur Seite gestellt hat, um die Finanzinspektoren nicht durch die Höhe des Honorars zu schockieren. Daß ein Kollektiv sehr teuer ist, das mag ja noch angehen, aber ein einzelner, nein, das können wir nicht akzeptieren. Die ersten Kommunisten wollten die Gleichheit aller, und daß ja keiner – ausgenommen der Chef – aus der Masse auftaucht, sonst verliert er den Kopf!

Ich baute ihm keine Brücke, um ihn dazu zu bringen, über Russanow zu sprechen. Soll er doch selbst davon anfangen, wenn er will. Mir wird dann schon eine Antwort einfallen.

»Sie wollen mir also nichts sagen?« fragte Warrawin und steckte seinen Notizblock in die Tasche. »Ich will deutlich werden: Wollen Sie den Kampf gegen das Schlechte aufnehmen?«
»Lassen Sie mir Ihre Telefonnummer da...«
»Fragen Sie Russanow«, antwortete Warrawin, »ich nehme an, er hat meine Adresse.«
Die ›Beobachter‹ des Sportlehrers Antipow ließen ihren Chef wissen, daß der Journalist vierzig Minuten bei dem ›Pinselkleckser‹ geblieben war, und daß der ›Pinselkleckser‹ – nachdem sein Besucher sich verabschiedet hatte – zu seinem Nachbarn, dem Maler Benjamin Razdolski, gegangen war. Jetzt informierte der Trainer Antipow – er massierte dreimal die Woche Tichomirow – seinen Wohltäter über das Vorgefallene (Tichomirow hatte ihm einmal aus einer häßlichen Sittengeschichte mit Minderjährigen herausgeholfen). Dieser unterbrach die Massage, denn Razdolski gehörte zum feindlichen Lager. Tichomirow wußte nicht, und konnte nicht wissen, daß Schtyk sich bei Razdolski nur Öl ausgeborgt hatte. Er hatte keines mehr und verspürte große Lust auf Bratkartoffeln. Das Gespräch hatte ihn aufgewühlt und verletzt, und in einem solchen Fall geht nichts über Bratkartoffeln.
Eine halbe Stunde später war Tichomirow bei Russanow. »Das stinkt, Viktor.«
Als er wieder ging, wurde Schtyk im Torbogen von drei Unbekannten angegriffen. Als er ohnmächtig war, raubte man ihm seine Uhr und die Schlüssel zu seinem Atelier. Die Angreifer nahmen auch die Skizzen für Sagrjajsk, den Briefwechsel mit Russanow und all seine Papiere mit. Dann, nachdem sie die Garage geöffnet hatten, flohen sie mit dem *Moskwitch*. Das war alles!
Durch einen merkwürdigen, jedoch glücklichen Zufall war Roman Schebejko der diensthabende Chirurg in jener Klinik, in die man den halb verbluteten Schtyk brachte. Schebejko besuchte häufig Vernissagen und mochte die Werke dieses Malers sehr. Er würde also alles tun, um ihm das Leben zu retten. Doch das war nicht einfach. Der Schädel wies zu starke Verletzungen auf: Er war von Monstern zusammengeschlagen worden, die offensichtlich etwas von Anatomie verstanden.

Kapitel 20

Ich, Arseni Kyrillowitsch Tschurin, Staatssekretär für das Bauwesen

Ja, es konnte nicht anders sein; das, was geschehen mußte, geschah unweigerlich; das, was Rußland seit vielen Jahren in sich trägt, ist schließlich zum Ausbruch gekommen.

Vor zehn Jahren träumte auch ich von einer Umstrukturierung, ebenso wie ich von dem träumte, was jetzt geschieht. Mit welcher Wut wetterte ich gegen die Scheuklappen der Bürokratie, gegen die Legionen von Inspekteuren, gegen die Flut von unsinnigen Verboten, die von jeher absurd und deshalb so schlimm waren, weil sie die Wirtschaft aushöhlen.

Ich erinnere mich an einen Satz, den der verstorbene Geschichtsprofessor Peressypkin während eines Kurses für Kader gesagt hat. Es war mir peinlich, als er meinte: »Wir bewundern alle zu Recht den Sieg der Russen während der Schlacht auf dem Schnepfenfeld, aber warum wollen wir unseren Geist nicht etwas mit der Frage quälen, wie die ›Goldene Horde‹, die zahlenmäßig nicht besonders stark war, Moskau trotzdem hat einnehmen können?* Weil uns die verschiedenen Bürgerkriege fast vollständig vernichtet hatten. Das ist der Ursprung der Tragödie, wenn wir ehrlich sind. Auch wenn es für einen Russen hart ist, so etwas zu hören. Es ist viel leichter und beruhigender, die Schuld auf jemand anderen abzuwälzen. Die anderen sind die Schuldigen, wir haben immer recht. Die Bürgerkriege in Rußland sind, wie Sie wissen, eine direkte Konsequenz des byzantinischen Einflusses; das gibt zu denken. Wir haben die Religion eines Reiches angenommen, das am

* Die Schlacht auf dem Schnepfenfeld (Kulikowo pole) war der erste Sieg der Russen über die Tataren (1380) und gilt als der Beginn der Vorherrschaft Moskaus.

Abgrund stand, das unfähig war, dem Konglomerat von Nationen und Religionen, die den Geist Konstantinopels verkörperten, neue Ideen zu propagieren.«
Danach habe ich die Situation in meinem Bereich analysiert. Ich war damals Direktor eines Baubüros. Plötzlich habe ich mit Entsetzen begriffen, daß unsere Koalitionen, unsere Gruppierungen, unsere aufrührerischen Gruppen im regionalen Bereich – von den Städten ganz zu schweigen – wie Rost die soziale Gesundheit unseres Volkes zerfressen.

Nach meinem Umzug nach Moskau habe ich dann bei einem Freund ein Buch gesehen: *Die Poeten des Funken** und ich habe mich auf Kurotschkin gestürzt. Kurotschkin war einer der Autoren der ersten Perestroika, die sich in Rußland nach der Abschaffung der Leibeigenschaft zu vollziehen begann. Er schrieb: »Überall triumphiert die Transparenz, die Gedanken haben wieder ihr Recht, und wir haben keine Angst mehr, vor unserem Nächsten frei zu sprechen. Die Dunkelheit und die Stille machen uns angst, unser Geist giert nach Freiheit, und ich bin der einzige, der kühn nach einer ganzen Reihe von Binsenwahrheiten verlangt!«
»Die alten Bräuche sind nicht neu, und die Babys sind nicht alt! Den Kranken geht es nicht gut, und die Idioten sind dumm. Wir sind alle sterblich, ohne Ausnahme, es gibt keine Auswirkungen ohne Ursache, die Toten brauchen keinen Arzt, ein mal eins ist eins. Um Kohlsuppe zu kochen, braucht man Kohl, um eine Zeitung zu machen, Artikel, und in einem leeren Portemonnaie ist kein Geld. Ein Tag und eine Nacht sind vierundzwanzig Stunden, fünfzig Kopeken und fünfzig Kopeken machen einen Rubel, jeder Magen träumt von Nahrung, und ein mal eins ist eins... Die Zeit von Glasnost ist gekommen, überall blüht der Fortschritt, doch das Glück winkt nur denen, die wenig überlegen und überhaupt nicht denken...«

* Die Brüder Nikolai und Wassili Stepanowitsch Kurotschkin waren die Herausgeber der Zeitschrift *Iskra* (dt. der Funke) (1859–1871). Nikolai verfaßte vorwiegend Sozialsatiren, Wassili trat als Autor von Prosa und Theaterstücken in Erscheinung.

Dann habe ich Dimitri Minajew entdeckt, der aus dem Regiment der kaiserlichen Garde kam. Er schrieb: »Peter der Große hat schon vor langer Zeit ein Fenster geöffnet, damit Russ ein wenig vorwärts kommt, doch es gibt ein kleines Problem, das Fenster ist mit Eisenstäben vergittert...« [Name Rußlands im Altrussischen vom X. bis zum XIII. Jahrhundert.] Doch als ich gelesen habe, was er über die letzten Slawophilen geschrieben hatte, lief es mir eiskalt den Rücken herunter: »Ein Schrei erscholl: ›O kühner Führer, bahne uns einen Weg zum Volk! Gib nur den Befehl, und ein Steinregen wird das alte Europa verschütten! Verlaß dein Haus und deine Wohnung, rufen die slawischen Krieger, und vertreibe alles aus Rußland, was Peter hierher gebracht hat! Vertraue dem Scharfsinn deiner Freunde: Kehren wir zurück zur Vergangenheit, es ist Irrsinn, die westlichen Ideen zu dulden!‹«
Ich erinnere mich, daß ich an jenem Tag solche Angst hatte, daß ich mich ständig umgeschaut habe. Und ich hatte allen Grund, Angst zu haben. Einhundertzwanzig Jahre später haben wir dasselbe Szenario: Die Intellektuellen sind gespalten. Es gibt jene, die bei dem Wort »Aerobic« erschaudern, weil es für sie das Sinnbild alles Schlechten ist. Auf der anderen Seite stehen die, die begriffen haben, daß ein angeborener Konservatismus am Ende des XX. Jahrhunderts eine tragische Bedrohung für unser Land ist. Aber nicht nur die Intellektuellen sind geteilter Meinung: Die einen sehen in Peter ein Genie, die anderen einen Anarchisten, der die Magier aus dem Westen in das russische Reich gebracht hat, all diese Rastellis und Lefors [italienischer Architekt, der einen großen Teil von Sankt Petersburg erbaut hat. Schweizer Offizier, Freund Peters des Großen]. Sie wollen nichts davon wissen, daß Lomonossow aus Peters Schule stammte, weil er in Sachsen und nicht in Tula studiert hatte. [Lomonossow (1711–1765) Universalgelehrter und Dichter, Gründer der Universität von Moskau]
Das war sicherlich der Augenblick, in dem ich für mich beschlossen habe, daß es keinen Ausweg mehr gab. Wenn man es damals, nach Abschaffung der Leibeigenschaft – als man schon die Zensur gemildert und das Recht auf Meinungsfreiheit verkündet hatte – nicht geschafft hatte, den Kurs der Reform beizubehalten, wie

sollte es uns dann heute gelingen? Die Anhänger dieser verflixten Gesellschaft »Die gute alte Zeit«, denen es nur allzu recht wäre, wenn sich nichts veränderte, haben ihre Kohorten gegen alles losgelassen, was neu ist. Und obwohl ihre Mitglieder recht ungebildet sind, sind sie sehr gut, denn ihr Programm eint sie. Sie lehnen jede Neuerung ab, anstatt sie zu unterstützen.
Sicher, all meine Erfahrungen haben mich auf die Tragödie vorbereitet, der ich zum Opfer fiel. Ich wußte nicht, was das System der Gratifikationen bedeutete, ich meine in dem Sinn, in dem man heute diesen Ausdruck verwendet. Früher habe ich nie eine Kopeke angenommen, obwohl ich Hunderttausende hätte einstekken können, wenn ich gewollt hätte. Solange die Gelder vergeben werden, solange es ein kleiner Kreis bestimmter Leute ist, der die leitenden Positionen besetzt, solange es als ganz normale Sache angesehen wird, einen Mann aus der eigenen Familie auf einen wichtigen Posten zu hieven, können die ›kleinen Geschenke‹, ›Dankesbezeugungen‹ oder die ›besonderen Aufmerksamkeiten‹ nicht so einfach wie durch ein Wunder verschwinden. Solange der Preis für die Arbeit nicht durch den Markt festgelegt wird, sondern durch fiktive Indexe, wird es nicht gelingen, die Bestechungsgelder abzuschaffen.
Früher konnte ich ganz nebenbei am Tisch die Bemerkung fallen lassen, daß ich wirklich nicht wüßte, wovon ich meiner Frau eine neue Jacke kaufen sollte, und daß unsere Textilindustrie ja überhaupt nicht funktionieren würde, wo wir uns doch rühmten, schon zur Zeit der Romanows die ›Tulops‹ erfunden zu haben [Mantel mit einem Futter aus gewachsenem Pelz]. Das genügte, und zwei, drei Tage später bekam meine Frau einen gefütterten Mantel geschenkt.
Als ich nach Moskau kam – es war zu jener Zeit, als eine neue Strömung Andropow an die Macht gebracht hatte –, begriff ich, daß sich die Situation verändert hatte. Damals habe ich Viktor Nikititsch Russanow empfangen und einen kleinen Umschlag in meine Tasche geschoben, der fünftausend Rubel enthielt. Und das alles für nur neun Buchstaben, für meine Unterschrift »A. Tschurin«, die einen Vertrag mit einer Gruppe von Malern für die

Ausschmückung eines neuen Wohnkomplexes absegnete, den Kusinzow auf meinen Schreibtisch gelegt hatte. Mein Assistent hat die Sache im übrigen mit einer gewissen Eleganz hinter dem Vorwand getarnt, daß man doch den realistischen Malern, die patriotische Ideen hätten, helfen müsse. Dabei wußte ich nur zu gut, daß es um ganz spezielle Interessen ging: Die Hilfe, die man vertrauensseligen Malern anbot, die nicht mit beiden Beinen im Leben standen, würde es einigen Schwätzern erlauben, sich ein angenehmes Leben zu machen, während sie gleichzeitig darüber klagen konnten, wie sehr ihr Vaterland unter dem Einfluß ausländischer Kräfte zu leiden habe. Man sucht Vorwände, um sich vor sich selbst zu rechtfertigen, denn jeder hält sich gerne für einen ehrlichen Menschen.

Als ich begriff, daß Russanow hysterisch wurde – manchmal brachte ihn sein Chauvinismus um den Verstand –, machte ich Kusinzow darauf aufmerksam, daß man andere Maler finden müsse, vorzugsweise solche, die mit sich selbst Schwierigkeiten hatten. Damals haben sie Schtyk vorgeschlagen. Ich habe mir die Reproduktionen seiner Arbeiten angesehen; er hatte Talent, und ich habe den Vorschlag akzeptiert. Dennoch hat Russanow auch von diesem Maler verlangt, alte Schinken im sogenannten »russischen Stil« zu produzieren. Ich habe wieder an die »Poeten des Funken« gedacht, die nichts von denen erwarten wollten, die schliefen; diejenigen, die hoffen, in einer Rückbesinnung auf die Vergangenheit das Heilmittel für das gegenwärtige Übel zu finden, sind unwiderruflich verdammt. Nach der Verhaftung von Tschurbanow begriff ich, daß ich das Land verlassen muß, daß es keinen anderen Ausweg gibt. Seit vielen Jahren trank Liolja heimlich, es war nicht meine Schuld, und es war ein Unglück. Ich hatte sie geliebt und liebte sie noch immer, aber bei einer Frau ist Alkoholismus unheilbar. Ich hatte Kubikow, einen wunderbaren Arzt und wahren Freund, konsultiert, und er hatte mir gesagt, daß es keine Hoffnung gäbe.

In den letzten Wochen habe ich mich oft an die finsteren Gänge des Gefängnisses erinnert, die ich überwachen mußte, ehe ich nach Moskau kam, an den unbeschreiblichen Karbolgestank, von dem mir übel wurde. Mir wurde bewußt, daß auf die eine oder andere Art das Ende kommen würde, und dieses Ende bedeutete eine Zelle mit schlecht rasierten Männern, mit furchtbaren Gesichtern, leeren Augen, aggressiven und ungebildeten Menschen. Ich wußte nicht, wieviel Geld ich in den verschiedenen Verstecken meines Landhauses hatte, aber auf alle Fälle mußten es Hunderttausende von Rubeln sein. Doch wer würde sie noch brauchen, wenn alles vorbei wäre?

Es war Kusinzow, der mir den Juwelier Zaver vorgestellt hat. Es war ein Zufall. Der Alte kam, um sich bei einigen Ingenieuren Rat zu holen, die an einem Projekt für eine neue Zuckerfabrik arbeiteten. Er hat mir einen alten vierkarätigen Diamanten für zweitausend Rubel verkauft. Er hat mir die Preise genannt, die man dafür in der Schweiz zahlen muß: ein ähnlicher Stein, allerdings etwas kleiner, ist mindestens zwanzig- oder dreißigtausend Rubel wert. Das Projekt Sagrjajsk, das Gorenkov zum Verhängnis wurde, hätte noch einmal fünfzehntausend Rubel eingebracht: Fünf solcher kleinen Steine würden mir ein ruhiges Leben sichern. Natürlich würde ich mich nicht wie ein Verräter aus dem Staub machen. Das würde Liolja nicht überleben, und das hat sie auch nicht verdient.

In der Stille der Nacht, wenn ich nicht schlafen konnte, arbeitete ich einen Plan aus: Ich würde mich beruflich ins Ausland schicken lassen. Bei meiner Ankunft würde ich interviewt, ich würde Gespräche mit Geschäftsleuten führen und dann darum bitten, daß man mir zwei Stunden Pause gewährte, um mich am Strand auszuruhen. Ich würde meine Kleider mit meinem Paß am Strand liegenlassen.

So etwas war schon vorgekommen. Ich war einmal per Zufall an einem Strand in Italien gewesen. Wir waren spätabends nach schwierigen Verhandlungen angekommen. In der Stadt, selbst im Zentrum, liefen alle Leute in Badekleidung herum, und niemand brachte sie deshalb zur Polizei, hier hat man die Freiheit, zu leben, wie man will, jeder auf seine Art. Dreißig Meter vom Strand entfernt gibt es Geschäfte, in denen man Anzüge und Hemden in allen Größen kaufen kann. Man kann in Shorts hineingehen und zwanzig Minuten später völlig neu eingekleidet und unerkannt in einen Zug steigen...

Vor einem Jahr habe ich bei einem Vertragsabschluß dem Direktor der Firma Artegas eine Gefälligkeit erwiesen, anschließend hat er mich zu sich nach Hause eingeladen. Er hat mir versprochen, mir das Land zu zeigen, wie es ein Ausländer noch nie zuvor gesehen hatte. Ich habe seine Adresse und Telefonnummer auswendig gelernt. Ein solcher Mann braucht einen Berater, und wer außer mir könnte ihm sagen, wie man die Geschäfte mit unserem Land führen muß? Hier könnten sie ruhig eine Kampagne starten: »Wo ist Staatssekretär Tschurin?« Sollen sie mich doch suchen, ich habe mich ertränkt, mich gibt es nicht mehr, adieu...

Pavel Michailowitsch, unser Inspekteur, hat mir aufmerksam zugehört, er hat sich auf einigen kleinen Zetteln Notizen gemacht und sie sorgfältig numeriert. Ich glaube bemerkt zu haben, daß er vor allem an der Restaurierung der Stadt Wologda interessiert war. Es handelt sich dabei um ein einzigartiges architektonisches Baudenkmal ganz aus Holz, das vor unseren Augen verrottet, während unsere Bürokratie, durch ihre Gewohnheiten gelähmt, nicht »eigenmächtig« Arbeiter anheuern kann, die diese Stadt innerhalb von zwei Jahren zu einer Metropole des weltweiten Tourismus machen würden.

»Und was sollen die Spanier dabei«, fragte Pavel Michailowitsch offensichtlich interessiert. »Ich gebe Ihnen ganz recht, das Problem Wologda muß man unbedingt lösen, aber was sollen die Spanier dabei?«

»Im Baskenland gibt es eine ausgezeichnete Holzfabrik; die produzieren kaum Verschnitt. Und die Behörden von Wologda klagen unaufhörlich, daß sie weder die Mittel noch das nötige Geld haben. Man muß spanische oder italienische Spezialisten herkommen lassen; wir müssen uns auf ein »Joint-venture«-Projekt einigen und dann anfangen zu arbeiten. Wir haben das Recht dazu, jetzt müssen wir es nützen. Es ist ein Verbrechen, die Holzbauweise zu vergessen, wenn man so viele Wälder hat... Wer würde nicht gerne an der Eisenbahnlinie, vor allem in Sibirien und im Fernen Osten, in ein kleines, aus Holz erbautes Café oder in eine Bar einkehren?... Gut, gut, die Bars streichen wir wieder, einverstanden? Ganze Straßenzüge gesäumt von gemütlichen Holzhäusern.

Wir sagen immer wieder, daß man kleine Städte bauen muß, und trotzdem planen wir doch jedesmal wieder alles eine Nummer zu groß: Man braucht Zement, Schiefer und Glas... Nun gut, im Moment haben wir diese Materialien nicht. Also, was tun? Mit verschränkten Armen warten? Die Häuser, die in Skandinavien am meisten gefragt sind, sind aus Holz. Dasselbe gilt für Westdeutschland und die Schweiz. Wir hingegen hoffen noch immer, daß uns irgendwann die Ziegelsteine retten werden...«
»Aber wir haben den Verantwortlichen der Fabriken das Recht gegeben, größere Verantwortung zu übernehmen...«
»Das ist ja eben der wunde Punkt, Pavel Michailowitsch, aber wir haben ihnen nicht freie Hand gelassen. Den lieben langen Tag muß ich Hunderte von Dokumenten unterzeichnen. Zur Sicherheit...«
»Sicherheiten für nichts und wieder nichts lohnen sich nicht.«
Pavel Michailowitsch griff zum Hörer des Haustelefons und rief Iwan Feodorowitsch an: »Ich möchte einen Rat hinsichtlich der Möglichkeiten, in unserer Branche ›Joint-Venture‹-Projekte zu starten... Ja... Genau... Und wann kommt er zurück?... Vielleicht kann ich mich dann an Andrej Filatowitsch wenden? Sie meinen, das wäre nicht angebracht? Hmm... Also gut, ich werde einen Bericht über unsere Vorschläge machen...«
Warum mache ich mir soviel Mühe? fragte ich mich. Ich spreche mit einem lebendigen Leichnam, der mir absolut ähnlich ist. Er befolgt auch nur Anweisungen, wartet auf die Befehle von oben. Wir sind wirklich zu bedauern! Das ist doch paradox: Jetzt, wo ich an mich denke, wo ich eine Lösung für mich suche, vergesse ich alles andere. Wo liegt meine Schuld? Ich wollte ja kämpfen, aber man hat mir nicht die Möglichkeit dazu gegeben. Ist das etwa mein Fehler? Ich bin ein Opfer. Ein ganz normales Opfer wie Tausende von Kadern meines Schlages. Ich bin das Opfer und nicht der Henker! Wir sind alle, vom Minister bis zum Maurer, unter einer Decke aus Blei begraben.
Selbst heute wagen wir es noch nicht, offen darüber zu reden, wieviel wir verdienen; wir flüstern einander ins Ohr, daß der Weizenpreis steigt, daß das Gehalt allein nicht ausreicht, um leben

zu können... Warum wollen wir um jeden Preis am Verdienst der anderen sparen? Welche Art von Sparsamkeit ist das, verdammt noch mal?

Aber was zum Teufel schere ich mich darum? Ich brauche einen Auftrag für eine Dienstreise, ich muß Pavel Michailowitsch dazu bringen, daß er den Minister anruft. Und der muß meinen Namen nennen. Genau das wird er auch tun, denn außer mir hat niemand solche Verbindungen zu holzverarbeitenden Firmen, niemand!

Ich habe mich noch nie so schlecht gefühlt wie im Oktober letzten Jahres, als man Gorenkov verhaftete. Denn eigentlich war ich es; es waren meine Ideen, die man hinter Gitter brachte. Und wer hatte ihn insgeheim dazu getrieben, Russanows Team abzulehnen? Niemand, antwortete ich mir. Es war die Zeit, die ihn dazu getrieben hat. Gott sei Dank ist nur die Zeit neu, die alten Gesetze bleiben gültig. So kann man wenigstens die bremsen, die mit gesenktem Kopf vorwärts stürzen, und ihnen raten, wie wir alle, langsam zu gehen und auf dem Boden zu bleiben, statt sich für besonders klug zu halten...

Ich kannte die Spielregeln sehr gut. Wenn du eine Dienstreise ins Ausland willst, bearbeite deine Vorgesetzten, schildere ihnen in den leuchtendsten Farben die Vorteile, die sie aus diesen Verhandlungen ziehen können. Du selbst hingegen mußt im Schatten bleiben und das Gerücht in Umlauf bringen, daß du absolut nicht an einer solchen Reise interessiert bist. Wenn man sie dir dann anträgt, achte auf deine Reaktion: »Wir sind noch nicht ganz mit den großen Bauten in Tiumen fertig, ich habe keine Zeit, schicken Sie doch lieber einen anderen Ihrer Assistenten...« Nein, wenn ich Tiumen erwähnen würde, wären sofort alle meiner Meinung. Das ist ein heißes Eisen. Nein, von Tiumen darf ich nicht sprechen!

Wenn ich zum Beispiel sage, daß Penza im Rückstand ist, so würde das keine weiteren Folgen haben, doch von Tiumen darf man nicht leichtfertig sprechen, die Reise könnte sonst platzen. Man muß jedes Wort genau abwägen, ehe man es ausspricht, es von allen

Seiten durchleuchten; die kleinste Nuance könnte alles verderben...
Zunächst schickt man ein kleines, internes Schreiben in die oberen Etagen, in dem man die Frage anspricht. Man darf dabei nicht nur von Kompetenz sprechen, sondern sollte auch den »Mut« erwähnen, der heutzutage ja so gefragt ist. Natürlich darf man dabei auch die harten, äußerst kritischen Elemente nicht vergessen, die in jedem Fall Aufsehen erregen werden. So eine interne Mitteilung zeigt immer Wirkung. Dann muß man zu demselben Thema für den Parteiapparat ein Dokument erstellen, dem man eine Liste über die Arbeiten beilegt, die man aus objektiven Gründen nicht hat ausführen können. Erst nach der Hauptversammlung, auf der man all diese Dummheiten unter den Tisch fallen lassen und statt dessen die eigenen Vorschläge wiederholen kann, wird die Sache ins Rollen kommen. Natürlich sind auch in diesem Fall Papiere nötig, damit die Dinge vorangehen. Zunächst muß man den Antrag und einige Fragebögen ausfüllen, Leumundszeugnisse beibringen und die Entscheidung abwarten, kurz gesagt, die üblichen Formalitäten. In den zwanziger Jahren war das Reisen einfacher, denn die Bolschewiken, die sehr unter der Emigration gelitten hatten, waren nicht am Westen interessiert und jeder, der wollte, konnte das Land verlassen. Dann folgen natürlich Gespräche, die Ausarbeitung eines Plans, Preisvereinbarungen, die Analyse aller Punkte eines möglichen Vorabkommens... Monatelange Schlaflosigkeit, Monate, in denen jede Nacht eine Qual sein würde... Ich werde nie den spanischen Kollegen vergessen, der mich in Madrid bat, ihn für einen Tag zu entschuldigen: »Mein lieber Tschurin, seien Sie mir nicht böse, aber ich muß Sie heute abend und morgen vormittag allein lassen. Ich habe einen Anruf aus London bekommen, ein sehr interessanter Vorschlag. Ich habe für heute abend einen Flug gebucht, wir könnten das Geschäft sonst möglicherweise verlieren.«
Wenn London mir ein Projekt für ein Fertighauskombinat vorschlagen würde, könnte ich – selbst wenn ich eingeladen wäre – nicht vor Ablauf eines Monats hinfahren, wenn man sich überhaupt entscheiden würde, mich hinzuschicken! ›Warum hat man

gerade ihm diesen Vorschlag gemacht?‹ würde man sich fragen. ›Ist das nicht irgendwie verdächtig?‹
Und an meiner Stelle würde man einen hochtrabenden Dummkopf hinschicken. Dabei ist bei Geschäften doch der persönliche Kontakt das wichtigste!
Ich sackte in mich zusammen, denn nachdem ich zwanzig Jahre lang auf einem Ministersessel gesessen hatte, wurde ich jetzt vor Angst fast krank. Ja, vor Angst... Die quälende Vorstellung, was mir beim geringsten falschen Schritt drohte, ließ mich nie mehr los. Ich malte mir in allen Einzelheiten aus, wie schlimm es für mich wäre, meinen Posten zu verlieren. Ich sah den fatalen Morgen, an dem der Dienstwagen mich nicht mehr abholen würde, vor mir. Ich müßte in das Gedränge der U-Bahn tauchen, um mich zur Arbeit in irgendein Baubüro zu begeben. Ich müßte durch den Schlamm waten, über den schlecht gehobelten Boden in den Gängen der mit einer schmutzigen Glühbirne beleuchteten Baubaracken stolpern und an einer heimlich angeschlossenen Kochplatte frieren, denn der Sicherheitsdienst schert sich weder um die Kälte noch um die Feuchtigkeit; er verbietet, was nicht erlaubt ist. Ah, wenn ich ein Team von unabhängigen Arbeitern hätte zusammenstellen können – das sind Jungs, die keine Angst vor der Arbeit haben und zupacken können –, hätte ich wie ein König gelebt. Ohne Gewissensbisse hätte ich mir die Taschen vollgestopft! Doch dazu ist es jetzt zu spät, die Würfel sind gefallen.
Die Angst hat sich langsam, in kleinen Schritten, in mir ausgebreitet. Sie durchdrang mich in dem Maße, in dem ich mich an die Vorteile gewöhnte, die mit meiner Funktion verbunden sind: Die Erholungsheime erster Klasse, Zutritt zu den Geschäften, die angeblich den Kranken vorbehalten sind, eine ausgezeichnete medizinische Versorgung. Diese Vorteile sind übrigens völlig normal, denn so befreit mich der Staat von allen materiellen Sorgen und ermöglicht es mir, mich mit Leib und Seele meiner Arbeit zu widmen. Wenn man die Position eines Führungskaders bekleidet, kann man nicht für ein Stück Fleisch anstehen, man könnte leicht die »Sache«, das öffentliche Wohl, aus den Augen

verlieren und sich nur noch darum kümmern, das Lebensnotwendige zu sichern und die täglichen Probleme zu lösen.
Mein Gott, wenn man wenigstens die Dienstleistungen verbessern würde, wenn man den Leuten die Möglichkeit geben würde, ihr Brot ehrlich und ohne Furcht zu verdienen, würde die Angst vor der Zukunft nicht an uns nagen. Wir sind wirklich Leute, denen es an Logik mangelt. Wer sollte sich anstrengen, um das Plansoll zu übertreffen, wenn doch im folgenden Jahr diese Ergebnisse, für die Blut und Schweiß geronnen sind, zur Norm werden? Es gibt keinen Grund, sich bei der Arbeit aufzureiben, besser, man zügelt sich etwas, macht nur die Hälfte...

Kurz nach unserem Gespräch hat Pavel Michailowitsch mir gesagt, daß die Probleme, die ich aufgeworfen hätte, durchaus auf Interesse gestoßen wären. »Wir werden sie lösen, machen Sie uns konkrete Vorschläge.« In diesem Augenblick habe ich begriffen, daß sich die Stunde meiner Abreise näherte, und daß ich mich darauf vorbereiten mußte. Ohne Kusinzows Wissen habe ich mich noch einmal mit Zaver getroffen und ihn um ein außergewöhnliches Stück gebeten.
Er hat mir einen alten Smaragd gegeben, der von Brillanten gerahmt war. Ich habe ihm dafür hunderttausend Rubel zukommen lassen. Das war ein großer Teil des Geldes, das ich durch Russanow verdient hatte. Das heißt, eigentlich war ich es, ich ganz persönlich, der es verdient hatte. Er hat es mir nur überbracht. Es ist eines meiner Vorrechte, ›ja‹ oder ›nein‹ sagen zu können. Diese Entscheidung wird bei weitem nicht immer nach den Gesetzen des gesunden Menschenverstandes getroffen, doch solange ich das Recht habe, sie mit einem Rotstift auf der linken oberen Ecke der Anträge zu vermerken, liegt meine Zukunft in meinen Händen. Doch da das Leben so ist, wie es ist, haben meine Pläne eine andere Richtung genommen. Das, wovon ich geträumt habe, ist eingetreten. Doch ich bin ein Opfer des Schicksals, und so bin ich plötzlich zum Feind der Idee geworden, die mir eine zweite Jugend hätte geben können. Doch nun sind die Würfel gefallen!

Kapitel 21

Ich, Roman Schebejko, Chirurg

Die ersten Minuten der Operation waren die anstrengendsten und mühsamsten. Man konnte zusehen, wie Schtyk gelb wurde, seine Ohren klebten am Kopf und wurden länger, so als zögen schwere Ohrringe sie in die Länge. Dabei schienen sie ganz klein, als wir ihn auszogen und gewaschen in den Operationssaal trugen, sie waren wie die eines lauschenden Hasen an seinen blutenden Schädel geklebt.

Er war aschfahl, als mein Kollege, der Anästhesist Wali Zade, plötzlich mit angsterfüllten Augen sagte: »Wir haben keinen Sauerstoff mehr!«

Ich war schon bei der Trepanation, und Grinberg kümmerte sich um die Wunden an der Brust und am Bauch. Noch einige Minuten ohne Sauerstoff hätten für Schtyk den Tod bedeutet.

Ich begriff, daß es keinen Sinn hatte, sich an Claudia, die Krankenschwester, zu wenden. So etwas kam nicht zum ersten Mal vor. Der Monteur, der von der Klinik angestellt war, verdiente nur einhundertzehn Rubel im Monat, es wäre lächerlich, bei diesem Lohn von ihm zu verlangen, daß er seine Arbeit gewissenhaft ausführte, wo er doch sicherlich noch eine zweite Anstellung hatte. Was wir als Sparsamkeit bezeichnen, ist letztendlich Pfennigfuchserei. Es ist eine Dummheit, an lächerlichen Kleinigkeiten zu sparen, aber bei uns knausert man selbst an Fäden, manchmal haben wir nicht das nötige Stück Faden, um eine Wunde zu nähen. Man glaubt bei solchen Geschichten seinen Ohren nicht zu trauen, doch ich erzähle die reine Wahrheit.

Ich habe meine Maske und meine Handschuhe heruntergerissen und bin in den vierten Stock gerannt, wo es einen Sauerstofftank in Reserve gab. Ich habe ihn auf die Schulter gehievt und bin in den Patientenaufzug gestürzt. Der alte Fedja, ein Rentner, der bei uns arbeitet, um sich zu Hause nicht zu Tode zu langweilen, hat mir geholfen, und es ist uns gelungen, das Sauerstoffsystem wieder in Gang zu setzen. Ich habe mich mit Jodtinktur besprenkelt und bin an den Operationstisch zurückgegangen. Ich war auf das Schlimmste gefaßt.

»Das Herz schlägt«, sagte Wali Zade, »er atmet jetzt regelmäßiger.«

Ein Mensch, der sich nicht mehr wundern kann, ist ein Toter. Die Verwunderung ist ein reiches Gefühl, denn sie stimuliert die Kreativität, doch mit zunehmender Professionalität läßt sie nach. Der Arzt spielt zur Zeit die Rolle eines Priesters, niemand bekommt so viele Bekenntnisse zu hören wie er. Wir Ärzte sind bereit, den Kranken all ihre Sünden zu verzeihen, unter der Bedingung, daß sie gesund werden. Was erzählen sie uns nicht alles für Geschichten, die Augen starr auf uns gerichtet, um zu versuchen, unser Urteil zu erahnen.

Ein Patient, der durch eine fromme Lüge beruhigt war, hat mir erzählt, daß er sich daran erinnerte, gehört zu haben, wie Alexander Trifonowitsch Twardowski, ungeschickt wie ein Kind, ein Dekret las, das ihm eine hohe Auszeichnung zu seinem siebzigsten Geburtstag zusprach. Wie viele unfähige Schreiber hat man unserem ganzen Volk als ›feine Psychologen, als Stilisten und Schöpfer eines neuen Stils in der Prosa und der Poesie‹ präsentiert! Wir bewahren nicht das, was wir besitzen, und wir weinen, wenn wir es verloren haben. Twardowski hatte die seltene Fähigkeit, sich zu wundern, nicht verloren. Er ertrug Angriffe sehr schlecht, und er, ein Künstler, der allein von der Wahrheit lebte und nicht von Kompromissen (selbst, wenn sie ihn gerettet hätten), litt ständig unter dem Druck, die diese Angriffe auf ihn ausübten.

Ich habe Schtyks Schädel geöffnet, und die seltsame Form seines Gehirns sowie die außergewöhnliche Größe verwunderten mich. Mein Gott, diese dunkle Masse, rot und weiß, die aus Zellen bestand, enthielt Milliarden von Partikeln, und jedem von ihnen kam eine eigene Funktion und Aufgabe zu... Und dieses Gehirn schuf jene Bilder von unbekannten Planeten, von außerirdischen Lebewesen und vermittelte uns dadurch das tragische Geheimnis des Universums. Warum sind die Fähigkeiten, die den Menschen von der Natur gegeben sind, so ungerecht verteilt? Es gibt Milliarden von einfachen Sterblichen und einige wenige Individuen, deren Blick weiter reicht, deren Sensibilität feiner ist und deren Gedanken scharfsinniger sind.

Welch ein Glück, Geburtshelfer oder Sportarzt zu sein, jede Geste ist darauf ausgerichtet, dem Patienten Erleichterung zu bringen. Aber in solch einem Fall? Wie soll man da vorgehen? Ich habe das Recht, in das ›Allerheiligste‹ der Zivilisation, in die Gedanken des Menschen vorzudringen... Werde ich es schaffen? Ja, habe ich gedacht, du mußt es schaffen, sonst stirbt Schtyk. Und dann? Diese Frage entsetzte mich.

Mein Gott, hilf mir, habe ich mir gesagt, als ich die Operation begann. Sie würde lange dauern, ungefähr sechs Stunden. Ich bitte immer um Gottes Hilfe, nicht für mich, sondern für den, der unbeweglich auf dem Operationstisch liegt. Es ist unmöglich, dem, für den man betet, nicht die beste Hilfe zu leisten. Doch leider rettet auch Gott nur die Stärksten!

Die Männer, die Schtyk zusammengeschlagen hatten, müssen sehr kräftig gewesen sein, und sie wußten, was sie taten. Sie hatten den Maler gezielt so geschlagen, daß er das Gedächtnis verlieren sollte. Sie wollten einen Invaliden aus ihm machen, einen Idioten, diese Leute hatten sicherlich eine medizinische Ausbildung. Vielleicht waren es Masseure oder Krankengymnasten. Es sei denn... Wer kann denn einen Taxifahrer oder einen Ingenieur daran hindern, sich medizinische Bücher zu kaufen und zu lernen, welche Stellen des menschlichen Körpers die verletzlichsten und schmerzempfindlichsten sind? Wie erschreckend doch die Vorstellung ist, daß jemand ein wissenschaftliches Buch kauft, um aus einem talentierten Menschen ein geistloses Wesen zu machen.

Die Beschreibung von Neid und Haß gehört zu den meistbehandelten Themen der Literatur, denn die Welt ist überreich an

Salieris, die die kleinen Mozarts von allen Seiten umringen. Puschkin hat dieses Gedicht schreiben können, denn auch er war ein Mozart [Mozart und Salieri, Einakter in Versen von Puschkin]. Und wir sprechen von Gerechtigkeit! Und wenn ich daran denke, daß irgendein Schwachkopf mich eines Tages davon zu überzeugen versuchte, daß alles vorherbestimmt sei: Wenn er nicht rechtzeitig gestorben wäre, hätte Puschkin vielleicht Werke geschrieben, die einen Schatten auf seine frühere Arbeit geworfen hätten, und Lincoln hätte Kompromisse mit den Sklavenhändlern zulassen können!

»Der Kranke atmet normal, der Puls ist regelmäßig«, sagte Wali Zade, ohne seine Apparate dabei aus den Augen zu lassen.
Ich erinnere mich an den Eindruck, den ein Besuch in Rouen, der Stadt Flauberts, in mir hinterlassen hat. Dort gibt es ein Museum, in dem ein Saal ausschließlich der Chirurgie der vergangenen Jahre gewidmet ist. In diesem Saal befindet sich auch ein erstaunliches Tryptichon: Vor der Operation trinkt der Kranke ein Glas Alkohol. Dann folgt die Operation selbst, nüchtern und mitleidlos zeigt man den Unglücklichen – ich mag das Wort ›Patient‹ oder ›Kranker‹ nicht, wir sind alle ›Patienten‹ und in gewisser Hinsicht sind wir alle ›Kranke‹ –, während man ihm das Bein absägt, er schaut mit von Entsetzen erfüllten Augen zu, den Mund von einem übermenschlichen Schrei verzerrt. Auf dem dritten Teil des Bildes sieht man das Bein in einem Korb, der Unglückliche ist leichenblaß, der Chirurg vernäht den Stumpf. Ist eine solche Darstellung grausam? Aber welche Wahrheit ist das nicht?

»Blutdruck?« fragte ich Claudia.
»Fast normal.«
»Nehmen Sie ihm Blut ab und lassen Sie es vom Computer analysieren.«
Es hat sechs Monate gedauert, bis wir diesen Computer bekamen. Zuerst brauchten wir Devisen vom Gosplan und vom Ministerium für Finanzen, dann hat sich der Außenhandel eingemischt und seine Vertreter im Ausland aufgefordert, Angebote zu machen,

und während dieser Zeit starben jeden Tag Menschen. Es ist erstaunlich, wir sind eine kollektive Gesellschaft, doch wir sind in Tausende von kleinen Gruppen geteilt. Zwischen diesen Gruppen gibt es sehr hohe Mauern und Wachposten, gewappnet mit Bestimmungen, die festlegen, was erlaubt ist und was nicht. Von ihren Türmen aus wachen sie darüber, daß niemand die Mauern überwindet. Das einzige, was nicht verboten ist, ist das Atmen, für alles andere braucht man eine Genehmigung.
Als ich eine neue Operationsmethode vorgeschlagen habe, wurden alle Dokumente und Argumente zur Begutachtung an drei Professoren geschickt. Einer von ihnen unterstützte mich, die beiden anderen, die mich noch nie im Leben gesehen hatten, ergriffen Partei gegen mich. Dabei ging es nur um einen Artikel in unserer medizinischen Zeitschrift. Eine Art, die Diskussion in Gang zu bringen. Aber nein! Alles, was neu ist, muß im Keim erstickt werden... Gedanken- und Meinungsfreiheit? Man müßte eher sagen: ›Freiheit für die Klischees der Sprache und die Gemeinplätze der Gedanken.‹
Eine interessante Tatsache: Die Operation fesselt mich vollkommen, ich bin absolut in das Geheimnis der Materie eingetaucht, die ihrerseits die Substanz des Valeri Wassiljewitsch Schtyk ist. Nach so vielen Jahren macht man bestimmte Gesten ganz automatisch, wenngleich jede Operation ein Angriff auf das Geheimnis der Natur ist, doch ich bin nicht Herr meiner Gedanken, ich halte nur Fragmente fest, die mein Bewußtseinsfeld durchkreuzen, und ich bin nicht sicher, mich irgendwann an sie erinnern zu können. Ich bin nur ein gewöhnlicher Chirurg, wie viele Ideen müssen da erst Siklifossowski, Pirogow und Botkin durch den Kopf gegangen sein! [berühmte russische Chirurgen] Welche Gedanken müssen Puschkin, Tolstoi, Blok und Majakovski durch den Kopf gegangen sein, um dann für immer im Nichts zu verschwinden.
Angeblich sollen die Amerikaner jeder Persönlichkeit, die mehr oder weniger Ansehen genießt, zwei »script-girls« zur Seite stellen, Stenosekretärinnen, nicht ein Wort, nicht einmal eine zufällige Idee geht verloren. Sie haben auch kleine Taschenrekorder, die nicht mehr als zweihundert Gramm wiegen und die man an jeder

Straßenecke kaufen kann und nicht heimlich bei einem Schieber auf dem Schwarzmarkt. Das ist auch ein Beruf, der an dem Tag verschwinden wird, an dem bei uns der Staat den Goldrubel wieder einführen wird, den man dann gegen diese verflixten Devisen eintauschen könnte, die endlich frei konvertibel sein würden. Wir dürfen keine Schuldigen suchen, wenn wir selbst die Schuld tragen.

»Das Blut ist ziemlich normal«, flüsterte Claudia mir zu. »Im Augenblick ist alles in Ordnung.«
»Drücken Sie die Daumen«, riet ich ihr, denn mir wurde bewußt, daß meine alte treue Freundin auch dieses Mal die Operation mit jeder Faser ihres Herzens verfolgt hatte.
Wir brachten Schtyk auf die Intensivstation, die Operation hatte fünf Stunden gedauert, das war weniger, als wir angenommen hatten. Wir sind in das Schwesternzimmer hinaufgegangen, und ich habe den Kessel auf das Feuer gestellt. Heutzutage wird man nicht mehr gleich wegen Bestechlichkeit ins Gefängnis gesteckt, weil die Familie eines Mannes, den man gerettet hat, einem Blumen schenkt. Aber wenn die Inspekteure gewittert hätten, daß Potapow, den wir vor einem klinischen Tod gerettet hatten, uns zwei Dosen Lipton-Tee geschenkt hat, wären wir mit Sicherheit auf die Anklagebank gewandert. Nebenbei gesagt hätte er für eine Operation, wie wir sie vorgenommen haben, im Westen mehr als fünftausend Dollar zahlen müssen. Hier hingegen kostet so etwas zwei Dosen Tee und fünf Jahre Gefängnis, das ist doch logisch, nicht wahr? Wenn man Lipton-Tee in den Geschäften kaufen könnte, hätten wir das Geschenk ablehnen können, aber man findet keinen, selbst wenn man sich am hellichten Tag mit einer Laterne auf die Suche macht.

»Jede Operation dieser Art«, sagte Claudia, »hinterläßt in meinem Gesicht drei neue kleine Fältchen. Ich zähle sie.«
»Du bist lustig«, antwortete Wali Zadi. »Du lachst viel, darum hast du Falten... Wenn du zehn Jahre jünger wärst, hätte ich dich geheiratet.«

»Mit einem Genußmenschen, wie Sie es sind, hätte ich mir schon bald die Augen aus dem Kopf geweint«, gab Claudia zurück.
»Ich glaube, Ihretwegen konnte Ljuda, die im sechsten Stock arbeitete, nicht mehr schlafen.«
»Es war dein *Wolga*, der sie um den Schlaf gebracht hat«, witzelte Grinberg. »Wali, erklär mir, warum ihr Muselmanen eine solche Leidenschaft für die *Wolgas* habt? Wir Juden wollen nur kleine Autos, unser Traum ist der *Jiguli.*«
»Ihr seid auf dem absteigenden Ast«, antwortete Wali Zade, »während wir mehr und mehr aufsteigen. Die grüne Fahne des Koran wird über die rote Fahne des Bolschewismus siegen...«
Zwei Stunden später öffnete Schtyk seine blutleeren Lippen und sah mich mit einem so klaren Blick an, daß ich Angst bekam: Man hätte nie geglaubt, daß er soeben aus einer Narkose erwachte.
»Wo sind Sie«, fragte ich ihn ganz leise, um zu sehen, ob er ansprechbar war.
Schtyk antwortete: »In... der Hölle...«
Er hatte recht, aber vielleicht war dies nur das Fegefeuer? Mit der Hölle assoziiere ich andere Lokalitäten.
»Wie heißen Sie?«
»Sch... Sch... Schtyk«, antwortete er, und seine ausgetrockneten Lippen rissen. »Holen Sie mir sofort Wa... Warrawin... ehe... ehe ich... sterbe.«
»Wenn Sie heute nacht nicht gestorben sind, werden Sie auch weiterhin leben...«
Er schloß die Augen und murmelte: »Nein... ich... ich kann mich nicht konzentrieren... die Gedanken... entgleiten... mir schnell... sehr schnell.«
»Wer ist Warrawin?«
»Ein Jour... Journa...list. Wir brauchen ihn.«
»Wir?« fragte ich.
»Sie auch«, sagte Schtyk und schloß die Augen. »Erzählen Sie mir keinen... Unsinn... sonst ist es zu... spät.«

Der Polizeiinspektor, der auf das Ende der Operation wartete, war etwas essen gegangen. Ich ging wieder zu Wali Zade, Claudia und

Grinberg, erzählte ihnen von dem eigenartigen Gespräch und fügte hinzu: »Wir haben hervorragende Arbeit geleistet, ich hatte Angst, daß Schtyk den Verstand verlieren könnte. Erinnert ihr euch an die Ecchymose, die ich euch gezeigt habe. Davor hatte ich am meisten Angst. Sagen Sie, haben Sie ihn gefunden?«
Claudia hatte sich ans Telefon gesetzt, um über die Auskunft sämtliche Nummern der Zeitungsredaktionen in Moskau zu bekommen. Man antwortete ihr, daß man ihr nicht mehr als drei Auskünfte auf einmal geben könne. Warum sind wir so grauenvoll träge? Wer ist dafür verantwortlich? Warum muß Claudia nach einer anstrengenden Operation fünfmal anrufen, bis sie alle Nummern beisammen hat?
Ich habe Claudia den Hörer aus der Hand genommen: »Meine gute Dame, hier ist das Institut Skliossowski. Wir haben gerade eine äußerst schwierige Operation hinter uns gebracht, und wir erlauben uns, Sie wegen einer Sache zu stören, die keinen Aufschub duldet. Warum geben Sie uns eine solche Antwort? Stellen Sie sich doch einmal vor, daß Sie zu uns kommen, und daß wir verlangen, daß Sie ihre Geschichte zuerst im Abstand von einer Stunde drei verschiedenen Ärzten erzählen.«
Die Dame unterbrach mich: »Ich gehe nicht bei Rot über die Straße, und ich habe nicht die Absicht, bei Ihnen eingeliefert zu werden.«
Und damit legte dieses Miststück auf!
Dann habe ich meinen alten Freund, Oberst Slawa Kostenko, angerufen, der bei der Kriminalpolizei ist.

Kapitel 22

Ich, Iwan Warrawin

Als ich aus dem Archiv zurückkam, rief mich der Chef in sein Büro und reichte mir wortlos einen Brief, dem ein offizielles Schreiben angeheftet war. Es war klar: Dieser Brief kam von oben; er war von Glafira Anatoljewna, Olgas Mutter, abgefaßt und an drei Empfänger gleichzeitig geschickt worden.

Es genügte, den ersten Abschnitt zu lesen, um zu verstehen, worum es sich handelte: »Beileidigung einer Schwangeren«. »Hat ein solcher Mann das Recht, in einer Zeitung zu arbeiten, die für jugendliche Leser bestimmt ist?«; »Wie kann es eine Verbindung zwischen dem für uns heiligen Begriff der ›Perestroika‹, der auch eine moralische Bedeutung hat, und der Tatsache geben, daß dieses Liebespaar, L. Naryschkina und mein Schwiegersohn, der Vater des Kindes, das meine Tochter unter dem Herzen trägt, die Leser Ihrer Zeitung auffordert, die Werte der Gerechtigkeit und Ehre zu respektieren, ihre geistigen Werte zu pflegen und moralisch zu verbessern, während sie in Wirklichkeit diese Begriffe verunglimpfen, die jeder Sowjetbürger als geheiligt betrachtet?«

Die anderen Vorwürfe waren von der gleichen Art; ich hätte Olga gedemütigt, indem ich ihr von früheren Geliebten erzählt hätte, die ich zudem immer noch und vor aller Welt treffe; ich sei fremdgegangen und habe schließlich die Unglückliche vor die Tür gesetzt, was unabsehbare Folgen haben könnte.

»Ja, und?« fragte ich und gab meinem Chef den Brief zurück, der den Vermerk trug: »Den Fall klären und über den Ausgang informieren!«

»Das ist dein Problem«, antwortete er. »Auch wenn der Brief nicht unterschrieben ist, hätte ich es nicht gewagt, ihn in den Papierkorb zu werfen. Es geht um eine Schwangere.«

Zuerst redete ich meinen Chef, wie es üblich ist, mit Vor- und Vatersnamen [das entspricht im Deutschen der Anrede mit ›Herr‹], und natürlich mit ›Sie‹ an. Er ist neun Jahre älter als ich, er ist der Chef, ist Mitglied des Politbüros und so weiter. Ich hatte nicht gedacht, daß sich diese Art von Beziehungen in der Gefügigkeit des Untergebenen und dem Despotismus des Vorgesetzten, dem alles erlaubt ist, erschöpfen. Genau in diesem Moment wurde mir das schlagartig klar.

»Ruf meine Frau Olga an«, sagte ich ruhig zu meinem Chef und ging ohne Umschweife wieder zum ›du‹ über. »Laß sie herkommen und sprich mit ihr. Frag sie nach dem Grund unserer Trennung, und dann hör dir meine Schilderung der Sache an.«

»Gut«, antwortete der Chef unbeeindruckt und nickte. »Das ist ein vernünftiger Vorschlag, den ich annehmen kann. Geben Sie mir die Telefonnummer Ihrer Frau, ich will sie mir aufschreiben...«

Er war unmerklich zum ›Sie‹ übergegangen, ohne irgendwie anders seine veränderte Haltung mir gegenüber zum Ausdruck zu bringen.

Ich diktierte ihm die Nummer.

»Da wohnt Olga jetzt.«

»Seit wann?«

»Seit vier Monaten.«

»Haben Sie versucht, sie nach Hause zurückzuholen?«

»Ja.«

»Und auf welche Weise?«

»Das ist meine Sache.«

»Wie dem auch sei, die Geschichte wird in der Sitzung zur Sprache gebracht werden müssen...«

»Ich werde mich nicht dazu äußern.«

»Warum nicht? Es ist ein offenes Problem... Glauben Sie nicht, daß ich auf der Seite Ihrer Schwiegermutter stehe. Ich schätze Sie und halte Sie für einen guten Journalisten. Aber ich kann nicht wissentlich« – er wies mit dem Kopf auf den Brief – »dieses menschliche Dokument ignorieren... Das Kollektiv würde es nicht verstehen...«

Was für eine Formulierung! Stärke bedeutet also, daß man Gift versprühen kann. Ich sollte ihm mal sagen: ›Du legst dich mit dem Personal an, aber ich bekämpfe die Heuchelei, nicht das Personal.‹

»Also, Sie wollen nicht anrufen?«

»Warum nicht? Ich werde Wassili Georgiewitsch bitten, es zu machen ...«

Wassja Turbin – also Wassili Georgiewitsch – ist der Sekretär unseres Bereichs; er ist siebenundzwanzig Jahre alt, ein tüchtiger Kerl; er war einstimmig gewählt worden, was sehr selten vorkommt.

»Wollen Sie, daß ich ihn hole?« fragte mich der Chef anteilnehmend.

»Ja. Hat er den Brief noch nicht gelesen?«

»Nein. Ich wollte zuerst mit Ihnen sprechen ...«

»Ja, ich möchte ihn auch sehen«, fügte ich hinzu. »Ich hoffe, daß es auch moralisch zulässig ist, daß ich an seiner Unterredung mit Glafira Anatoljewna teilnehme.«

»Ich weiß nicht, ich werde mich erkundigen ...«

Unser Sekretär drückte mir die Hand: »Hallo, alter Junge, ich habe dich heute schon gesucht, wo warst du denn?« Er wandte sich an den Chef: »Was ist los?«

Schweigend drückte der ihm den Brief in die Hand.

Wassja überflog ihn rasch, sein Gesicht wurde kreidebleich. Er sah mich bestürzt an. Dann fragte er leise: »Stimmt das, Iwan?«

»Es stimmt, daß ich nicht mehr mit Olga zusammenlebe, aber alles andere ist falsch. Ich glaube, dies hier ist nur ein Glied in einer Kette von Provokationen jener Leute, die ich entlarven und bloßstellen will.«

»Wen versuchen Sie bloßzustellen?« fragte der Chef. »Geht es um die Sache mit Sagrjajsk, von der Kaschljajew gesprochen hat?«

Ich zögerte ein paar Sekunden, bevor ich antwortete: »Er sagte, daß diese Geschichte eine sehr verzwickte Angelegenheit sei, daß wir besser daran täten, uns nicht einzumischen, solange die Staatsanwaltschaft sie noch nicht aufgeklärt hat, nicht wahr?«

Wassja kam dem Chef zuvor: »Das hat er mir auch gesagt.«

»Ich zweifle nicht daran, Wassja, aber diese Frage habe ich Anatol Iwanowitsch gestellt.«

Der Chef stützte sich auf die Lehne seines Sessels: »Meinen Sie nicht, Genossen, daß unser Gespräch ein bißchen vom Thema abschweift?«
Ich war versucht, ihm zu sagen, daß Kaschljajew meinen Notizblock gestohlen hat, daß er damit zu Russanow und der wiederum zum Präsidenten Tichomirow gegangen ist, und daß sie gemeinsam Tomatschka aufgesucht haben, die Wahrsagerin, die gesagt hatte, daß Olgas Mutter, Glafira Anatoljewna, an der Spitze einer geheimen Organisation steht, die auf den Export von Edelsteinen spezialisiert ist. Ein richtiges Verbrechernetz, oder? Aber wo waren die Beweise? Die Anschuldigung war einfach zu gravierend, ich benötigte Beweise.
Deshalb machte ich mir klar, daß ich nicht mit dem Chef darüber sprechen durfte, er könnte den Kopf verlieren; er war leichtgläubig geworden, jetzt, wo er dabei war, den Komsomol zu verlassen und einen wichtigeren Posten zu erhalten. Er hätte Ingenieur oder Arzt werden können, das sind Berufe, aber er, der Arme, welchen Beruf hatte er? Die Aufgabe, neue Tendenzen zu erspüren? Das genügt heutzutage nicht, um sich seinen Lebensunterhalt zu verdienen, und es bleiben ihm noch siebzehn Jahre bis zur Pensionierung.
Gott weiß, was da noch alles passieren kann!
Nicht, daß ich kein Vertrauen in unseren Chef hätte. Das ist es nicht. Er ist kein boshafter Mensch, und im großen und ganzen ist er fair; im Moment jedoch befindet er sich in einer ziemlich schwierigen Lage, und deshalb hat er den Brief von Glafira Anatoljewna an unseren Sekretär geschickt, damit der sich mit der Geschichte befassen soll, die ja tatsächlich nichts Gutes ahnen läßt. Und jeder Skandal, der die Belegschaft betrifft, befleckt den guten Ruf des Chefs, der, wie es üblich ist, sich mit seinen Angestellten solidarisieren muß.
Nein, habe ich mir gesagt, man kann noch nichts enthüllen; man muß den Mund halten; heute abend werde ich zu Schtyk gehen. Ich habe nicht die Gabe des zweiten Blicks, aber ich täusche mich selten, wenn ich jemandem in die Augen sehe; darauf stütze ich mich, ich lasse den anderen von mir Besitz ergreifen; das ist die

einzige Möglichkeit, um wirklich mit jemandem in Kontakt zu kommen; zuviel Vertrauen in das eigene Ich trennt die Menschen. Man kann nicht glauben, daß man recht hat, solange man die Gründe des Gegners nicht angehört hat. Ich merkte, daß am Ende unseres Gesprächs Schtyk mir etwas sagen wollte, aber entweder habe ich ihn mißverstanden, oder er war noch nicht entschlossen, es mir zu sagen. Jedenfalls hat er nichts gesagt.
Heute werde ich ihm die ganze Wahrheit sagen. Das Risiko muß ich dabei in Kauf nehmen, ich habe keine andere Wahl. Aber wann hören wir endlich auf, uns als Sklaven zu fühlen. Wann werden wir lernen, wir selbst zu sein?
Niemals, war meine erste Antwort. Das machte mir angst, und ich fragte mich, weshalb. Weil die Sklaverei nur mit Hilfe des Gesetzes und der Transparenz unterdrückt wird, durch eine von der Verfassung garantierte Verpflichtung, seinen Standpunkt vorzutragen, auch wenn er unbequem ist. Die von Stalin 1936 verkündete Verfassung garantierte dieses Recht, aber paradoxerweise war das die Zeit, in der es die meisten Verhaftungen aus Gesinnungsgründen gab. Man durfte nicht frei seine Meinung äußern, und wenn es einem erlaubt wurde, dann nur, um einen leichter verhaften und hinrichten zu können...
Und wie ist es heute? Unsere Zeitung hat ihren Lesern wiederholt den Vorschlag gemacht, Autoren zu bestimmen und Themen, worüber sie schreiben sollten, festzulegen. Und trotzdem sind es immer nur die Ministerien, die Komitees und Gewerkschaften, die Autoren- und Themenvorschläge machen. Und das ist eigentlich auch verständlich: Wenn man die allbekannte und verlogene Rede von den ›Elftausend Schriftstellern‹, die wir angeblich haben, für bare Münze nimmt, muß man jedem ein Buch in die Hand drücken, das er niemals lesen wird. Unmöglich, etwas anderes als Arbeitslosigkeit zu erzeugen, die unseren Prinzipien widerspricht. Und was werden unsere Feinde aus den kapitalistischen Ländern dazu sagen?
Schtyk ist ein großer Maler. In einer Ecke seines Ateliers hängt ein beeindruckendes Bild, das eine tiefe Traurigkeit im Betrachter auslöst und viele Fragen provoziert. Wie kann man Hunderte von

Buchseiten auf einem einzigen Bild festhalten? Wirklich, lieber einmal sehen als hundertmal verstehen.
Schtyk ist auch deshalb ein großer Maler, weil er sich niemals dessen sicher ist, was er malt; er versucht, in den Augen des Betrachters die Reaktion zu erspüren, die seine Bilder auslösen. Er ist voller Selbstzweifel, die auf seiner Überzeugung beruhen, im Grunde recht zu haben.
Nein, jetzt kann ich noch nichts sagen, auch nicht zu Wassja. Das hat Kwizinja geärgert. Aber was ich bei meinen Recherchen erfahren habe, ist so schrecklich, so ungeheuerlich, daß ich nicht das Recht habe, Spekulationen und Verdächtigungen, die mich beunruhigen, an irgend jemanden weiterzugeben. Der Ankläger hat immer unrecht. Wenn ich auch nur den geringsten Fehler mache, werde ich als der schlimmste Halunke dastehen. Der Faschismus besteht darin, Unschuldige anzuklagen, auch wenn man ganz genau weiß, daß sie unschuldig sind.

»Ruf sie an, Wassja«, sagte ich. »Ich hoffe, meine Anwesenheit bringt dich nicht aus dem Konzept, wenn du mit der Verfasserin dieses Briefes sprichst ... mit meiner Schwiegermutter ... Ich könnte ebensogut auch selbst auf alle Fragen antworten, wenn ...«
»Was halten Sie davon, Wassili Georgiewitsch?« fragte der Chef zerstreut.
»Ich möchte«, sagte Wassja zögernd, als ob er eine Anstrengung vollbrächte, und ließ seinen Chef dabei nicht aus den Augen, »solche Gespräche lieber nicht am Telefon führen ... Ich werde sie hierher bestellen, um persönlich mit ihr zu sprechen ...«
Anatoli Iwanowitsch breitete die Arme aus und brachte mit dieser umfassenden Geste zum Ausdruck, daß er bereit war, alles zu akzeptieren, was der Sekretär des Bezirks entscheiden würde. Er ging auf den Tisch zu, und mit dieser scheinbar unbedeutenden Bewegung gab er uns zu verstehen, daß das Gespräch beendet war ...
Draußen auf dem Gang sagte mir Wassja: »Alter Junge, ich möchte nicht, daß du glaubst, ich hätte Angst. Das Ganze ist eine schmutzige Geschichte, dieser Brief ist widerlich, einverstanden.

Und deshalb ist es besser, zuerst diese Glafira Anatoljewna zu besuchen und dann erst zu Olga zu gehen. Aber sag mir bitte, damit ich meinen Standpunkt besser vertreten kann: Ist wirklich nichts zwischen dir und Lisa?«

»Was heißt: nichts?« fragte ich erstaunt. »Natürlich ist etwas ...«

»Dann hat deine Schwiegermutter also recht?«

»Lisa ist meine beste Freundin ... eine Freundin. Verstehst du? Und wenn ich zur Scheidung gezwungen werde, könnte ich mir vorstellen, wirklich mit ihr zu leben ... Sie heiraten? Nein ... Die Ehe ist nicht meine Sache, einmal, das genügt ... Die Frauen entwickeln allzu schnell Besitzansprüche ...«

In meinem Büro fand ich, als ich die Akten einordnete, einen Zettel von Lisaweta: ›Der Maler Schtyk erwartet dich im Sklifossowski-Krankenhaus, es ist dringend!‹ Darunter stand ein Vers und ein paar Zeilen in Prosa: ›Regen fällt seit heute morgen, ist es auch neblig und kalt, aber in dir ist Glut verborgen, denn du bist noch nicht alt.‹

Wart mal ... Draußen herrscht die Sintflut, aber es ist Zeit, ich ziehe meine Uhr auf, die unerbittlich tickt, und das Messer der Minuten zerschneidet mir die Hände – und das ist schmerzhafter als Stechgras ...‹

Ich eilte zu Lisa, aber sie war nicht da. Man sagte mir, daß ein Georgier sie dringend angerufen hatte, ohne Zweifel Giwi. Das mußte sehr wichtig sein, wenn sie mir nicht einmal eine Nachricht hinterlassen konnte; aber vielleicht wollte sie nichts aufschreiben – wegen Kaschljajew ...

Ein junger Arzt hatte Dienst im Krankenhaus. Zufällig las er gerade meinen Artikel über die Schikanen und Belastungen, die man den Leuten auferlegt, die den Beruf wechseln wollen – Leute, die einen Gewerbeschein beantragen, um ein Taxi zu fahren oder einen Lastwagen, oder die eine Familienpension eröffnen wollen. Zu diesem Artikel hatte es viele Leserbriefe gegeben – die beste Belohnung für einen Journalisten.

Aber dieser junge Arzt war nicht meiner Meinung, er sah in diesen Neuerungen eine ›Restauration des Kapitalismus‹; trotzdem gab er mir die Erlaubnis, mit Schtyk sprechen zu dürfen; er wies mich

aber darauf hin, daß an diesem Tag schon Oberst Kostenko von der Kriminalpolizei da war – ein Besuch, den die Ärzte unterbrechen mußten, da sie ein Lungenödem befürchteten.
Schtyk atmete schwer und mit weit offenem Mund. Es schien, als ob er mich nicht sofort erkannte. Er machte ein Zeichen mit dem Kopf und murmelte unverständliche Sätze; besonders die Konsonanten konnte er nur schwer artikulieren: »Ich werde sterben... Russanow... Man soll dir den Schlüssel geben, in meiner Westentasche... oder vielleicht hat ihn Kolja Sitnikow... am dritten... sieben... ich ließ mir Russanows notarielle Akten bringen... in der Schublade... dort liegt auch das Sparbuch... du wirst sehen... sein Brief ist runtergefallen... Russanow bekam fünf... undzwanzig Prozent... Sagrjajsk hat abgelehnt... Gorenkov... und... Tschurin... ich weiß nicht... ich erinnere mich... nur... Russanow hat da... davon... gespro... gesprochen. Geh!«
Sitnikow nahm meinen Personalausweis, obwohl ich ihm schon zweimal eine ausführliche Erklärung zu diesem Fall gegeben hatte: »Schtyk will, daß ihm sofort die notariellen Akten und sein Sparkassenbuch gebracht würden. Die liegen in der Schublade seines Büros.«
»Warum hat er mir nichts gesagt?« fragte Sitnikow.
»Er bekommt schlecht Luft. Sie geben ihm Infusionen... Er ist mehr tot als lebendig.«
»Furchtbar, nicht?« seufzte Sitnikow und murmelte in seinen Bart. »Und wenn man bedenkt, daß er drei Meter vor meiner Wohnung niedergeschlagen worden ist! Ein so taktvoller Mensch! Er wollte uns nicht durch sein Schreien stören; obwohl wir alle nachts arbeiten; wir hätten Hilfe geholt...«
Sitnikow hatte so viel Gutes über seinen Kollegen gesagt; und selten hört man die Leute Gutes über andere sprechen, ohne daß sie Hintergedanken dabei haben oder ein Gefühl der Herablassung zu spüren ist; ich habe nicht widersprochen. Doch ich wußte, daß Schtyk geknebelt worden war...

Als ich in Schtyks Atelier kam, durch dessen Fenster bereits ein aschgraues Tageslicht fiel, machte ich die Lampe nicht an. Eine geheimnisvolle Traurigkeit war zu spüren, die die Einsamkeit eines Menschen ahnen läßt, der lebt, um zu schaffen. Konservenbüchsen dienten ihm als Aschenbecher und ein alter brauner Krug als Teekanne; eine schmutzige Pfanne stand auf einem Gaskocher, die Tür zum anderen Zimmer war angelehnt, ich sah das eine Ende des Betts, auf das eine Militärdecke gebreitet war...

So, wie die Wohnung aussah, hatte Schtyk kein Privatleben. Jemand, der wirklich Talent hat, kann sich nicht aufteilen zwischen seiner Malerei, dem Schreiben oder dem Komponieren und einer liebenden Frau, die ihm zwar Zärtlichkeit entgegenbringt und einen angenehmen Rahmen schafft, zugleich aber den Platz beansprucht, der ihr im Leben dessen, den sie liebt, zusteht. Ist die Einsamkeit die einzige Gefährtin eines echten Künstlers? Hat die Wahrheit niemanden nötig? Sie prüft den Künstler, indem sie ihn fragt: »Bist du bereit, dich zu opfern, um mir nahezukommen? Bist du bereit, als Einsiedler zu leben?«

Ich ging auf den alten kaputten Schreibtisch zu und zog die Schublade heraus. Ich erstarrte: Der Schreibtisch war vollkommen leer, kein einziges Stück Papier war mehr da...

Ich zog alle Schubfächer des Nachtkästchens heraus: nichts! Ich bückte mich, um nachzusehen, ob nicht zufällig ein Zettel hinuntergefallen war – Schtyk hatte von einem Brief gesprochen, den Russanow geschrieben hatte – in diesem Augenblick spürte ich, wie eine kräftige Hand mich am Nacken packte.

Kapitel 23

Ich, Rustjom Islamowitsch Karimow

»So ein junger Mann, kaum fünfzig Jahre alt, und schon einen Herzinfarkt!« Solche Sätze erstaunen mich noch immer. Wir im Orient haben eine ganz andere Bewertungsskala der Lebensalter: Für uns beginnt das Alter mit fünfzig. Mit siebenundvierzig Jahren hatte mein Vater bereits ganz weißes Haar und ich, damals fünfundzwanzig Jahre alt, bereits einen Sohn – Melor – Marx, Engels, Lenin, Oktober, Revolution: MELOR... Mit siebenundvierzig bin ich zum Greis ergraut, als ein Maschinengewehr meinen Jungen in Afghanistan hinweggemäht hat. Er starb, ohne mir einen Enkel hinterlassen zu können. Damals bekam ich einen Herzinfarkt, den ich selbst diagnostizieren konnte: An meinem linken Arm beobachtete ich eine fortschreitende Lähmung und Versteifung, wie von einem elektrischen Schlag, ein dumpfer Schmerz lastete auf meiner Brust und eine kräftezehrende Übelkeit zwang mich, mich unaufhörlich zu übergeben.

Ich ging nicht zur Gesundheitsfürsorgestelle, wie es uns zusteht. Ich bin sowieso nie dorthin gegangen, habe auch Melor nicht dort registrieren lassen; Gleichheit muß gleiches Recht für alle bedeuten, sonst ist es keine Gleichheit. Um meine Kollegen nicht zu irritieren, sagte ich ihnen, ich wolle alle Gesundheitsfürsorgestellen der Stadt modernisieren lassen und habe mich deshalb in verschiedenen Stadtteilen registrieren lassen; zur Zahnkontrolle in ›Lenin‹, zur alljährlichen Untersuchung in ›Oktober‹; und der Chirurg Kubintscha betreute mich seit langem wegen meines Beines in ›Kyrow‹.

Ich möchte gerne wissen, wann die Namen unserer Stadtbezirke geändert wurden. Ich erinnere mich genau, daß früher der Stadtteil ›Lenin‹ ›Stalin‹ hieß, ›Oktober‹ hieß ›Molotow‹ und ›Kyrow‹ wegen der dortigen Autofabriken ›Kaganowitsch‹. In den zwanziger Jahren hatten sie wiederum andere Namen, obwohl es damals nur zwei Stadtteile gab: Sinowjew und Bucharin. Ich machte den Vorschlag, die Namen ein für allemal festzulegen; es sollte das Quai-Viertel geben, das Proletarierviertel und das Zentrum. Man sah mich amüsiert an, und ich mußte so tun, als habe ich mit meinem Vorschlag nur Spaß gemacht. Da waren alle erleichtert. Künftige Geschichtsschreiber werden mühelos nachweisen können, daß die Stadtviertel mit Namen ›XXII. Parteikongreß‹ früher ›Stalin‹, ›Molotow‹ oder ›Kaganowitsch‹ hießen... Es wäre auch nicht schlecht, wenn unsere Kolchosen Namen trügen wie ›Eichenhain‹, ›Kiefernwald‹, ›See‹, dann müßten wir für sie wenigstens keine neuen erfinden. In uns steckt die Angst davor, mit den jungen Leuten zusammenarbeiten zu müssen; die Geschichtsbücher lügen, und die junge Generation weiß nichts über die Vergangenheit.

Übrigens, von dem Tag ab gerechnet, an dem ich nicht mehr im Krankenhaus des Regionalkomitees registriert war, dauerte es fünf Jahre, bis wir Material für den Bau weiterer Gesundheitsstellen der Stadt bekamen. Das vorsichtige Taktieren hatte nichts genützt: Ich mußte unseren Ersten Parteisekretär bitten, ein Dekret zu erlassen, das mich darauf verpflichtete, mich mit dem staatlichen Gesundheitswesen vor Ort zu beschäftigen, und nachdem ich so die Hände frei hatte, ging ich zum Regionalkomitee und zum Ministerrat unserer Republik – ich war damals Minister für soziale Sicherheit –, um Geld zu bekommen und die Erlaubnis, Schulden zu machen. Damals lernte ich Gorenkov kennen; seine direkte Art, die mich anfangs ein bißchen erschreckte, gefiel mir schließlich gut: »Wieviel Geld haben Sie zur Verfügung, um die Gesundheitsfürsorgestelle Nummer sieben zu bauen?«

Ich sagte es ihm.

»Verschaffen Sie mir die Erlaubnis, den Betrag, den ich beim Bau einsparen werde, zwischen meinen Arbeitern und meinen Ingenieuren aufteilen zu dürfen. Ich werde dann einen Plan vorlegen und vor Ablauf der vorgesehenen Fristen fertig sein!

Ich machte ihm klar, daß diese Sicht der Dinge nicht dem entsprach, was bei uns üblich ist.

»Lenin hat seinem Mitarbeiter Lew Borrissowitsch Kamenew, jenem, der am Komplott der Saboteure und trotzkistischen Spione beteiligt war, in einem Brief empfohlen, er solle unsere Beamtengehälter nach einem bestimmten Gewinnschlüssel auszahlen; und was heißt Gewinnbeteiligung anderes als ein prozentualer Anteil an einem Geschäft? Beachten Sie, daß ich Sie nicht um dieses gebeten habe; meine Vorschläge sind ganz leicht zu akzeptieren ... Ich stamme aus einer Arbeiterfamilie, und mir liegt viel an den russischen Arbeitern. Als wir Ausländer holten, die Hotels bauen sollten, waren wir ganz begeistert, weil sie schnell und gut arbeiteten. Wissen Sie, wieviel sie monatlich verdienten? Nein? Ich will es Ihnen sagen: zweitausend Dollar! Wenn wir unseren Bauarbeitern siebenhundert Rubel geben würden, dann würden sie tausendmal besser arbeiten als die Franzosen! ... Kurzum: Wenn Sie bekommen, um was ich Sie gebeten habe, rufen Sie mich an und besuchen mich in den nächsten Tagen; wir könnten zusammen frühstücken. Wenn Sie meine Bedingungen nicht akzeptieren, dann werde ich nichts für Sie tun können.«

»Der Ministerrat wird einen Beschluß fassen, nach dem wir uns richten können«, sagte ich ihm schließlich.

»Und dann? Wieder ein Bau, der nicht fertig wird. Das letzte Wort sollen die Menschen haben und nicht die Beschlüsse.«

Die Offenheit dieses Verantwortlichen der Baudirektion verblüffte mich. In seiner Stimme lag nicht einmal der Anflug eines Zögerns, obwohl er einem Minister gegenübersaß und die hierarchische Ordnung bei uns immer respektiert wird. Er hatte den Namen Kamenew genannt, ohne seine Wertschätzung für ihn zu verbergen, ohne aber auch in jenen gezwungenen Ton zu verfallen, wie es damals üblich war. Auch verwirrte mich sein eigenartiger Vorschlag, »zusammen zu frühstücken«. Dennoch war das Interesse, das ich ihm von allem Anfang an entgegenbrachte, nicht völlig frei von Mißtrauen. Bei uns gibt es eine mächtige Mafia in allen Bereichen, aber die Baumafia ist eine der größten; sobald ich es – nicht ohne Schwierigkeiten – erreicht hatte, daß Gorenkov

vom Gosplan zehn Prozent der von ihm erwirtschafteten Einsparungen zur Verfügung gestellt würden, wenn er innerhalb der vorgesehenen Termine eine den Qualitätsnormen entsprechende Gesundheitsfürsorgestelle fertigstellte, rief ich ihn an. Ich sagte ihm, daß der Gegenstand unserer Unterredung sich allmählich konkretisiere. »Wann können wir zusammen frühstücken?«
»Was meinen Sie mit ›wann‹?« erwiderte Gorenkov erstaunt. »Morgen! Warum seine Zeit mit Warten vergeuden?«

Da ich fürchten mußte, daß die Unterredung eine unvorhergesehene und doch von mir allzusehr befürchtete Wendung nehmen könnte, nahm ich den Chef der Dienststelle für Öffentliche Gesundheit der Gemeindeverwaltung, Frau Bubenzowa, mit, und wir begaben uns zur Baudirektion.

Schon das Büro des Direktors überraschte mich: Es war, trotz seiner extremen Funktionalität, luxuriös. Ich hätte nie gedacht, daß in einer langen Baracke, die rein zweckmäßig eingerichtet war, eine solche angenehme Atmosphäre möglich wäre.
»Ich habe zuviel Achtung vor meinem Personal, als daß ich den Leuten zumuten könnte, im Dreck zu leben«, kommentierte Gorenkov. »Kann man denn verlangen, daß die Leute in einem Schweinestall ihre Würde wahren? Für Stanislawski hatte selbst ein Garderobenständer im Theater eine Bedeutung; und so spielt auch der Stuhl, auf dem wir sitzen, eine Rolle bei unserer Arbeit. Für mein Büro wurden keine wertvollen Hölzer verwendet; ich mache gern Tischlerarbeiten, samstags habe ich immer diese Holztäfelungen bearbeitet und sie glattgehobelt; ich habe sie selbst lackiert, habe alles bis ins kleinste selbst zusammengestellt und dafür keinen einzigen Rubel Prämie erhalten ...«
Galina Markowna Bubenzowa, die sich an mir ein Beispiel nahm, kniff die Lippen aufeinander, was den Eindruck machte, als ob sie wollte, daß Gorenkovs Worte ihr zum einen Ohr hinein und zum anderen wieder hinausgehen sollten.
»Das Büro unseres Ministers ist halb so groß wie Ihres ...«
»Dann muß das ja ein ganz schlechter Minister sein ...«, lachte

Gorenkov. »Er kann ja gar nicht arbeiten, wenn er sich mit einem häßlichen Raum begnügen muß.«

»Tja!«

Bubenzowa, die völlig aus der Fassung geraten war, sah mich an, als ob sie von mir ein entschlossenes Eingreifen zu ihren Gunsten erwartete. Ich ergriff das Wort: »Sicherlich haben Sie in Ihrer Jugend Tschernischewski gern gemocht. Vor allem sein Buch ›Was tun?‹«

»Wieso in meiner Jugend?« Der amüsierte Blick Gorenkovs wanderte von Bubenzowa zu mir. »Wenn wir jung sind, wird uns der Haß auf die Klassiker eingeimpft, und man nimmt deren Bücher erst wieder in reiferem Alter zur Hand.«

»Wo wurde Ihnen der Haß auf die Klassiker eingeimpft?« Die Angriffe Bubenzowas wurden immer lebhafter.

»In der sowjetischen Schule«, antwortete Gorenkov lächelnd. »Es dauert fünf Stunden, und dann weiß man alles über Tschernischewski... Das ist der, der den Beinamen ›Erster Steuermann‹ erhalten hat... Die Lehrer haben Auszüge aus ›Was tun?‹ ausgewählt und uns gezwungen, diese Texte auswendig zu lernen, statt daß wir sie im Unterricht zusammen laut gelesen hätten und uns erklärt worden wäre, weshalb der Text noch heute aktuell ist. Man sollte besser Geschichten aus Tschernischewskis Leben erzählen, statt ständig seine Lebensdaten wiederzukauen.«

»Bitte, entschuldigen Sie.« Bubenzowa sah mich wieder hilfesuchend an, »aber Sie sind ein richtiger Bilderstürmer.«

»Nicht Churchill, sondern Gorki hat geschrieben: ›Ich bin auf die Welt gekommen, um zu protestieren.‹ Und im Augenblick gibt es keinen einzigen verbotenen Schriftsteller mehr, soweit ich weiß... Na ja, gut. Gehen wir zu Tisch?«

Ohne meine Antwort abzuwarten, ging er voraus und öffnete mit einem leichten Druck gegen die Holzwand die Tür zum anliegenden Zimmer. Mitten in dem kleinen Raum stand ein Tisch, über den ein gestärktes Tischtuch gebreitet war, das mit einer roten Bordüre verziert war. Auf dem Tisch stand ein Samowar, ein gefüllter Brotkorb, Butter in einer hübschen Dose und Konfitüre.

»Bitte sehr«, sagte er. »Ehrlich gesagt, habe ich nur den Minister

erwartet, ohne Zeugen, und deshalb müssen wir schnell noch ein drittes Gedeck für unsere charmante Dame beschaffen ...«
Während wir Tee tranken, erläuterte er uns seine Ideen. Gegen drei Uhr nachmittags entließ uns unser Gastgeber und bat uns, »die Sache ernsthaft zu überlegen«. Auf der Rückfahrt machte Bubenzowa ihrer Empörung Luft und qualifizierte seine Ideen als »Kulakendoktrin« ab.
»Geld, immer nur Geld und Gewinne«, sagte sie seufzend. »Als ob das im Leben der Sowjetbürger das wichtigste wäre! Wir dürfen uns nicht die Denkweise des Westens aufdrängen lassen ...«
»Würde es Ihnen etwas ausmachen, wenn sich Ihr Gehalt um hundert Rubel monatlich erhöhen würde?«
»Ich arbeite nicht um des Geldes willen.«
»Dann verzichten Sie doch auf das, was Sie verdienen, zugunsten der Putzfrauen Ihrer Abteilung!«
Bubenzowa sah mich traurig an: »Sie bekommen doppelt soviel wie ich und können dabei mehreren Beschäftigungen gleichzeitig nachgehen.«
»Und Sie, für Sie werden Plätze im Flugzeug reserviert, Sie erhalten kostenlosen Aufenthalt in guten Erholungshäusern, eine gute Wohnung im Stadtzentrum mit Fenstern, die auf einen Garten hinausgehen.«
»Aber meine tägliche Arbeitszeit ist nicht auf acht Stunden begrenzt, Rustjom Islamowitsch ...!«
»Meinen Sie denn, daß Gorenkov sein Büro um fünf Uhr verläßt? Ich habe mich erkundigt: Er fängt um acht Uhr an und hört um neun Uhr auf ...«
»Darin besteht ja sein Gewinn ...«
»Man könnte das gleiche auch von Ihnen sagen; auch Sie überschreiten die Normen ... Aber lohnt es sich, sich gegenseitig Beschuldigungen an den Kopf zu werfen? Zumal das Geld, das Gorenkov verlangt, nicht für ihn, sondern für seine Mitarbeiter ist.«
»Erst müssen wir mal sehen, welche Prämie er für sich beiseite legt.«
»Einverstanden. Aber weshalb ihn schon von vornherein als Dieb

verurteilen? Ist es seine Unabhängigkeit, die Sie so empört? Erinnern Sie sich an seinen Satz: ›Ich klebe nicht an meinem Stuhl als Direktor; wenn man mich rausschmeißt, dann arbeite ich eben als Tischler in einer Schreinerei. Es gibt nichts Angenehmeres, als mit Holz umzugehen: diese Berge von Hobelspänen, dieser wunderbare Geruch nach Holz!‹ Das ist toll, finden Sie nicht?«

»Es ist ein Spiel, Rustjom Islamowitsch«, erwiderte Bubenzowa. »Er spielt eine Rolle.«

»Auch wenn es so ist: Seine Rolle gefällt mir. Es ist jedenfalls eine fortschrittliche Rolle. Er hat keinen Chauffeur mehr, seiner ist jetzt Lastwagenfahrer, Gorenkov fährt seinen Dienstwagen selbst. Das auf diese Weise eingesparte Geld hat er an seine Stenotypistinnen verteilt. Das ist eine kluge Betriebsführung, sie schließt auch die Baudirektion und das gesamte Personal mit ein. Kann man von einer jungen Frau verlangen, ihre ganze Kraft für die Arbeit zu investieren – und das für neunzig Rubel im Monat?«

Beinahe flehentlich erwiderte Bubenzowa: »Man kann doch nicht alles mit dem Maß des Geldes messen, Rustjom Islamowitsch! Wir werden erdrückt werden vom Hedonismus, der im Westen herrscht, wir werden alle unsere Ideale verlieren...«

»Sind der Mangel und die Not etwa die beste Garantie für das Überleben unserer Ideale? Haben Sie nicht auch Lust, sich ein schönes Kleid zu kaufen, ein Auto, Möbel?«

»Aber natürlich.« Das war die erste ehrliche Antwort, die ich von Bubenzowa erhielt, und es war das erste Mal, daß sie sich nicht an die gängige und offizielle Meinung hielt. »Aber wenn es nicht möglich ist, dann sollte man besser gar nicht davon träumen!«

»Und weshalb sollte es nicht möglich sein? Gorenkov meint, es sei möglich. Ich bin ganz seiner Meinung. Wir nehmen die Dogmen allzu wörtlich und sehen gar nicht mehr, was um uns herum ist. Und die Zeit vergeht... All das, was wir heute noch unterstützen, das ist für unsere Kinder schon lange nicht mehr erstrebenswert. So ist das nun einmal, unsere Ideen werden entwertet...«

»Ja«, stimmte Bubenzowa zu, »die junge Generation ist allzusehr verwöhnt.«

»Sie ist nicht verwöhnt. Wir wollten ihnen das Leben leichter machen, das ist normal. Sie haben keinen Krieg erlebt. Aber müssen wir denn deshalb jetzt auf den Knopf drücken und den Atomkrieg auslösen?«

»Sie haben unrecht, Rustjom Islamowitsch«, sagte Bubenzowa nachdenklich. »Die junge Generation hat kein Moralgefühl mehr. Warum sollten wir, die Eltern, uns darüber freuen, wenn sie im Studium, im Beruf und in der Liebe erfolgreich sind, während sie auf uns und unser Leben keine Rücksicht nehmen? Als ob nicht auch wir das Recht hätten, glücklich zu sein...«

Ich sah ihr ins Gesicht: Sie war fünfundvierzig Jahre alt, nicht viel jünger, sie war einmal eine hübsche, reizvolle Frau gewesen, das konnte man sehen. Ohne Zweifel war sie zärtlich und liebevoll zu ihren Kindern, die diese Gefühle nicht erwiderten – ob aus solch unerbittlichen Regungen wie Egoismus oder Eifersucht, das kommt auf das gleiche heraus. Da kann man nichts machen, das ist ihr Fehler, sie hat ihre Kinder wohl bis zur Selbstaufgabe geliebt...

Und Melor? dachte ich. Was wäre gewesen, wenn ich eine andere Frau geliebt hätte? Wenn ich Sina verlassen hätte? Hätte er es mir verziehen? Ich hätte meinem Vater alles verziehen, aber ich hätte es deshalb getan, weil ich vor ihm Angst hatte.

Ich fuhr ins Ministerium zurück, telefonierte mit jemandem vom Regionalkomitee der freiwilligen Hilfstruppe der Armee und bat, mich für einen Kurs für Berufsfahrer einzuschreiben; fünf Monate danach erhielt ich den Führerschein; zuvor hatte ich es unter Schwierigkeiten erreicht, daß mein Chauffeur eine Arbeit als Lastwagenfahrer beim Gesundheitsministerium bekam. Die Überlastung dort ist groß. Ich wurde mein eigener Chauffeur. Ein Minister hat das Recht auf einen eigenen Wagen, und zwar vierundzwanzig Stunden am Tag. Und der Chauffeur bekam dafür dreihundert Rubel monatlich.

Damals begannen auch meine Schwierigkeiten mit unserem Generalsekretär. Meine Ernennung zum Premierminister unserer autonomen Republik geschah gegen ihn, auf Vorschlag aus Moskau...

Morgen findet eine außerordentliche Vollversammlung des Regionalkomitees statt. Auf der Tagesordnung steht »Verschiedenes«. Das bedeutet, daß mein Rücktrittsgesuch angenommen worden ist und daß wir einen neuen Regierungschef wählen werden.
Ich ordnete meine persönlichen Dinge: Es war eine ganze Menge, was sich da im Laufe der Zeit angesammelt hatte. Nach unserem Umzug in eine kleine Wohnung, der uns helfen sollte, über den Tod unseres Sohnes hinwegzukommen, hatte ich einen Teil meiner Sachen hierhergebracht, vor allem Zeitschriften, Archivmaterial, die Stalinmedaille meines Vaters und seinen alten Schlafrock – alles, was mir von ihm noch geblieben war. Die geheimen Gelder, die die hohen Funktionäre in der Ära Stalin erhielten, hat mein Vater ganz offiziell einem Heim für Kriegsversehrte zukommen lassen.

Wie kompliziert ist doch unsere Zeit! Und wie schwierig wird es erst für die Historiker sein, jene von uns aufgebauten Strukturen zu verstehen, die die Funktionsfähigkeit unserer Gesellschaft, ganz offen oder auch verdeckt, bestimmen!
Man kann alles Stalin in die Schuhe schieben, aber genügt das, um auf diese entscheidende Frage eine Antwort zu geben, die lautet: »Wie konnte dies alles passieren?« Auch Breschnew, dessen Kandidatur für das Zentralkomitee der KPdSU Stalin auf dem XIX. Parteikongreß unterstützt hatte, erhielt jedesmal unzählige Glückwünsche, wenn ihm der Orden des Roten Sterns zuerkannt wurde, während gleichzeitig Arbeiterkollektive, die Universitäten und die Kolchosen überall seine Werke studierten. Woher kommt solch eine blinde Einmütigkeit?
Wie und warum hat sich im Jahr 1922 der erste Block innerhalb des Politbüros gebildet, dem Stalin, Kamenew und Sinowjew angehörten? Warum waren sie nach dem Tod Lenins auf einmal so einig gewesen? Es war ein gemeinsames Ziel, das sie verband: der Sturz Trotzkis, der, außer daß er Jude war, unaufhörlich Sinowjew und Kamenew den Vorwurf machte, sie verrieten die Oktoberrevolution. Er, Trotzki, war Präsident des Petrograder Sowjet,

dessen Sitz der Smolny war. Sie fürchteten ihn auch, weil Wladimir Illjitsch in seinem Testament Trotzki als »fähigsten Mann im gegenwärtigen Zentralkomitee« bezeichnet und gesagt hatte, es sei ihm leider mißlungen, Stalin von seiner Schlüsselposition als Generalsekretär abzusetzen.
Sinowjew und Kamenew war es nicht vergönnt, die Früchte des Siegs zu ernten, den sie zusammen mit Stalin errungen hatten. Schon mit der Entlassung Trotzkis von seinen Ämtern als Volkskommissar für militärische Angelegenheiten und Präsident des legendären revolutionären Militärkomitees, an dessen Spitze er seit Februar 1918 gestanden hatte, schaltete Stalin sofort seine alten Verbündeten aus. Es folgte der Sturz Kamenews und Sinowjews, die sich mit ihrem alten Widersacher Trotzki verbündet hatten... Stalin schien abseits zu stehen... Es war Nikolai Iwanowitsch Bucharin, der Liebling der Partei, der zusammen mit Rykow, Kirow und Tomski den Kampf gegen die »neue Opposition führte«. Wie läßt sich dies erklären? Bucharin, der Theoretiker, war nur eine Marionette in den Händen Stalins, der wiederum in der Theorie nie besonders gut war. Ist das möglich? Man muß sicher in einem weiteren Umkreis suchen, um die Ursachen zu finden, die es schließlich Stalin ermöglichten, das Blut von Millionen von Leninisten zu vergießen.
Trotzki, Sinowjew und Kamenew plädierten für die Beschleunigung des Prozesses der Industrialisierung und waren gegen die Neue Ökonomische Politik. Ihr Vorschlag war, die Bauernschaft erbarmungslos auszubeuten, um die so gewonnenen Mittel in die Konstruktion elektrischer Anlagen und Fabriken, insbesondere im Metallsektor, zu investieren.
Bucharin und Rykow verteidigten den Plan Lenins, der auf die Kooperativen, die NEP [russ. für »Neue Ökonomische Politik], gegründet war. Sie forderten, die Interessen der Bauern zu berücksichtigen, sie mit modernen Geräten auszustatten, um sie auf die sozialistische Ökonomie umzustellen. Darin, so meinten sie, lägen die für die Industrialisierung notwendigen Ressourcen. Der Sozialismus kann nicht mit repressiven Maßnahmen, nur mit Befehlen von oben aufgebaut werden.

Nachdem Trotzki ins Exil gegangen war, nachdem Kamenew und Sinowjew alle ihre Ämter verloren hatten, waren es Stalin, Molotow, Woroschilow und Kaganowitsch, die die Kollektivierung verkündeten. Sie setzten das Programm Trotzkis und Sinowjews in Kraft und erklärten damit Bucharin und Rykow den Krieg.
Ich habe die Artikel zum Prozeß gegen Bucharin analysiert, die in den Zeitungen veröffentlicht worden waren. Im stenographischen Rechenschaftsbericht, der nach seiner Hinrichtung erschien, ist vieles weggelassen, verschleiert und vertuscht worden. Ich habe mich gefragt, weshalb Bucharin sich nicht an den Saal gewandt hat und die ganze Wahrheit über die schauerliche Posse, in der auch er eine Rolle gespielt hat, gesagt hat.
Es wird behauptet, der eigentliche Prozeß habe fünf Tage vor dem Schauprozeß begonnen. In diesem »Vorprozeß« eröffnete der Staatsanwalt Wyschinski, der als der Mann der »Moskauer Prozesse« in die Geschichte eingegangen ist, das Verhör der Angeklagten mit der Frage, ob sie sich schuldig bekennen würden. Die Bolschewiki haben einmütig ein Schuldbekenntnis mit der Begründung abgelehnt, die Anklagepunkte seien schon vorher formuliert worden und man wolle die gesamte Partei vernichten. Wyschinski hörte sich die Antworten der Beschuldigten ruhig an, und das wunderte sie: »War es möglich, daß sich hier etwas bewegte? War vielleicht die Partei aufgestanden, um ihre Ehre zu verteidigen?«
Nach dem Verhör legte Wyschinski ohne Hast die Unterlagen auf seinem Tisch zusammen und gab mit der Hand den im Saal anwesenden »Freunden«, den Kameraleuten und Diplomaten, ein Zeichen. Diese erhoben sich und begaben sich folgsam zum Ausgang. Dann wandte sich Wyschinski Jeschow zu, der in der Regierungsloge hinter einem Vorhang saß, um nicht gesehen zu werden: »Nikolai Iwanowitsch, der Prozeß ist nicht gut vorbereitet, unter solchen Bedingungen kann ich nicht arbeiten.«
Diese Sätze bedeuteten das Todesurteil für Jeschow, und obwohl die Ärzte im Kreml, die fünf Tage danach mit ihrem Chef, dem Professor Pletnjew, verhaftet wurden, da sie »gestanden hatten«, ein Attentat gegen den Genossen Jeschow, diesen »großen Freund

Stalins«, vorbereitet zu haben, waren die Tage des »eisernen Kommissars« gezählt.
Ich habe die Aussagen Bucharins Wort für Wort studiert und mir die Texte zwar nicht laut vorgesagt, denn manchmal fürchte ich mich davor, meine eigene Stimme zu hören, aber doch flüsternd, um den Sinn der Worte besser verstehen zu können.
Mir wurde klar, daß vom Standpunkt der Thermidor-Strategie Stalin als unüberwindbar galt, seitdem er die Prozesse gegen die Bolschewiki dem alten Menschewiken Wyschinski anvertraut hatte, dessen Bruder im Spanien des Generalissimus Franco lebte. Das Leben hatte Wyschinski und Stalin in einer Gefängniszelle in Baku einander nähergebracht. Seither hatte ihn Stalin nicht mehr vergessen, er glaubte an ihn, denn Wyschinski war ein Mann, der es verstand, sich nützlich zu machen.
Als ich, vielleicht zum zehnten Mal, die letzten Worte Bucharins gelesen hatte, ging mir plötzlich ein Licht auf: Ich verstand auf einmal, wie er es angestellt hatte, seine Unschuld zu verkünden und dabei in verschleierten Worten seine Henker anzuklagen...
Zuerst gab er alles zu, dann sagte er: »Ich bekenne, daß ich für die defätistische Richtung verantwortlich bin, obwohl ich diese Position nicht selbst vertreten habe. Ich streite jede Beteiligung an den Morden an Kirow, Menschinski, Kujbyschew, Gorki und Maxim Peschkow ab.«
Dann folgt der alles entscheidende Satz: »Ich habe diese Angaben schon gemacht, als ich die Hauptaussagen bei der Vernehmung machte.«
Dann gab es also Aussagen, die er nicht zu den Hauptpunkten zählte? Aussagen, die er in der Zelle machte? Wo sind sie?
Weiter unten klagt er Stalin direkt, doch in zweideutigen Worten, an: »Die Logik des Kampfes« – welches Kampfes? Kampf um was? Um die Macht? – »war begleitet von einer Entartung unserer Idee, unserer Psychologie, unserer selbst« – aus diesen Worten hört man den Kompromiß heraus; denn um die Grundidee zu retten, mußte er auch dem zustimmen – »einer Entartung der Menschen« – welcher Menschen? – »Es gibt historische Beispiele für dieses Phänomen. Es genügt, die Namen von Briand, Mussolini und

anderen zu nennen.« Mussolini war zuerst linker Sozialist gewesen. »Auch bei uns fanden Veränderungen statt, die uns« – uns? Er konnte hier nicht Stalins Namen nennen – »zu einer Position geführt haben, die in ihrer Ausrichtung und ihrem Charakter der des prätorianischen Kulakenfaschismus nahestand.«

Als ich diesen Satz las, war ich verblüfft. Ein Intellektueller wie Bucharin konnte doch zwei so unterschiedliche Begriffe wie »Kulaken« und »Prätorianergarde« nicht nebeneinanderstellen. Der Gebrauch des Wortes »Kulake«, dessen man ihn seit 1929 beschuldigte, erlaubte es ihm, den Begriff des »prätorianischen Faschismus« einzuführen; und das hieß soviel wie »persönliche Garde des Diktators«, eines »Willkürherrschers«. Und Bucharin schließt mit den Worten: »Die Ungeheuerlichkeit meiner Verbrechen ist gar nicht abzusehen, vor allem jetzt, auf dieser neuen Stufe des Kampfes, den die UdSSR führt.« Welchen Kampf meinte er? Und zu welchem Zweck sollte er geführt werden? Ahnte er schon, daß Stalin die Möglichkeit ins Auge fassen würde, sich mit Hitler zu verbünden? Oder war er vielmehr davon überzeugt, daß nach dem Tod Stalins alles, was der Diktator unterdrückt hatte, unweigerlich wieder auftauchen würde? Oder war es wiederum so, daß er, da er wußte, daß das Volk mit einem Kampf rechnete, sich selbst anklagte, weil er Stalin bei dessen triumphalem Marsch zum Gipfel der Macht unterstützt hatte?

Sogar in den kurzen Auszügen der Verhörprotokolle, die weiß der Himmel auf welchem Weg an die Presse gelangt sind, stritt er sich mit Wyschinski um jedes Wort. Es ist erstaunlich, was Bucharin den künftigen Generationen zu sagen hatte: »Es gibt zwei Verhörprotokolle zu dem Spionagefall Scharangowitsch und Iwanow, zweier Provokateure.

Nach Tomski sollte das Kernstück eines Staatsstreichs in einem abscheulichen Verbrechen liegen: in der Verhaftung der Mitglieder des XVII. Parteikongresses. Pjatakow widersprach Tomski, indem er behauptete, diese Verhaftung provoziere den Protest der Volksmassen.«

Bucharin saß seit dreißig Monaten im Gefängnis, und er wußte, daß mittlerweile bereits siebzig Prozent der Teilnehmer des XVII.

Parteikongresses verhaftet und von Stalin liquidiert worden waren: ein Verbrechen, von dessen Ausmaß man sich keine Vorstellung machen kann! Und wir wollten nicht Partei ergreifen, wir hatten sogar Angst davor, zu verstehen, worum es ging.
An anderer Stelle versichert er: »Im Sommer 1934 behauptete Radek, er habe Direktiven von Trotzki erhalten, der mit den Deutschen Verhandlungen führte. Trotzki hatte den Deutschen eine Reihe von territorialen Abtretungen versprochen, einschließlich der Ukraine – und zwar für den Tag, an dem man den Sowjetrepubliken wieder das Recht zugestehen sollte, aus der Union auszutreten.«
Aber wer wußte besser als Bucharin, daß dieses Recht ihnen niemals aberkannt worden war, weil es der Eckpfeiler von Lenins Nationalitätenpolitik war? Weshalb sagte er etwas so Absurdes? Zu wem? Zu uns! Wir sollten verstehen, mit wem er es in den Folterkammern zu tun hatte, mit welchen wilden Ungeheuern, die die Geschichte ihres eigenen Landes nicht kannten.
Wer, wenn nicht Bucharin, konnte vorhersagen, daß Hitler es den Deutschen verbieten würde, mit dem Juden Trotzki Verhandlungen zu führen, der ja auch Vorsitzender der IV. Internationale war? Der geringste Kontakt mit einem Juden wurde im Hitlerreich mit der Einlieferung ins Konzentrationslager bestraft, also: von wegen verhandeln!
Ich habe in den letzten Tagen oft gedacht, was ich diesem jungen Warrawin hätte sagen sollen. Ich habe nicht das Recht, ihn einfach abzuschütteln. Viel zu oft gehen wir einfach zur Tagesordnung über, aber man muß es lernen, sich über diese wunderbare junge Generation Gedanken zu machen. Sie ist unser Hoffnungsträger und die einzige Garantie, daß die Schrecken der Vergangenheit sich nicht wiederholen. Dennoch aber ist es schwierig, die Leute dazu zu bringen, daß sie sich beide Seiten anhören. Und wieviel einfacher ist es, jemandem das Wort abzuschneiden?
Aber was soll man tun, wenn heute dem Werk Tschernischewskis die Werke der rechtsgerichteten Slawophilen entgegengehalten werden? Ein Heer von Propheten muß der Demokratie den Weg bahnen, aber besitzen wir ein solches Heer? Gorenkov ist ja im Gefängnis!

Das Läuten des Telefons schreckt mich auf. In letzter Zeit wurde ich kaum mehr angerufen; in den Gängen wich man mir aus, man beschränkte sich auf ein kurzes Kopfnicken und ein unartikuliertes Murmeln – ein »soziales« Signal, das man auf vielerlei Art und Weise deuten konnte. Ich hob ab; wer konnte das sein?
Es war der Vorsitzende des Zentralkomitees, Ignatow, der wegen der Vollversammlung des Regionalkomitees aus Moskau gekommen war.
»Wir müssen uns noch vor der morgigen Sitzung treffen«, sagte er mir. Ich antwortete, daß ich nicht die Absicht habe, zum Ersten Sekretär zu gehen, und daß ich bereit sei, ihn zu treffen, wo er wolle, wenn er mein Büro nicht für geeignet halte. Ich spürte wieder einen elektrischen Strom, der durch meinen rechten Arm lief und diese Lähmung verursachte, oberhalb des Magens spürte ich einen starken Schmerz.

Kapitel 24

Ich, Iwan Warrawin

Wenn die Poesie aus Empörung entsteht, so muß der Journalismus ein Produkt der Verzweiflung sein.
Der Kerl, der mich am Nacken gepackt hatte, bedeutete mir, aufzustehen, und legte den Finger auf den Mund, um mir zu verstehen zu geben, daß ich keinen Lärm machen sollte; ein zweiter Mann kam hinzu, der einen eleganten Anzug mit Schulterpolstern trug, und von dem ein angenehmer Duft ausging: »Oberst Kostenko von der Kriminalpolizei der UdSSR.« Ich erkannte gleich, daß es nun mit meinen eigenen Nachforschungen vorbei war. In der Wohnung des schwerverletzten Malers überrascht, riskierte ich eine strafrechtliche Verfolgung, und das war bei weitem schwerwiegender als die Denunzierung von Glafira Anatoljewna.
»Gehen wir ins andere Zimmer«, flüsterte Kostenko und packte mich am Arm. »Wir sind heimlich hier. Gehen Sie auf Zehenspitzen, versuchen Sie nicht zu rufen, das würde Ihre Lage nur noch verschlimmern.«
Ich konnte nur mit Mühe ein Lachen zurückhalten – ein ›nervöses‹ Lachen würden gewisse Schriftsteller es genannt haben – und begab mich in das andere Zimmer. Während der elegant gekleidete Oberst die Tür schloß und sich dabei schleichend bewegte wie eine Katze, zog ich meinen Journalistenausweis heraus.
Kostenko warf einen erstaunten Blick auf den roten Deckel. »Sind Sie der, den Schtyk an sein Krankenbett gerufen hat?«
»Ja.«
»Und was suchen Sie hier?«
»Was er mir zu holen aufgetragen hat... Beweismaterial, wie Sie es nennen.«

»Hat er Ihnen seine Schlüssel gegeben?«

»Sie wissen ganz genau, daß er keine hatte, sie wurden ihm gestohlen. Er sagte mir, an wen ich mich hier in seinem Haus wenden müsse.«

»Und an wen?«

»An Sitnikow, der die Wohnung Nummer sieben hat. Es gibt viele Maler hier in diesem Wohnblock.«

»Das ist komisch; warum hat er Sie und nicht mich gebeten, das Beweismaterial zu suchen?«

»Sie sehen nicht aus wie ein Polizist.«

»Wieso?«

»Sie sind zu elegant.«

»Soll ich vielleicht Holzschuhe tragen? Übrigens, ich hätte mir schon welche gekauft, sie sind zur Zeit modern, aber es gibt sie nur im Westen... Kennen Sie Schtyk schon lange?«

»Ich weiß so viel über ihn, daß ich das Gefühl habe, ich kenne ihn schon seit eh und je.«

»Wer konnte das sein, der ihn überfallen hat?«

»Da gibt es alle möglichen Antworten. Eines aber steht fest: Es sind unsere Feinde; es sind Leute, die keine Veränderung wollen... Verzeihen Sie, wenn ich Ihnen meine Meinung aufdränge.«

»Das ist gar nicht so unrichtig«, pflichtete Kostenko bei. »Ich bin ein unbelehrbarer Konservativer, ich kann die ›Perestroika‹ nicht ausstehen, dieses Getue mit der Transparenz legt uns nur Steine in den Weg; übrigens, wenn ich das Wort ›Demokratie‹ höre, ziehe ich meinen Revolver... welche andere Antwort könnte denn auch ein fortschrittlicher Journalist von einem rückschrittlichen Polizisten wie mir erwarten?«

»Die Uniform ist kein Problem für mich. Jeder hat das Recht, sich sein eigenes Betätigungsfeld zu schaffen, unabhängig von seinem Beruf.«

»Wirklich? Dann kann also auch jeder sich ein Betätigungsfeld außerhalb des Gesetzes suchen. Wenn wir darüber diskutieren, dann fürchte ich, verlieren wir bald jede Möglichkeit, uns zu verständigen. Ich bringe die Leute ins Gefängnis, und ich versiche-

re Ihnen, das ist kein Spaß. Genug damit, kommen wir zur Sache! Was hat Ihnen Schtyk gesagt?«
»Er sagte mir, daß er sterben werde.«
»Schebejko ist da eher optimistisch.«
»Wer ist das?«
»Das ist der Mann, der aus Schtyks Schädel kleine Knochensplitter herausgeholt hat«, antwortete Kostenko und konnte nur mit Mühe seinen Ärger verbergen.
»Ein Arzt sieht die Dinge von seinem Standpunkt aus, ein Maler von seinem.«
Kostenko holte aus seiner Hosentasche ein kleines Funkgerät heraus, zog die Antenne heraus und ging damit zum Fenster, von wo er einen kurzen Blick hinunter auf die Straße warf. Dann hielt er das Mikrophon nahe an seinen Mund und sagte leise: »Acht, null, zwei, hören Sie mich?«
Eine Stimme antwortete: »Acht, null, zwei, ich höre.«
»Rufen Sie den Arzt an und erkundigen Sie sich nach dem Zustand des Patienten.«
»Zu Befehl.«
»Ich rufe in fünf Minuten wieder an.«
»Ich habe verstanden.«
Kostenko warf einen Blick auf seine Armbanduhr, steckte das Gerät in die Tasche und wandte sich mir zu: »Weshalb interessieren Sie sich so sehr für Schtyk?«
»Wegen eines anderen, eines Bauingenieurs, der ins Gefängnis gesteckt wurde, obwohl er unschuldig ist...«
Mehr konnte ich nicht sagen, etwas hielt mich zurück, eine innere Stimme sagte mir, verrate nicht alles, warte noch ab, nicht umsonst sind Lisa und Kwizinja so eilig gegangen – wer weiß, wohin. Wenn ich verhaftet werde, dann wird man, wie es das Gesetz vorschreibt, einen Bericht über mich in der Zeitung fordern. Wie absurd es doch ist, in fünf Abschnitten alles über einen Menschen sagen zu wollen; über sein Leben, seine Gewohnheiten, seine Liebesbeziehungen, seinen Haß!
Ein schönes Geschenk wäre das für Glafira Anatoljewna und für alle, die meine Anklage vorbereiten, für den Genossen Kaschlja-

jew, diesen schmutzigen Mafioso mit Krawatte und gestärktem Hemd.

Er ist zu derb, um ein echter Mafioso zu sein, er gehört zu jenen, die ihrem Boß zuarbeiten. Der aber hat zu Hause Videokassetten mit Rockmusik und Pornos, ißt importierte Erdnüsse, trägt Seidenslips, Schuhe von Cardin und japanische Hemden. Auf diese Weise rächt er sich dafür, daß er in der UdSSR hergestellte Anzüge tragen muß, um in der Öffentlichkeit bescheiden zu wirken. Die Scheiße ist überall...

Und wenn sie legal hätten arbeiten können? fragte ich mich. Wenn sie hohe Steuern zahlen müßten und es ihnen erlaubt wäre, sich ihr Geld auf ihre Weise zu verdienen? Was wäre dann?

»Was für ein Zusammenhang besteht eigentlich zwischen dem Maler Schtyk und einem Mann, der unschuldig im Gefängnis sitzt?« fragte Kostenko.

»Danach suche ich ja gerade, Genosse Oberst... Oder muß ich ›Bürger‹ zu Ihnen sagen?«

»Sie haben eine komische Art... Sie haben wohl mit den Hütern unseres Gesetzes ein Hühnchen zu rupfen?«

»Wer hat das nicht? Doch jeder, früher oder später!...«

»Das ist wahr«, gab Kostenko zu. »Auch ich war im Recht, als ich damals im ›Bau‹ war. Wissen Sie, was das ist, der ›Bau‹?«

»Nein!«

»Sie Glücklicher! Das war das berüchtigte Gebäude in der Puschkinstraße; zum Glück gibt es das heute nicht mehr... Wir mögen Symbole ja lieber als das einfache Wort: anstatt überall zu schreiben, daß diese Dienststelle, die die Leute terrorisierte und vor allem die Studenten und die Intellektuellen schikanierte, heute nicht mehr existiert, um damit ein Exempel für alle diejenigen zu statuieren, die die menschliche Würde zu verletzen wagen, schaffen wir sie stillschweigend ab, ohne irgendeine Erklärung... Sind Sie im Gefängnis gewesen oder war es, wie in meinem Fall, ein Vorführungsbefehl?«

»Drei Tage.«

»Und die Polizei hat es dem Institut gemeldet?«

»Natürlich!«

Kostenko grinste: »Verrückt, aber man hat mir Angst eingejagt... Man hat geschrieben, ich hätte die Ehre der glorreichen ›Adler‹ Lawrenti Pawlowitsch Berijas verletzt [Chef des NKWD, der politischen Polizei Stalins seit 1938; 1953, nach dem Tod seines Beschützers, wurde er hingerichtet]. Damals trug die Polizei Stiefel...«

»Wollen Sie mich einsperren?«

»Weshalb? Sie sind doch nicht vorbestraft. Wenn Sie sich etwas vorzuwerfen haben, werden Sie morgen auspacken. Alle Intellektuellen sind geständig, wenn sie eine Nacht im Gefängnis verbracht haben. Nur die, die nichts zu verlieren haben, halten durch. Ich will Sie nicht verhaften, einfach deshalb, weil man alles aufholen kann – nur nicht die verlorene Zeit. Zwei Köpfe sind mehr wert als einer.«

Kostenko holte wieder sein Funkgerät aus der Tasche; ich sagte: »Dieses Ding gefällt Ihnen sehr, nicht wahr?«

Ein grobschlächtiger Mensch wäre jetzt wütend geworden und hätte mir verboten, mich einzumischen. Das Gesicht des Oberst dagegen nahm den schüchternen Ausdruck eines jungen Mannes an, als er mir antwortete: »Wahnsinnig gut!«

Er stellte das Gerät auf die richtige Frequenz ein und fragte seinen unsichtbaren Gesprächspartner, was es Neues gebe. Die Antwort konnte ich mithören: »Der Kleine liegt im Koma.«

Kostenko steckte das Gerät wieder ein und warf mir einen fragenden Blick zu: »Gehen wir ins Krankenhaus... Ich werde Schebejko anrufen, er ist wirklich ein genialer Arzt, er muß etwas machen...«

Er rief seinen Gehilfen und sagte zu ihm: »Los jetzt! In Gottes Namen! Kein Wort im Treppenhaus. Ihr folgt mir im Abstand von zehn Schritten.«

»Warten Sie«, sagte ich, »ich sehe noch unter dem letzten Schubfach nach, dort liegt vielleicht ein Brief. Schtyk wußte nicht, wo er liegt, er stopfte immer alles irgendwo rein. Ihr Spezialist hier soll das Schubfach herausziehen, ohne Krach zu machen.«

Tatsächlich lag ein Brief am Boden, der anstelle eines Absenders eine Unterschrift trug. Ich erkannte sie sofort. Es war Russanows Schrift.

Kostenko zog blitzschnell ein Taschentuch heraus, hob damit den Brief auf, sein Assistent öffnete einen Koffer, der voll war mit geheimnisvollen Dingen, die ein Polizist bei seiner Arbeit braucht, legte den Brief hinein und schloß ab.
»Sie machen einen Fehler«, sagte ich, »der Name Russanow sagt Ihnen nichts, während der Brief ganz wichtig für meine Nachforschungen ist.«
»Das wichtigste bei jeder Untersuchung sind immer die Fingerabdrücke«, bemerkte Kostenko trocken. »Nach dem Besuch im Krankenhaus gehen wir in mein Büro, lassen ein Gutachten darüber machen, und dann lese ich Ihnen den Brief vor.«
»Sie lesen ihn mir nicht nur vor« – ich wurde langsam nervös –, »Sie machen mir auch eine Kopie davon; denn auch wenn Sie sich jetzt in diese Geschichte eingemischt haben, ich werde trotzdem meine Reportage schreiben, um jeden Preis!«

Vor Sitnikows Wohnung blieb der Oberst stehen, sah sich kurz im Treppenhaus um, um sich zu versichern, daß niemand da war und flüsterte: »Schnell, hinaus! Gehen Sie nach rechts, bleiben Sie vor dem Lebensmittelgeschäft stehen, ich komme nach!«
Vor dem Laden gab es eine lange Schlange, man erwartete eine Lieferung mit Wodka, und alle meine Bemühungen, mich durchzukämpfen und ein Päckchen Java zu kaufen, blieben erfolglos. Die besoffenen Kerle stießen mich mit ihren Ellenbogen beiseite, man roch den ekelerregenden Schweiß, der sich mit dem Rauch von Zigaretten vermischte.
Ich wandte mich an einen von ihnen und fragte: »Haben Sie Feuer?«
Er antwortete lallend: »Mein Lieber, ich achte auf meine Gesundheit, und ich empfehle dir, dasselbe zu tun...«
Im gleichen Augenblick hörte ich Kostenko hinter mir flüstern: »Drehen Sie sich nicht um, Sie werden beobachtet. Gehen Sie bis zur Bushaltestelle und warten Sie, bis ein Taxi kommt. Steigen Sie ein und nennen Sie eine beliebige Adresse, ich folge Ihnen. Nehmen Sie aber nicht gleich das erste Taxi, bleiben Sie erst etwa fünf Minuten stehen, verstanden?«

Zehn Minuten später überholte mein Taxi ein grauer Wolga und drängte es an den Gehsteig. Kostenko winkte, ich solle mich beeilen und aussteigen. Ich gab dem Chauffeur einen Rubel, obwohl der Zähler nur zweiunddreißig Kopeken anzeigte; dann stieg ich aus und sprang in den Wagen des Oberst.
Kostenko gab mir meinen Personalausweis zurück, den ich als »Pfand« bei Sitnikow gelassen hatte und wandte sich dann an den Mann, der neben dem Fahrer saß: »Zeigen Sie mal her!«
Dann wandte er sich mir zu und zeigte mir ein Foto: Es war an der Bushaltestelle aufgenommen; hinter mir standen zwei kräftige Kerle, die auf dem Bild gut zu erkennen waren.
»Haben Sie die beiden schon mal gesehen?« fragte Kostenko.
»Nein«, antwortete ich nach einem kurzen Blick auf das Foto. Dann sah ich noch einmal genauer hin, und plötzlich fiel es mir ein: Es waren die beiden, die im Café, wo ich mit Lisaweta auf Giwi Kwizinja gewartet hatte, Pfefferminztee bestellt hatten.
»Ja, tatsächlich, ich kenne die beiden«, antwortete ich. »Genauer gesagt, ich kenne sie nicht persönlich, aber ich habe sie unter besonderen Umständen schon mal gesehen...«
»Nach Tschertanowo«, gab Kostenko dem Chauffeur die Anweisung.
»Wieso? Wir müssen doch zum Sklifossowski-Krankenhaus, oder etwa nicht?«
»Wir nehmen Schebejko mit.«
Kostenko zog aus einer Holzkiste einen Telefonhörer heraus, wählte eine Nummer und verlangte Roman Natanowitsch Schebejko. Sein Sohn war am Apparat, Kostenko sprach mit ihm über seine Mutter und fragte, wie lange sie schon weg sei. Als er die Stimme von Roman hörte, hellte sich sein Gesicht auf: »Roman, ich hole dich ab... Nein, diesmal keine Handschellen... Ja... Schtyk... Ach, du weißt schon Bescheid? Man hat dir einen Wagen geschickt? Das dauert zu lange! Ich bin in fünf Minuten da, komm inzwischen runter!«

Als Schebejko ins Auto stieg, glaubte ich, daß diese graumelierten Herren, die gut gekleidet waren und parfümiert rochen, jetzt über

Dinge sprechen würden, die zu ihrem Alter paßten; aber der Oberst fing an zu lachen und beugte sich zum Arzt hinüber: »Gestern hat Mischanja Korschun einen Empfang im ›Budapest‹ gegeben. Er feierte die Geburt seines Enkels. Da gab es wieder Diskussionen, er ist ja ein alter Streithahn. Er trank nach dem Rock 'n' Roll einen Baldrian, aber er war topfit... Weißt du, ich finde das ein bißchen seltsam nach fünfunddreißig Jahren; die haben sich überhaupt nicht geändert. Es wurde auf Lewon getrunken... Erinnerst du dich an Igor?«

»Den blonden?«

»Ja.«

»Er ist jetzt General.«

»Was? Aber er war doch im Bauwesen tätig.«

»Das ist er immer noch, dazu ist er Doktor der Naturwissenschaften und General.«

»Vielleicht werden dann unsere Straßen endlich etwas besser. Es ist eine Schande, in welch einem Zustand unsere Straßen sind! Die Bevölkerung sollte man nicht als Touristen ins Ausland reisen lassen. Dadurch könnten die Leute auf die Idee kommen, zu protestieren.«

Kostenko seufzte: »Wir werden wie gewöhnlich alle Proteste im Keim ersticken... wir verpassen den Leuten Handschellen und stecken sie ins Lager...«

»War Larissa auch da?«

»Denkst du immer noch an sie?«

»No comment, Oberst!...«

»Sie hat sich von Kyrillow scheiden lassen.«

»Ich weiß.«

»Armes Mädchen! Es ist schon ulkig, ›Mädchen‹ zu sagen; dabei ist sie neunundvierzig... Wirklich, wir sind eine Generation, die nicht alt wird.«

»Wie sollten wir auch alt werden? Wir haben weder eine Kindheit noch eine Jugend gehabt.«

Kostenko schüttelte den Kopf: »Mischanja ist schon in Pension. Die, die noch arbeiten, gehen alle mit fünfzig in Rente. Du weißt sicher, daß er eine Lizenz für seinen Schiguli bekommen hat; er schuftet wie verrückt. Er hat versprochen, uns nächstes Jahr in sein Landhaus einzuladen, das er demnächst kaufen will. Er ist glücklich und raucht von morgens bis abends seine Pfeife. Baton dagegen schafft es nicht, eine Lizenz zu bekommen, um das dritte Zimmer seiner Eigentumswohnung zu vermieten. Man verweigert sie ihm, sicher, um ihn ein bißchen zu provozieren. Das ist die Demokratie des ›Nein‹...«

»Kannst du nicht beim Exekutivkomitee anrufen?...«

»Natürlich nicht! Warum sollte ein Oberst der Kriminalpolizei sich für einen schmutzigen ›Privatmann‹ einsetzen? Hat er nicht vielleicht Schmiergeld erhalten? Bei dieser Art von Geschäften lassen unsere lieben Inspekteure das ›Argument der Freundschaft‹ nicht gelten. Ich verstehe nicht, warum wir alles hassen, was uns das Leben erleichtert. Und dann dieses lächerliche Gerede von ›Privatpersonen‹. Die ganze Bevölkerung der Sowjetunion besteht formallogisch aus ›Privatpersonen‹.«

Ich konnte mich nicht mehr zurückhalten: »Was wollen Sie damit sagen?«

»Ganz einfach«, antwortete Kostenko, der sich endlich dazu herabließ, mich dem Arzt vorzustellen. »Das ist der Journalist Iwan Warrawin.«

»Ach, der ist das!«

»Das will ich meinen«, entgegnete Kostenko.

»Wovon sprechen Sie?« Jetzt war ich wirklich wütend.

»Wir sprechen von Ihnen«, antwortete Schebejko. »Ich habe Sie auf Schtyks Bitte hin suchen lassen.«

»Kann ich zu Ende erzählen?« fragte Kostenko dazwischen und warf einen Blick auf seine Uhr.

Ich hatte den Eindruck, er wollte Schebejko Zeit geben, sich zu entspannen. Es ist sehr wichtig, sich auszuruhen, bevor man zu arbeiten beginnt. Dieser Kostenko beherrscht seinen Beruf, er ist ein »alter Hase«. Trotzdem hätte die Bezeichnung »junger Mann« besser zu ihm gepaßt, angesichts der Art, wie er mit dem Arzt sprach.

»Ihr Standpunkt interessiert mich«, sagte ich. »Es gibt da einen direkten Bezug zum Fall Gorenkov... A propos! Der kräftige Kerl, einer von denen, die mir gefolgt sind, preßt beim Sitzen immer die Beine zusammen. Als ob er an Inkontinenz leiden würde.«

»Danke für diese Auskunft, das kann mir noch sehr nützlich sein«, erwiderte Kostenko; »und was die ›Privatpersonen‹ betrifft... Sie zum Beispiel, sind Sie auch eine? Sie brauchen nicht zu antworten! Ich bin ein Privatmann, ich besitze einen Schiguli und die Hälfte eines Landhauses in Wnukowo. Die Leute, die gegen die Einkünfte sind, die nicht aus der Arbeit stammen, haben mir den letzten Nerv geraubt, denn sie verlangten Rechnungen für jeden Nagel und jede Flasche Scotch. Ich hatte einen Riecher dafür, ich wartete schon lange auf eine Denunziation, ich hab alle Rechnungen aufbewahrt. Täte diese Kommission nicht gut daran, sich lieber mit den Schiebereien im Immobilienbereich zu beschäftigen, mit den Pannendiensten und dem Schlangestehen? Aber das wollen sie natürlich nicht! Da hätten sie dann wirklich Arbeit, während sie jetzt die feinen Herren spielen, die die Leute schwitzen lassen. Und wenn man bedenkt, daß ich nicht einmal weiß, wer mich denunziert hat. Aber ich habe schon eine Idee, vielleicht war es Oberst Siwkin«, wandte sich Kostenko dem Arzt zu. »Erinnerst du dich, er ging mit mir ins Leichenschauhaus, als Markow erwürgt worden war.«

Schebejko nickte. Nach einem flüchtigen Blick auf seine Uhr fuhr Kostenko fort: »Und wissen Sie, weshalb er es getan hat? Weil er heimlich trank... in der Manteltasche hatte er immer eine Flasche versteckt. Er vertrank alles, was er verdiente, während ich schon seit zehn Jahren sparte. Ich nahm nie Urlaub... Ich bin ein anständiger Mensch«, schloß er. »Und viel zu vernünftig, als daß ich Dummheiten machen würde...«

»Ich auch«, entgegnete ich, »und darum habe ich noch nicht genug Geld für ein Auto und eine halbe Datscha. Folglich bin ich kein ›Besitzender‹.«

»Haben Sie einen Schrank?« Kostenko fixierte mich. »Und ein Bett? Wem gehört es? Ihnen? Ersetzen wir doch das Wort ›Besitzender‹ durch ›Besitzer persönlicher Habe‹. Weder Marx noch Engels hatten etwas gegen den ›persönlichen‹ Besitz.«

Der Chauffeur bremste scharf vor dem Sklifossowski-Krankenhaus. Sofort änderte sich Kostenkos Gesichtsausdruck, er wurde kühl und verschlossen. »Roman, rette den Maler!«

Drei Stunden später sah Schtyk, ganz bleich im Gesicht, von der Fotografie auf, die Kostenko ihm hingehalten hatte. Er nickte kaum wahrnehmbar.

Zwanzig Minuten später waren Kostenko und ich im Gebäude des technischen Dienstes der Polizei, die eifrig den Umschlag des Briefes von Russanow bearbeiteten. Kostenko reichte mir schließlich eine Kopie. Der Brief war kurz:

> »Lieber Valeri!
> Nach unserem Gespräch gestern abend über die Ausschmückung des Gebäudekomplexes von Sagrjajsk bin ich zu dieser Schlußfolgerung gekommen: ein traditioneller Plan und damit basta! Keine Innovation. Es reicht! Was Sie mir über die Gemälde gesagt haben, die zum Nachdenken anregen sollen, die ins Auge springen und auffallen sollen, hat mich ein bißchen geärgert. Woher haben Sie, ein Mensch vom Land, diese Begeisterung für solch falschen Glanz?
> Bewahren Sie sich ein Gefühl für das wahrhaft Nationale, das ist der einzige Weg zur Rettung unserer Seele, die niemals fremde Einflüsse akzeptiert hat... und sie auch niemals akzeptieren wird...«

Kostenko zuckte die Schultern: »Warum soll der Westen uns Tschaikowsky, Blok und Majakowski aufzwingen können? Sollten wir nicht das Recht haben, das zu übernehmen, was uns an Flaubert oder Hemingway interessiert?«

Er fuhr fort zu lesen.

> »Ich bitte Sie, einen Entwurf für Sagrjajsk im Geiste der russischen Tradition zu machen. Haben Sie keine Angst, Kuppeln und Zwiebeltürme zu malen und einen tragischen

Sonnenuntergang – eine Anspielung auf die bösen Kräfte, deren einziges Ziel es ist, uns ausbluten zu lassen und uns unsere Eigenart wegzunehmen. Glauben Sie mir, es ist meine patriotische Pflicht, die mich dazu zwingt, so zu handeln. Man hat uns schon allzuoft gedemütigt...«

»Wer kann eine große Nation demütigen!« rief Kostenko erstaunt. »So ein Masochismus! Der hat keinen Stolz auf die Würde seines Volkes, ein weinerlicher Kerl!...«

»Mir liegt auch daran, für Sagrjajsk ein nationales Thema auszuwählen, weil wir dort unter den Konstrukteuren einen Feind haben. Wir müssen uns darauf vorbereiten, ihm den Brotkorb höher zu hängen. Auge um Auge, Zahn um Zahn!«

»Da haben wir's«, sagte ich. »Darum waren sie so hinter ihm her und wollten unbedingt diesen Brief...«
»Gehen Sie nach Hause, ich will den Kerl kriegen, der Schtyks Atelier beobachtet«, sagte Kostenko nachdenklich. Dann nahm er den Telefonhörer und verlangte die Nummer »null, zwei, zwei«. Ihn zu verbinden, blieb gar keine Zeit, denn eine Minute später erfuhren wir, daß zwei Unbekannte im Atelier verhaftet worden waren.

Es waren die beiden, die auch uns, Lisa, Giwi und mir, gefolgt waren.
Ich wurde ihnen gegenübergestellt und identifizierte sie sofort. Dann sagte Kostenko zu mir: »Jetzt beginnt erst die eigentliche Arbeit. Ich rufe Sie morgen abend an. Mich interessieren die Fingerabdrücke dieser beiden; im Hinterhof bei Schtyk wurde ein Kanalrohr gefunden, an dem Blutspuren waren; darauf sind auch Fingerabdrücke zu sehen...«
Ich mußte ihn noch in derselben Nacht anrufen. Denn als ich meine Schreibtischschublade aufmachte, um das Material zu ordnen, das ich zusammengetragen hatte, um es Kostenko zu überge-

ben – er war ein Mann, dem man vertrauen konnte –, sah ich ein mir unbekanntes Adreßbuch darin liegen. Zuerst schenkte ich dem keine Bedeutung. Ich schlug die erste Seite auf… und mir zitterten die Knie. Ich rief sofort Kostenko an. Daß ich nicht nach seiner Privatnummer gefragt hatte, ärgerte mich jetzt. Glücklicherweise war er gleich am Apparat.

»Hören Sie, Oberst«, sagte ich, »kommen Sie gleich zu mir. In meinem Schreibtisch liegt Schtyks Adreßbuch, aus dem einige Seiten herausgerissen worden sind.«

»Haben Sie es in der Hand gehabt?« fragte Kostenko zerstreut.

Ich legte das Heft beiseite; ich wußte, ich hatte schon zu viele Abdrücke darauf hinterlassen.

»Sie haben recht, ich bin ein Dummkopf.«

»Selbstkritik ist in der gegenwärtigen Phase der gesellschaftlichen Entwicklung angebracht«, entgegnete Kostenko. »Ich komme.«

»Warum fragen Sie nicht nach meiner Adresse?«

»Ich bitte Sie, hören Sie auf, Privatdetektiv zu spielen, okay? Sie wissen doch, daß ich Ihre Adresse kenne, seit Schtyk Ihren Namen zum ersten Mal genannt hat.«

Kapitel 25

Iwan Warrawin und Wsewolod Kostenko

»Wann haben Sie sich rasiert«, fragte ich Kostenko, als ich ihm die Tür öffnete. »Ich nehme nicht an, daß Sie Zeit hatten, nach Hause zu gehen?«

»Ich habe einen Rasierapparat im Büro«, schnurrte er, »das ist gut für die Nerven!«

Hinter ihm kam der Riese herein, der Schtyks Angreifer überwältigt hatte. Beinahe hätte ich ihm die Tür vor der Nase zugeschlagen.

»Mein Freund heißt Mischa«, erklärte Kostenko, »er wird sich Ihre Tür genauer ansehen und nach Kippen suchen, die die Leute, die bei Ihnen eingedrungen sind, vielleicht zurückgelassen haben... Schließlich war es nicht der heilige Geist, der das Adreßbuch hergebracht hat. Es gibt sicher auch Fingerabdrücke.«

Es fanden sich keine Kippen, und die Tür war auch nicht aufgebrochen worden. Ich habe mit Schrecken begriffen, daß es außer mir nur einer einzigen Person möglich war, in diese Wohnung zu gelangen, um meine Schreibtischschublade zu öffnen und Schtyks Adreßbuch hineinzulegen – und diese Person war meine Frau Olga.

Der Riese kehrte ins Hauptdezernat zurück, um mit den beiden Offizieren, die zum Dienst im Büro geblieben waren, weiter seine Arbeit zu tun. Kostenko telefonierte mit der Spurensicherung, und ich ging in die Küche, um einen Tee und ein Omelett zu machen, denn der Oberst hatte mir gestanden, daß er fast vor Hunger umkam.

»Stört es Sie?« fragte Kostenko, der sich hinter mich in die winzige Küche drängte. Ich kann es nicht ausstehen, wenn man mir über die Schulter sieht.

»Ganz wie Sie wollen, mir ist das egal.«
»Sind Sie müde?«
»Ich glaube schon... ich weiß es nicht mehr, die momentane Anspannung hält mich wach. Ich werde Ihnen Spiegeleier machen und Ihnen die ganze Geschichte erzählen. Ich werde Ihnen meine Notizen zeigen, meine Aufzeichnungen und Dokumente, die Niederschriften der Gespräche, die Entwürfe zu meiner Reportage, die Geschichte fängt ja erst an...«
Ich habe die Eier aus der Pfanne auf einen Teller gleiten lassen, mich zum Oberst umgedreht und ihn aufgefordert, mir ins Zimmer zu folgen.
»Ich nehme an, Ihre Spezialisten werden hier die Fingerabdrücke meiner Frau finden.«
»Bei mir zu Hause würden sie auch die meiner Frau finden.«
»Meine Frau erwartet ein Kind, und sie wohnt bei ihrer Mutter. Sie wohnt seit vier Monaten nicht mehr bei mir, aber heute hat sie vielleicht...«
Kostenko unterbrach mich: »Und was soll ich tun, wenn wir ihre Fingerabdrücke hier finden?«
»Nichts, die Sache vergessen. Es nicht im Protokoll erwähnen.«
»Wie meinen Sie das?« Kostenko schien verwundert. »Ich kann Ihren Überlegungen nicht ganz folgen.«
»Sie haben recht, und Sie werden mich auch nicht verstehen, solange Sie nicht die ganze Geschichte gehört haben.«
Und ich erzählte ihm von Karimows Brief, der natürlich nicht bei mir, sondern in der Redaktion angekommen war. Ich erzählte ihm von Gorenkov, von Kusinzow, von Tschurin, von Russanow, von Schtyk, kurz alles, was in den letzten Tagen geschehen war...
Kostenko reagierte sehr merkwürdig, er konzentrierte sich und rückte näher zu mir: »Beschreiben Sie mir mal Tschurin. Zeichnen Sie bitte, wie man so schön sagt, sein Porträt mit Worten.«
»Ich habe nur ein Foto gesehen...«
»Das ist unwichtig. Ist er blond?«
»Eher kastanienbraun, sehr korpulent...«
»Sehr korpulent, sagen Sie?« Kostenko schenkte sich Tee ein. »Das ist interessant, hat er ein Grübchen am Kinn?«

»Ja, warum?«
»Tut mir leid, aber ich darf Ihnen nicht antworten, Iwan Igorewitsch... Die Sache ist geheim, zumindest im Augenblick. Aber was Ihre werte Gemahlin angeht, so habe ich noch nicht alles verstanden. Erzählen Sie weiter... wenn ein Glied fehlt, reißt die ganze Kette.«

Eine halbe Stunde zuvor, als ich gerade nach Hause kam, hatte Lisa angerufen. Sie meldete sich aus einer Telefonzelle und sprach sehr hastig: »Ich bin mit Giwi unterwegs, wo warst du denn? Bei der Versammlung ist alles gut gelaufen, mach dir keine Sorgen! Alle haben dich verteidigt. Ich als erste, um jeglichen Verdacht von dir abzuwenden... Wir sind ganz in der Nähe von Tamaras Wohnung. Sie hatte Besuch, zuerst Russanow, dann Olga, dann ihre Mutter. Ich nehme an, daß es ihre Mutter war, eine stattliche Frau mit grauem Haar, schön, sehr große Augen...«
Das war mit Sicherheit Glafira Anatoljewna.
»Lisa«, sagte ich ihr so ruhig wie möglich, »geh sofort zu Giwi, bleib keinen Augenblick allein. Es ist möglich, daß man uns verfolgt.«
Sie begann zu lachen: »Was sagst du da, lieber Genosse Sherlock Holmes?«
»Ich bitte dich, tu, was ich dir sage. Und sag Giwi, daß die beiden Typen aus dem Café, erinnerst du dich, die gleich nach ihm reingekommen sind, zwei wahre Kleiderschränke, also, die sind hinter Gittern...«
»Welche Typen?«
»Die, die in der Nähe der Tür saßen, einer von beiden kniff dauernd die Beine zusammen...«
Lisa seufzte: »Ich habe niemanden gesehen! Ich hatte nur Augen für dich... Hör zu, hier sind drei Typen, die telefonieren wollen, ich rufe dich später wieder an...«
»Lisa!« schrie ich, doch da hatte sie schon aufgelegt.

Nachdem Kostenko sich alles angehört hatte, nickte er traurig und rief die Zentrale an, um Bescheid zu geben, daß sie sich schnellstens ein Foto von Staatssekretär Tschurin beschaffen sollten. Dann gab er Tamaras Adresse durch und befahl, auf der Stelle ein paar Männer dorthin zu schicken.

»Es war ein Fehler, mir nicht gleich von Anfang an alles zu sagen.«

»Ich durfte meine Reportage nicht erwähnen. Sonst hätte sich sogleich die Maschinerie der Bürokratie in Bewegung gesetzt.«

»Einerseits haben Sie recht«, gab Kostenko zu, »aber andererseits habe ich Angst um Ihre Freunde. Mut ist lobenswert, Leichtsinn hingegen ein Verbrechen. Übrigens sind Sie ein sehr guter Beobachter. Es stimmt, einer der Männer, die wir festgenommen haben, kneift dauernd die Beine zusammen, so als müsse er urinieren. Sie sind recht kaltblütig. Ich an Ihrer Stelle hätte gleich von dem Anruf Ihrer Freundin erzählt. Sie schwebt im Moment vielleicht in höchster Gefahr. Sie vermuten also, daß Ihre Frau Schtyks Adreßbuch hierhergebracht und in Ihre Schreibtischschublade gelegt hat?«

»Niemand anders hätte es tun können, nur sie oder ich. Glauben Sie an Hypnose, Magie und all das Zeug?«

»Ja, aber nur unter bestimmten Bedingungen. Darf ich Sie etwas fragen? Nehmen Sie es mir nicht übel...«

»Nur zu«, sagte ich.

»Ich wüßte gerne... War alles in Ordnung zwischen Olga und Ihnen? Hatte sie wirklich eine enge Bindung zu Ihnen? Und Sie zu ihr?«

»Ich liebte sie... ich weiß nicht einmal mehr, wie ich es sagen soll, in der Vergangenheit oder in der Gegenwart. Ich fühlte mich wohl mit ihr.«

»Und sie? Ich stelle Ihnen diese Frage nicht ohne Grund. Ich meine... Nach allem, was wir wissen, fehlt es den Frauen... die zu einer Wahrsagerin gehen... oft an Zärtlichkeit. Ich spreche nicht von den Unglücklichen, deren Männer trinken, und auch nicht von den Jugendlichen, die im Zimmer ihrer Eltern schlafen müssen, was im übrigen ein Skandal ist. Das trifft auf Sie beide nicht zu... ich denke an die Sensibilität, an das, was nur Ihnen beiden gehört. Habt Geduld, und ihr werdet euch irgendwann lieben lernen. So ein Unsinn! Es hat doch keinen Sinn, für nichts und wieder nichts Geduld zu haben. Vor allem, wenn es um Liebe geht...«

»Ich denke an eine andere Möglichkeit. Damit will ich das, was Sie gesagt haben, nicht ausschließen. Olga... meine Frau, ist ein sehr geheimnisvolles Wesen. Vielleicht gab es etwas, das ich nicht verstanden habe. Aber wir sind Russen, und wir verstehen es nicht, wie die Amerikaner, offen und geradlinig über alles zu sprechen. Aber ich habe den Eindruck, daß Tamara über Olga versuchte, deren Mutter näherzukommen.«

»Warum?«

»Das gehört nicht zu dieser Sache, das war nur eine Überlegung... Gut, soll ich weitermachen?«

»Da kann ich kaum ja sagen.«

»Warum?«

»Weil man in der Sache, die sich hier langsam abzuzeichnen beginnt, nichts außer acht lassen darf... Ich werde sicherlich mit Ihrer Schwiegermutter sprechen müssen... Und auch mit Ihrer Frau, wenn wir hier ihre Fingerabdrücke finden. Ich verstehe das durchaus, eine schwangere Frau, deren Leben plötzlich zusammenbricht, das ist grausam, aber wenn es irgendeinen Zusammenhang mit Schtyks Tragödie gibt? Darum müssen Sie mir bis in die kleinste Kleinigkeit alle Informationen über Ihre Schwiegermutter geben...«

»Ich habe Informanten noch nie gemocht, Herr Oberst, und ich habe nicht die Absicht, meine Meinung zu ändern.«

»Ich mag Sie, Iwan Igorowitsch, aber übertreiben wir mal nicht! Sie werden sicherlich verstehen, daß ich, nachdem man Sie in Schtyks Atelier überrascht hat, den Dingen auf den Grund gehen und genau wissen muß, was Sie dort zu suchen hatten! Schebejkos Aussage spricht für Sie. Der Maler hatte nach Ihnen verlangt, sobald er die Augen geöffnet hatte. Das ist ein Pluspunkt für Sie. Sie haben Ihre Untersuchung geführt, und ich muß sagen, Sie haben sie gut geführt. Ich war, ehrlich gesagt, äußerst beeindruckt. Aber Sie wollen mir nicht die ganze Wahrheit sagen, und zwar nicht nur, weil Sie Ihre Angehörigen betrifft, sondern auch, weil Sie Ihre Sensationsreportage gefährden könnte. Oder sollte ich mich täuschen?«

Zuerst wollte ich ihm schlichtweg antworten: »Nein, davor habe ich keine Angst.« Aber dann mußte ich zugeben, daß er nicht ganz unrecht hatte.
»In gewisser Hinsicht haben Sie recht... Daran hatte ich nicht gedacht.«
»Danke für Ihre Ehrlichkeit.« Kostenko sprach leiser und rückte näher zu mir. »Aber sie hätten, außer gewissen Fakten, doch nicht die ganze Wahrheit schreiben können, nicht wahr? Ich denke da an Ihre Familie. Wollen Sie alle anklagen außer denen, die Ihnen nahestehen? Das nennt man ›nicht autorisierte Schlußfolgerung in einem Kriminalfall‹. Bei uns kann man für so etwas vor Gericht kommen, selbst wenn man nur Zeuge ist...«
»Wenn meine Familie, wie Sie sagen, in diesen Fall verwickelt ist, werde ich sie nicht decken...«
»Ist das aus moralischer Sicht vertretbar?« fragte Kostenko interessiert. »Genauer gesagt, ist es sinnvoll?«
»Bekenntnisse gehören zu dem ehrlichsten Genre der Literatur.«
»Gut, aber Sie sind Journalist und kein Schriftsteller. Und Sie müssen den Zeitfaktor berücksichtigen, nicht wahr?«
»Ja.«
Kostenko bat mich um Erlaubnis, telefonieren zu dürfen.
»Bitte sehr«, sagte ich.

Er wählte eine Nummer und fragte nach, was an der angegebenen Adresse – soweit ich verstehen konnte, handelte es sich um Tamaras Wohnung – vor sich ging. Er nickte und wiederholte mehrmals ungeduldig ›Und dann? Und dann?‹ Dann fragte er, wo ›sie‹ jetzt wären, brummte zufrieden ›hmm‹, streckte mit einer etwas theatralischen Geste die Beine aus, und verlangte, nicht mehr gestört zu werden. Dann legte er behutsam den Hörer auf.
»Und, was geht dort vor?«
»Ihre Freunde werden gleich kommen. Sie haben meine Arbeit gemacht. Ich würde Ihnen gerne einen Rang im Polizeiapparat geben, aber das würden unsere Bürokraten und die Kaderdirektion nicht zulassen. Dank des Einsatzes Ihrer Freunde werde ich morgen einen von denen festnehmen können, um die Sie sich gekümmert haben.«

Ich war erstaunt: »Was soll das heißen?«
»Das erkläre ich Ihnen später. Jetzt darf ich es nicht tun, Ehrenwort. Ich habe schon sehr früh – in der Stalinära – gelernt, ein Geheimnis zu wahren. Heute haben wir den Mut zu sprechen, aber zu jener Zeit... Ein Wort reichte aus und man hielt Ihnen den Artikel 58, Paragraph 10 vor: Aufruf zur Subversion, zur Sabotage und zur Schwächung der sowjetischen Macht, das konnte einem bis zu zehn Jahre Zuchthaus einbringen.«
Es läutete, Kostenko sprang sofort auf und ging zur Tür. Er betrachtete die nächtlichen Besucher einige Sekunden lang durch den »Spion«. Also waren es sicherlich nicht die Leute von der Spurensicherung. Dann schob er den Riegel zurück und brach in schallendes Gelächter aus: »Was, Kwizinja, du hängst auch mit in der Sache drin?«
Was war denn nur in den letzten Tagen geschehen? Wir hatten Russanow und Kusinzow im Auge, aber überwachte uns Kostenko nicht auch? Welch ein merkwürdiges Spielchen.
»Jaja, Genosse Oberst«, antwortete Giwi und schüttelte Kostenko die Hand. »Und Sie auch, wie ich sehe?«
»Ich sitze meine Zeit bis zur Rente ab... Ich mache weiter, vielleicht bekomme ich ja irgendwann den Titel eines Generals, wer weiß.«
»Nein«, seufzte Giwi, »Sie sind zu intelligent, darum mochten wir Sie auch in der Schule so gern.«
»Sie mußten ja wohl Ihren Lehrer mögen«, antwortete Kostenko, »sonst hätte ich Ihr Stipendium gestrichen. Man muß seine Vorgesetzten ehren. Nun, wie haben Sie es geschafft, Ihren Verfolgern zu entkommen?«
»Welchen?« Giwi lächelte erschöpft. Er sah vollkommen mitgenommen aus: tiefe Ränder unter den Augen, schlecht rasiert, eingefallene Wangen und eine spitze Nase, die einem Schnabel glich – mein Freund war vollkommen am Ende seiner Kräfte. »Ihre Leute haben die Typen gestellt, die uns geschlagen hatten, und wir sind in den Genuß eines privaten Fuhrunternehmers gekommen.«
Kostenko lachte befriedigt: »Der ›private Fuhrunternehmer‹ war einer meiner Männer; Hauptmann Kobylin war mit der Sache beauftragt.«

Kostenko zog mich ein wenig zur Seite, drehte sich zum Fenster und sagte mir mit leiser Stimme, ich solle mir ein ärztliches Attest besorgen und mich drei Tage lang auf keinen Fall an meinem Arbeitsplatz blicken lassen.
»Ihr persönlicher Fall ist ganz und gar nicht günstig für mich... das heißt, ich korrigiere mich und gebrauche Ihre Ausdrucksweise: ›Er ist nicht günstig für uns!‹ Für uns! Verstanden?«
»Ich war noch nie ein Feigling.«
»Dann lernen Sie jetzt, kein Dummkopf zu sein!«

Die Männer von der Spurensicherung fanden keine Fingerabdrükke von meiner Frau. Hingegen hatte Antipow junior die seinen hinterlassen. Olga hatte ihm also den Schlüssel zu unserer Wohnung gegeben!
Ich sah von meinem Fenster aus, wie der Morgen graute. Ich hatte die ganze Nacht über kein Auge zugetan, denn ich konnte keine Antwort auf folgende Frage finden: Aus welchem Grund hatte man das Adreßbuch des Malers in meiner Wohnung deponiert? Nur eine Person wußte, daß ich das aufgefundene Beweisstück nicht in meiner Schreibtischschublade versteckt hatte, und diese Person war meine Frau. Das wurde mir bewußt, doch ich konnte die offenkundige Tatsache nicht anerkennen, mein ganzes Inneres lehnte sich dagegen auf. Dann habe ich zum ersten Mal in meinem Leben einen Ausdruck begriffen, der mir immer sehr literarisch, ja geradezu metaphorisch vorgekommen war. Es war der Ausdruck ›vor Müdigkeit tot umfallen‹.

Kapitel 26

Ich, Jewgeni Nikolajewitsch Kaschljajew, Chefredakteur der Tribüne Moskaus

Ich habe Tichomirow vor drei Jahren bei dem Schriftsteller Iwan Schtschebtsow kennengelernt, der zu einem Tee zu Ehren des Komponisten Gryzlow eingeladen hatte. Wir sprachen von dem Unrecht, das die modernen Gesangs- und Instrumentalgruppen der sogenannten klassischen Musik zufügen.

»Wenn Sie sich aus reiner Neugier das hier einmal ansehen wollen«, sagte Gryzlow nervös und zog einige Papiere aus seiner Aktentasche, »hier, ein äußerst amüsantes Dokument: der Verdienst eines Rockmusikers pro Trimester. Da stehen einem doch die Haare zu Berge!«

Er blätterte in den Papieren. Tichomirow bemerkte, daß ein Musiker, der zwanzigtausend Rubel verdiene – das ist ein Vermögen! –, sich der Kontrolle der Behörden entziehen könne; ein äußerst gefährlicher Vorgang, denn damit sei der westlichen Massenkultur Tür und Tor geöffnet.

Schtschebtsow hatte sich erhoben und ging mit schnellen Schritten durch das Zimmer. Sein mageres, inspiriertes Gesicht erinnerte mich in gewissen Augenblicken an das von Awwakum [Gläubiger Priester, der wegen seines Glaubens zum Märtyrer wurde. Er hinterließ äußerst interessante Memoiren über seine Deportation nach Sibirien im Jahr 1660].

»Und wir schwätzen weiter«, schrie er plötzlich. »Idioten! Feige Chamäleone! Bald wird man im Radio nicht mehr ein einziges russisches Lied spielen. Wir sind Zeugen eines vorsätzlichen Verrats an der Nation! Und wir? Was tun wir? Nichts! Dummköpfe! Feiglinge!«

»Beruhige dich«, riet ihm Tichomirow kurz angebunden. »Mach

einen Vorschlag! Reden kann jeder... Heutzutage kann man leider, trotz all unserer Anstrengungen, eine Umfrage unter den Jugendlichen machen, um zu erfahren, was sie hören wollen. Aber diese Jugendlichen hat man vom richtigen Weg abgebracht! Man hat ihren Geschmack pervertiert! Wir würden bei einer solchen Umfrage verlieren, selbst wenn wir Hunderte von Briefen von unseren Leuten abschicken ließen. Wir müssen im verborgenen arbeiten, nichts übereilen und wissen, was wir wollen. Das Einkommen ist ein wichtiger Punkt. Das könnte auch in höheren Kreisen – sei es in der Partei oder außerhalb – von Interesse sein... Sie sind schließlich auch nur Menschen...«

»Einen Augenblick«, unterbrach ihn Gryzlow unwirsch. »Diejenigen, die an der Macht sind, verstehen es, den Dingen auf den Grund zu gehen. Sie könnten sich auch für meinen Verdienst interessieren, natürlich nicht für meinen persönlichen, aber für unser aller... Und es würde sich sicherlich jemand finden, der die Sache mit folgenden Worten zusammenfaßt: ›Sie schreien auf, weil die Konkurrenz der Stars, die die Jugendlichen so bewundern, ihr eigenes Einkommen senkt...‹ Man darf nicht von der Gage sprechen, das ist ein zweischneidiges Schwert. Wir müssen vor allem auf die Tatsache verweisen, daß die wahre Seele des russischen Liedes verlorengeht.«

Schtschebtsow winkte enttäuscht ab: »Alles Unsinn, wir kommen nicht zum Kern der Sache: solange man das Recht hat, auf russischem Boden Lieder in schlechtem Russisch zu verbreiten, sind wir nicht einen Schritt weitergekommen.«

Tichomirows Körper fing an zu beben, das war seine Art zu lachen: »Ich wüßte nur allzu gerne, wer so etwas drucken wird. Wenn ich das Glück hätte, eine Zeitschrift herauszugeben, wäre das schon möglich, aber du weißt nur zu gut, daß in absehbarer Zeit nicht damit zu rechnen ist. Wir haben nur eine Hoffnung, und das ist unser junger Freund.« Er wandte sich zu mir. »Können Sie uns helfen, Jewgeni?«

Ich wußte, daß ich es Tichomirow zu verdanken hatte, daß ich nicht aus dem öffentlichen Leben ausgeschlossen war. Mit seiner

Hilfe war ich in die Zeitungsredaktion gekommen, damit sich die Wogen etwas glätten konnten. Ich wußte, daß es schwierig war, eine solche Sache unter den gegenwärtigen Umständen durchzusetzen. Ich konnte nichts sicher versprechen, vor allem, da wir diese Frage schon einmal in der Redaktion besprochen hatten, und die Naryschkina die Statistiken vorgelegt und folgendes dazu bemerkt hatte: »Letztendlich sind es die schlechten Musiker, die diesen Gruppen – nicht nur der Pugatschowa und den Beatles – zum Opfer gefallen sind, und die nun behaupten, es gäbe ein Komplott gegen das russische Lied. Sie greifen auch Nadja Babakina und Dimitri Pokrowski an. Dabei sind das Musiker, die sich nicht damit zufriedengeben, die Traditionen zu retten, die wir leichtfertig aufgeben, sondern die auch an der Psychologie eines neuen Typus von Mensch arbeiten, der keine Komplexe hat, der ohne Schwierigkeiten auf die Bühne steigt und alle zum Mitsingen animiert.

Das Publikum lehnt es ab, die Sänger zu begleiten. Selbst wenn die Musiker darum bitten, ja gar flehen, mit ihnen zusammen zu singen oder den Takt zu klatschen, bleiben die Zuhörer im Saal kalt wie Stein... Das sind Komplexe! Seht euch doch die Amerikaner an, wenn sie ihre ›Folksänger‹ begleiten! Seht euch doch an,« – dabei hatte Naryschkina mit dem Finger auf die Statistik gedeutet, die sie mitgebracht hatte – »wie sehr die klassischen Orchester jenen jämmerlichen Komponisten der Lieder *à la russe* zugesetzt haben, dann begreift ihr alles.«

Ich habe natürlich nicht wortwörtlich wiederholt, was die Naryschkina gesagt hat, denn das hätte Schtschebtsow nicht ertragen. Er hat ein schwaches Herz, man muß ihn schonen. Ich habe Worte gefunden, die allen entgegenkamen. »Wenn die Redaktion Briefe von Veteranen bekäme, die auf das Radio- und Fernsehprogramm schimpfen, könnte man sicherlich eine Auswahl davon veröffentlichen.«

Tichomirow schloß sich sogleich meiner Meinung an und versprach, die Aktion zu organisieren. Die Briefe sollten nicht nur aus Rußland kommen, sondern auch aus der Tadschikischen Republik, aus Georgien und Litauen.

»Das wichtigste ist jetzt, diesen westlichen Hunden die Luft abzudrehen. Für die Republiken werden wir schon eine Lösung finden. Schließlich haben die auch ihre nationalen Radiosender, sollen sie doch Bandura*-Musik senden!«

Es ist mir gelungen, eine Auswahl der Leserbriefe zu veröffentlichen, aber ich habe auch drei Briefe, die für die Rockmusik plädierten, bringen müssen, und diese kamen nicht von unbekannten Jugendlichen, sondern von einem Delegierten des Komsomol-Kongresses, einem Kosmonauten und einem Biologieprofessor. Auf der Seite der Verteidiger des klassischen Gesangs standen ein Veteran, ein Student und ein Professor.
Anschließend habe ich Tichomirow noch zweimal in kleiner Runde gesehen, um eine Kampagne gegen zusätzliche Einkünfte, die nicht aus der offiziellen Arbeit stammten, zu starten. Wir verstanden uns durch Andeutungen, und manchmal genügte selbst ein Blick.
Heute hat er mich völlig unerwartet im Büro angerufen: »Kommen Sie für zehn Minuten in die Eisdiele in der Gorkistraße.«
An seiner abgehackten Sprache, die dennoch wie immer sehr korrekt war, spürte ich, daß es ihm eilig war.
»Ich habe mich gefreut, daß Sie sich um Warrawins persönliche Angelegenheiten kümmern. Gut gemacht! Aber es ist unbedingt erforderlich, daß sich Ihre Zeitung so schnell wie möglich um den Fall Gorenkov kümmert. Der Artikel muß gemäßigt sein: ›Für den Leiter eines Unternehmens gibt es keinen Schutz vor Irrtümern und Veruntreuungen. Gorenkov hat die Gelder nicht in schlechter Absicht vergeudet. Er hatte ganz einfach nicht das nötige Profil für den Posten, auf den ihn Karimow gesetzt hat. Wenn irgend jemand die Schuld trägt, dann ist es Karimow, der nicht genügend auf sein Schäfchen geachtet hat. Es sollte möglichst schnell eine Revision des Falles Gorenkov eingeleitet werden.
Ja, ungefähr in dem Stil sollte es sein. Aber man muß die Sache sehr nuanciert darstellen. Gorenkov hat sich der mangelnden

* eine Art russischer Gitarre

Urteilsfähigkeit und Nachlässigkeit schuldig gemacht, nicht aber einer kriminellen Handlung. Dann könnte man ihn freisprechen. Humanitäres Verhalten, vor allem humanitäres Verhalten, Jewgeni... Und erwähnen Sie unbedingt diesen skrupellosen jungen Journalisten, der versucht, sich einen Namen zu machen, indem er sich die Tragödie dieses Mannes zunutze macht. Unsere Presse kann solche Praktiken nicht zulassen.«

Ich habe vorgeschlagen, mit Edmond Ossinin zu sprechen. Er ist für seinen bissigen Stil bekannt, und wenn er sich der Sache annehmen würde, würde sie sicher von sich reden machen.

»Wird es Ihnen gelingen, ihn zu überzeugen?« fragte Tichomirow. »Ich muß zugeben, daß ich ihn nicht unbedingt für die ideale Besetzung halte. Er ist mir zu clever, man ist seiner nie sicher.«

»Ich weiß, wie man Druck auf ihn ausüben kann«, antwortete ich. »Er ist sehr empfänglich für das, was die öffentliche Meinung sagt. Ich werde versuchen, etwas in die Wege zu leiten.«

Das waren keine leeren Worte. Als ich noch im Rat arbeitete, habe ich Ossinin zweimal bei einem Treffen in kleiner Runde beim Ersten Sekretär erlebt. Er war auf Intervention eines berühmten Literaten hin eingeladen worden, dessen Sohn ihm früher einmal unterstanden hatte. Er ging nicht gerade zurückhaltend vor, er griff die Bürokratie an und bezog sich dabei auf Breschnews Buch *Zelina* [dt. Neuland], das er in äußerst gewagter Weise als einen flammenden Aufruf zu neuen Initiativen darstellte. Er gab eine unerwartete, recht kühne Interpretation gewisser Kapitel und führte sorgfältig ausgewählte Zitate an. Damals bemerkte der Erste Sekretär: »Genau so muß man reden, Genossen! Ich werde Lapin vorschlagen, Ossinin eine bedeutendere Position beim Fernsehen anzubieten. Wir haben dort ohnehin zu wenig Schriftsteller.«

Seine Assistenten wiederholten diese Bemerkung des Ersten Sekretärs an den richtigen Stellen und Ossinin wurde sogleich in die Union der Schriftsteller aufgenommen. Er wußte genau, an wen er sich wenden mußte. Er bot seine Fähigkeiten als literarischer Fachmann einflußreichen Leuten an und wurde bald Chronist für kulturelle Fragen beim Fernsehen. Dann brachte er seine gesammelten Artikel als Buch heraus, das er als ein neues literarisches Genre vorstellte, und natürlich machten sich seine guten Beziehungen sofort bemerkbar, und in mindestens zehn Zeitungsartikel wurde sein Werk als ›belebend‹ für die ›moderne russische Literatur‹ gefeiert. Ich nehme an, daß Ossinin genau wußte, daß er kein literarisches Talent hatte. Aus diesem Grund wählte er auch immer Themen mit Sensationscharakter, um seine Leser dadurch zu fesseln.

Nachdem zwei einflußreiche Persönlichkeiten der Nomenklatura des ›Komitees von Moskau‹ ihn angerufen hatten, besuchte ich ihn in seinem Büro und sagte ihm, daß mich seine letzte Sendung begeistert hätte: »Sie sind nicht nur ein großer Schriftsteller. Auch in politischer Hinsicht haben Sie Ihren eigenen Stil.«

Man hatte mir in der Redaktion zugetragen, daß er sehr anfällig für Schmeicheleien sei. Ossinin klopfte mir auf die Schulter: »Mein Guter, das ist doch noch gar nichts, das Beste kommt noch... Nun erzähl mal von dir, was führt dich zu mir?«

»Edmond Lukjanowitsch, ich hoffe, Sie verstehen mich richtig, ich möchte, daß dieses Gespräch unter uns bleibt. Es geht einerseits um einen Mann, der zu Unrecht verurteilt wurde, und andererseits um die Zukunft unseres Genossen Wanja Warrawin.«

Da ich schon seit langer Zeit dabei war, über jede berühmte Persönlichkeit ein Dossier anzulegen – mich interessierten Herkunft, Beziehungen, das moralische Profil, aber auch kompromittierende Fakten –, wußte ich, daß Ossinin ein komplizierter Fall war. Obgleich seine Argumente bisweilen allzusehr vom neuen Geist bestimmt schienen, hatte er sich sein ganzes Leben lang darum bemüht, Beziehungen zu Patrioten zu knüpfen, die im Bereich der Literatur besonders einflußreich waren.

Darum habe ich gegenüber Ossinin in einer Art von Warrawin gesprochen, die ihm gefallen mußte, denn im Grunde ist seine Position nicht weit von der Warrawins entfernt. Doch die Leute auf der anderen Seite sind nicht in dem Maße geeint wie wir. Sie bilden keine wahre Gemeinschaft, deren Devise lautet: »Einer für alle, alle für einen.« Die linken Intellektuellen sind uneins, jeder versucht, die Sache an sich zu reißen. Jeder kämpft aus eigenem Ehrgeiz. Diese Situation müssen wir für uns nutzen, solange es nicht zu spät ist. Wenn einer von uns den Fall Gorenkov dargelegt hätte, wäre das eine Herausforderung gewesen. Wenn es dagegen einer von ihnen ist, der nichts mit uns zu tun hat, würden die Dinge einen ganz anderen Verlauf nehmen. Die Richtung könnte man später immer noch korrigieren... Eigentlich ist die Idee, die Geister zu spalten, um sie zu beherrschen, gar nicht so schlecht, wenngleich der Katholizismus sie hervorgebracht hat, der seit langem den wahren Glauben verrät.

Ich hatte nicht umsonst Ossinins Akte studiert. Ich hatte gehört, daß er mit den Leuten verhandelt hatte, die über die Vergabe von Literaturpreisen vorentscheiden. Er war zu allem bereit, er wollte, daß man seine Verirrungen vergaß. Ich half ihm, indem ich ihm sagte, daß Leute wie Karimow die Freundschaft unter den Völkern gefährdeten, indem sie die russischen Fachleute in Frage stellten und somit insgeheim versuchten, die Perestroika zu unterwandern.

»Ich verstehe«, fügte ich hinzu, »daß dies ein sehr heikles Thema ist, aber wer – außer Ihnen – könnte es behandeln. Jeder erinnert sich an den Mut, mit dem Sie, jawohl Sie, jene bewundernswürdigen baschkirischen Arbeiter verteidigt haben, die so sehr unter unserem Tyrannen gelitten haben. Wir kritisieren die unseren streng, doch das darf nicht heißen, daß die anderen der Kritik entgehen! Es gibt nur eine Sache, die die Menschen unseres Landes einen kann, und das ist unsere wunderbare, große und mächtige russische Sprache!«

Ossinin ging nachdenklich zu seinem Bücherregal und zog einen Band von Lenins Werken, *Die kulturelle Revolution*, hervor. Dann schlug er eine Seite, in der ein Stück rote Pappe steckte, auf und begann zu lesen: »›Wir glauben, daß unsere wunderbare russische Sprache es nicht nötig hat, daß wir sie mit Gewalt lehren. Diejenigen, die aus gegebenen Umständen oder weil sie es für ihre Arbeit brauchen, Russisch können müssen, werden es aus freien Stücken lernen. Der Zwang (der Stock) hätte zur Folge, daß die

Verbreitung der großen, mächtigen russischen Sprache unter den anderen nationalen Gruppen noch schwieriger würde...‹
Bitte sehr, Jewgeni!... Was Karimow angeht, so stehen für ihn, wenn ich dich recht verstanden habe, weniger nationale Motive im Vordergrund, sondern vielmehr der Wunsch, die Situation in seiner autonomen Republik zu destabilisieren und somit die Neuerungen zu sabotieren. Oder hast du mir vielleicht nicht alles gesagt? Nun pack schon aus. Wenn du schon ehrlich bist, dann bitte richtig!«
Ich habe ihm geantwortet, daß ich keine weiteren Informationen hätte. Meinen Gesprächen mit Warrawin – und ich hatte keinen Grund, ihm in dieser Hinsicht nicht zu trauen – hatte ich entnommen, daß er seine Artikel in nächster Zeit noch nicht in der Zeitung veröffentlichen könnte, aber dennoch hätten wir nicht das Recht, einfach zuzusehen, wie Gorenkov im Gefängnis starb, ohne etwas dagegen zu unternehmen.
Ich beobachtete aufmerksam Ossinins Gesicht, während er einen Blick auf das Material warf, das ich für ihn vorbereitet hatte. Die Briefe, die Tichomirow hatte an die Redaktion schicken lassen, kamen nicht nur aus Sagrjajsk. Das war wirklich schnelle und professionelle Arbeit: Die Quantität war ausreichend, die Qualität hingegen stand auf einem anderen Blatt! Aber man tritt die Rechte der Massen nicht mit Füßen! Und heutzutage ist nichts einfacher, als die Masse zum Aufruhr anzustiften: Zehn Telefonanrufe reichen aus, damit zweihundert Briefe bei der Zeitung eingehen! Dann braucht man nur noch zu reagieren!
Ich begriff, daß Ossinin bei diesem Köder anbeißen mußte: Jedesmal, wenn ein Schriftsteller einen zu Unrecht Angeklagten verteidigt, kommt das seinem Ruf zugute. Die Leser erinnern sich an das Engagement des Autors, und das steigert seine Autorität. »Seht nur, im Namen der Wahrheit und der Gerechtigkeit schreckt er noch nicht einmal davor zurück, den Präsidenten des Ministerrats anzugreifen.« Es ist schwer, einer solchen Versuchung zu widerstehen, obwohl die berufliche Solidarität – wie ich aus eigener Erfahrung weiß – für die Journalisten von besonderer Bedeutung ist.

»Gut«, sagte Ossinin nachdenklich, »und wenn du mit Warrawin darüber reden würdest? Versteht ihr euch gut?«
»Sehr gut...«
»Ich glaube, daß er verstehen würde, daß unter den gegebenen Umständen eine Verzögerung der Sache einem Todesurteil gleichkommen würde. Er ist zwischen seiner Karriere und den großen Prinzipien hin- und hergerissen. Wann wird sein persönlicher Fall untersucht?«
»Das hängt von vielen Faktoren ab«, antwortete ich, ohne Ossinin aus den Augen zu lassen. »Man kann den Zeitpunkt der Versammlung hinausschieben und eine Kommission bilden, die damit beauftragt ist, Licht in diesen ganzen Schlamassel zu bringen... Es kann aber auch sein, daß alles schon morgen diskutiert wird, und eins-zwei-drei ist die Sache entschieden, denn ihm fehlt es nicht an Fürsprechern.«
»Das stimmt«, gab Ossinin zu und fügte zerstreut hinzu: »Bist du wie ich auf seiner Seite?«
»Natürlich«, fügte ich hinzu, denn ich verstand, worauf er anspielte.
Er erwartete, daß ich ihm die Entscheidung erleichtern würde. Nein, dachte ich, das reicht. Er soll selber sehen, was er macht. Ossinin klopfte mir erneut auf die Schulter und seufzte: »Ah, mein guter Jewgeni... Du bist ein schlauer Fuchs, mein Lieber. Sag deinem Chef, daß ich es ablehne, den Artikel zu schreiben. Außer er befiehlt es mir. In diesem Fall... Ich war Soldat, ich kann gehorchen.«
In diesem Augenblick zog ich meinen Trumpf aus der Tasche: einen kollektiven Brief, der an ihn, Edmund Ossinin, gerichtet war:

> »Wer, wenn nicht Sie, wird die Wahrheit über die Dinge, die in den Bauunternehmen in Sagrjajsk vor sich gehen, ans Licht bringen? Wer außer Ihnen würde die Gerechtigkeit verteidigen. Warrawin hat sich nicht einmal die Mühe gemacht, mit den Leuten zu reden. Er hat seine Informationen nur bei hochstehenden Persönlichkeiten gesucht...«

»Hier«, sagte ich, »sehen Sie sich das an, Edmond Lukjanowitsch.« Ossinin las den Brief so schnell er konnte. Ich merkte, daß er die Anzahl der Unterschriften zählen wollte, doch er wußte auch, daß die Bewegung seiner Augen seine Absicht verraten würde.
»Warum hast du mir das nicht gleich gezeigt«, fragte er.
»Weil ich nicht erwartet hatte, Sie mit so etwas unter Druck setzen zu müssen...!«

Drei Stunden später habe ich dem Chefredakteur ein Konzept von Ossinins Artikel auf den Schreibtisch gelegt. Der Titel war aufsehenerregend, wie alle Überschriften seiner Artikel: *Briefe des Unglücks*.
»Wo ist Warrawin«, fragte der Chef und warf einen zerstreuten Blick auf den Text.
»Es geht ihm nicht gut... Er hat sich freigenommen.«
»Das Herz?«
»Ich kann ihn nicht erreichen, bei ihm geht niemand ans Telefon.«
»Aber er ist nicht im Krankenhaus?«
»Nein, jemand hat ihn heute in der Stadt gesehen.«
»Zeigen Sie den Artikel seinem Vertreter.«
»Ich brauche Ihre Unterschrift.«
Der Chef war zutiefst verwundert: »Warum? Es ist gefährlich, noch heute so wie während der Zeit der Stagnation zu denken... Sie sind der Chefredakteur dieser Rubrik, es ist also an Ihnen, zu entscheiden. Ich will denjenigen, die Initiativen ergreifen wollen, keine Steine in den Weg legen.«

Vormittags rief mich Warrawin an. Ich begriff, daß er die Rubrik ›Briefe‹ der heutigen Ausgabe bereits gelesen hatte, und ich fragte ihn so freundlich wie möglich: »Wo warst du denn, Wanja? Wir haben uns Sorgen um dich gemacht...«
Er hustete in den Hörer, dann seufzte er und zündete sich eine Zigarette an. Ich hatte den Eindruck, ihn nicht nur zu hören, sondern ich sah ihn regelrecht vor mir. Schließlich sagte er: »Kaschljajew, du bist nicht nur ein Hund, du bist noch dazu ein dummer Hund! Aber glaube ja nicht, daß du mich reinlegen

kannst, und wenn du Zeit dazu hast, denk mal gut über Folgendes nach: Wegen Typen deines Schlages wird man uns vielleicht eines Tages hassen... und es wird Jahre dauern, ehe ein solches Gefühl ausgelöscht ist. Ich habe verstanden, Kaschljajew, ich weiß, für wen du arbeitest. Ihr seid komplett verrückt, oder aber ihr plant ein Komplott gegen unser Volk.«

Eine Stunde später hat er dem Chef eine Kopie des Telegramms geschickt, das er bezüglich des Falls Gorenkov und Karimow ans Zentralkomitee geleitet hatte.

Ich bin nicht besonders ängstlich, aber als ich die Namen Tichomirow, Russanow, Kusinzow sowie den meinen gelesen habe, habe ich gespürt, daß mich meine Kräfte verließen. Ich konnte nicht einmal mehr die Hand nach dem Telefon ausstrecken, um die einzige Nummer zu wählen, die ich in diesem Moment brauchte...

Kapitel 27

Ich, Iwan Warrawin

Jeder hat wenigstens einmal im Leben das Gefühl gehabt, den Sinn für die Realität zu verlieren, ins Leere hinein zu denken und von einer inneren Unruhe erfaßt zu werden, die durch nichts niederzuhalten ist. Dieses Gefühl hatte ich beim Begräbnis von Wyssozki: »Das kann doch nicht sein!« dachte ich und weigerte mich mit meinem ganzen Wesen anzuerkennen, was ich doch mit eigenen Augen sah...

Das gleiche empfand ich im Klub, wo ich an einer Diskussion zum Thema »Tradition und Kultur« teilnahm, die von der Gesellschaft »Die gute alte Zeit« organisiert worden war. Nach dem, was Ossinin in seinem Artikel geschrieben hatte, war keine Zeit mehr zu verlieren, es hieß, zum Kampf überzugehen.

Zuerst traute ich meinen Ohren nicht, ich hatte das Gefühl eines absurden Alptraums, als ich die Redner von »zionistischen Freimaurern« sprechen hörte, »die die Erlöserkirche in die Luft gesprengt hatten«, vom »Westen, der einen Plan ausarbeitet, um massenhaft fremde Elemente in unsere Kultur einzuschleusen«, von »Freimaurern, die die Kunst unter ihre Kontrolle gebracht hätten«, von »finsteren Kräften, die auf Befehl des FBI das russische Volk, das nüchternste der Welt, zu einem Volk von Alkoholikern machen wollen«. Als ob die Russen zum Wodkatrinken den FBI nötig hätten! Aber trotzdem war es gut, dies alles gehört zu haben...

Der Redner fuchtelte mit den Fäusten wie wild in der Luft herum: »Statt gegen diese Zustände gewaltsam vorzugehen, sollten wir versuchen, die Macht zu gewinnen! In die Organe der Macht sind Zionisten und Freimaurer eingeschleust worden, die den Niedergang unserer Wirtschaft verursacht haben! Hitler hat als erstes seine Autorität gefestigt. Wer von euch hat in den Nachrichten die Bilder von dem Empfang gesehen, den das Volk Hitler bereitet hat? Er hat viel für die Deutschen getan!«

Aus dem Saal ertönten Pfiffe. Der Redner beugte sich zum Mikrophon hinunter und fuhr fort: »Eine Gruppe von Verschwörern hat in der Sowjetunion eine zionistische Organisation gegründet. Die Zionisten haben sich der Freimaurerorganisationen bemächtigt und für ihr heimliches Ziel vereinnahmt, nämlich die Vorherrschaft auf der ganzen Erde. Einer der Großmeister der Freimaurer ist ein Akademiker, der unter seinem russischen Namen bekannt ist, in Wirklichkeit aber Hoffmann heißt. Wenn er nach Hause kommt, setzt er die jüdische Kopfbedeckung auf, zieht ein jüdisches Gewand an, breitet einen kleinen Teppich aus und betet zum Gott der Juden! Dennoch hat er eine hohe Position in den Organen von Staat und Partei inne! Und was findet in Akademgorodsk bei Nowosibirsk statt? Die Wahrheit ist, daß diese Stadt der Wissenschaftler, ein Tempel der russischen Wissenschaft, das Operationsfeld der Freimaurer ist! Einer von ihnen trägt einen russischen Namen, aber auch er ist Jude und Freimaurer, die Polizei hat Beweise. In seinem Haus stehen zwei Pfeiler aus Mahagoniholz, ein für die Freimaurer unverzichtbares Requisit; das gleiche gilt für eine bekannte Dame, die korrespondierendes Mitglied der Akademie ist.«

Eine jugendliche Stimme war ironisch aus dem Saal zu hören: »Ist sie auch Jüdin?«

»Ja. Aber eigentlich ist nur ihr Mann Freimaurer, sie selbst scheint nicht dazuzugehören.«

All das kam mir unglaublich und unwirklich vor. Ein anderer Teilnehmer mischte sich ein: »Den Russen hat man das letzte Stück Brot aus dem Mund gerissen, um es anderen zu geben! Jetzt gibt es überall in Georgien gute Straßen, Elektrizität, es herrscht Wohlstand weit und breit, während in den nördlichen Gebieten, wo seit altersher die echten Russen leben, die Straßen kaputt sind und in den Dörfern nur noch alte Leute in Armut leben ...«

In der ersten Reihe meldete sich ein grauhaariger Mann zu Wort,

der eine Uniform ohne Schulterstücke trug, zweifellos ein Pensionist. Er sprach mit tiefer Stimme. »Dann sind also auch die Georgier Zionisten und Freimaurer?«
Der Redner, der nur mit sich selbst beschäftigt war, hörte diesen Zwischenruf nicht und fuhr unbeirrt in seinem Text fort: »Der Name Hitler ist verknüpft mit der Ermordung von vier bis sechs Millionen Juden. Das ist nicht viel, wenn man bedenkt, daß die Juden den Tod von 150 Millionen Russen auf dem Gewissen haben. Sie bedienten sich dabei eines altbewährten Mittels, nämlich der Medizin. Die Menschen starben auf seltsame Weise. Auch heute noch messen die jüdischen Ärzte dem Tod der kleinen Leute keine Bedeutung bei. Der Tod von Schdanow und Schtscherbakow dagegen hat die sogenannte ›Affäre der Ärzte‹ nach sich gezogen [Im Januar 1953 hatte Stalin eine »Affäre« konstruiert, die enthüllen sollte, daß »terroristische Ärzte« den führenden Kräften der Sowjetunion nach dem Leben trachteten. Nach Stalins Tod im April 1953 wurde die »Gruppe der terroristischen Ärzte« rehabilitiert]. Und wird man je erfahren, wie Stalin selbst gestorben ist? Jedenfalls ist er schon eine Woche vor der offiziellen Bekanntgabe seines Todes gestorben; in dieser Zeit hat man die ›Ärzteaffäre‹ zum Abschluß gebracht und die Ärzte rehabilitiert... Wachsamkeit tut not, Wachsamkeit und nochmals Wachsamkeit! Vor tausend Jahren wurde Prinz Wladimir, der zur Hälfte jüdisches Blut in den Adern hatte, nach Rußland geschickt, um unseren heidnischen Glauben auszurotten, und Wladimir hat unser großes arisches Volk gewaltsam zum Christentum bekehrt! Im siebzehnten Jahrhundert wurden die christlichen Kirchen zerstört! Wie lange noch darf man sich über die Kultur eines Volkes hinwegsetzen und darüber spotten?«

Ein Mechanismus der Selbstverteidigung zwang mich, wieder zur Besinnung zu kommen und der Hysterie zu widerstehen; ich zerbrach mir den Kopf und überlegte, was ich ihnen entgegnen könnte. Mir war klar, daß es keinen Sinn hatte, dem absurden Geschehen, das sich hier abspielte, mit vernünftigen Argumenten entgegenzutreten. Ich wünschte sie zum Teufel, diese alten Anhänger des Obskurantismus! Aber im Saal saßen auch junge Leute, die noch nicht fähig waren, die Spreu vom Weizen zu trennen, und bei seiner Eröffnungsrede hatte Tichomirow erklärt, daß allein die Demokratie es ermögliche, von dem zu sprechen, was uns am Herzen liegt, daß sie das einzige Mittel sei, über das ein Volk verfüge, um die Krankheit auszumerzen, die der Umgang mit Zionisten und Freimaurern verursache. An diese jungen Leute müsse jetzt gedacht werden, an sie und nur an sie müsse man sich richten!

Die Sitzung ging weiter. Tichomirow kündigte an: »Vitali Wikentjewitsch Blassenkow, Veteran des Krieges und der Arbeit, hat nun das Wort.«

Augenblicklich erinnerte ich mich an den Bericht meines Vaters und an den Namen des Propagandachefs der Russischen Befreiungsarmee: »Vitali Wikentjewitsch Blassenkow«. Irgend jemand hatte diesen Abschnitt im Bericht meines Vaters unterstrichen und an den Rand, kaum sichtbar, ein Fragezeichen gesetzt. Daneben standen, kaum mehr lesbar, die Worte: »Vorladen und im Fall Warrawin aussagen lassen!« Dahinter standen zwei Buchstaben: »V. A.«, zweifellos Viktor Abakumow, Berijas Nachfolger, der meinen Vater zweimal verhört hatte...

Ich richtete meine Aufmerksamkeit wieder auf die Gegenwart und versuchte, in dem beinahe finsteren Saal diejenigen zu erkennen, die neben dem Alten saßen. Aber wie erstaunt war ich, als ich sah, wie ein Mann aufstand, der seinen Bewegungen nach noch jung sein mußte. Er war von kräftigen Kerlen mit weißen Hemden und schwarzen Krawatten umringt. Es ist vielleicht nur eine Namensgleichheit, dachte ich, er kann es eigentlich nicht sein. Er ist noch zu rüstig, vierzig Jahre sind seither vergangen! Gut, aber wenn er damals zwanzig war, dann ist er heute nicht viel älter als sechzig.

Blassenkow stieg leichtfüßig auf die Rednertribüne, holte aus der Innentasche seiner Weste ein paar Blätter hervor und begann, ohne Brille zu lesen:

»Liebe Genossen! Vor einigen Jahren wurde ein Entwurf für das Statut einer weltweiten Front gegen Zionismus und

Freimaurerei von Kritikern abgelehnt. Dieser Entwurf war von Patrioten vorbereitet worden, die gegen diese schreckliche Bedrohung kämpften, welche über der gesamten Menschheit schwebte und die Freundschaft aller Völker der Erde gefährdete. Das war in der Zeit der Stagnation...
Nun haben wir, die große Mehrheit der Weltbevölkerung, um uns und künftigen Generationen den Schrecken der Weltherrschaft des Zionismus zu ersparen und der drohenden Vernichtung der ›Gois‹, das heißt der Nichtjuden, zu entgehen, angesichts der Organisation der Freimaurerlogen in aller Welt, deren Hauptsitz sich in Charleston (USA) befindet und die im geheimen von den Großmeistern des Weltzionismus regiert werden, deren wichtigste die jüdische Loge B'nai B'rith ist, deren internationales Zentrum sich in Washington befindet, angesichts des weltweiten Netzes zionistischer Organisationen, das heißt von Organisationen von Juden und Freimaurern, zu denen ›Gois‹ keinen Zutritt haben, schließlich angesichts der Tatsache, daß es demgegenüber keine einzige weltweite Organisation gibt, zu der Juden und Freimaurer keinen Zutritt haben – angesichts all dessen haben wir beschlossen, eine ›weltweite Front gegen Zionismus und Freimaurerei‹ zu schaffen und ein Statut aufzustellen...
Die wichtigsten Aufgaben dieser Front sind: Erstens: Alle Aktivitäten des Zionismus und des Freimaurertums zu enthüllen und ans Licht der Öffentlichkeit zu bringen, einschließlich der Versuche der Juden und Freimaurer, sich mit allen erdenklichen Mitteln, deren sich Zionismus und Freimaurerei bedienen, in unsere Organisationen einzuschleichen. Zweitens: Alle Befehle der Front auszuführen, und zwar mit einem Höchstmaß an Initiative, an Kreativität, an Geistesgegenwart und Aktivität im Kampf gegen Zionismus und Freimaurertum, und zwar auch auf eigene Verantwortung, sobald dies der Erfüllung der Hauptaufgaben der Front zuträglich ist...«

Im Raum herrschte betretene, gespannte Stille, Bestürzung war zu spüren. Blassenkow raffte seine Aufzeichnungen zusammen und verließ rasch die Rednertribüne. Ich hob den Arm und bat um das Wort...

Vom Rednerpult aus sah ich mich um: Ein Stimmengewirr erfüllte den vollen Saal.

»Genossen, ich habe schon in verschiedenen Veröffentlichungen gelesen, was die Redner vor mir gerade gesagt haben. Ich möchte mit einigen Zitaten beginnen: ›Die Menschheit befindet sich in einem Dilemma: Entweder liefert sie sich an die Bande der bolschewistisch-freimaurerischen Juden aus, oder sie tötet diese Verschwörer, die versuchen, die Weltherrschaft an sich zu reißen.‹ Gestatten Sie mir, den Ausdruck ›bolschewistisch-freimaurerische Juden‹ durch ›zionistisch-freimaurerische Verschwörer‹ zu ersetzen; der Unterschied ist nicht groß... das erste ist die Formulierung Hitlers, das zweite die von Blassenkow...«

Jemand rief: »Wie heißen Sie? Wer sind Sie? Wer hat Sie hierhergeschickt? Sie Provokateur! Bulle! Sie sind doch gekauft! Zionist! Der ist vom KGB! Sagen Sie Ihren Namen! Wer sind Sie?«

»Ich heiße Iwan Warrawin, und ich bin 1957 in Moskau geboren, ich bin Russe und Kommunist... Übrigens würde ich lieber ›Sowjetbürger‹ als ›Russe‹ sagen. Das klingt gut: ›Bürger der Sowjetunion‹.«

»Sie verachten das russische Volk?«

»Nein, aber ich bin sehr stolz auf die sowjetische Bruderschaft.«

»Und Ihr Vatersname? Wie ist Ihr Vatersname?«

»Igorewitsch.« Ich mußte lachen. »Mein Vater hieß Igor Iwanowitsch.«

»Und Ihre Mutter, wie hieß die?« Es war die gleiche Stimme wie vorhin. Die Organisatoren der Veranstaltung hatten anscheinend sehr sorgfältig die Rollen verteilt, alles war gut aufeinander eingespielt.

»Meine Mutter heißt Anna Iwanowna, geborene Wassiljewna. Mein Vater hat seinen Namen nicht geändert... Da wir nun also die Frage der ›Reinheit der Rasse‹ geklärt haben, gestatten Sie mir, eine Frage zu beantworten, die in der Eröffnungsrede gestellt worden ist. Sie lautet: ›Wer hat den Befehl zur Sprengung der Erlöserkirche gegeben?‹«

»Kaganowitsch«, rief es aus den hinteren Reihen. »Wer sonst?«

»Das stimmt«, antwortete ich. »Stalin, Molotow, Woroschilow und Kaganowitsch. Das sind die Namen der Mitglieder des Politbüros, die diesen Befehl unterzeichnet haben; zwar nicht in alphabetischer Reihenfolge, aber entsprechend ihrer Stellung in der Hierarchie jener Zeit. Was war der Grund für diesen Befehl? Warum wurde von den einhundertsechzig Kirchen Moskaus gerade das Glanzstück der russischen Architektur zerstört? Die Erlöserkirche war das höchste Bauwerk der Umgebung, und von seinen Türmen aus konnte man die Fenster des Kreml und das ›Haus an der Moskwa‹, in dem die Regierungsmitglieder wohnten, sehen, das 1937 ›Haus der Untersuchungshaft‹ genannt wurde, da neunzig Prozent seiner Bewohner verhaftet und später hingerichtet wurden – allesamt Bolschewiken und Leninisten, die lange vor der Revolution in die Partei eingetreten waren. Von den Kuppeln der Kirche aus konnte man auch in den Hof des Kreml blicken, wo Josef Wissarionowitsch Stalin manchmal spazierenging. Es war unmöglich, zu verbieten, daß Messen in dieser Kirche abgehalten wurden, denn man konnte die Tradition der wunderbaren Oster- und Weihnachtsliturgie nicht einfach auslöschen. Folglich mußte die Kirche selbst zerstört werden, um so die Sicherheit des Führers zu gewährleisten, gegen den die alten Priester der Kirche angeblich ein Attentat planten. Also schlug Nikolai Iwanowitsch Jeschow, Mitglied des Politbüros, vor, die Kirche zu sprengen, um jede Möglichkeit eines ›terroristischen Attentats von den Kirchtürmen aus‹ auszuschließen... Das Politbüro billigte diesen Vorschlag und übergab den Auftrag zur Zerstörung der Kirche dem Komitee in Moskau. Der Befehl wurde dem Regionalkomitee übermittelt, und die Kirche, ein einzigartiges architektonisches Monument, wurde zerstört. Das ist die historische Wahrheit, Genossen. Eine angebliche Verschwörung von Zionisten und Freimaurern hat dabei keine Rolle gespielt. Es war eine ganz andere, tragische Geschichte... Und jetzt möchte ich einen russischen Schriftsteller zitieren, Ilja Ehrenburg.«

»Was heißt russisch? Er ist ein echter Zionist!« rief jemand aus dem hinteren Teil des dunklen Saals.
»Die Anhänger Hitlers«, antwortete ich, »haben eine hohe Belohnung für die Ergreifung dieses Zionisten ausgesetzt. Übrigens, sind hier im Saal Kriegsveteranen anwesend?«
»Ja! Hören Sie nicht auf diese Hysteriker! Fahren Sie fort! Im Schützengraben gingen die Artikel Ehrenburgs von Hand zu Hand!«
»Danke«, antwortete ich. »In seinem Buch *Menschen, Jahre, Leben* schrieb Ehrenburg über die ›Schwarze Hundertschaft‹ [reaktionäre und antisemitische Organisation in Berlin]: ›Die Bolschewiken waren fern, man konnte also nur mit Emigranten abrechnen [...] Anhänger der Schwarzen Hundertschaft hielten sich an Kerenski schadlos; sie behaupteten, er sei ein Sohn der bekannten Revolutionärin Gessja Helphand [...] Ich weiß noch, wie wir uns über das Buch eines gewissen Bostunitsch amüsierten, das den Titel ›Die Freimaurerei und die russische Revolution‹ trug; darin wurde versichert, der Sozialrevolutionär [die revolutionären Sozialisten bildeten nach der Revolution von 1917 eine im Vergleich zu den Bolschewisten gemäßigte Gruppe] Tschernow heiße in Wirklichkeit Liebermann, der Oktjabrist Gutschkow sei ein Freimaurer und Jude namens Vaquier; die Füllfederhalter von Waterman und der Sekt von Kupferberg hätten Rußlands Untergang verschuldet.‹ Haben Sie nicht den Eindruck, daß das, was hier vor sich geht, starke Ähnlichkeit mit dem hat, was Ehrenburg in Berlin beschrieb?
Die Smena-Bewegung [diese Bewegung propagierte eine »Richtungsänderung«] war ein erster Versuch, den Sozialismus von innen auszuhöhlen, um die Gegebenheiten zu verändern und die Revolution ins Abseits zu drängen. Das war in den zwanziger Jahren nicht möglich gewesen. War nun die Zeit reif für einen weiteren Versuch dieser Art? Um der Objektivität willen muß man zugeben, daß die Mitglieder der Smena gebildete Leute waren, die auch eine gewisse politische Erfahrung hatten... Deshalb griffen sie nicht auf den Rassismus zurück – im Unterschied zu den Anführern derer, die hier für eine ›nationale Idee‹ kämp-

fen. Die Lehrer, die zur Smena gehörten, erinnerten sich noch an den aufsehenerregenden Prozeß, den der Zarismus gegen Beilis in Kiew geführt hatte, der angeklagt worden war, christlichen Kindern die Kehle durchgeschnitten zu haben, um ihr Blut als rituelle Nahrung zu sich zu nehmen. Ich möchte daran erinnern, wozu dieser Prozeß geführt hatte: Anatole France hat in Paris eine Kampagne gegen den Fanatismus der zaristischen Autoritäten gestartet, in Deutschland führte Hauptmann eine ähnliche Bewegung an, London, Washington und Brüssel stellten sich gegen den Zaren... Die Antwort der russischen Diplomaten auf die Proteste der gesamten Weltöffentlichkeit war unverändert: der russische Botschafter bei den Vereinten Nationen, Bachmetjew, telegrafierte nach Petersburg: ›Die amerikanischen Juden haben die Gelegenheit nicht versäumt, eine neue Kampagne gegen Rußland zu entfachen...‹ Einige Tage später jedoch konnte er seine Verwunderung nicht verbergen: ›Eine Delegation des amerikanischen Klerus ist bei uns vorstellig geworden und hat uns einen Brief übergeben, der vom Erzbischof von New York, von einem Kardinal, einundzwanzig Bischöfen und einhundertdreiundzwanzig Persönlichkeiten des christlichen Lebens unterzeichnet ist. Dieser Brief fordert vom Zaren, der Affäre Beilis sowie den Beschuldigungen, die Juden würden Ritualverbrechen begehen, ein Ende zu machen...‹«

Im Saal war eine knisternde Spannung zu spüren.
»Und dies war Lenins Position, die in der bolschewistischen Presse jener Zeit veröffentlicht wurde: ›Die Arbeiterklasse muß dem ihre Überzeugung entgegensetzen, daß die vollständige rechtliche Gleichheit notwendig ist, sie muß sich weigern, welchem Volk auch immer irgendwelche Privilegien zuzugestehen. Die Schwarze Hundertschaft führt eine ganz besonders haßerfüllte Kampagne gegen die Juden...‹«
»Die Zionisten selbst sind es, die die Judenfrage stellen!« rief jemand aus der Zuhörerschaft.
»Folgendes schrieb die Schwarze Hundertschaft zu Anfang des Jahrhunderts: ›Sie selbst, die Juden, provozieren die Pogrome, um

dem Ansehen des russischen Reichs zu schaden!‹ Hitler behauptete in seinem Vermächtnis, daß nicht er und seine Gefolgsleute den Krieg begonnen hätten, sondern das ›Weltjudentum‹. Und in Wladimir Galaktionowitsch Korolenkos Zeitschrift RUSSKOJE BOGATSTWO [Der Reichtum Rußlands] stand geschrieben: ›Die Russen haben begriffen, daß die Lüge und die Bosheit, die im Verlauf des Prozesses gegen Beilis zutage getreten sind, die Lüge und die Bosheit ganz Rußlands sind; sie haben begriffen, daß der russische Nationalismus eine Bedrohung für die ganze Nation darstellt und die Ursache für Primitivismus, Willkür und Obskurantismus ist...‹«

»Die Agenten des FBI bringen Schmach und Schande über unser Land«, kreischte jemand wutentbrannt, seine Stimme überschlug sich fast.

»Sie beschuldigen Elpatjewski, ein Mitglied des russischen Adels, ein FBI-Agent zu sein?« fragte ich. »Kommen Sie auf die Tribüne, zeigen Sie sich, und ich werde Sie vor Gericht bringen, weil Sie einen russischen Schriftsteller öffentlich beleidigt haben.«

Stille. Die Spannung wuchs.

»Kommen Sie! Kommen Sie doch! Wovor haben Sie Angst? Steigen Sie auf die Tribüne...« Niemand trat vor. Jemand schlich sich aus dem Saal.

»Ich wende mich an die Zuhörerschaft«, fuhr ich fort. »War es die Mühe wert, gegen Hitler in den Krieg zu ziehen? Stimmen wir darüber ab, Genossen!«

»Keine Provokationen!« rief Tichomirow außer sich. »Nichts und niemand ist vergessen!«

»Wenn nichts und niemand vergessen ist, warum gibt es dann in Ihrer ›Guten alten Zeit‹ keinen Passus, in dem die Revolution gewürdigt wird? Weshalb haben Sie keine außerordentliche Vollversammlung einberufen, als wir neulich erfahren haben, daß in unserem Land Soldatengräber geschändet worden sind? Warum war nur eine einzige von Dutzenden Versammlungen den Helden des letzten Kriegs gewidmet? Es ist einfach, sich beim Volk beliebt zu machen, wie es Hitler tat, indem man den Juden und Freimaurern die Schuld gibt an allen Schandtaten, die jemals begangen worden sind. Es wäre doch ehrenvoller und patriotischer, nach Gründen zu suchen für unsere späte Einsicht in unsere Irrtümer und Bosheiten, unsere Trägheit und Inkompetenz! Spanien hat im Namen des Kampfes für die Reinheit des Bluts und des Glaubens Hunderttausende Juden auf Betreiben der Inquisition verbrannt und hat die Juden und Mauren aus dem Königreich vertrieben. War das vielleicht eine Wohltat für dieses Land? Gewiß nicht! Spanien wurde dadurch um einige hundert Jahre in seiner Entwicklung zurückgeworfen, denn die begabten arabischen Mathematiker und die jüdischen Handwerker wurden gezwungen, ihr Land zu verlassen – ein wahrer Exodus des Geistes fand statt, es war ein Verrat an den Interessen des spanischen Volkes, ja, genau, des spanischen Volkes.

Wie viele Menschen haben das russische Reich nach den Pogromen vom Kischinjew verlassen? Und was hat Deutschland verloren, als Hitler Albert Einstein, Erich Maria Remarque, Thomas Mann und Brecht vertrieb? Glauben Sie, daß die Provokation, die die Hinrichtung der antifaschistischen Komitees der Sowjetunion im Jahr 1949 darstellte, keine Spuren hinterlassen hat? Und der Fall des ›Ärztekomplotts‹ im Jahr 1953? Die Dinge müssen beim Namen genannt werden, man darf die Ursachen nicht mit den Folgen verwechseln. Nicht umsonst war Lenin der Auffassung, die Nationalitätenfrage sei eine der wichtigsten Fragen unserer Republik, angefangen bei den Juden, aber der Funke wird bald auf die Esten und die Kirgisen überspringen. Der Chauvinismus und genauso der Nationalismus sind der Sprengstoff, der die Grundmauern unseres Staats bedroht!«

Ich erhielt starken Beifall, aber jemand rief: »Kommen wir zurück zum Thema: Freimaurertum, Zionismus und deren Verbrechen gegen das russische Volk.«

Welch ein Haß in dieser Stimme lag! Diese Menschen sind keineswegs krank, sie sind durchdrungen von dem Gedanken Purischkewitschs [Berater des Zaren, Konservativer und Antisemit] und des Generals Wlassow. Weshalb stecken wir den Kopf in den Sand und tun so, als seien sie Paranoiker – eine Fehleinschätzung, mit der wir uns selbst belügen?

»Eure Redner sprechen stundenlang, ich spreche gerade zehn Minuten. Ihr, die Befürworter und Verteidiger der Demokratie, müßt mich meine Ausführungen zu Ende bringen und mich sagen lassen, was ich für notwendig erachte. Also, um zu den Freimaurern und Zionisten zurückzukehren, zu ihren Verbrechen gegen unser Volk... Eine Frage des gesunden Menschenverstands: Wer der hier Anwesenden meint, daß die Gesellschaft eine Verfassung, das heißt Garantien, benötigt? Ich bitte um Handzeichen!«
Einige hoben nicht die Hand, es war klar, weshalb.
»Die Mehrheit stimmt dafür, nicht wahr? Und wer hat sich bei der Erschießung der Dekabristen auf dem Platz des Senats geweigert, dem Volk Garantien zu geben? Die Freimaurer oder die absolute russische Monarchie? Wer hat die ins Gefängnis gesteckt, die die Abschaffung der Sklaverei in Rußland forderten? Mysteriöse Freimaurer oder ein ganz realer Zar? Wer hat für eine Justizreform gekämpft, für die Einsetzung von Geschworenen? Der Zar? Nein, er steckte diejenigen ins Gefängnis, die dies forderten! Wer sagt, daß Rußland ein Kerker für das moralische Bewußtsein, für das Denken und das Handeln ist? Die Freimaurer? Nein, Leo Tolstoi in seinem Brief an den Zaren!
Ein Jahr lang wurde die Katastrophe von Tschernobyl als Ablenkungsmanöver bezeichnet und die Leute damit getäuscht; man setzte Gerüchte in Umlauf von einer neuen Verschwörung der Freimaurer und Zionisten gegen die Sicherheit unseres Landes. Man nannte das ›Ablenkungsmanöver‹, sollte man nicht besser von der Schlamperei, vom Bürokratismus und von der Inkompetenz derjenigen sprechen, die an der Spitze der Atomindustrie stehen? Der Fall war öffentlich verhandelt worden, warum wird nicht auch der Urteilsspruch öffentlich verkündet?
Wir wollen Schwache und Arme schützen, die Menschen, die nicht arbeiten können, und wälzen die Schuld an ihrem Elend auf imaginäre Feinde ab! Aber genau darin liegt das wahre Verbrechen gegen unser Volk, das so viele große Begabungen hervorgebracht hat! Haben wir jemals vorgeschlagen, eine Akademie für russische Sprache und Kultur zu gründen? Und haben wir andererseits jemals den Beitrag der Ukraine für die Staatskasse der Sowjetuni-

on ausgerechnet? Stahl, Weizen, Maschinen und Werkzeuge, das Küstengebiet am Schwarzen Meer? Wie viele Geräte, Autos, Fische, Radios kommen aus Litauen?«

»Sie schweifen vom Thema ab!« ertönte die gleiche aufgeregte Stimme wie vorher. »Die Verschwörung der Freimaurer und Zionisten gegen das russische Volk! Darüber sollten wir sprechen!«

»Wenn uns wirklich die Zukunft unseres Volkes am Herzen liegt, so laßt uns doch als erstes verbieten, daß Kinder in den Kinderheimen geprügelt werden! Laßt uns doch veranlassen, daß die Lebensmittel nicht denen gestohlen werden, für die sie bestimmt sind, auch wenn es keine Kostbarkeiten sind. Wenn uns wirklich die Zukunft unseres Volkes am Herzen liegt, dann laßt uns in den Exekutivkomitees, den Gerichten, bei der Polizei den monströsen Verwaltungsapparat bekämpfen, der es den Leuten untersagt, den Boden zu bearbeiten in dem Land, in dem sie geboren wurden, Tomaten und Kartoffeln anzupflanzen. Laßt uns diejenigen bekämpfen, die Geldstrafen anordnen, die die Leute ins Gefängnis werfen und in der Presse mit Schande überhäufen! Wenn uns die Zukunft unseres Volkes am Herzen liegt, so sehen wir uns doch an, wie es in den Krankenhäusern aussieht! Warum kann eine Krankenschwester nicht einem Kranken die Medikamente verabreichen, ohne dafür ein kleines Geschenk als Entgelt zu bekommen? Gehört sie den Freimaurern an? Ist sie Zionistin? Nein! Sie bekommt ein kümmerliches Gehalt und hat fünf Krankensäle zu versorgen – das ist die Erklärung! Die innere Einstellung, schön und gut, aber auf Lohn kann man nicht verzichten: Um seinen Kindern ein Buch mit russischen Märchen zu kaufen, braucht man Geld, viel Geld!«

»Sie reden wie ein Materialist aus dem Westen: Geld, immer nur Geld! Das entspricht unserer Mentalität nicht!« rief jemand aus den hinteren Reihen.

»Entschuldigen Sie, aber womit bezahlen Sie das Brot, die Schuhe? Mit Geist oder mit Rubel? Ich möchte folgende Frage an die Zuhörer richten: Genossen, seid ihr bereit, eine Bittschrift an die Regierung zu richten, damit die Gehälter gekürzt werden? Ihr erhaltet dann nur ein paar Kopeken, um Brot und Wasser kaufen zu können, für den Rest bekommt ihr Lebensmittelmarken. Wie wäre das?«

Im Saal wurde gelacht. Aber der Hysteriker gab nicht nach: »Zum Wohl unseres Vaterlands sind wir bereit, uns mit Brot und Wasser zu begnügen. Und wie steht es mit Ihnen?«

»Nein! Zum Wohl unseres Vaterlands muß das Leben seiner Bürger erleichtert werden! Und dafür muß man arbeiten und lernen! Sie jedoch, Sie versuchen, der Jugend feste Bewertungsmaßstäbe zu vermitteln: Freimaurer und Ju..., Verzeihung, Zionisten – sie seien die Schuldigen für unsere Mißstände! Wir dürfen niemanden für unsere Mißstände verantwortlich machen. Die Schuldigen sind wir, und wir müssen die Mißstände beheben! Müssen wir den Alkoholismus bekämpfen? Ja! Aber wer von uns hat daran gedacht, ein Teehaus, ein Café, eine Konditorei, ein Privatmuseum, ein Spielhaus, einen Schachklub zu eröffnen? Weshalb widersetzen wir uns nicht mit effektiven Maßnahmen den vermeintlichen Freimaurern und Zionisten, die nach Ihrer Meinung absichtlich unser Volk mit Alkohol vollpumpen? Wodka ist kein Abführmittel, niemand ist gezwungen, ihn zu trinken! Weshalb kämpfen wir nicht gegen die Bürokratie, die die Entwicklung von Persönlichkeiten verhindert? Wir sind Jammerlappen und keine Patrioten! Patrioten würden in sich das Bewußtsein von Würde wachhalten und den jungen Leuten vermitteln, was ein Mensch auf dem Sklavenmarkt noch vor hundertfünfzig Jahren wert war. Patrioten würden den jungen Leuten zeigen, daß man den wahren Patrioten an seinem Verhalten und nicht an seinen Reden und Klagen erkennt.

Handeln, das heißt, frei arbeiten. Das bedeutet, selbst nachzudenken. Ja, genau das! Selbst nachzudenken! Sklave sein bedeutet, sich der Willkür unterwerfen zu müssen. Das Recht allein definiert die Freiheit! Wer ist schuld, wenn wir im Bus und in der U-Bahn bissig und gehässig zueinander sind, wenn wir einander beiseite schubsen? Wer ist schuld, wenn in den Hauseingängen die Ecken vollgepißt sind und sich dort Liebespärchen herumtreiben? Die Freimaurer? Die Zionisten? Wer ist schuld, wenn ein Nachbar

dem anderen anonyme Briefe schreibt? Wer soll angeklagt werden, wenn in den Schulen der Unterrichtsplan für Saltykow-Schtschedrin [russischer Satiriker des 19. Jahrhunderts] nur zwei Stunden vorsieht? Wer ist dafür verantwortlich, daß unglückliche Frauen beim Schienenbau schwere Balken schleppen müssen? Die Freimaurer? Und die Muschiks, die zigarettenrauchend neben ihnen hergehen? Wer sind sie? Zionisten vielleicht?
Ich habe den Eindruck, daß gewisse Leute, darunter diejenigen, die sich hier versammelt haben, es sich zur Ehre anrechnen, mit großen Reden die Kleinlichkeit, Verdummung und Demütigung unseres Volkes anzuprangern! Ja, unsere Erfahrung mit der Demokratie ist noch kurz; ja, wir haben als letztes Land in Europa eine Verfassung bekommen, ja, wir haben gerade erst begonnen, offen zu sagen, was wir denken, aber das mindert nicht die Größe des russischen Volks, das bringt nur den tragischen Charakter seiner Geschichte ans Licht!
Wozu nützt es, von der Größe Puschkins, Tolstois, Tschaikowskys, Mendelejews, Surikows und Repins zu sprechen, wenn man damit nur Selbstverständlichkeiten wiederholt. Nur ein Esel oder ein Anhänger Hitlers kann das leugnen! Eure ›Gute alte Zeit‹ kann nur ähnliche Organisationen in den Nachbarrepubliken hervorbringen. Und die Ukrainer werden uns gewiß die Frage stellen: ›Wer hat aus Tarass Schewtschenko einen Soldaten gemacht?‹ Die Freimaurer, die Zionisten oder die zaristische Regierung Gesamtrußlands? Die Baschkiren werden Salavat Julajew verteidigen! Und die Letten Janis Rainis! Soll Rußland ›das Gefängnis der Völker‹ sein, in dem, wie Puschkin, Lermontow, Bielinski, Tolstoi und Gorki bezeugen, auch unsere Brüder in der Ukraine und in Georgien, die Kalmuken und die Juden gelitten haben und in dem die Revolution unerläßlich war? Oder soll die Revolution als ein Unglück betrachtet werden, angestiftet von Juden und Freimaurern, ein Komplott gegen unser Volk? Darüber sollen Sie entscheiden, das ist nicht meine Aufgabe! Ich bin Kommunist, ich kann nur eine einzige Antwort darauf geben! Gestatten Sie mir, ein anderes Mal wiederzukommen und Ihnen von den Machenschaften Ihrer Vorsitzenden zu berichten, von den Verfolgungen, denen

sie die Russen aussetzen, um ihre rein wirtschaftlichen Interessen durchzusetzen, die Frucht ihrer Habgier.«
»Warum sprechen Sie nicht jetzt darüber?« rief Tichomirow von seinem Platz aus. »Das ist Volksverhetzung!«
Da konnte ich nicht mehr an mich halten: »Sie wissen ganz gut, weshalb ich noch nicht darüber sprechen kann...« Als ich das dumpfe Murmeln vernahm, das im Saal entstand, begriff ich, daß ich einen großen Fehler gemacht hatte. Jetzt war es unmöglich zu schweigen, ich hätte meine ganze Glaubwürdigkeit verloren.
»Gut«, antwortete ich, »aber Sie, Professor Tichomirow, sagen Sie doch der Versammlung, damit alle es hören können, weshalb Sie und Ihre Gefolgsleute den Ingenieur Wassili Pantelejewitsch Gorenkov ins Gefängnis bringen mußten!«
Er wird es nicht wagen zu leugnen, dachte ich. Er wird versuchen, sich aus der Affäre zu ziehen, aber er wird nicht schweigen können.
Tichomirow stand auf und sagte langsam: »Bei meiner Ehre als Kommunist und Leninist ohne Parteibuch, ich beschwöre Warrawin, uns zu sagen, auf welchen Termin die Verhandlung seines eigenen Falles vor Gericht festgelegt ist. Denn er ist angeklagt, seine schwangere Frau beleidigt und schlecht behandelt zu haben.«
Der ganze Saal geriet mit einemmal in Aufruhr. Ich hob die Hand: »Mein Fall wird in drei Tagen verhandelt... Die Sitzung ist öffentlich. Jeder kann kommen und zuhören. Und jetzt bitte, Professor Tichomirow, Sie haben das Wort.«
Geh, dachte ich, während ich die Rednertribüne hinunterstieg. Verbreite deine Lügen über Gorenkov. Ich bin gewappnet, Ossinins Artikel wird dir keine große Hilfe sein...

Kapitel 28

Ich, Arseni Kyrillowitsch Tschurin Staatssekretär für das Bauwesen

Da die Anordnung zu dieser Dienstreise von einem Ministerium der russischen Republik ausgestellt worden war, haben wir die Zollformalitäten an einem der Schalter, die dem diplomatischen Corps und den offiziellen Delegationen vorbehalten sind, erledigt. Hier war weniger Andrang, und wenn man uns auch nicht schikanierte, so mußten wir doch die gleichen Formulare ausfüllen wie alle anderen Normalsterblichen auch. Ich habe es nicht für sinnvoll gehalten, meinen diplomatischen Paß zu erwähnen, der den Inhaber von jeglicher Kontrolle befreit. Es ist besser, auf den letzten Metern alles, was unangenehm auffallen könnte, zu vermeiden.

Kusinzow begleitete mich bis zur Paßkontrolle, wünschte mir viel Glück bei den Verhandlungen, die vor mir lagen, und versprach mir, sich um Liolja zu kümmern. Er wußte über unsere familiäre Situation Bescheid. In letzter Zeit hatte Liolja zwar wenig getrunken, dafür aber jeden Tag. Ihr Gesicht war aufgequollen, leblos und traurig, nur ihre Augen hatten einen schweren, trüben Glanz, so als bewundere sie ständig ein Bild, das nur sie sah. Kusinzow versicherte mir, daß er die Arbeiten an dem Gebäudekomplex in Penza überwachen würde, und ich solle mir keine Sorgen wegen des Briefes machen, den ich mit der Bitte um Bewilligung zusätzlicher Gelder für den Fernen Osten an das Ministerium für Materialbeschaffung geschickt hatte.

Mit mir reiste der Dolmetscher und Wirtschaftswissenschaftler Monachow, der im Amt für auswärtige Beziehungen arbeitete. Vor unserer Abreise hatte er drei Tage bei Kusinzow verbracht, der ihm erklärte, wie er mich gegebenenfalls unterstützen könne. Sie schrieben gemeinsam die Rede, die ich halten sollte, sofern die Gespräche erfolgreich abgeschlossen würden, sowie eine zweite, weniger enthusiastische für den Fall, daß kein Vorabkommen zustande käme. Sie bereiteten auch die Ansprachen für eventuelle offizielle Empfänge vor. Kusinzow erklärte mir, wie ich am besten Kontakt zu den Vertretern der lokalen Presse bekam: ›Ein Staatssekretär der Sowjetischen Union ist in dieses Land gekommen, um Gespräche über die Schaffung von ›Joint-Venture‹-Projekten zu führen. Das ist in diesem Wirtschaftszweig absolut neu.‹

Kusinzow ist ein paarmal zu mir gekommen, um mir einen genauen Bericht über das Material zu geben, das wir aus den Archiven angefordert hatten. Manchmal fiel mir sein beunruhigter Blick auf. Es war, als wolle er mir jeden Augenblick eine Frage stellen, die er letztendlich doch nicht aussprach, so als ob er sich genierte, so als ob irgend etwas ihn davon abhielte.

Sollte er etwas ahnen? Hatte er vielleicht Wind von meinen Plänen bekommen? Das wäre durchaus möglich. Hatte vielleicht Zaver geplaudert? Schließlich hatte Kusinzow uns miteinander bekannt gemacht! Vielleicht hatte er ja eine besondere Verbindung zu dem Juwelier, wer weiß?

Diese Möglichkeit entsetzte mich, denn Leute von Kusinzows Schlag sind stark, solange ihr Chef stark ist. Er wußte, was ihn erwartete, wenn ich nicht zurückkommen würde. Ebenso wie ich spürte er, daß die bevorstehenden Veränderungen noch radikaler sein würden als die, mit denen wir uns schon seit einigen Jahren herumschlugen. Eines Tages hatte er beiläufig bemerkt, daß es eigentlich wenig Sinn hätte, die Perestroika zu unterstützen, da die alte Denkweise noch zu stark verankert sei. Ich antwortete ihm, daß zweifellos eine Bedrohung über der Reformbewegung schwebe, solange die neuen Gesetze noch nicht gültig wären. In den letzten Wochen hatte ich jeden meiner Schritte genauestens kontrolliert, jedes Wort abgewogen. Darum habe ich Kusinzow mit einem traurigen Lächeln folgende Überlegung unterbreitet, die ich mir vorher genau zurechtgelegt hatte: »Ich persönlich würde, wenn ich merkte, daß die alten Methoden weiterverfolgt werden und jegliche Veränderung verhindern, mit Ihnen eine Baukooperative gründen und mein Recht auf Ruhestand geltend machen. Wenn man ein Gesetz verabschieden würde, das zusichert, daß man auch im Ruhestand weiter sein Gehalt bekommt, würden Tausende von Funktionären ihren Posten bereitwilligst freimachen, da bin ich ganz sicher. Wenn ich im Finanzministerium säße, ich würde dieses Wagnis eingehen... Wenn man das genau berechnet, käme man sicher zu dem Ergebnis, daß durch die Investition von Millionen Milliarden eingespart werden könnten. Erstens würde der größte Teil der Funktionäre im Ruhestand ohnehin bald aus Altersgründen verschwinden, zweitens gäbe es nicht mehr so viele pedantische Funktionäre, die jegliche Neuerung verhindern. Heutzutage stehen sie auf keiner Seite und wünschen sich nur eins, nämlich, daß sich nichts verändert...«

Ich habe mich bemüht, meine Antwort möglichst nachdenklich klingen zu lassen. Ich habe überlegt, ohne mich zu beeilen, und dennoch sollten meine Ausführungen mutig und auch ein wenig verbittert wirken...

Ein Mann, der fliehen will, verhält sich nicht so: Er plustert sich ständig auf, die Luft um ihn herum ist erfüllt von den Aufzählungen seiner Erfolge, und er hütet sich, die geringste Kritik anzubringen.

Kusinzow hätte mich daran gehindert wegzufahren, wenn er den geringsten Verdacht gehabt hätte. Leute wie er gehen lieber zusammen mit den anderen unter als allein, dann haben sie weniger Angst... Ich hingegen habe das Gefühl, daß das Ertrinken in einer Gruppe noch schlimmer ist. Wenn man gemeinsam an der Oberfläche plätschert, kann das sehr amüsant sein, aber Arm in Arm während einer grauenvollen Schlacht im brodelnden Wasser zu versinken, in der jeder den anderen auf den glitschigen, sumpfigen Grund zieht, ist ein furchtbarer und ekelhafter Tod.

Man muß allein leben und allein sterben. Das ist manchmal der einzige Weg, sich zu retten... doch Menschen wie er können diese unumgängliche Wahrheit nicht akzeptieren.

Hatte ich Angst, als ich durch den Zoll ging? Ja und nein. Ich wußte, wenn ein Mann mit einem kühlen Blick auf mich zukommen und mich höflich bitten würde »Kommen Sie bitte mit«, würde mir kein Mensch die Sätze glauben, die ich mir im voraus zurechtgelegt hatte: »Die Steine, die in meiner Westentasche sind, sind in Wirklichkeit nur kleine Glasstückchen. Meine Frau steckt mir solche Kleinigkeiten immer in die Tasche, sie lebt für einen solchen kleinen Talisman, was soll man machen? So sind die Frauen nun einmal!«
Wenn irgend etwas in dieser Art geschehen würde, hätte ich nur noch den Ausweg, Zyankali zu schlucken, ich hätte die Partie verloren. Aber wenn ich in der UdSSR bleibe, treibe ich auch meinem Untergang entgegen, und die Hanfkordel, die mich noch an den Geruch des weißen Schiffes aus meiner Kindheit erinnert, würde sich bald immer enger um meinen Hals zusammenziehen...
In der Nacht vor meiner Abreise habe ich kein Auge zugetan. Ich habe Liolja Cognac mitgebracht, Cognac macht sie sofort betrunken. Dann habe ich meine Pläne noch einmal überdacht: »Lohnte es sich wirklich, diese Steine mitzunehmen? Gut, nehmen wir einmal an, daß sie wirklich fünfzigtausend Dollar wert sind. Wenn man aber bedenkt, was das Leben, die ärztliche Versorgung, die Versicherungen im Westen kosten, reicht diese Summe kaum zwei Jahre lang, wenn überhaupt! Und wenn ich erwischt würde? Heutzutage geht alles so schnell... Neulich stand Usmanschodjaiew, der frühere Generalsekretär der Partei von Aserbaidschan, wegen Korruption vor dem Obersten Gericht... Und es gab in der *Iswestija* einen Artikel darüber..., heutzutage ist wirklich alles möglich. Und kurz zuvor wurde Chudaiberdjew, der ehemalige Premierminister dieser autonomen Republik, aus demselben Grund zu neun Jahren – neun Jahren! – Zwangsarbeit verurteilt...
›Nein, nein, ich bin für die Perestroika. Ich bin ein Anhänger der Perestroika, ich habe mich nur aus familiären Gründen entschlossen, zu verschwinden; ich brauche kein Geld, Sie finden in mir einen so guten Berater für Ihre Geschäfte, wie ihn sich selbst

Rockefeller nur erträumen könnte. Ich verlange nur ein Prozent der abgeschlossenen Geschäfte. Sie verdienen Millionen daran. Die Geschäftsabschlüsse müssen allerdings von einer anderen Firma getätigt werden, denn in Moskau ist unsere Verbindung bekannt. Man könnte dort vermuten, daß ich Sie berate. Wenn ein Mann sich ertränkt, ist das ein Unfall, aber wenn Sie mich aufnehmen, ist das etwas anderes, das würde man Ihnen nie verzeihen. Wenn Sie sich verraten, ist das Ihre eigene Schuld, denn das würde Ihnen erhebliche Ungelegenheiten bereiten. Darüber möchte ich Sie als Freund nicht im unklaren lassen.‹

Ich habe mir zunächst den Kopf darüber zerbrochen, in welcher Sprache ich mich mit meinem »Kontakt« unterhalten sollte, denn dieser José Aguirre sprach kaum Russisch, nur eben so viel, wie man im Restaurant oder im Hotel braucht: »Welch ein hübsches Mädchen!«, »Fahren wir nach Sakura«, »Laß uns tanzen!«, »Wo bleiben die Sakuski!« [Russische Vorspeisen], »Wie teuer ist das?«, »Zieh dich aus, mein Liebling«... Das war nicht gerade viel. Aber er ist ein kluger Kopf, und ich habe mein Lexikon mitgenommen, um einige Sätze vorzubereiten, damit er mich auch versteht.
Das junge Mädchen am Zoll drückte gleichgültig den Stempel auf mein Ausreiseformular und fragte mich, ob ich keine Rubel bei mir hätte: »Manche vergessen sie in der Tasche. Geben Sie sie lieber Ihrem Chauffeur mit, dann haben Sie bei der Rückkehr keinen Ärger. Die Gepäckaufbewahrung ist manchmal geschlossen.«
Ich habe nicht gleich verstanden, daß ich mich schon mit einem Fuß auf der anderen Seite der Grenze befand. Eine unerklärliche Apathie überfiel mich, obwohl ich sicher gewesen war, daß alles so verlaufen würde; noch war kein Glied der Kette, zu der ich gehörte, gebrochen... Doch das mußte bald geschehen, die Kette war einfach zu lang...

Ich hatte große Angst, daß Russanow am Flughafen auftauchen würde, denn ich verabscheue diesen Mann. Ich weiß nicht, warum

ich ihn fürchtete. Vielleicht, weil er der einzige war, der meine Achillesferse entdeckt hatte.
Was für ein schrecklicher Mensch dieser ruhige, lächerliche Nikititsch Russanow doch war! Er hat sich in meiner Anwesenheit nie irgend etwas erlaubt, was mir seine Grausamkeit und Hysterie deutlich gemacht hätte... Nein, so etwas ist nie vorgekommen... Aber in jeder Minute, in jedem Augenblick, sprach Strawugujin* aus ihm. Ich hatte zum erstenmal Angst, als ich ihn bei einer Besprechung beim Minister erlebt habe, Kusinzow hatte ihn eingeladen. Als Sneiderman und Urusabjew, die Leiter des Kunstateliers, darum baten, ihr Projekt für ein neues Kombinat in der Nähe von Briansk vorstellen zu dürfen, ist er ganz grün geworden.
Die Mitglieder des Ministeriums hegten für Sneiderman und Urusabjew große Sympathie. Sie sind mutige Künstler und haben darüber hinaus ein ausgezeichnetes Organisationstalent. Wir hatten mit ihnen noch nie schlechte Erfahrungen gemacht, und ihre Arbeiten waren von außerordentlich hoher Qualität.
Doch ich kannte Russanows krankhafte Einstellung gegenüber diesen »Ausländern« – dieses Wort gebrauchte er immer häufiger –, denen man die Ausschmückung unserer Städte anvertraute...
Ich habe seine Geschichte gehört, sie ist bezeichnend. Wenn man sein Leben kennt, versteht man den Ursprung seiner Intoleranz. Nachdem er äußerst erfolgreich die Akademie der Künste absolviert hatte – er gehörte dort zu den besten –, rangierte Russanow am Institut plötzlich unter den letzten. Sein Stil schien veraltet, er hatte keine Technik, und die Studenten und Professoren machten sich über die Klischees, die den Lehrern an der Akademie so gut gefallen hatten, lustig.
Seine Professoren hießen – als stecke Absicht dahinter – Ussimjan und Ruchimowitsch, natürlich wieder Ausländer, wie er sagt. Obgleich Ruchimowitsch ihm passable Noten gab, so daß er in die Gunst eines Stipendiums kam, schrie er Russanow mitleidlos an

* Held der *Besessenen* von Dostojewski

und machte seine Bilder nieder, ohne dabei auf die Blicke zu achten, die die anderen Studenten, die kaum ihr höhnisches Gelächter unterdrücken konnten, untereinander wechselten. Um sein Unglück vollkommen zu machen, war Russanow in einer Gruppe, die vor allem aus Kaukasiern bestand, ein sehr spontaner, ehrlicher und offener Menschenschlag. Auch das hat ihn sicherlich traumatisiert.

Eines Tages lehnte Ruchimowitsch eine seiner Arbeiten ab und verlangte, daß er sie noch einmal mache. Dazu gab er folgenden Kommentar ab: »Warum halten Sie sich ständig an die ›ismen‹? Sie klammern sich an die Klassiker wie ein Kind an die Brust der Mutter. Seien Sie ganz Sie selbst! Gehen Sie mit der Zeit, zum Teufel noch mal!«

An jenem Tag verließ Russanow das Institut und fuhr nach Orsk, wo, zehn Kilometer von der Stadt entfernt, in einem kleinen Dorf in der Steppe, sein Onkel lebte. Dieser Mann stand ihm am nächsten, und er hatte nur eine Leidenschaft: Er sammelte alte Bücher und Zeitungen. Er verdiente gut als Tierarzt. Nach dem Krieg waren die Zeiten schwer, vor allem als Stalin die Währungsreform einführte, bei der zehn alte Rubel gegen einen neuen Rubel eingetauscht wurden. Ich erinnere mich übrigens noch genau daran, wie Stalin sich damals an das Volk wandte: »Dies wird der letzte Schlag gegen die Interessen der Arbeiter sein.« Was für eine Unverschämtheit!

Vor sechs Monaten hatte mich Russanow in der Dienstdatscha besucht (ich kann mir keine eigene kaufen, denn man würde sofort eine Untersuchungskommission einberufen). Er betrachtete die Reproduktionen von jungen Malern, die Liolja an den kahlen Wänden, die mit einer grauenvollen Tapete mit Ahornblattmotiv tapeziert waren, aufgehängt hatte. Er bemerkte: »Dabei war Hitler auch ein recht guter Maler!«

Ich fing an zu lachen: »Jetzt sagen Sie nur noch, daß er auch ein guter Politiker gewesen wäre, wenn er uns nicht angegriffen hätte.«

Russanow schwieg und erst später, als wir auf die kleine Holzterrasse hinaustraten, antwortete er leise: »Ja, aber es stimmt... Er wurde angestiftet, er ist gerissenen Leuten in die Hände gefallen. Sie hatten dann Angst vor ihm, darum sind sie von einem rein emotionalen Antisemitismus zu einem organisierten Antisemitismus übergegangen. Er hat einmal gesagt, die Juden hätten die Deutschen aus Rußland vertrieben und ihren Platz eingenommen, und das Ende der jüdischen Vorherrschaft in Moskau würde auch das Ende Rußlands bedeuten. Da ist er natürlich etwas zu weit gegangen. Er hätte nicht einen Juden in seinen Krematorien verbrennen dürfen. Es hätte ausgereicht, wenn er sie vertrieben hätte, so daß man nichts mehr von ihnen gehört hätte.«

Und mit einem verkniffenen Lächeln zog er die Schlußfolgerung: »Ich sehe schon, daß Ihnen das nicht paßt, aber was soll man machen, wir sitzen alle in einem Boot, und wir können nicht anders, als Schulter an Schulter zu stehen. Wissen Sie, als ich bei meinem Onkel war, habe ich viel gelesen, und ich habe ganz erstaunliche Sachen gelernt. Man behauptet heute, daß das *Protokoll der Weisen Zions* eine Fälschung sei... Aber wer hat das bewiesen? Derjenige, der dieses hübsche kleine Dokument nach Deutschland gebracht hat, hatte ausreichende Argumente, es war ein gewisser Sergei Alexandrowitsch Nilus aus Petersburg. Es ist merkwürdig, aber er hatte bei sich zu Hause ein richtiges »Museum des Antichrist«. Er sammelte alle Arten von Davidsternen, er berechnete die Winkel der Dreiecke und sah in jedem Dreieck ein unglückliches Omen für alle Nicht-Juden. Er sagte sogar, daß die Dreiecke auf den Kultobjekten unserer Religion verdächtig wären. Wenn die Anzeigen in den Zeitungen mit einem Stern umrandet erscheinen, oder die Werbung in den Zeitschriften, so war er der Ansicht, daß es sich schlichtweg um Zeichen des Antichrist handele... Sehen Sie sich mal einige unserer Zeitungen und Zeitschriften daraufhin näher an, das gibt zu denken... Kennen Sie Nilus? Glauben Sie nur nicht, daß er ein Fanatiker war«, fuhr er fort. »Als er 1920 nach Deutschland ausgewandert ist, hat er das *Protokoll* in sechzehn Sprachen veröffentlicht. Erst später hat Henry Ford, der ja nun wirklich nicht dumm war, drei Millionen Exemplare drucken lassen und sie kostenlos verteilt... Wenn man bedenkt, daß die Yankees bereit sind, Vater und Mutter für Geld zu töten! Das bedeutet also, daß Ford das Dokument für authentisch hielt, und nicht für ein Geschmiere der Ochrana*... Selbst die TIMES, die damals in ganz England gelesen wurde, schrieb 1920, wenn dieses *Protokoll* authentisch sei, hätten die Juden sogar Kaiser Wilhelm II. übertroffen, der ein gewöhnlicher Anstifter zum Komplott war. Sie hingegen seien wahre Teufel, denn sie hätten Rußland im Oktober unter ihre Herrschaft gebracht und versucht, auch Deutschland und Ungarn in die Hand zu bekommen, um diese Länder an die Freimaurer weiterzugeben, doch Gott sei Dank sei die Sache fehlgeschlagen...«

Ein stummes Lachen schüttelte Russanow, und er sah mich an. Der Blick aus seinen meergrünen Augen schien mir ungut, und ich habe in diesem Moment betrübt festgestellt, daß ich ihn niemals hinauswerfen könnte. Erstens, weil er verrückt war, und zweitens, weil nur er und kein anderer mir das Geld brachte, das man nicht per Postmandat überweisen konnte. Dem lag ein Briefchen mit folgenden Worten bei: »Mit Dankbarkeit, die besten Vertreter der nationalen Malerei.« Ihm war es gelungen, diese ständige Angst, die ich in mir trug, zu entfesseln...

Früher hatte er mich immer zusammen mit Kusinzow begleitet, doch heute war er zum erstenmal nicht dabei. Warum? Ich wußte es nicht und hielt dem Beamten meinen blauen Paß entgegen. Plötzlich spürte ich, daß mir das Herz bis zum Hals schlug.

Als der Polizist mir endlich meinen Paß zurückgab – nicht ohne zuvor mein Gesicht sorgfältig mit der Fotografie verglichen zu haben – wandte ich mich zu Kusinzow um, winkte ihm noch einmal zu und wiederholte: »Sie sind für Penza verantwortlich, Fjodor Fomitsch! Wenn es irgendwelche Schwierigkeiten gibt, rufen Sie mich an. Monachow wird Ihnen, sobald wir angekommen sind, ein Telex mit unseren Telefonnummern durchgeben.«

Sobald ich die Grenze überschritten hatte, sagte ich zu Monachow, daß ich in den Wartesaal der ersten Klasse gehen würde. Wir würden uns dann im Flugzeug treffen. Dann ging ich langsam

* Geheimpolizei des Zaren

hinauf in den ersten Stock; ich spürte, wie sich mein Herz beruhigte.
Kellnerinnen mit hübschen, sauberen Schürzen fragten mich, ob ich Tee, Kaffee oder Fruchtsaft trinken wolle. Ich bestellte Fruchtsaft und Mineralwasser und ging zur Toilette. Ich wollte gerade eine Flasche Whiskey aus meiner Aktentasche ziehen und einen Schluck trinken – denn nichts beruhigt bei Streß besser als Alkohol –, doch dann sagte ich mir, daß es gefährlich wäre, hier so etwas zu tun, da sicherlich überall versteckte Kameras installiert waren. Man würde mich natürlich deshalb nicht verhaften, aber es würde in meiner Akte vermerkt werden. Sollen sie doch! Bis die wach werden, bin ich längst weg. Und wenn schließlich die Aktennotiz an der richtigen Adresse ankäme, würde ich schon landen. Aber wenn man nun ein Telegramm von Moskau aus ins Flugzeug schickte, um mich eiligst zurückzuholen...
Ganz ruhig, mein Junge, sagte ich mir. Das ist nicht der richtige Augenblick, um den Kopf zu verlieren. Man kann nicht leben, wenn man niemandem mehr traut... Doch, es ist möglich! Ich bin heute nur deshalb noch auf der Welt, weil ich niemandem traue außer mir selbst, das heißt jenem Teil meines Wesens, der natürlich geblieben ist, der nicht durch das verwässert wurde, was für alle anderen die sichtbare Form Tschurins geworden ist...
Ich habe meine Flasche aus der Aktentasche geholt, sie geöffnet und dann, während ich den Wasserhahn aufdrehte, den Flaschenhals zum Mund geführt und drei köstliche Schlucke getrunken.
Als ich wieder in der Halle war, habe ich einen Traubensaft getrunken, den ich mit Wasser verdünnte, und mich in die weichen Polster der Bank zurückgelehnt.
Warum hatte mir Russanow bei unserem ersten Treffen mit solcher Sicherheit den Umschlag mit dem Geld entgegengehalten? Wieso war er so sicher, daß ich es annehmen würde? Wer, außer mir selbst, hätte das voraussehen können? Niemand! Hat dieser Mann also übernatürliche Kräfte? Vielleicht ist er ein Medium? Hat er vielleicht hypnotische Fähigkeiten? Nein, sagte ich mir, er ist einfach nur ein Geschäftsmann; er ist kein Maler, er ist ein Spekulant.

Geschieht ihm ganz recht, daß man ihm im Institut seine Unfähigkeit vor Augen geführt hat. Seine Berufung ist die Raffgier und nicht die Malerei. Er liebt alles, was hübsch und leicht zu haben ist, aber ist die wahre Schönheit leicht zu haben? Es gibt nichts Schlimmeres als verkannte Genies. Sie machen alle anderen für ihr Scheitern verantwortlich, alle außer sich selbst. Darum brauchen sie auch Opfer, die sie für ihr Scheitern verantwortlich machen können, damit ihr Leben nicht ganz so leer und verzweifelt ist...

Aus einem kleinen unsichtbaren Lautsprecher, der sicherlich irgendwo in der Decke verborgen war, hörte ich eine Stimme: »Herr Monachow, Passagier des Fluges zweihundertdreiundvierzig, wird gebeten, sich am Gepäckschalter einzufinden.«

Was bedeutet das, fragte ich mich. Ich spürte erneut, wie mir das Blut stockte. Ohne es zu wollen, wurde ich von der Angst überwältigt, es war eine bodenlose Angst. Keine Panik, sagte ich mir. Kusinzow hat sicher vergessen, uns irgend etwas mitzugeben. Er hat nichts vergessen, dachte ich, er ist außerordentlich genau, mein Gott, was ist denn nur geschehen?

Ich ging wieder auf die Toilette und trank meinen Whiskey aus. Die leere Flasche stopfte ich in meine Aktentasche. Dann blieb ich vor einem Waschbecken stehen und wusch mir die Hände mit warmem Wasser. Warum? Ich fand dieses warme Wasser angenehm, ich bewunderte die blauen Kacheln, den Seifenhalter mit der parfümierten rosafarbenen Seife und das trockene Frottee-Handtuch. Zunächst verstand ich den Grund für meine Bewunderung nicht, ich ahnte ihn erst einen Augenblick später: Hinter dem Komfort sah ich schon das Gefängnis mit all seinen Schrecken vor mir, die Stücke schmutziger Seife, die stinkenden Latrinen, die Waschbecken aus abgestoßenem Emaille in den Gängen, in deren Nähe sich die Wärter aufhielten, die unablässig die Gefangenen beobachteten.

Als ich zurück in den Wartesaal kam, sagte die Kellnerin mir, daß mein Flug aufgerufen worden wäre, und sie wünschte mir eine gute Reise.

Soll Monachow sehen, wie er mit dem Gepäck klarkommt, dachte ich. Es ist unnütz, auf ihn zu warten. Ich werde zu meinem Ausgang gehen. Warum sollte ich mich um ihn kümmern? Ich bin schließlich nicht sein Kindermädchen, er wird schon alleine zurechtkommen, das wichtigste ist, daß ich ganz natürlich und selbstsicher wirke.
An der Tür stieß ich mit Monachow zusammen: »Arseni Kyrillowitsch, man hat unser Gepäck in das falsche Flugzeug geladen. Man fragt, ob wir ein oder zwei Tage ohne unsere Koffer auskommen könnten. Sie kämen spätestens in zwei Tagen an. Macht Ihnen das etwas aus?«
»Nein, und Ihnen?«
»Ein wenig. Ich war dumm genug, ein weißes Hemd anzuziehen. Nach der Ankunft wollte ich mich gleich umziehen, es ist nicht angenehm, in einem Hemd herumzulaufen, das nicht ganz sauber ist.«
»Das macht nichts, Sie können es ja waschen«, sagte ich ihm. »Wir kaufen ein kleines Päckchen Waschpulver. Wenn wir jetzt nach Hause gingen, müßten wir ein neues Ausreisevisum beantragen... Aber tun Sie nur, was Sie für richtig halten...«
»Und Sie?«
»Ich fliege. Ich habe nur sehr wenig Zeit. In fünf Tagen muß ich wieder in Penza sein, das wissen Sie doch...«
Ich ging zum Ausgang Nummer 9.
Und in dem Augenblick, als ich die Kontrolle passierte, schrillte die Alarmglocke. Da begriff ich alles: Ich war geliefert, man hatte Katz und Maus mit mir gespielt...

Kapitel 29

Ich, Rustjom Islamowitsch Karimow

Der Bezirksleiter des Zentralkomitees Ignatow war immer noch in körperlicher und geistiger Hochform, als wir unsere Unterredung gegen drei Uhr morgens beendet hatten. Dabei hatte die Plenarsitzung des Regionalkomitees, an der er ebenfalls teilgenommen hatte, schon am Abend vorher um neun Uhr begonnen.

Als der Erste Sekretär ihm das Wort erteilte, nahm Ignatow seine Aktenmappe unter den Arm – wie unangebracht! fuhr es mir durch den Kopf. Gerade in solch einem Augenblick, wo die aus Moskau der Provinz beibringen wollen, wie man eine gute Rede hält –, bestieg die Rednertribüne, zog ein dickes Bündel mit Briefen hervor und legte seine schmale, jungenhafte Hand darauf.

»Wir haben das Politbüro gebeten, aufgrund dieser Briefe hier, die das Zentralkomitee erhalten hat, eine außerordentliche Generalversammlung einzuberufen.« Er eröffnete seine Rede ganz anders, als es sonst bei unseren Versammlungen üblich ist. »All diese Briefe sind uns von Bürgern unserer autonomen Republik zugeschickt worden... Ich habe lediglich ein paar ganz charakteristische mitgebracht... Dabei ist zu beachten, daß beinahe zwanzig Prozent dieser Briefe sich mit dem Fall des ehemaligen Direktors des ›Dalstrojtrusts‹, Gorenkov, beschäftigen, der für schuldig befunden wurde, Güter des sozialistischen Staats vergeudet zu haben... Diese Briefe stammen von Arbeitern, Angestellten, Ingenieuren, von Komsomols aus den Reihen der Volontäre, Journalisten und Forscher.

Die Verfasser anderer Briefe, ebenfalls ungefähr zwanzig Prozent, meinen, daß die Perestroika bis heute in unserer autonomen Republik überhaupt keine Rolle spiele. ›Von der Bedeutung, die

Glasnost für die schnellere Umsetzung der Idee der Privatinitiativen haben soll‹, sagen die Briefeschreiber, ›hören wir nur aus dem Fernsehen. In unserer Republik sind die Strukturen noch immer erstarrt, wir haben Angst vor dem Neuen; monatelang diskutieren wir, bevor wir eine Entscheidung treffen. Die örtlichen Behörden ermutigen die Familienunternehmen nicht, ganz im Gegenteil; sie geben uns kein Land für Gemüsegärten, und sie entlassen jeden, der es wagt, sie zu kritisieren...‹
Diese Briefe sind der Grund für diese außerordentliche Versammlung: Wir sollen und müssen analysieren, was nicht funktioniert... Ich erlaube mir, Sie darauf hinzuweisen, daß das Regionalkomitee nicht einen einzigen Brief erhalten hat – und sei er auch noch so vage formuliert. Alle diese Briefe wurden nach Moskau geschickt... Hören wir nun, was die Mitglieder der Vollversammlung dazu zu sagen haben...«

Diese Aufforderung schlug bei den meisten Teilnehmern wie eine Bombe ein; Die zentrale Presse hatte hie und da bereits kritische Stimmen über das Regionalkomitee veröffentlicht, aber nur wenige der Zuhörer hatten erwartet, daß das Problem so offen zur Sprache gebracht werden würde. Dennoch, es gab nichts dagegen zu sagen: Diese Vorgehensweise entsprach dem Geist des demokratischen Sozialismus und der Transparenz: Wenn ein Problem auftaucht, so muß darüber gesprochen werden...

Archipuschkin, der Leiter der Berufsgruppe der Schweißer, bat als erster um das Wort; er gab selten öffentliche Stellungnahmen ab, an jenem Tag aber meldete er sich entrüstet zu Wort; wie ein Stier in der Arena, stürzte er sich auf die Tribüne: »Genossen, hört, was ich euch zu sagen habe«, begann er. »Ich habe eine Tochter, die kleine Swjeta... Sie studiert Medizin..., und sie hat uns, meiner Frau und mir, erklärt, daß das Wichtigste im Leben darin besteht, Vorkehrungen zu treffen; man darf der Krankheit keine Zeit lassen, sich einzunisten; man muß ihr den Weg versperren, bevor es zu spät ist... Wir alle sind schuld, wenn die Krankheit, an der unsere Republik leidet, bisher ignoriert wurde und sich nun mit

einem Schlag verschlimmert. Das Einfachste wäre natürlich, unseren Ersten Sekretär, den ehrenwerten Nikolai Wassiljewitsch, zu kritisieren. Nein, Genossen, fangen wir bei uns an, kritisieren wir zuallererst uns selbst. Ich verbringe die meiste Zeit meines Lebens bei den Arbeitern, ich kaufe in unserem Geschäft die Lebensmittel ein, weil dort immer Waren vorhanden sind, und ich weiß daher, was die Leute erzürnt: ›In Moskau‹, so sagen sie, ›kann man noch etwas tun, dort liegt die Macht in den Händen des Volkes; hingegen hier bei uns, da wird immer alles beim alten bleiben! Keiner wird jemals auch nur den kleinen Finger rühren, wenn der Sekretär des Regionalkomitees nicht den Befehl dazu erteilt...‹
Jeden Tag höre ich diese Art von Äußerungen, und mit eigenen Augen sehe ich den Mißbrauch, die Überschreitungen und die Unterwanderung der Perestroika. Und ich frage mich, weshalb ich nicht schon früher zu Nikolai Wassiljewitsch gegangen bin, um offen mit ihm zu reden. Wovor hatte ich Angst? Daß er mich nicht gleich empfängt? Ich hätte mich nur anmelden müssen und warten, bis ich aufgerufen werde. Wir sind ja alle daran gewöhnt, Schlange zu stehen, nicht wahr? Nein, die Antwort ist einfach: ich hatte Angst davor, dem Ersten Sekretär die volle Wahrheit zu sagen. Und weshalb? War es die Furcht, daß ich nicht wieder zum Mitglied der Vollversammlung ernannt werden würde? Und wenn es so wäre, was würde dann passieren? Ich kann nicht einfach entlassen werden, es gibt nicht unendlich viele Kandidaten, die darauf warten, den Platz eines Arbeiters einzunehmen; anders wäre es, wenn es um die Stelle eines Reiseorganisators, der Urlaubsreisen zuteilt, ginge! Ich kenne nicht viele, die sich darum reißen, nur mit einem Seil gesichert, acht Stunden am Tag Schweißarbeiten auszuführen...
Wir erfüllen nur sehr zaghaft den letzten Willen von Doktor Tschechow, der uns dazu aufgefordert hat, den Sklaven, der in uns allen steckt, zu besiegen. ›Doch wie‹, so fragt sich jeder von uns, ›kann ich es wagen, meinem Vorgesetzten einmal die Leviten zu lesen? Wenn er den Kommandostab erhalten hat, dann doch wohl deshalb, weil er ihn verdient hat! Will ich nicht vielleicht nur

versuchen, ihm ihn wegzunehmen?‹ Unaufhörlich wiederhole ich mir dies. Und deshalb möchte ich euch bitten, mich nicht weiter als Mitglied des Plenums zu betrachten; ich empfehle statt meiner meinen Stellvertreter, Genadi Georgiewitsch Eplanow, denn er kennt die Wahrheit über alle unsere Leiter, sowohl in den Betrieben als auch in den örtlichen Komitees. Er ist ein Mann, der nicht dazu geboren ist, ein geruhsames Leben im verborgenen zu führen, sondern zum Wohl aller zu arbeiten. Ich bitte Sie, meinen Antrag nicht abzulehnen, denn ich fühle mich ebenso wie unser Erster Sekretär verantwortlich für alle Überschreitungen, die in unserer Republik begangen werden und die die Leute zu Recht in Moskau anprangern...
Alle haben davon gehört, daß Nikolai Wassiljewitsch sich einen Privateingang zum Krankenhaus hat bauen lassen, daß seine Tochter mit einem Dienstwagen zur Schule fährt. Und was haben wir getan? Wir haben geschwiegen! Und wenn wir den Mund aufgemacht hätten, als noch Zeit war, hätte Nikolai Wassiljewitsch auf uns gehört? Es ist leicht, heute einfach mit ›nein‹ zu antworten, um unser schlechtes Gewissen zu beruhigen; man wird jedoch vielmehr uns – im Namen des Gemeinwohls – fragen müssen, warum wir nichts gesagt haben.«
Danach war Borissenko, der Leiter der Sowchose, an der Reihe: »Ich bin zu neunundneunzig Prozent der gleichen Meinung wie Archipuschkin, und dennoch möchte ich Ihnen eine kleine Geschichte erzählen... Als die Nahrungsmittelindustrie mich unter Druck setzte, ich solle, um die Erfüllung des Plansolls zu demonstrieren, Getreide und Fleisch an die Regierung abliefern, und dies mit der Wahrung des äußeren Scheins begründete, weigerte ich mich und sagte: Nein! Ich nähme sehr wohl den Gesichtsverlust unserer Republik in Kauf. Denn es bestehe die Gefahr, daß die Jugend das Vertrauen in die Perestroika verliert und nicht mehr daran glaubt, daß die Sowchose das Recht hat, ihre Produkte an Ort und Stelle zu verkaufen, nachdem sie ihre Rechnung dem Staat gegenüber beglichen hat. Damals gab man mir zur Antwort, ich solle nicht das Volk aufwiegeln. Ich war sprachlos. Nikolai Wassiljewitsch rief mich zu sich und sagte: ›Genosse Borissenko,

lassen Sie uns als erstes an das Allgemeinwohl denken, Ihre lokalen Interessen sind doch sekundär.‹
Ich antwortete, ohne ein Blatt vor den Mund zu nehmen, während er wie die Katze um den heißen Brei schlich und so tat, als wolle er mich nicht unter Druck setzen. Dabei hatte ich es doch nicht mit einem x-beliebigen, sondern mit dem Ersten Sekretär der Partei zu tun...
Am Ende des Gesprächs empfahl er mir, Ordnung in meine Angelegenheiten zu bringen, da ich den Besuch einer Kommission zu erwarten hätte: ›Die haben ein wachsames Auge‹, sagte er mir, ›paß auf, daß du nicht...!‹
Das war der Anfang meiner Not... Ich suchte Karimow im Ministerrat auf. Unser armer Sekretär, den die Inspekteure etwas beschwichtigten, da sie ja nur irgend etwas suchten, um sich daran festzubeißen, schlug sich auf meine Seite, aber Sie können sich nicht vorstellen, wie teuer Karimow dafür bezahlen mußte.«
Dann trat der Chefbühnenbildner des Theaters der Republik Usbekistan ans Rednerpult: »Man müßte eine Theateraufführung für die Kulturleitung veranstalten, eine weitere für das Bezirkskomitee, eine weitere für die Stadt, und jeder sollte sein eigener Stanislawski sein dürfen, seine Einwände hervorbringen und angeben, was unterdrückt, was geändert, was abgemildert werden müsse. Und wenn sich die Lage verschärft, greift man auf die altbewährte Formel zurück: ›Keine Sorge! Wozu die Emotionen aufstacheln? Wir, die Künstler, sind nur dazu da, die Emotionen zu wecken; das ist unsere Aufgabe. Und ganz oben, an der Spitze dieser Pyramide aus gefühlsverwirrten Feiglingen, die dennoch eine gewisse Macht in Händen halten, sitzt Nikolai Wassiljewitsch, der behauptet, daß, solange er Erster Sekretär ist und solange die Leute ihm Vertrauen schenken, er keine Extravaganzen auf der Bühne dulden werde.‹«

Zwölf weitere Redner folgten, dann verlas Ignatow den Antrag einer Gruppe von Plenumsmitgliedern, die forderten, Nikolai Wassiljewitsch Karpulin seines Amtes als Erster Sekretär zu entheben, und die mich als Kandidaten für diesen Posten vorschlugen.

Ich saß noch am Vorstandstisch, so wie es mein Amt verlangte, doch hatte ich bereits von Anfang an das Gefühl, vollkommen allein dazustehen; mein Nebenmann, der Sekretär für Propaganda, hatte sogar die Ellbogen vom Tisch genommen, um nicht versehentlich meinen Arm zu berühren. Ich sah auf meinen Nachbarn zur rechten, Sinakow, den Rektor der Universität; er hatte ein merkwürdiges Lächeln auf den Lippen und räusperte sich in regelmäßigen Abständen, wobei er sein Gesicht verschämt in seiner Hand verbarg.

Dennoch war ich höchst erstaunt, als bei der Nennung meines Namens Beifall geklatscht wurde.

Immer wenn ich am Vorstandstisch saß, ganz gleich, in welcher Versammlung, habe ich den Saal immer mit einem kritischen Blick beobachtet. Das ist eine gute Schulung, denn auf diese Weise übt man – wenn man den Zuhörern keine schlechten Absichten unterstellt –, die Stimmungen im Saal zu begreifen; nicht die, die einem genehm wären, sondern die wirklichen Stimmungen. Wenn man die Reaktionen der Zuhörer registriert, kann man sich ausrechnen, wie die Lage in den Stadtbezirken und in der Stadt ist. Es genügt, diejenigen herauszufinden, die schläfrig mit den Augen blinzeln, und aufzupassen, bei welchen Passagen der Rede die Leute plaudern oder Beifall klatschen. Da gibt es die vorwiegend aus Komsomols bestehenden bestellten Beifallsklatscher, bei denen man gleich weiß, auf welcher Seite sie stehen. An einem solchen Punkt müßte man seine Rede unterbrechen, die man unter Berücksichtigung der Gegebenheiten vorbereitet hat; an einem solchen Punkt müßte man improvisieren, sein Herz sprechen lassen – aber ist es einfach, seine Gewohnheiten zu ändern?

Ich bestieg die Rednertribüne mit weichen Knien.

»Genossen, ich danke euch für das Vertrauen, das ihr mir entgegengebracht habt, aber ich fürchte, ich habe nicht das Recht, diesen Kandidaturvorschlag anzunehmen. Die Mitglieder des Plenums wissen, daß ich von meinem Recht, mich in den Ruhestand versetzen zu lassen, Gebrauch gemacht habe; ich möchte meinen Kampf für den Genossen Gorenkov fortsetzen, der sich gegenwärtig im Gefängnis befindet.«

Jemand stellte die Frage: »Weshalb können Sie denn Ihren Kampf nicht auf Ihrem jetzigen Posten fortsetzen?«
»Weil die Mehrheit der Mitglieder des Politbüros meine Einstellung für dogmatisch und dem Ansehen unserer Republik abträglich hält«, antwortete ich. »Außerdem hat man mich wissen lassen, man finde mein Verhalten unverantwortlich...«
»Weshalb haben Sie nicht dagegen protestiert? Weshalb haben Sie sich nicht an das Zentralkomitee gewandt?«
»Weil es eine Art von Flucht wäre, wenn man sich bei jeder Gelegenheit ans Zentralkomitee wenden würde. Das ZK hätte dann gar keine Zeit mehr für die eigentliche Arbeit in der Parteileitung. Trotzdem habe ich mich, wie Sie wissen, an die zentrale Presse gewandt, an die TRIBÜNE MOSKAUS, als die örtliche Presse mir das Recht verweigerte, meinen offenen Brief abzudrucken.«
Ignatow erhob sich.
»Genossen, ich darf Ihnen mitteilen, daß der Oberste Russische Sowjet, die Staatsanwaltschaft und der Gerichtshof unserer Republik sich mit dem Brief des Genossen Karimow beschäftigt haben. Das Ergebnis der in Moskau geführten Umfrage wurde uns sofort übermittelt, und zwar insbesondere dank der Arbeiter, die in ihren Briefen Karimow als einen vorbildlichen Leiter bezeichnet haben. Wir haben uns der Meinung des Obersten Sowjets angeschlossen und das Gesuch des Genossen Karimow zur Versetzung in den Ruhestand zurückgewiesen. Diese Entscheidung entsprach den Ergebnissen der Umfrage, und auf diese Weise war die Begründung für Karimows Entlassungsgesuch hinfällig.«.
Mir war, als ob man mir die Kehle zudrückte, als die Genossen rauschend Beifall klatschten.
Um Zeit zu gewinnen, um ruhig zu werden und meine Gedanken zu sammeln, mußte ich einen Schluck Tee trinken. Sonst gab es immer Mineralwasser, aber diesmal hatte der Erste Sekretär, um sich beliebt zu machen, angeordnet, Tee auszuschenken, wie es in Moskau bei Parteisitzungen üblich ist. Ich fürchtete insbesondere, man könnte dabei merken, wie sehr meine Hände zitterten. Ich alter Dummkopf! Wieso sollten meine Freunde meine Rührung nicht verstehen und billigen?

»Ja, also, Genossen, ich muß euch gegenüber meine Zweifel zum Ausdruck bringen... Ich frage mich im Grunde, ob es mir gelingen wird, die Arbeit, die ihr mir anvertrauen wollt, zu bewältigen!«.

»Aber natürlich!« riefen Leute aus dem Saal. »Wir vertrauen dir!«

»Danke! Aber trotzdem, laßt uns darüber sprechen, damit die Arbeiter nicht sagen können, es genüge, eine Kutte zu tragen, um ein Mönch zu sein. Nehmen wir mal an, ich sei gewählt... Was könnte ich mit dem Zweiten Sekretär, dem Genossen Niasmuchamedow, machen? Dreimal habe ich ihm Beweise für die Unschuld von Gorenkov vorgelegt; ich habe versucht, ihm zu beweisen, daß man sich an diesem Mann rächen wolle, der nie auch nur einen Schritt getan hat, ohne im Einklang mit Geist und Buchstaben der Perestroika zu handeln. Der Genosse Niasmuchamedow jedoch hat sogar die eindeutigsten Beweise abgelehnt. Warum? Weiterhin hat er sich mit der Staatsanwaltschaft sowie mit der Stelle, die sich mit der Schädigung sozialistischen Eigentums befaßt, telefonisch in Verbindung gesetzt. Er wollte erreichen, daß man noch einmal mein Verhältnis zu Gorenkov untersucht, daß man nachprüfen solle, ob ich nicht in Korruptionsgeschäfte verwickelt sei. Behindert es nicht die Untersuchungen, wenn vorgeschrieben wird, was zu tun ist?... Und ausgerechnet mit solchen Leuten sollte ich zusammenarbeiten? Meine Wahl müßte also zugleich die Entlassung des Genossen Niasmuchamedow bedeuten, sonst kommt die ganze Sache auf halber Strecke zum Stillstand...

Da ist auch noch der stellvertretende Staatsanwalt, der Genosse Rabinowitsch... Auch er wandte der Wahrheit den Rücken zu und ließ die Revision der falschen Anklage gegen einen achtbaren Kommunisten nicht zu. Außerdem sammelte er Beweise gegen mich, um eine neue Untersuchung ins Rollen zu bringen. Sie können jetzt einwenden, er sei doch gar nicht Mitglied des Plenums. Das stimmt. Aber sein Vorgesetzter, der Staatsanwalt, ist Kandidat des Politbüros... Und wollen Sie, daß ich Hand in Hand mit solchen Leuten arbeite?

Was die Kontrollorganisationen anbelangt, sie sind zu einer Art ›Verbotsmaschinerie‹ verkommen! Sie handeln nicht mehr im

Geiste des gesunden Menschenverstands, sondern lassen sich von dem Wunsch leiten, gut zu arbeiten, das heißt, um jeden Preis jemanden in leitender Funktion zu schnappen! Ich habe den Eindruck, eine ganze Serie von Herzinfarkten ist schon vorprogrammiert und man geht nach einem ganz bestimmten Plan vor, um die fähigsten und unerschrockensten Persönlichkeiten auszuschalten!

Ich bin glücklich, mit unserem Justizminister Nikiforow zusammengearbeitet zu haben... Iwan Fomitsch Nikiforow hat als erster geschrieben, man müsse absolut und vordringlich die Gesetze reformieren, die Hunderte von absurden Verboten abschaffen, die in den dreißiger und vierziger Jahren erlassen wurden, um die Phantasie der Volksmassen zu blockieren... Ich werde nie vergessen, was er über unsere zahllosen Dekrete gesagt hat: Ein schönes Haus braucht keine Nebengebäude, das verunstaltet nur das Gesamtbild...; oder: Als Peter der Große Gewißheit darüber erlangt hatte, daß Moskau seine Reformen nicht unterstützte, begann er wieder ganz von vorn und baute St. Petersburg. Leider haben wir alle in einer Schiedspruchkommission dazu beigetragen, daß Nikiforow versetzt wurde... Ja, er wurde sogar des Nationalismus angeklagt, da er nicht mehr mit den pompösen Feierlichkeiten zur Erinnerung an den ›freiwilligen‹ Anschluß der Tataren und der Bewohner Daghestans an Rußland einverstanden war... Die ganze Welt weiß genau, daß Iwan der Schreckliche Kasan im Sturm eroberte – kann man in diesem Fall von einem ›freiwilligen‹ Anschluß sprechen? Die ganze Welt hat *Hadschi Murat* gelesen, das Werk, in dem Tolstoi vom Kampf der kaukasischen Bergbewohner gegen die Herrschaft des russischen Reichs erzählt. Man darf Rußland, das ›einstige Gefängnis der Völker‹, nicht mit der sozialistischen und brüderlichen Union der Republiken verwechseln, denen das große russische Volk die Freiheit und eine Zukunft gegeben hat!

Oder betrachten Sie unser Fernsehprogramm! Die Sendungen aus Moskau werden – das kann ich beschwören – wie Sendungen aus dem Ausland betrachtet! Zähneknirschend haben wir uns entschlossen, in unserem Regionalfernsehen die Einschränkung des

Handels zu kritisieren. Und dann haben wir die traurige Wahrheit doch nur mit einer der üblichen Floskeln umschrieben.
Liebe Genossen! Das ist doch nicht möglich! Warum sitzen wir auf unseren Ohren? Warum sind die Märkte so hoffnungslos leer? Warum werden Gurken und Kürbisse nur – ich schäme mich, es zu sagen – an Feiertagen zu Ehren der Revolution zum Verkauf angeboten? Unser Unglück, unseres, nicht das der Genossenschaftler, liegt darin, daß sie ihre Preise je nach dem Angebot des Marktes selbst festlegen – selbst wenn sie sie zweimal pro Tag verändern –, während im staatlichen Handel oder in den Kolchosen die Preise jeweils für die ganze Saison festgelegt werden. Wir sind in der Geschäftsorganisation vollkommene Ignoranten! Wir selbst sind schuld an unserer Not! Dank schulden wir den Genossenschaftlern und den privaten Unternehmern! Denn ohne sie wären wir schon lange am Rand einer Katastrophe! Nicht wir, sondern die privaten Unternehmer verteidigen heute den Sozialismus am besten, denn sie liefern die Waren an die Bevölkerung! Wir hingegen, wir geben ihr nur leere Versprechungen! Die privaten Unternehmer und die Genossenschaftler sind frei in ihrem Handeln – im Augenblick jedenfalls... Unsere offiziellen Organisatoren hingegen sind an Händen und Füßen gefesselt – das ist das Problem. Auch wenn wir die Handelsorganisationen und die Bauunternehmen ermutigen, das alte Gebäude gerät nicht ins Wanken, solange der Leiter und seine Mitarbeiter keine Freiheit haben! Wie kann man also, da in der Wirtschaft die Ungesetzlichkeit herrscht, auf die Veränderung hinarbeiten? Oder ist es nur ein Hirngespinst, ein Köder? Man kann nur mit Verbündeten arbeiten! ›Fürchtet nicht eure Feinde! Schlimmstenfalls können sie euch töten! Fürchtet nicht eure Freunde! Schlimmstenfalls können sie euch verraten! Fürchtet vielmehr die Gleichgültigen! Denn ihr Schweigen ermuntert das Verbrechen und den Verrat!«
Und unter tosendem Beifall rief ich: »Das ist nicht von mir, es war Bruno Jassenski, der diese Worte im Jahr 1937 schrieb, kurz vor seiner Hinrichtung!«
Und dann schloß ich mit vor Gefühlsaufwallung zittriger Stimme: »Gegenwärtig beschleunigen das Zentralkomitee, die Presse und

das Fernsehen den Prozeß der Perestroika; aber bis auf den heutigen Tag verfügen wir nicht über eine feste juristische und ökonomische Basis, die von sich aus die Erneuerung vorantreibt, damit nicht ständig von neuem im Namen des Gemeinwohls dieser Erneuerungsprozeß als dringlich beschworen werden muß! Mit der Sendung ›Die Stunde des Dorfes‹ will man die konstante Versorgung Moskaus mit Lebensmitteln fördern. Aber was passiert, wenn die Leute genug davon haben, wenn sie den Glauben an derartige leere Versprechungen verlieren? In Frankreich wurde die Revolution vom Bürgertum gemacht, weil der Absolutismus die Schuster und Weber nicht arbeiten ließ, wie sie wollten! Unsere Denkweise trägt immer noch den Stempel des Absolutismus und der Sklaverei! Und alle frommen Wünsche werden daran nicht rütteln! Nur per Gesetz kann etwas geändert werden! Was könnten bei uns hier und heute geniale Ingenieure wie Tupolew, Edison oder Curie realisieren? Nichts! Rein gar nichts! Warum benötigt man für jeden neuen Vorschlag, für jede neue Idee eine Genehmigung? Wann werden wir lernen, an die Begabung zu glauben? Können Sie sich vorstellen, was passiert wäre, wenn Mussorgski, Tschaikowsky, Tolstoi oder Gorki eine Genehmigung des Staatskomitees für Kultur für jede ihrer Opern oder ihrer Bücher benötigt hätten? Wie kann man auf die ausreichende Versorgung mit Lebensmitteln hoffen, wenn der Direktor einer Sowchose nicht einen einzigen Schritt ohne unsere Zustimmung oder Erlaubnis machen kann? Wie können im technischen Bereich Fortschritte erwartet werden, wenn eine Fabrik oder ein Forschungsinstitut ohne das Einverständnis des Politbüros keine Handlungsmöglichkeit hat? In unserer Republik gibt es neunundvierzig Fabriken und Institute! Die Lösung jedes einzelnen Problems dauert sechs Monate. Ob das der richtige Weg, der Weg des Fortschritts sein kann?«

»Worin liegt die Lösung?« rief jemand aus dem Saal.

»Ganz einfach! Der Kunde, die Bank, der Verbraucher – das ist eine Dreiheit auf der Grundlage des Kooperationsprinzips, das den Arbeitern spürbare Vorteile verspricht, Vorteile, die sie mit Händen greifen können und die das Familienbudget verbessern. Ich

habe eine Untersuchung durchführen lassen: Der Alkoholismus ist beträchtlich bei den Bevölkerungsgruppen mit weniger als hundertfünfzig Rubel Monatseinkommen. Denn es ist ja wirklich absurd, mit solch winzigen Summen noch hauszuhalten – das führt zu nichts! Die Arbeiter, die mehr als dreihundert Rubel verdienen, trinken also nicht! Diejenigen, die einen Familienbetrieb gegründet haben und fünfhundert Rubel erwirtschaften, trinken auch nicht! Der Alkoholismus ist eine soziale Krankheit, er ist die Folge der Hoffnungslosigkeit und Verzweiflung, und schuld daran sind wir, die Leiter! Wir sind aufgefordert, darauf zu antworten. Können wir die Leute per Gesetz befreien, indem wir die Verfassung reformieren, den Juristen, Anwälten und Notaren eine größere Bedeutung geben, die den unternehmerischen Geist gegen die allzeit wachsame Bürokratie verteidigen?
Wenn uns das gelingt, dann werden wir siegen! Wenn nicht, wird die Perestroika, die jetzt schon allzu viele Feinde hat, zum Scheitern verurteilt sein ... Ich mache also den Vorschlag, den Obersten Sowjet der autonomen Republik Usbekistan zu einer außerordentlichen Sitzung zusammenzurufen und alle gesetzlichen Normen der vergangenen Jahre, die die Perestroika bremsen und behindern, außer Kraft zu setzen. Wenn ihr euch auf meine Seite stellt, werde ich mein Entlassungsgesuch zurückziehen. Andernfalls wird meine Wahl lediglich ein Taschenspielertrick sein, und alles wird an einem toten Punkt stehenbleiben!«
Die Rede des Ersten Sekretärs war sehr mutig: »Versucht also durchzusetzen, was ihr euch vorgenommen habt; vielleicht bin ich schon zu alt, dennoch aber lehne ich es ab, alle Normen mit einem einzigen übereilten Rundumschlag über den Haufen zu werfen. Ihr geht dabei ein großes Risiko ein ...«
Niasmuchamedow konnte sich nur mühsam rechtfertigen, indem er sich auf den Standpunkt Moskaus bezog, und er versprach hoch und heilig, das neue Denken lernen zu wollen; mit einer gewissen Abfälligkeit bemerkte er, daß man Mut jedoch nicht lernen könne.
Mysikow, der Beauftragte der Industrie, entgegnete ihm: »Sind die Kosmonauten etwa als Helden geboren? Tragen sie etwa den Stempel des Außergewöhnlichen?«

Die Sitzung war um elf Uhr abends zu Ende; Ignatow begleitete mich noch in mein Büro, und bevor wir uns zu Tisch setzten, schrieb ich noch eine Notiz für meine Sekretärin Nina Grigorjewna: »Bestellen Sie für morgen früh um neun Uhr (Moskauer Zeit) den Genossen Warrawin in mein Büro!«

Kapitel 30

Ich, Wassili Gorenkov

Ein Wolga holte mich von der Strafanstalt in Sagrjajsk ab. Während der ganzen Fahrt sagte der Fahrer kein einziges Wort. Als ich ihn fragte, wo er arbeite, antwortete er trocken: »An der Basis.« Erst als wir in meinem Stadtviertel angekommen waren, das heißt, dort, wo ich vor mehr als einem Jahr angefangen hatte, zwei Häuser zu bauen, die nie fertiggestellt wurden, sagte er: »Ich habe da eine Adresse bekommen: Frühlingstraße drei. Ist das richtig?«

»Ja, danke.«

Ich bat den Fahrer, mich schon ein Stückchen vorher abzusetzen, schon vorne bei dem Laden. Ich wollte das Gebäude vom Hof aus betreten. Alles erschien mir sehr seltsam und ungewöhnlich: Am Morgen war ich noch ein Gefangener gewesen, und am gleichen Nachmittag fuhr ich schon in einem Dienstwagen herum. Alle Leute im Haus würden darüber klatschen und tuscheln; wozu? Ich hatte das Gefühl, noch ganz schmutzig und ungewaschen zu sein, aber frische Kleider zu tragen.

Ich lief als erstes Galja Prochorowa von der Gruppe acht der Dekorateure über den Weg. Als sie mich erkannte, hielt sie sich die Hände vor das Gesicht und blieb wie erstarrt stehen; dann wich sie einen Schritt zurück. Zuerst hatte sie auf mich zugehen wollen, ich sah genau die Bewegung, die sie machte, aber sie tat es nicht und ging weiter.

Was hast du denn erwartet? fragte ich mich. Einen offiziellen Empfang mit Pauken und Trompeten? Derjenige, der fällt, ist immer im Unrecht.

Ich blieb vor meiner Wohnungstür stehen und wartete, bis sich mein Herzschlag beruhigt hatte und meine Hände nicht mehr

zitterten, denn Kinder merken ja alles. Ich wollte so ruhig und gelassen wie möglich nach Hause zurückkehren.
Wozu sie noch einmal in eine solche Gefühlsverwirrung stürzen? Kinder verstehen doch alles, und manchmal sogar besser als wir...
Ich drückte auf den Klingelknopf und merkte sofort, daß er kaputt war. Die Türfüllungen sind normgerecht gefertigt, man hört jedes Geräusch in den anderen Wohnungen. Das ist praktisch für die Denunzianten. Sie brauchen sich nicht einmal mehr die Mühe zu machen, etwas aufzuschreiben. Ich wartete einen Augenblick: Kein Geräusch drang aus meiner Wohnung... oder besser gesagt, aus der Wohnung meiner früheren Ehefrau, denn ich bin zur Zeit ohne festen Wohnsitz, wir haben uns scheiden lassen, oder besser gesagt, wir sind geschieden worden...
Ich klopfte dreimal, wie früher. Niemand antwortete. Ich klopfte stärker, ein Zorn, ein heftiger Zorn stieg in mir hoch, und mich überfiel plötzlich eine seltsame Angst. Sogleich hörte ich die schlurfenden Schritte eines älteren Menschen. Im Gefängnis werden Gehör- und Geruchssinn beträchtlich geschärft. Ich wußte sofort, daß es der Schritt einer alten Frau war. Vielleicht hat Sina ihre Mutter kommen lassen, dachte ich. Sie arbeitet, und die Großmutter kümmert sich um die Kinder. Ich hatte erst in der Strafanstalt das Recht, Post zu empfangen. Im Gefängnis erhielt ich keine Nachrichten von meiner Familie. Als erstes brachte mir der Untersuchungsrichter Sinas Brief mit dem Scheidungsgesuch. Der Text enthielt zwei Rechtschreibfehler – seltsam, denn Sina ist eine gebildete Frau. Sonst bekam ich keine Post, nur eine Karte des Tapezierers Djerewjankin, der mir schrieb, daß seine Arbeitstruppe meine Verurteilung nicht akzeptierte und auf meiner Seite stünde. Ich erinnere mich nicht an ihn... Eineinhalb Jahre verbrachte ich im Gefängnis, und ich behielt nur die Gesichter der Menschen im Gedächtnis, die mir sehr nahe standen, die anderen sind verblaßt, einige ganz verschwunden.
»Wer ist da?« war eine Frauenstimme undeutlich zu hören.
Nein, das war nicht Taja, meine Schwiegermutter.
»Wo ist Sinaida Jewgenjewna? Wo sind Schurik und Pascha?«
»Wie bitte?«

»So machen Sie doch auf«, bat ich. »Ich bitte Sie... ich möchte nur etwas fragen...«
»Sprechen Sie nur durch die Tür! Oder glauben Sie, ich bin taub?«
Ich hörte, wie hinter mir eine Tür geöffnet wurde, es war die Wohnung des Leiters der Swetelkin-Werft, eines ruhigen und zurückhaltenden Mannes mit einem außergewöhnlich scharfen Blick. Eine Minute genügte ihm, um den Stand der Bauarbeiten beurteilen zu können. Ich drehte mich um; vor mir stand eine Frau auf der Türschwelle, seine Frau, dachte ich; schade, ich wollte sie schon lange einmal kennenlernen.
»Wassili Pantelejewitsch!« rief sie und versuchte, ihre Überraschung zu verbergen, indem sie die Hände an ihrer Schürze rieb. »Sie?«
»Ja, ich bin freigelassen.«
»Aus gesundheitlichen Gründen?«
Ich beruhigte sie, obwohl es mir gleich völlig unangebracht vorkam, als ich weitersprach: »Nein, das Urteil wurde aufgehoben, ich bin rehabilitiert worden...«
»Was heißt das?« Sie verstand nicht.
»Ich bin freigesprochen. Es ist bewiesen, daß ich nichts Unrechtes getan habe... Können Sie mir nicht sagen, wo meine Kinder sind? Und was ist mit der Alten da?« Ich wies mit dem Kopf auf meine Wohnung.
»Das ist die Mutter der neuen Mieter, der Jeremejews, sie kommen aus Orel...«
»Und wo sind Pascha und Schurik?«
»Das wissen Sie nicht?«
»Woher sollte ich das wissen?«
»Ich habe noch nicht aufgeräumt... Aber möchten Sie nicht hereinkommen?« fragte mich die Frau zögernd.
»Nein, nein, ich möchte Sie nicht stören, danke... Ich möchte nur wissen, wo meine Kinder sind.«
»Vor einem Monat ist Sinaida Jewgenjewna ausgezogen...«
»Hat man sie gezwungen auszuziehen?«
»Nein, sie hat ihren Arbeitsplatz getauscht und wohnt jetzt in Kursk... Sie hat niemandem ihre neue Adresse hinterlassen. Sie

ist in Windeseile weggewesen. Nur einen einzigen Koffer hat sie mitgenommen. Es wurde eine Bestandsaufnahme all dessen gemacht, was sie zurückgelassen hat, und dann hat man alles abtransportiert... Kommen Sie doch herein! Ich mache gerade die Suppe...«
»Wie bitte? Nein, nein, danke... könnte ich vielleicht die Adresse vom Arbeitsplatzbüro bekommen? Die haben doch sicher ihre Anschrift, meinen Sie nicht?«
»Versuchen Sie nicht, ihre Adresse herauszubekommen«, seufzte die Frau. »Sie ist nicht alleine abgereist... Sie hat wieder geheiratet.«
»Und die Kinder?« fragte ich und wußte im gleichen Augenblick, wie sinnlos meine Frage war.
Doch die Frau hatte mich verstanden.
»Die sind doch noch klein. Jeder Mann ist für sie ein Papa. Warum stehen wir hier draußen?« Sie hatte sich nun wieder ganz gefaßt. »Kommen Sie doch herein, bitte...«
»Danke, aber ich muß noch in mein Büro«, antwortete ich. Das stimmte, denn der Direktor der Strafanstalt hatte mir, ohne mir in die Augen zu blicken, aufgetragen, zuerst bei meinem alten Arbeitsplatz vorbeizuschauen: »Dort liegt eine Entschädigung für Sie bereit, außerdem Ihre Papiere und ein Urlaubsschein, damit Sie sich ausruhen und erholen können, am Meer, glaube ich.«
Ich ging in die Buchhaltung. Dort waren nur noch drei meiner alten Mitarbeiter beschäftigt. Während die neuen mich abwartend betrachteten, kamen mir Ljuba, Arnold Iwanowitsch und Kolja entgegen. Ljuba umarmte mich und sagte mit tränenerstickter Stimme: »Mein Gott, welch ein Glück! Was für ein Glücksfall!«
Die Kassiererin, eine neue – weshalb war wohl die alte entlassen worden? – hielt mir ein Bündel Geldscheine entgegen und bat mich, nachzuzählen: Zwölf Monatsgehälter! Ich hatte niemals soviel Geld in der Hand gehabt.
»Sie sollen zum Parteikomitee kommen«, sagte sie knapp. »Zimmer Nummer acht.«
Ein junger Mann in beigem Anzug erhob sich, als ich eintrat,

drückte mir die Hand und versicherte mir, wie glücklich er sei, daß die Wahrheit letztlich gesiegt habe. Ich unterbrach ihn: »Sind Sie schon lange hier?«

»Ein knappes Jahr, Wassilij Pantelejewitsch.«

»Es gibt viele neue Gesichter hier...«

»Ich glaube nicht... Kostiak wird alt, und trotzdem ist er noch da. Aber gewiß, nichts kehrt so gut wie ein neuer Besen... Ich will Bescheid sagen, damit Sie Ihre Urlaubsscheine bekommen. Sie sind in einem sehr schönen Erholungsheim untergebracht...«

»Ich brauche nicht mehrere Urlaubsscheine, danke. Ein einziger genügt.«

»Haben Sie gelesen, was in den Zeitungen über die Vollversammlung des Regionalkomitees steht?«

»Ja.«

Ich erwartete, daß er mir vorschlagen würde, mich dem neuen Direktor vorzustellen, oder daß er mich fragen würde, was ich nun zu tun gedenke. Aber er sagte nichts und wußte nicht, wie er sich verhalten sollte. Schließlich gab er sich einen Ruck und sagte: »Besuchen Sie Karimow?«

»Er hat mich nicht eingeladen... Weshalb sollte ich mich aufdrängen?«

»Ich habe gehört, daß er einen Wagen geschickt hat, um Sie abzuholen.«

»Ach ja? Das ist komisch. Der Fahrer hat sich nicht vorgestellt. Er wollte nur wissen, wo er mich absetzen sollte, das war alles.«

Ich unterschrieb die Quittung für den Urlaubsschein, bezahlte meinen Mitgliedsbeitrag an die Partei für den Zeitraum, in dem ich ausgeschlossen war und sagte, daß ich wiederkommen würde, um mein Parteibuch abzuholen und es stempeln zu lassen, damit alles wieder seine Richtigkeit habe; dann ging ich ins Arbeitsplatzbüro.

Vor meiner Verhaftung hatte ich immer meine Sekretärin gebeten, solche kleinen Auskünfte für mich einzuholen. Heute mußte ich es selbst tun. Ich reihte mich in die Warteschlange ein. Etwa ein Dutzend Menschen wartete, um zum Inspektor vorgelassen

zu werden. Es waren hauptsächlich junge Leute, die ihre Stelle aufgegeben hatten.
Wo ist das Gesetz für die individuelle Arbeit? dachte ich. Wo sind die Vermittler, die den Tausch jeweils vorzubereiten und so durchzuführen haben, daß den Fabriken und den Trusts, in denen die Leute beschäftigt sind, kein Schaden entsteht?
»Wohin wollen Sie gehen?« fragte ich einen Mann vor mir.
»Ich möchte mich für Norilsk bewerben... dort bekommt man seine Rente früher.«
»Wie lange bleibt Ihnen noch bis zur Rente?«
»Wenn ich hier bleibe, zwölf Jahre, dort jedoch nur noch elf... und dann« – der Mann lächelte schüchtern – »beginnt das wahre Leben! Ich werde in den Süden gehen, ich werde einen Gemüsegarten anlegen.«
»Und das hier ist nicht das wahre Leben?«
Der Mann sah mich von Kopf bis Fuß an, zweifellos bemerkte er, daß mir mein Anzug am Körper schlotterte, daß meine Schuhe statt mit Schnürsenkeln mit Bindfäden zugeschnürt waren; er machte eine Bewegung nach oben mit dem Kopf und sagte:
»Die Decke ist zu niedrig.«
Ich verstand nicht gleich, was er meinte. Wir haben im allgemeinen die Neigung, zweideutige Antworten zu geben, und ich wollte gern den tieferen Sinn seiner Bemerkung ergründen.
»Meinen Sie das Gebäude oder die Gehälter?«
»Ich meine das Leben.«
»Und das heißt?«
»Das heißt... Aber sehen Sie denn nicht? Alles stößt irgendwo an eine Decke. Man möchte gern Luftsprünge machen, aber das ist unmöglich. Oder vielmehr, es hat keinen Sinn... Wenn ein Sportler das Ziel erreicht, bekommt er eine Goldmedaille. Aber wer wird denn in seinem Leben so dumm sein und Rekorde aufstellen in einem Saal ohne Zuschauer... Wir wollen Medaillen... Goldmedaillen... keine Stoffwimpel...«
»Was sind Sie von Beruf?«
»Ich arbeite auf dem Bau.«
»Und wo arbeiten Sie?«

»Da, wo ich arbeite.« Damit beendete der Mann unser Gespräch und drehte mir demonstrativ den Rücken zu.
Warum fehlt es uns eigentlich so sehr an guten Manieren? dachte ich. Mir fiel ein Militärarzt ein, den ich auf einer Reise kennengelernt hatte und der mit verträumtem Blick gesagt hatte: »Bei unseren deutschen Freunden herrscht Ordnung, und man kann von Bananen bis zu Mandeln alles kaufen – selbst im abgelegensten Dorf, wo in den Läden an gekachelten Wänden sieben Sorten Wurst und Salami hängen. Jeder ist ausgesprochen höflich, und trotzdem: Wenn ich in Brest-Litowsk angeschnauzt werde, zerfließe ich in Tränen... Jeder schmeißt dem anderen nach Lust und Laune Grobheiten an den Kopf, ohne sich zu genieren: der Portier, der Zollbeamte, die Garderobenfrau im Restaurant, der Kellner... sie kanzeln die Leute ab, und ich bin glücklich, weil es mein Volk ist.«
Die Worte dieses jungen Arztes, der kaum über vierzig war, haben sich mir ins Gedächtnis eingeprägt. Nach der Kontrolle haben wir uns im Bahnhofsrestaurant von Brest-Litowsk wiedergetroffen. Ich setzte mich zu ihm an den Tisch und stellte ihm ein paar Fragen, die mir am Herzen lagen: »Wie erklären Sie sich das starke Gefühl, das Sie empfinden, wenn Sie unsere Leute so furchtbar schimpfen hören?«
Er sah mich mit einem Ausdruck des Erstaunens an und antwortete: »Ja, weil das eben mein Volk ist! Schließlich reicht es mir, immer nur eine fremde Sprache zu hören. Und dann ist da das Gefühl der eigenen Wertlosigkeit, das ist etwas ganz Peinigendes... Unsere Krankenschwestern bekommen im Krankenhaus einen Hungerlohn, und es gibt doch so viele qualitativ hochwertige Dinge zu kaufen: Teppiche, Stoffe, Schuhe, vor allem der Marke Salamander... Unsere Leute wissen sich zu helfen und arbeiten nun am Sonntag für fünfzig Mark täglich in deutschen Gemüsegärten. Samstag und Sonntag arbeiten sie wie die Verrückten... Mir tat es bis ins Innerste weh, als mir eine Krankenschwester anvertraute, daß der Mann, bei dem sie arbeitete, ein alter Mann, mit ihr Russisch sprach – ein biederer Großvater, der uns den Krieg erklärt und in der Kriegsgefangenschaft Russisch gelernt hat...

Die Sieger schuften für die Besiegten – ist das nicht empörend? Da hatte ich nur noch einen Gedanken: so schnell wie möglich nach Hause zurückzukehren, um mir das nicht länger mit ansehen zu müssen!«

Wer war es denn, der geschrieben hat, daß wir nicht zum Vergnügen auf der Erde sind? überlegte ich, während ich die Menschenschlange langsam zum Büro des Inspektors für interurbanen Arbeitsplatztausch vorrücken sah. Ich glaube, es war Majakowski. Dachte er dabei an die ganze Welt oder nur an uns Russen, uns arme Unglückliche? Als ich zum ersten Mal im Ausland war, in der Tschechoslowakei, schnürte sich mir die Kehle zu, als ich in den Geschäften und im Hotel immerzu ›bitte‹ und ›bitte sehr, mein Herr‹ hörte. Die Leute beharren auf diesen Wendungen, als ob sie einem damit mit sanfter Gewalt ihre eigene Höflichkeit aufdrängen wollten. Weshalb sind wir so derb und ungehobelt, obwohl wir doch ein gutes und mitfühlendes Volk sind?
Es stellte sich heraus, daß der Inspektor eine ältere Frau war, kränklich und mit fahler Haut und blauen Augen, die nicht zu diesem kranken Gesicht zu passen schienen.
Sie hörte mich an, dann sagte sie, ich müsse einen Antrag stellen und das genaue Datum des Umzugs angeben, die Namen der betroffenen Personen sowie eine möglichst genaue Begründung, weshalb ich diesen Antrag stellte.
Ich antwortete bang, daß man mir im Auskunftsbüro gesagt hätte, ich würde hier alle Informationen bekommen, und daß der Umzug bereits vor einem Monat stattgefunden habe. Gab es wirklich so viele Leute, die von Sagrjajsk nach Kursk umgesiedelt sind? Ich bat sie, mir zu gestatten, selbst die Kartei durchsehen zu dürfen.
»Wenn wir es jedem erlauben würden, die Karteien durchzustöbern, dann würden wir uns selbst bald nicht mehr darin zurechtfinden ...«
»Wie lange dauert es, bis ich Antwort bekomme?«
»Zwei Wochen.«
»In fünf Tagen fahre ich weg zur Erholung.«
»Fahren Sie, und wenn Sie zurückkommen, werden Sie Antwort haben.«

»Während... meiner Abwesenheit«, ich wollte nichts Genaueres sagen, »ist meine Frau umgezogen und nach Kursk abgereist. Sie hat wieder geheiratet. Meine Kinder sind bei ihr, sie sind noch klein, verstehen Sie? Ich habe sie zwei Jahre lang nicht gesehen...«
»Und wo waren Sie in dieser Zeit?«
Jetzt blieb mir nichts übrig als zu antworten: »Im Gefängnis.«
Die Frau hob ruckartig den Kopf und fragte zwischen den Zähnen: »Haben Sie sich wenigstens registrieren lassen? Zeigen Sie mir Ihren Paß« [Der Paß in der UdSSR entspricht unserem Personalausweis].
Ich reichte ihr meinen Paß, den man mir am gleichen Morgen ausgehändigt hatte. Als sie meinen Namen las, veränderte sich mit einemmal ihr Gesichtsausdruck; das Blut schoß ihr in den Kopf und hinterließ auf ihren Wangen zwei kleine rote Kreise.
»Warten Sie, warten Sie, sind Sie Gorenkov, über den soviel gesprochen wird?«
Mir war die Kehle wie zugeschnürt, aber ich versuchte zu scherzen: »Sie sprechen von mir wie von einem Filmstar...«
»Absolut nicht! Aber hier wird soviel über Sie gesprochen!«
Sie erhob sich, öffnete eine Tür und rief: »Lida, bring die Kartei von Kursk und hol die Akte Gorenkova heraus.«
Lida hatte zweifellos unser Gespräch gehört, denn sie antwortete sofort: »Kann es nicht sein, daß sie unter ihrem neuen Namen eingeordnet ist?«
Die Inspektorin wandte sich an mich: »Wir werden sie unter ihrer Adresse finden.«
Drei Minuten später legte Lida das Formular auf den Tisch, und ich notierte mir auf einem Blatt Papier die Adresse von Kursk, wo sich jetzt meine Kinder befanden. Ich dankte der Inspektorin, aber es kostete mich Mühe, mir die Frage zu verkneifen, weshalb ich zwei Wochen auf die Antwort hätte warten sollen. Sie schien meine Gedanken zu erraten und sagte, wobei ihre rote Gesichtsfarbe noch kränklicher aussah: »Nehmen Sie es mir nicht übel... Aber die arme kleine Lida erhält einen Hungerlohn, und wenn ich ihr noch mehr Arbeit aufhalse, läuft sie mir davon. Und wie sollte ich

einen Ersatz finden? Wer möchte schon in solch einem kleinen Zimmer arbeiten, in dieser schlechten Luft, und das für nur ein paar Kopeken?«

»Wenn Ihre Kunden Gebühren für die Dienstleistungen zahlen würden, könnten Sie die Gehälter Ihrer Mitarbeiter erhöhen.«

Die Inspektorin seufzte traurig: »Ja, Sie, Sie haben Ihren Arbeitern mehr Geld gegeben, und was war das Ende vom Lied? Außerdem sind wir vom Exekutivkomitee abhängig... Gebühren! Aber das ist ja der reinste Kapitalismus! Durch Gebühren würden wir alle unsere Errungenschaften preisgeben...«

»Welche zum Beispiel?«

»Na ja, also...« Mit dieser Frage hatte sie nicht gerechnet... »die Uneigennützigkeit, Aufopferung zum Wohl der Allgemeinheit, das spirituelle Leben...«

Sie brach plötzlich ab, rieb sich die Schläfen mit ihren großen Fingern, denen die Hausarbeit nicht fremd war; sicherlich war sie es, die wusch – nach ihren abgenutzten Fingernägeln zu urteilen und nach der rauhen Haut ihrer Hände.

»Warum halten wir so sehr an den Dogmen fest«, seufzte sie. »Noch heute trauen wir uns nicht zu sagen, was wir denken, sondern geben nur das wieder, was man uns eingehämmert hat, als wir jung waren.«

Die Inspektorin warf einen Blick auf das Blatt, auf das ich die Adresse gekritzelt hatte und bemerkte: »Sie haben ihren Namen nicht aufgeschrieben... ihren neuen Namen. Kyriakowa. Sie werden ihn brauchen. Und Sie werden Ihre väterlichen Rechte wieder einfordern müssen.«

Ich verstand nicht gleich, was sie damit sagen wollte.

»Was heißt ›väterliche Rechte‹?«

»Sind Sie nicht auf dem laufenden? Das steht doch auf dem Formular. Ihre väterlichen Rechte wurden ausgesetzt. Der neue Ehemann Ihrer... verstehen Sie, was ich meine... hat Ihre Kinder adoptiert...«

»Moment, Moment, das ist doch ohne meine Zustimmung gar nicht möglich!«

Die Inspektorin machte eine wegwerfende Bewegung mit der

Hand: »Wenn man jemanden verdrängen will, geht das immer. Aber das wird sich regeln lassen. Möchten Sie ein Beruhigungsmittel? Erholen Sie sich, geben Sie nicht auf, das Schlimmste ist vorbei, alles wird sich einrichten lassen.«
Ich ging fort und setzte mich auf den niedrigen Eisenzaun einer Grünanlage; die Einsamkeit wird einem bewußt, sobald man unter Leuten ist; die Paare um mich herum kamen und gingen, sie sprachen mit leiser Stimme, als ob sie fürchteten, man könne sie hören.

Ich rief mir die Gesichter meiner kleinen Jungen in Erinnerung; zu denken, daß sie jetzt Kyriakow hießen... Angenommen, ich käme nach Kursk und könnte sie sehen. Als ich verhaftet wurde, war Schurik vier Jahre alt, er müßte sich noch an mich erinnern. Pascha war erst zwei. Kann es wirklich sein, daß sie diesen Kyriakow ›Papa‹ nennen? Und was würde passieren, wenn ich käme? Wenn Sina mir geschrieben hätte, daß sie sich scheiden lassen will und daß sie abreise, um den Kindern die Schmach zu ersparen, einen Vater wie mich zu haben, hätte ich sie verstanden und ihr alles Gute gewünscht. Aber sie hat mir nichts erklärt. Vielleicht hat man sie dazu gezwungen? Ihr damit gedroht, sie zu entlassen; womit hätte sie dann die Kinder ernähren sollen? Der Brauch will, daß der Gladiator, der stürzt, getötet wird...
Die Schalter der Areoflot waren zur Frühstückspause geschlossen; die Schlange ging um den ganzen Häuserblock herum.
Ich wußte, daß ich nur das Transportunternehmen des Regionalkomitees anzurufen bräuchte, um sofort meine Flugkarte nach Kursk zu bekommen. Ich fragte die Wartenden, wie lange es dauere, bis man sie bekomme. Einer von ihnen antwortete, daß man sich zuerst vormerken lassen müsse und daß nur diejenigen Schlange stünden, die bereits vorgemerkt sind und daß man eine Woche warten müsse.
»Aber in der Zeitung stand doch, daß man Filialen eröffnen wolle, ist das noch nicht geschehen?« konnte ich mich nicht zurückhalten zu bemerken. »Ja, Vermittler, die die Reiseformalitäten organisieren sollten!«

Die Leute tauschten vielsagende Blicke und lächelten ironisch. Einer von ihnen, ein stämmiger Mann, blinzelte seinem Nachbarn zu: »Er will einen Vermittler! Die Tür den Privaten, den Blutsaugern aufmachen! Die normalen Leute stehen Schlange. Alle! Das gilt auch für Sie! Wofür halten Sie sich eigentlich!«

Karimows Sekretärin sagte mir, ihr Chef sei auf Dienstreise und käme erst am nächsten Tag zurück. Sie war erstaunt, mich erst jetzt zu sehen, denn alle erwarteten, daß ich sie gleich am ersten Morgen besuchte. Im Transportbüro erhielt ich binnen zwei Stunden eine Fahrkarte, begleitet von guten Wünschen für einen schönen Aufenthalt und gute Erholung; als ich gerade gehen wollte, bat man mich unten an der Pforte, ins Sekretariat zu gehen. Ich sagte, ich wäre schon dort gewesen, aber man bestand darauf, ich solle noch einmal hingehen.

Karimows Stellvertreter, zweifellos ein Neuling – den alten hatte ich zwei- oder dreimal gesehen – fragte mich, wo ich nach neun Uhr abends anzutreffen sei.

»Rustjom Islamowitsch«, sagte er, »hat gerade aus dem Bezirk Stachanow angerufen. Er möchte Sie heute abend treffen, falls es Ihnen paßt.«

Ich antwortete ihm, er könne mich im Wartesaal des Flughafens treffen, wo ich die Nacht verbringen wolle, um um zwei Uhr das Flugzeug zu nehmen.

Karimows Stellvertreter schlug mir vor, ein Hotelzimmer für mich zu suchen. Ich antwortete ihm, daß die örtliche Bevölkerung darauf kein Recht habe, er dagegen behauptete, er werde das schon machen. Ich entgegnete: »Wozu Ihnen solche Scherereien machen! Ich will nicht allein sein, ich bekomme in geschlossenen Räumen keine Luft.«

Ich mußte ziemlich lange warten, bis ein Platz im Flughafen frei wurde; alle Bänke und Sessel waren besetzt. In diesem kalten und abweisenden Gebäude spürte ich die Erschöpfung, die vergebliches Warten erzeugte. Die Leute reckten den Hals, um die Fluganküdigung entziffern zu können und ihr Flugzeug nicht zu verpassen. Jede Reise ist ein Fest, dachte ich, man träumt das ganze Jahr

davon. Aber nicht einmal das Schlangestehen an der Kasse beim Einkaufen scheint so anstrengend zu sein wie die Zeit kurz vor dem Abflug nach Moskau, nach Kiew oder in den Süden...
Ich erinnerte mich an den Pariser Flughafen mit seinen Souvenirboutiquen, Cafés, Bars und seinem Dienstpersonal, das einen höflich bediente. Eine Hoffnungslosigkeit kam über mich; am liebsten wäre ich auf den Platz vor dem Flughafengebäude hinausgegangen und hätte für vier Rubel von einem Taxifahrer eine Flasche Wodka gekauft, um sie in einem Zug auszutrinken. Das wäre vielleicht das beste Mittel gewesen, um meine Trübsal zu vertreiben.
Erst nach dem Abflug der Maschine nach Leningrad wurde in der Wartehalle ein Platz am Fenster frei, ich ließ mich behaglich nieder, zog die Schuhe aus, die während ihrer Zeit im Lagerraum der Strafanstalt ihre Form verloren hatten und mir deshalb die Füße wundscheuerten. Ich streckte die Beine aus und begann, meine Gedanken zu ordnen, die ich zugleich dauernd zu verdrängen versuchte. Wie sollte ich meine Kinder wiederfinden? Was ihnen sagen? Und wenn sie mich inzwischen vergessen hatten? Und war dieser Kyriakow wie ein Vater zu ihnen?

Ich erwachte, als jemand mir seine schwere Hand auf das Knie legte: Karimow stand vor mir und beugte sich zu mir herunter: »Kommen Sie mit zu mir nach Hause, da können Sie die Nacht verbringen«, sagte er, als hätten wir uns erst vor einer Stunde gesehen. »Hier können Sie sich nicht ausruhen, Sie werden nur noch müder.«
Ich zögerte nur kurz, bevor ich sein Angebot annahm. Im Auto sagte ich ihm: »Hören Sie, ich möchte Ihnen eine Frage stellen. Sie ist im Augenblick für mich von grundlegender Wichtigkeit: Sie haben die Absicht, das Problem der Gehälter des Parteiapparats, einschließlich des regionalen Parteiapparats, zu lösen, nicht wahr? Wenn unser Land wirklich zum System der Selbstfinanzierung und des Profits übergeht, werden der Direktor und die Arbeiter eines Unternehmens Gehälter bekommen, die drei- bis viermal so hoch sind wie die der Instrukteure! Oder wollen Sie dem Apparat

das Zölibat auferlegen? Ich verstehe nicht: Haben alle Bürger dieses Landes das Recht auf Beteiligung, oder sollen nur diejenigen davon profitieren, die direkt in der Produktion arbeiten? Heute hat der Apparat keinen Grund dazu, die Perestroika zu unterstützen, Rustjom Islamowitsch. Ganz im Gegenteil. Versuchen wir deshalb, auf alle den Grundsatz auszudehnen: ›Das Sein bestimmt das Bewußtsein.‹ Haben wir das Recht dazu, uns selbst zu täuschen?«

»Was, wollen Sie wieder Pakete an die Funktionäre verteilen?« gab Karimow zurück, »wie in den guten alten Zeiten Stalins?«

»Wieso? Nein! Alles, was passiert, muß in aller Öffentlichkeit vor sich gehen. Jeder Instrukteur muß für einen Bereich der Industrie und für eine Region verantwortlich sein und wie alle anderen auch einen Teil des erwirtschafteten Gewinns erhalten.«

»Und der für die Information verantwortliche Instrukteur?« fragte Karimow, »oder der für die soziale Sicherheit Verantwortliche?«

»Braucht man denn überall Instrukteure? Sind denn alle Schuldirektoren automatisch Dummköpfe? Man verpflichtet jetzt die Leiter der Sowchosen dazu, Zehntausende von Rubeln in die Agrarindustrie ihrer Regionen zu stecken – was einer ganzen Jahresprämie gleichkommt. Das würde die Mühe lohnen, wenn man die Leute machen ließe, ohne sie zu verpflichten, täglich an Versammlungen teilzunehmen, ohne ihnen zu sagen, was und wann gesät werden muß. Man gibt denen die Prämien, die einem helfen, nicht wahr? Aber welche Hilfe kann man von der Bürokratie erwarten? Wer sagt dem amerikanischen Farmer, wie er sein Feld zu bearbeiten hat und wann er es beackern muß? Dennoch aber kaufen wir bei ihm noch heute den Weizen und damit unser tägliches Brot...«

Kapitel 31

Ich, Kostenko, Oberst der Kriminalpolizei

Nachdem ich Tschurin, Kusinzow und Zaver ins Gefängnis Butyrki verfrachtet hatte, verspürte ich größte Lust, nach Hause zu gehen und mich auf mein Bett fallen zu lassen; ich war völlig am Ende, meine Hände zitterten. Es ist übrigens jedesmal so, wenn ich jemanden festnehmen muß. Selbst wenn es der schlimmste Ganove ist, habe ich das Gefühl, daß ein unendlich schweres Gewicht auf meinem Brustkorb lastet. Warrawin hat mich darauf hingewiesen: »Die Verfolger sind immer im Unrecht.«

Trotzdem ging ich nicht nach Hause, denn ich mußte vorher noch bei Olga Warrawin vorbeischauen. Die Hausdurchsuchung bei ihrer Mutter sollte in einer halben Stunde anfangen. Glafira Anatoljewna hatte man bereits an ihrem Arbeitsplatz festgenommen, und die arme, hochschwangere junge Frau ahnte noch nichts davon. Wir würden nie klarkommen, wenn wir ihrer Bürokratie nicht die unsere entgegenzusetzen hätten, ich meine die eines Warrawin, eines Kostenko und eines Gorenkov...

Manchmal glaube ich, daß wir keine echte Bürokratie haben, denn die wahre Bedeutung des Wortes – das heißt seine grammatikalische Wurzel – liegt in dem Wort Büro, das verbunden ist mit Arbeitsplatz, mit einer Arbeit, der man sich voll und ganz widmet. Haben wir in diesem Sinne viele echte Bürokraten vorzuweisen? Die meisten sitzen ihre Arbeitszeit doch ab. Es gibt keine wahren Bürokraten, sondern lediglich eine Schwemme von Technokraten; ernsthafte Leute, die man respektiert, sofern sie nicht Konservative alten Schlags sind. Letztere lehnen im übrigen alles von vornherein ab, was man nicht mit einem russischen Wort ausdrücken kann und was nicht in den alten Chroniken steht. Sie schimpfen auf den »Einbruch des Fremden« in unser »ach so ursprüngliches« geistiges Leben. Das ist komisch. Wenn dieses geistige Leben wirklich existiert hätte, hätte man nicht die Frauen Gleise legen und Steine mauern lassen. Wenn es darum geht, uns aufzuwerten, sind wir sehr stark, doch wenn es darum geht, zu handeln...

Olga öffnete mir die Tür, noch ehe sie meinen Namen gehört hatte, und sah mich aus ihren starren, leeren Augen völlig gleichgültig an. Auf ihrem Gesicht lag keinerlei Furcht, ihre großen, wunderbaren Augen waren unbeweglich und ließen kein Bedauern erkennen.
»Wer sind Sie?« fragte sie in einem so harten, bestimmten Ton, daß ich erstaunt war. Aber vielleicht entstand dieser Eindruck auch durch ihre Stimme, die sehr leise, kräftig und tief war.
»Ich heiße Kostenko... Oberst Kostenko von der Kriminalpolizei.«
»Kommen Sie herein.« Ihre klanglose Stimme verriet ihre Müdigkeit.
Ich trat in ein bescheidenes Wohnzimmer, in dem es viele Bücher gab, die auch sicherlich gelesen worden waren; das sah man an den Buchrücken. Wie oft ist es schon vorgekommen, daß ich Leute verhaftet habe, die absolut spartanisch lebten, und später fand man in ihrem Garten Konservenbüchsen voller Goldstücke!
»Setzen Sie sich«, sagte Olga und verbarg ihren spitz gewölbten Bauch – ein sicheres Zeichen, daß sie einen kleinen Jungen bekommen würde – unter ihrem Schal.
»Danke. Ich habe Ihnen einige Fragen zu stellen.«
»Ich weiß nicht, warum mir ein Oberst der Kriminalpolizei die Ehre seines Besuches erweist.«
»Haben Sie wirklich keine Ahnung, Olga Leonardowna? Es geht um die Schlüssel zu Ihrer Wohnung. Wem haben Sie sie gegeben?«
»Was?« Ihre Verwunderung war nicht gespielt. »Welche Schlüssel?«
»Wo sind die Schlüssel zu der Wohnung, die sie mit Iwan geteilt haben?«

»In der Kiste.« Sie wies mit dem Kopf auf eine kleine Truhe aus Palech, die auf dem Fensterbrett stand. [Dorf in der Nähe von Moskau, das für seine handbemalten Truhen bekannt ist.]
»Zeigen Sie sie mir bitte.«
Sie stand auf und kramte in der kleinen Truhe, die Glasperlen, einen Fingerhut und eine alte Schere enthielt, dann drehte sie sich plötzlich um und kindliche Furcht stand in ihrem Gesicht, doch gleichzeitig sah man Anzeichen von Trotz, was ein Zeichen dafür ist, daß sich eine Person vollkommen verschließt. Das ist vor allem bei Frauen auffällig. Die Psychologen täten gut daran, ihre Arbeit in diese Richtung zu lenken. Aber das habe ich ihnen nie vorgeschlagen, denn sie müssen keine Verhöre führen, sie haben keine Handschellen in der Tasche und vor allem keine Pistole im Schulterhalfter...
»Hat Sie nicht vielleicht Tamara um die Schlüssel gebeten?«
»Welche Tamara?« Olga verkrampfte sich.
»Sie wissen genau, von welcher Tamara ich spreche!«
»Und warum interessieren Sie sich für Tamara? Kümmern Sie sich lieber um Verbrecher, das ist Ihre Arbeit. Man hat ja Angst, abends auf die Straße zu gehen. So etwas gab es früher nicht.«
»Früher, wie Sie es nennen, konnte man jemanden auf einfachen Verdacht hin verhaften, Olga Leonardowna. Früher hätte man Sie für die Worte, die Sie soeben an einen Vertreter der Staatsgewalt gerichtet haben, ohne Verhandlung zehn Jahre einsperren können. Iwan hat mir viel von Ihnen erzählt, darum...«
»Aha! Darum geht es also!« Sie hatte mir das Wort abgeschnitten und verkrampfte sich noch mehr. Ihre Schultern waren vorgebeugt und ihre Augen waren nur noch schmale Schlitze. Warum machte sie sich so häßlich, dabei hatte sie so schöne Augen. »Jetzt verstehe ich den Grund Ihres Besuchs!«
»Nein, Sie verstehen überhaupt nichts, Olga Leonardowna! Irgend jemand hat in die Schreibtischschublade Ihres Mannes Beweismaterial gelegt, das uns veranlassen sollte, ihn wegen eines Anschlags auf das Leben des Malers Schtyk zu verhaften.«
Ihre Augen weiteten sich wieder, wurden riesengroß, irgend etwas schien in ihnen gebrochen zu sein; das kommt manchmal in

Extremsituationen vor. Der Wandel hatte sich ganz sanft und tief in ihrem Innern, an der Grenze des Bewußten vollzogen.

»Welches Attentat«, fragte sie und betonte dabei jede Silbe. »Welcher Maler? Er kennt keinen Maler. Zu so etwas wäre er nie fähig.«

»Was halten Sie davon? Iwan hat ausgesagt, daß in seinem Schreibtisch ein Beweisstück gefunden wurde, von dem er nicht weiß, wie es dorthin gekommen ist. Ein äußerst belastendes Beweisstück. Antworten Sie mir als die Mutter seines Kindes.«

»Meines Kindes.« Sie hatte mich instinktiv verbessert, und wieder veränderten sich ihre Augen. Sie bekamen einen gleichgültigen, fast unterwürfigen Ausdruck. »Das Kind gehört immer der Mutter.«

»Sie werden übrigens einen Sohn bekommen, und die Söhne gehören tatsächlich mehr der Mutter. Ich spreche aus Erfahrung, ich habe eine Tochter.«

»Ich werde eine Tochter bekommen«, antwortete sie und merkwürdigerweise huschte plötzlich eine Art schmerzliches und zugleich mitleidiges Lächeln über ihr Gesicht.

»Olga... entschuldigen Sie! Olga Leonardowna... es fällt mir schwer, Ihnen zu sagen, was ich Ihnen jetzt sagen muß. Aber besser ich tue es als jemand anders. Es geht um... Ihre Mut...« – ich hatte ›Mutter‹ sagen wollen, aber, ich weiß nicht warum, ich konnte das Wort nicht über die Lippen bringen. Es schien mir zu hart –. »Es geht um Glafira Anatoljewna. Man hat sie verhaftet.«

Olga zuckte zusammen, als hätte man ihr einen Schlag versetzt und preßte ihre kleinen Fäuste an die Brust.

»Was? Aber wie können Sie?«

»Leider. Und in einer halben Stunde gibt es hier eine Hausdurchsuchung. Sie müssen weg von hier. Sofort. Sie müssen zu Iwan gehen. Es ist besser für Sie, wenn Sie nicht in diese Sache verwickelt werden. Deshalb bitte ich Sie, sagen Sie mir die Wahrheit: Hat Tamara die Schlüssel von Ihnen verlangt?«

Ohne ihre vor Entsetzen starren Augen von mir zu wenden, ließ sich Olga langsam in einen Sessel fallen. Ihre Lippen waren blau und aus ihrem Körper schien jegliches Leben gewichen zu sein.

Bei meinem verfluchten Beruf habe ich immer ein Fläschchen Ammoniak in der Westentasche, da, wo Tschurin seine Diamanten aufbewahrte. Ich hielt ihr die schmale Öffnung unter die Nase. Olga zitterte, entspannte sich wie ein Akrobat, dann preßte sie wieder die Fäuste an die Brust und begann lautlos zu schluchzen. Dabei wiederholte sie nur das eine Wort: »Mama, Mama, Mama...«

Eigentlich hätte ich sie weinen lassen sollen, aber die Zeit arbeitete gegen sie. Eigentlich auch gegen mich, denn ich war dabei, mich während der Ausübung meines Berufs eines Vergehens schuldig zu machen. Doch es war bei weitem nicht das erste in meiner Laufbahn, und diesem Umstand war es sicherlich auch zu verdanken, daß ich noch am Leben war. Obwohl ihre Reaktion nicht vorhersehbar war, bin ich das Risiko eingegangen. Ich legte meine Hand auf ihr dickes schwarzes Haar. Ich begann, es langsam zu streicheln, und spürte dabei das schwache Zittern ihres Körpers. Sie schob meine Hand nicht weg, ja sie schien die Geste sogar zu akzeptieren. Ihr Gesicht verlor seine Unbeweglichkeit, ihre Augen wurden wieder lebendig und die Tränen flossen haltlos, so als hätten sie eine reinigende Wirkung. Männer sterben öfter an einem Herzinfarkt als Frauen, weil sie nicht weinen können; dabei ist das eine solche Erleichterung.

Weder ihre Mutter und ganz sicher nicht einmal Iwan verstanden, daß sie trotz ihrer eigensinnigen Art Zärtlichkeit brauchte. Welch ein Geheimnis der Mensch doch ist... Die Wissenschaftler vermuten, daß selbst die Pflanzen ein Nervensystem haben; sie rollen sich zusammen, wenn ein mit einer Schere bewaffneter Mensch auf sie zukommt, und sie strecken sich ihm entgegen, wenn er die Hände auf der Brust hält...

Ich warf einen Blick auf meine Uhr und hoffte, daß sie ihn nicht bemerkte und womöglich falsch interpretierte. Ich mußte sie in zehn Minuten, spätestens in einer Viertelstunde von hier wegbringen. Dann würden unsere Leute hier sein, und ich konnte nichts mehr tun. Das wäre äußerst unfair dem armen Iwan gegenüber. Leider sind die Hysterie und das Übel oft stärker als der gesunde Menschenverstand.

»Olga, meine Kleine, bitte holen Sie Ihre Sachen.« Ich hatte nicht den Mut, ihr zu sagen, daß sie die Sachen ihrer Mutter nicht mitnehmen durfte. »Wir müssen gehen.«
Sie weinte untröstlich weiter, dann schüttelte sie den Kopf: »Jeder muß einmal bezahlen!«
»Nein, Olga, denken Sie an Ihr Kind. Sie können nicht hierbleiben, verstehen Sie?«
»Was geht Sie das an, hm?« Wieder war etwas in ihrem Inneren zerbrochen. Sie hatte den Satz boshaft gesagt, doch dabei weiter geweint, schwach und mitleiderregend.
»Ihr Mann tut mir leid. Er ist ein guter Mann. Und Sie tun mir auch leid. Wenn Sie jetzt nicht gehen, kommen Sie nicht um die Formalitäten, die Verhöre, die Zeugenaussagen, die Gegenüberstellungen herum. Das muß nicht sein, verstehen Sie mich doch. Ich darf Ihnen das nicht sagen. Aber ich gehe das Risiko ein, weil ich glaube, daß Sie aufrichtig sind. Dem Gesetz nach bin ich verpflichtet, alles zu tun, damit Sie hierbleiben. Sie sind ein Zeuge.«
»Ja«, sagte sie, trocknete ihre Tränen und indem sie sich aufrichtete, schüttelte sie meine Hand ab. »Ich bin ein Zeuge. Ich danke Ihnen für Ihre Menschlichkeit und Ihre Güte, damit habe ich nicht gerechnet, doch ich werde den Kelch bis zur bitteren Neige leeren...«
»Olga, die Wohnung wird versiegelt. Sie sind hier nicht gemeldet. Sie werden unangenehme Stunden durchmachen müssen. Ich weiß nicht genau, in welchem Maße Glafira Anatoljewna schuldig ist, doch ich weiß, daß Tamara...«
Olga stand abrupt auf.
»Haben Sie noch Fragen?«
Ich blieb sitzen. Woher hatte sie das? War der Charakter wirklich angeboren, oder war es möglich, ihn zu ändern?
»Hören Sie zu«, sagte ich, »Sie sind zu verschlossen; damit lebt es sich schwer. Sie können nicht jedem mißtrauen, nicht alle verdächtigen. Unsere Zeit auf der Erde ist kurz genug, warum nicht lieber das Glück suchen?«
»Nicht wir fliehen vor dem Glück, sondern es flieht vor uns. Sie

sollten immerhin so feinfühlig sein, das Glück nicht jemandem gegenüber zu erwähnen, dessen Mutter man soeben verhaftet hat. Sie ist der ehrlichste Mensch, den ich kenne.«

»Man hat sie festgenommen« – ich versuchte die Dinge zu banalisieren – »man hat auch in den dreißiger Jahren Leute verhaftet, ebenso in den Vierzigern und selbst in den Fünfzigern... Ich bin kein Untersuchungsrichter, Olga Leonardowna, ich bin Polizist. Meine Aufgabe besteht darin, Leute zu suchen, die man krimineller Handlungen verdächtigt. Ich habe nicht das Recht, Ihnen alles zu sagen, aber antworten Sie mir bitte: Was haben Sie für Schmuck im Haus?«

»Ketten aus böhmischem Kristall und Ohrringe. In Karlovy Vary [früher Karlsbad, Tschechoslowakei] kosten sie nach unserer Währung dreißig Rubel.«

»Gehen Sie in die Küche«, sagte ich, indem ich aufstand, »öffnen Sie den Schrank, in dem die Hirse steht, schütten Sie den Inhalt des Glases auf den Tisch, und wenn Sie darin nichts weiter finden, dann können Sie hierbleiben.«

Wenn sie sich geweigert hätte, meiner Aufforderung zu folgen, hätte ich wieder einmal eine tiefe Enttäuschung erlebt. Wenn sie sich geweigert und versucht hätte, ihre Angst zu verbergen, wenn sie die Fassung verloren hätte, dann hätte ich begriffen, daß auch sie in diese Sache verwickelt war.

Olga warf mir einen skeptischen, verächtlichen Blick zu und ging in die Küche. Ich hörte, wie sie die Schranktür öffnete und Gläser herausnahm, die aneinander klirrten, dann prasselten Körner, vermutlich Buchweizen, auf den Tisch, und schließlich schwere, metallene Objekte, oder genauer gesagt in Metall gefaßte Steine; dieses Geräusch würde ich unter tausend anderen erkennen.

Olga kam mit leisen Schritten wieder ins Zimmer. In der linken Hand hielt sie zwei große Ringe aus Platin oder Weißgold mit einem Smaragd und zwei großen Diamanten.

»Hier«, sagte sie mit dumpfer Stimme, und zum erstenmal konnte ich in ihren Augen eine bewußte Überlegung erkennen. »Nehmen Sie.«

»Wie soll ich das verstehen? Wollen Sie sie mir schenken?«

»Ich würde Ihnen alles schenken, was in dieser Wohnung ist, wenn das Mama retten könnte...«
»Zwingen Sie mich nicht, grob zu werden... Waren Sie an diesem Brief beteiligt?«
»Welcher Brief?« Ihr Blick wurde starr und verwundert, sie hatte eigenartige Augen, wie eine Schwerkranke, die gerade aus der Narkose erwachte. »Von was sprechen Sie nun schon wieder?«
»Sie wissen also nicht, daß Glafira Anatoljewna in der Redaktion der Zeitung einen Beschwerdebrief abgegeben hat? Darin beschuldigt sie Iwan, ihre Familie zerstört und eine schwangere Frau lächerlich gemacht zu haben. Sie verlangt, daß sein Fall öffentlich verhandelt wird, und daß er in gebührendem Maße bestraft wird, usw....«
»So einen Brief würde Mama nie schreiben...«
»Ich habe ihn selbst gesehen. Die Verbindung mit Lisa Narysch...«
»Das reicht!« schrie Olga mit schriller Stimme. »Ich verbiete Ihnen, darüber zu reden! Sie wollen sich doch wohl nicht auf die Seite dieser Schlange stellen! Sie ist der Teufel in Person. Gehen Sie weg von hier! Raus!«
»Hat Tamara mit Ihnen über Lisa Naryschkina gesprochen?«
»Das reicht«, murmelte Olga, und ihre Stimme klang noch spitzer, doch es schwang auch etwas Flehendes mit. »Was wissen Sie von unserer Familie? Was wissen Sie von Mama? Ich habe die Armut kennengelernt, als ich klein war. Ich habe jahrelang Mamas alten Mantel getragen. Ein Eis am Sonntag, das war das vollkommene Glück für mich. Wer hat mich erzogen? Wer hat mir den Vater ersetzt? Wer? Meine Lehrer? Sicherlich nicht! Wer hat seine letzten Kräfte mobilisiert, damit ich studieren konnte? Wer hat die Belagerung von Leningrad überlebt? Sie oder Mama? Wer war mit dreizehn Jahren Waise? Wer hat einen Schlitten mit dem Sarg seines Bruders bis zum Friedhof gezogen? Wissen Sie, was die Erinnerung bedeutet? Begreifen Sie, daß man weder Armut noch Hunger vergessen kann? Nein? Geben Sie den Leuten erst mal Garantien für die Zukunft, dann können Sie von ihnen verlangen, daß sie ehrlich sein sollen. Und hindern Sie uns nicht daran, an

Gott zu glauben! Auch die Kirche lehrt, daß es eine Sünde ist, zu stehlen.«

Ich stand auf, strich mein Jackett glatt, sah unverhohlen auf die Uhr und sagte: »Sie werden es irgendwann bedauern, daß Sie nicht auf mich gehört haben. Ich habe eine Tochter, die, wie Sie, sehr introvertiert und eifersüchtig ist, weil sie ihre Phantasien nicht ausleben konnte. Auch sie war bei einer Wahrsagerin, einer alten Hexe, die sich ein wenig in Hypnose auskannte. Sie sollte ihr dabei helfen, einen Gangster zu befreien, der ihr Liebhaber war. Das hat meine Tochter nicht mir, sondern einem Psychiater gestanden. Meine Frau ist völlig normal, dabei ist sie als Kind nach Sibirien deportiert worden, als Tochter eines Volksfeindes. Doch darum hat sie nicht den Verstand verloren. Sie war es, die meine Tochter auf die Krankenstation geschickt hat...

Man darf auf sein Unglück nicht stolz sein, Olga. Es ist besser, die Augenblicke des Glücks zu genießen. Es ist dumm, sich so zu verbohren. Nach der Hausdurchsuchung und dem Verhör gehen Sie zu einer Krankenstation, wenden sich an einen guten Psychiater, der all die Dummheiten, die Tamara Ihnen in den Kopf gesetzt hat, vertreibt und Sie von Ihren Vorahnungen befreien wird. Sonst werden Sie Iwan verlieren, und es ist nicht vernünftig, jemanden, der Sie liebt, abzuweisen. Nein, das ist wirklich nicht vernünftig!... Es ist vielleicht sogar ein Verbrechen.«

Kapitel 32

Ich, Iwan Warrawin

Ich mußte länger als eine Minute vor der Tür Vitali Wikentjewitsch Blassenkows verschnaufen, denn mir tat zum ersten Mal in meinem Leben mein Herz weh. Ich spürte die großen dumpfen Schläge, als ob es den Blutkreislauf nicht bewältigen könne, der mir das Gesicht rötete. Meine Hände, ich weiß nicht warum, waren eiskalt, vor allem der kleine Finger und der Ringfinger.
Erst als mein Herz wieder ruhiger schlug, drückte ich auf den Klingelknopf. Hinter der Tür stand jemand, der sofort öffnete; ein junger Mann in gestärktem weißen Hemd und schwarzer Krawatte, der sich erkundigte: »Sie möchten zu Vitali Wikentjewitsch? Sind Sie der Genosse Warrawin? Sie werden erwartet...«
Er wies mit der Hand in die Richtung, wo Blassenkow auf mich wartete. Es war ein eigenartiger Raum: ein runder Tisch aus karelischer Birke, Sessel, die mit weißem Satin überzogen waren, zwei Regale; an einer Seite der Wand standen Schrankelemente, eine Turnstange und ein Klappbett, über das eine Militärdecke gebreitet war.
»Treten Sie ein, Iwan Igorewitsch«, sagte Blassenkow. »Was darf ich Ihnen anbieten? Möchten Sie Tee oder Kaffee?«
»Danke«, antwortete ich, »ich will Ihnen keine Umstände machen.«
»Aber das sind doch keine Umstände. Ach was! Als wir schwarzen Tee im Lager kochten, das machte Umstände! Bis man anständigen Tee organisiert hatte! Man mußte darauf achten, daß der Zucker lange genug reichte und man sich unbemerkt in die Küche stehlen konnte. Heute dagegen leben wir doch in einem Schlaraf-

fenland! Alles, was man zum Leben braucht, hat Platz auf vierzig Quadratmetern!«

»In welchem Lager haben Sie schwarzen Tee gekocht? In einem der unsrigen oder in einem Hitlerlager?«

»Bei den Deutschen bekam man doch nichts! Ein Deutscher ist ein Deutscher! Da herrscht überall Ordnung... Nein, nur in unseren Lagern kauften die Jungs von der Wache heimlich Tee für uns ein. Unsere Leute sind gutmütig, sie sind ihren Feinden gegenüber nicht nachtragend.«

»Ich möchte Ihnen gerne ein paar Fragen stellen. Werden Sie antworten?«

»Warum nicht? Mit Vergnügen. Möchten Sie wirklich keinen Tee?«

»Wirklich nicht!«

»Aus Verachtung?«

»Aus Verachtung«, antwortete ich erleichtert, denn diese Begründung, die er mir vorformuliert hatte, half mir, mein Gleichgewicht wiederzufinden und ihn von oben herab zu behandeln. Aus der Nähe betrachtet, wirkte sein Gesicht nicht mehr so glatt und jugendlich; kleine Fältchen lagen um seine Augen, und die Lider hingen herab; er versuchte mit allen Mitteln, die Unruhe und Aggression, die sein Blick verriet, zu verbergen, aber es gelang ihm nur mit Mühe.

»Ich stehe zu Ihren Diensten, Genosse Warrawin, ich bin bereit zu antworten.«

»Ich möchte wissen, unter welchen Umständen Sie den Deutschen in die Hände gefallen sind.«

»Während eines Bombardements, ich war gegen die Mauer einer Scheune geschleudert worden, ich verlor das Bewußtsein, und das war das Ende meiner Karriere in der Roten Armee.« Er seufzte: »Ein eigentlich banales Ereignis, die meisten von uns wurden gefangengenommen, da sie verletzt waren oder weil sie kein Gewehr hatten. Denn das bekamen nicht alle, die anderen sollten sie den Fritzens abnehmen...«

»Wo ist das passiert?«

»Bei Smolensk, ich habe den Namen des Dorfes vergessen. Wir

waren gerade ins Dorf hineingekommen, als uns die Deutschen überfielen! Es blieb nicht einmal Zeit, sich umzudrehen.«

»War das in dem Augenblick, als der Befehl zum Rückzug gegeben wurde?«

Blassenkow richtete seine grauen Augen auf mich und sah mich lange und durchdringend an; dann blinzelte er auf eine eigenartige Weise: »Genau! Iwan Igorewitsch, im Krieg, wie es im Krieg eben so ist, schlagen einmal wir sie und einmal sie uns.«

»Ich habe Sie gefragt, weil ich wissen möchte, ob Sie unmittelbar in ein Lager geschickt wurden oder ob Sie einige Zeit im Dorf blieben.«

»Am darauffolgenden Tag wurde ich ins Lager gebracht, das heißt, sobald ich wieder bei Bewußtsein war. Aber dieses Thema ist so unerfreulich für mich, Iwan Igorewitsch. Der SMERSH [die sowjetische Spionageabwehr] hat mich drei Tage lang darüber ausgefragt, als mich die Rote Armee aus dem Gefangenenlager befreit hat. Meine Leiden begannen bei den Nazis und gingen bei unseren Leuten weiter. Ich möchte wirklich nicht gern darüber sprechen. Haben Sie noch weitere Fragen? Ich stehe zu Ihrer Verfügung.«

»Als Sie zur Propaganda der Wlassow-Armee abkommandiert wurden, wer...«

Blassenkow fiel mir ins Wort: »Einen Augenblick! Ich möchte, daß Sie diese Frage anders formulieren: ›Als die geheime sowjetische Bewegung Sie in die Reihe der Armee Wlassows mit Propagandaaufgaben betraute – wie lange haben Sie sich, sozusagen, mit Propaganda beschäftigt?‹ Ich werde auf diese Frage antworten, aber nur auf diese Frage.«

Aha, Freundchen, dachte ich, jetzt hab ich dich!

»Also gut. Betrachten Sie die Frage als so gestellt, wie Sie sie formuliert haben.«

»Nachdem ich die Nazis getäuscht hatte, ist es mir gelungen, in die Propagandaabteilung der russischen Armee einzutreten und Kontakte zu den Widerstandskämpfern aufzubauen. Auf diese Weise habe ich fünf Monate gearbeitet...«

»Mit welchen Widerstandskämpfern waren Sie in Kontakt?«

»Glauben Sie, daß ich Ihnen die Namen dieser Patrioten verrate? Die sind vielleicht noch in Westberlin. Oder wollen Sie, daß sie gefaßt und getötet werden?«
»Weshalb? Sie müßten belohnt werden. Wir zeichnen doch auch die Helden des Widerstands in Belgien und Norwegen aus, obwohl man notgedrungen akzeptieren muß, daß das NATO-Staaten sind. Was Westberlin betrifft, das ist ja eine Stadt mit einem ganz eigenen Status.«
»Und die Neofaschisten? Nein, nein, ich kann die Namen nur an die zuständigen Organe weitergeben, falls es von mir verlangt wird. Ich schütze meine Freunde, mit denen zusammen ich gegen den Faschismus gekämpft habe.«
»Und wer hat Ihnen den Auftrag gegeben, die Wlassow-Armee zu unterwandern?«
»Iswekow Anatoli Kyrillowitsch, unser politischer Instrukteur, Gott sei seiner Seele gnädig!«
»Wann ist Genosse Iswekow gestorben?«
»Er starb in Stalins Lagern, Iwan Igorewitsch. Statt eines Goldenen Ordens bekam er vier Jahre Haft.«
»Wo, können Sie mir das sagen?«
»Irgendwo in Sibirien.«
»Und woher wissen Sie das?«
»Einen Moment, Iwan Igorewitsch, das ist ja wie ein Verhör! Ich habe von Verhören genug, ich habe viel zu viele hinter mir. Die Wunden, die dadurch aufgerissen werden, wecken zu viele traurige Erinnerungen.«
Ich entschloß mich, einen Vorstoß zu wagen: »Anatoli Kyrillowitsch Iswekow lebt noch.«
Ich hätte nie gedacht, daß jemand seine Augenlider so langsam heben könnte, als ob sie aus Blei wären.
»Wo ist er?«
»Ich dachte, Sie könnten Ihre Freude über diese Nachricht kaum verbergen. Ich dachte, Sie würden mich gleich darum bitten, Sie zu ihm zu bringen.«
Blassenkow schien geschlagen, er näherte sich mir und verzog traurig den Mund: »Ich bin kein Schauspieler, Iwan Igorewitsch,

ich bin Soldat. Jeder bringt seine Freude auf seine Weise zum Ausdruck. Sie wollen alle in eine Schublade stecken, das funktioniert nicht. Ich habe Sie empfangen, ich antworte auf Ihre Fragen, ich bin höflich. Aber auch Sie haben die Pflicht, die Regeln des Anstands zu beachten. Rufen Sie Iswekow an, das Telefon steht in der Küche.«
»Wir können ihn nicht anrufen. Er lebt nur in meiner Erinnerung... in unserer Erinnerung. Sein Grab wurde von den Vertretern der Freien Deutschen Arbeiterjugend der DDR entdeckt. Ebenso die Notizen, die er machte, bevor er starb. Darin erzählt er, wie er von der Gestapo gefangengenommen wurde. Er ist in der Nähe von Berlin begraben, nicht weit von Zossen, sieben Kilometer von dem Ort entfernt, an dem General Wlassow...«
Blassenkow hob verächtlich den Kopf: »Da sieht man, mit welchen Mitteln heutzutage die Journalisten arbeiten!«
»Welche Mittel meinen Sie?«
»Die hier! So ein Nervenkitzel! Ich würde sogar von Provokation sprechen.«
Er sah mich weiter unter seinen bleischweren, halb geschlossenen Augenlidern hervor an. In seinem Blick lag ein Haß, den er nun nicht mehr verbergen konnte. Doch ich verstand jetzt, daß dieses Gespräch für ihn inzwischen unerläßlich geworden war, vielleicht mehr als für mich. Wir mußten es einfach fortsetzen.
»Haben Sie noch weitere Fragen? Denn auch ich möchte Sie gern etwas fragen.«
»Bitte sehr.«
»Was ist mit dieser Sache des Ingenieurs Gorenkov, von der Sie bei der Diskussion der Gesellschaft ›Die gute alte Zeit‹ gesprochen haben? Ich habe gerade einen Artikel von Edmund Ossinin über einen gewissen Gorenkov gelesen. Ist das die gleiche Person?«
»Sie haben sicher gehört, daß Präsident Tichomirow empfohlen hat, den Leitartikel von Edmund Ossinin über den Fall Gorenkov zu lesen. Ja, es handelt sich um die gleiche Person.«
»Aber der Artikel sagt kein Wort über... wie heißt er doch gleich? Der Präsident der Versammlung... ich habe seinen Namen vergessen, der Professor...«

»Tichomirow.« Ich konnte mir ein Lächeln nicht verkneifen. »Das ist tatsächlich ein Name, den man sich nicht so leicht merken kann.«

»Das stimmt. Tichomirow, das ist keine Kleinigkeit! Aber in dem Artikel steht nichts von einer Anklage gegen diesen Professor. Es heißt lediglich, daß die Führung der autonomen Republik Usbekistan den Ingenieur verurteilt hat. Warum sollte man eine Hundemeute auf anständige Leute hetzen? Das wäre ja wie im Jahr 1937...«

»Das ist ein Jahr, das Sie nicht mögen.«

»Ja, ich hasse es. Wie alle Ru... alle Sowjets.«

»Sie erinnern sich nicht, was am Anfang dieses schrecklichen Terrors stand?«

»Alles mögliche«, antwortete Blassenkow.

»Nein. Nicht alles mögliche. Sondern ein Bericht, den Stalin in der Vollversammlung des Zentralkomitees im Februar verlas. Erinnern Sie sich, wie er begann? Nein? Ich werde es Ihnen sagen. Ich kenne den Text auswendig. Auf diese Weise trainiere ich mein Gedächtnis. Also, er hat folgendes gesagt: ›Erstens sind Agenten aus dem Ausland, darunter eine Reihe von Trotzkisten, die, wie Sie es bestätigt haben, allesamt Freimaurer sind, als Saboteure und Spione in unserem Land tätig. Sie sind in fast alle Wirtschafts- und Verwaltungsorgane der Partei und sogar in die Partei selbst eingedrungen. Zweitens haben sich die Agenten ausländischer Mächte, einschließlich der Trotzkisten, nicht nur zu den Basisorganisationen Zutritt verschafft, sondern haben auch verantwortliche Positionen besetzt. Drittens haben viele unserer leitenden Genossen in der Hauptstadt und in der Provinz das wahre Gesicht dieser Saboteure, dieser Deviationisten, dieser Spione und Mörder nicht erkannt, sondern haben sich als so nachlässig, sorglos und naiv erwiesen, daß sie häufig sogar mitgeholfen haben, Agenten aus dem Ausland in verantwortungsvolle Positionen zu bringen... Die grundlegende Eigenschaft jedes Bolschewiken muß unter den gegenwärtigen Umständen seine Eignung und seine Fähigkeit sein, die Feinde der Partei zu erkennen und bloßzustellen – gleichgültig, welche Maske sie tragen.‹

Das ähnelt doch sehr dem, dessen Sie sich bei Ihrem Versuch bedienen, uns angst zu machen, als Sie uns baten, aufzudecken, wo sich überall Freimaurer und deren Organisationen befänden, um deren weiteres Eindringen in die Ämter von Staat und Partei zu verhindern. Stellen Sie sich vor, wie viele zigtausend von Freimaurern und Zionisten wir enttarnen müßten, wenn Ihre Verschwörung unsere Gesellschaft von Grund auf erschüttern soll. Ich werde der erste sein, der Sie enttarnt, ich schwöre es Ihnen! Ich werde beweisen, daß Sie selbst«, ich mußte lachen, »ein Freimaurer sind.«

Blassenkow lehnte sich zurück: »Interessant! Und wie?«

»Ganz einfach! Sind die Freimaurer nicht die Faschisten von heute?«

»Gewiß.«

»Sind sie nicht die Erben Hitlers?«

»Zweifellos! Deshalb bekämpfen wir sie ja!«

»Wunderbar! ›Wir bekämpfen sie!‹... Also, weshalb, Vitali Wikentjewitsch, haben Sie für die Gesellschaft ›Die gute alte Zeit‹ ein Tonband angefertigt, das die Statuten enthält, die beinahe unverändert aus dem Statut der Antijüdischen Weltfront des Julius Streicher übernommen sind, des nazistischen Kriegsverbrechers, der bei den Nürnberger Prozessen zum Tod verurteilt wurde?«

»Die Deutschen hatten keine Front dieser Art.«

»Wirklich nicht? Sie haben bei Wlassow die Grundprinzipien dieser Front gelernt, als Sie seine Kurse über die ›Judenfrage‹ besucht haben. Wie können Sie das vergessen haben?«

»Ich habe diese Kurse nicht besucht.«

»Und wie kann es dann sein, daß Sie Notizen darüber gemacht haben?«

»Wer hat Ihnen gesagt, daß ich Notizen gemacht habe?«

»Das weiß ich aus den Archiven. Ich habe in Archiven gearbeitet, Vitali Wikentjewitsch. Dort sind alle Dokumente aufbewahrt, die Ihre Zeit bei Wlassow betreffen.«

»Unser Gespräch wird mitgehört«, sagte Blassenkow, der plötzlich ganz blaß geworden war. »Sie kennen die Strafe, die das sowjetische Gesetz wegen übler Nachrede und Verleumdung verhängt?«

»Ja. Sie wurden wegen Hochverrats verurteilt, noch nicht wegen Verleumdung.«

»Wie soll ich das verstehen?«

»Sie verstehen es nicht?«

»Ganz und gar nicht.«

»Die Geschichte ist nicht einfach. Man hofft, viele Dinge verschwinden für immer und alles werde von einem Schleier zugedeckt, wenn die Jahre vergehen. Aber nein! Plötzlich kommt die Wahrheit ans Licht und enthüllt, wer gehandelt und wer sich dem Bösen verschrieben hat.«

Ich zog aus meiner Tasche ein Foto meines Vaters hervor – das einzige, das meine verstorbene Mutter aufbewahren konnte: Darauf war, neben meinem Vater, der General Malyschkin, der Oberst Bojarski und der Leutnant Blassenkow zu sehen, alle in der Uniform der ROA.

Ich hatte es nicht eilig, das Foto meinem Gesprächspartner zu reichen, ich betrachtete es ruhig, als ob ich erneut die Gesichter dieser Leute studieren wollte, die von einem Korrespondenten der faschistischen Zeitung *Die neue Rus* auf den Film gebannt worden waren. Da sah ich, daß der Leutnant den Blick seiner blutunterlaufenen Augen auf das Bild senkte. Ich hielt es ihm hin:

»Also, Sie erkennen alle Personen darauf?«

Er hob bedächtig den Kopf, er konnte die Augen kaum aufmachen, solche Mühe kostete es ihn, er sah mich einen Augenblick an, müde, haßerfüllt. Dann vertiefte er sich in die Betrachtung des Bildes.

»Ja, ich erkenne alle hier auf diesem Foto«, sagte er schließlich, und zum ersten Mal im Laufe des Gesprächs merkte ich an der Art, wie er antwortete, daß er im Gefängnis gewesen war.

»Darf ich Sie bitten, mir die Namen dieser Personen zu nennen?«

»Aber gewiß... Der Vaterlandsverräter Malyschkin..., daneben der Vaterlandsverräter Oberst Bojarski..., neben ihm der Vaterlandsverräter Hauptmann Segirjew..., und ich... Dieses Foto wurde gemacht, kurz bevor die Gestapo mich enttarnte und in die Folterkammer in der Prinz-Albrecht-Straße brachte.«

»Erinnern Sie sich nicht an den Vornamen des Hauptmanns Segirjew?«

»Gewiß. Igor Iwanowitsch. Er war ein Helfershelfer der Gestapo, ein Schwein, ein Lump...«
»Sie werden alt, Vitali Wikentjewitsch, Ihre Erinnerung trügt. Versuchen Sie sich an den Namen und den Vatersnamen meines Vaters zu erinnern, ich habe ihn genannt, auf der Versammlung...«
Da sah ich, wie Blassenkow plötzlich aus der Fassung geriet. Sein Gesichtsausdruck veränderte sich sichtbar, seine Wangen fielen ein, seine Lippen wurden trocken und fahl, seine Ohrläppchen wurden länger, verfärbten sich gelblich und bekamen bläuliche Flecken. Zum ersten Mal sah ich, wie seine Greisenhände zitterten.
»Sie haben meinen Vater denunziert, als Sie im Gefängnis waren, Vitali Wikentjewitsch. Sie haben es getan, weil Sie Minister Abakumow darum gebeten hat, nicht wahr? Sie wissen genau, wer mein Vater war, der ›Hauptmann Segirjew‹. Er war es, der Sie als erster Ende Mai 1945 verhört hat, nicht wahr? Deshalb habe ich von Verleumdung gesprochen. Sie wurden als Vaterlandsverräter verurteilt, und im Gefängnis haben Sie Kommunisten, unschuldige und ehrenwerte Leute, beschuldigt, um sie vor das Exekutionskommando zu bringen. Aber mein Vater wurde nicht erschossen. Er kam mit dem Leben davon. Während Sie bis auf den heutigen Tag nicht für Ihre Verleumdungen bezahlt haben, mit denen Sie ihn belastet haben. Deshalb sagte ich, daß die Geschichte alles andere als einfach ist...
Das Original dieser Fotografie befindet sich dort, wo es sein muß..., wo die Akten gesammelt sind, die beweisen, daß Sie Iswekow an die Gestapo verraten haben. Dort, wo die Zeugenaussagen aufbewahrt sind, die beweisen, daß Sie freiwillig zu den Deutschen übergelaufen sind. Ich habe das genaue Datum und den Namen des Dorfes, in dem Sie gewütet haben, auch Zeugenaussagen von Bauern. Ich habe auch Beweise, daß Sie mit den Deutschen einen armen vierzehnjährigen Jungen zum Verräter gemacht haben. Er hieß Mischa Tichomirow... Das ist ein Name, den man sich nur schwer merken kann, nicht wahr?«
Draußen im Gang hörte ich plötzlich Schritte. Meine Muskeln

spannten sich, ich war bereit, mich blitzschnell umzudrehen, aufzuspringen und in Verteidigungsstellung zu gehen. Aber niemand kam ins Zimmer, eine Tür klappte, und ich hörte schnelle unregelmäßige Schritte auf der Treppe.
»Kolja«, rief Blassenkow wimmernd. Seine Stimme wurde flehend: »Kolja... du gemeiner Kerl!«
Niemand antwortete. Kolja hatte alles gehört, was ich gesagt hatte, und Kolja hatte sich gerettet. Deshalb war ich hierhergekommen, das war mein Sieg. Ich hätte niemals gedacht, daß mich dann meine Kräfte verlassen würden, daß mein Körper weich wie Gummi würde und meinem Willen nicht mehr gehorchen würde.
»Hören Sie zu!« murmelte Blassenkow, »hören Sie mir zu... Um Himmels willen, haben Sie Erbarmen mit mir. Wollen Sie, daß ich vor Ihnen auf die Knie gehe? Nehmen Sie alles, was Sie wollen. Sie erwarten ein Kind, glaube ich. Ich werde weggehen, ich reise ab, ich verschwinde, ohne eine Spur zu hinterlassen. Lassen Sie mich mein Leben zu Ende leben, haben Sie Mitleid mit mir, einem armen Greis mit weißen Haaren, ich werde Ihnen alles sagen, was ich weiß, aber lassen Sie mich gehen...«
Er warf sich auf den Boden und begann zu weinen, warf dabei den Kopf hin und her, als ob er sich den Hals brechen wollte, dann warf er den Kopf zurück, und mit einem letzten Aufschrei brach er zusammen...

Kapitel 33

Bericht

Zu dem Fall der wegen Korruption verhafteten Bande: Tschurin, A.K.; Kusinzow, F.F.; Russanow, V.N.; Zaver, E.I.; Rumina, G.A.; Antipow, S.V.

Aufgrund der Aussage des ehemaligen Sekretärs des Regionalkomitees, Rachmatow, der zugegeben hatte – wie auch andere leitende Funktionäre –, Bestechungsgelder nicht nur in Form von Geld, sondern auch in Form von Brillanten und Smaragden angenommen zu haben, haben wir die nötigen Maßnahmen und Schritte eingeleitet, die uns schließlich zum Juwelier Zaver führten. Durch die Überwachung seiner Person ist es uns gelungen, Persönlichkeiten des öffentlichen Lebens zu überführen, vor allem die Rumina, Expertin für Wertgegenstände.
Nach dem Attentat, das Unbekannte auf den Maler Schtyk verübt hatten, wurde die Überwachung auf den Kunstkritiker Russanow, den Präsidenten Tichomirow, den Assistenten des Staatssekretärs, Tschurin, den Doktor der Wissenschaften, Kusinzow, und den Trainer Antipow ausgedehnt. (Ihre Beziehung zu dem Rentner Blassenkow rechtfertigen noch keine Festnahme des zuletzt genannten, denn im gegenwärtigen Stadium der Untersuchung ist es uns noch nicht gelungen, seine mögliche Teilnahme an kriminellen Transaktionen zu beweisen. Dasselbe gilt für die ›Wahrsagerin‹.)
Die Überwachung sowie die Auswertung der gesammelten Informationen ermöglicht es uns, in etwa die Methode nachzuvollziehen, nach der die Bande arbeitete.
Verträge zur Restauration und Dekoration neuer Bauten können

nicht direkt zwischen den Malern und den Leitern der Bauunternehmen abgeschlossen werden. Diese Art von Verträgen wurde Anfang der dreißiger Jahre untersagt. So hat jeder Funktionär das Recht, den Maler, der ihm nicht gefällt, abzulehnen und statt dessen einen hochdotierten Auftrag an die Person (bzw. die Personen) zu vergeben, die sich – das versteht sich von selbst – gegenüber denen, die das Recht haben, diesen Vertrag abzuschließen und zu unterschreiben, dankbar erweisen möchten.

Im Sommer 1985, als wahrhaft neue Initiativen, Unternehmungsgeist und Glasnost gefragt waren, waren die Aktivitäten der kriminellen Bande um Tichomirow auf ihrem Tiefpunkt angekommen.

Die öffentliche Meinung war der Auslöser für einen Gesetzesentwurf, der direkte Verträge zwischen den Malern und den Leitern der Bauunternehmen ermöglichte.

Doch Anfang des Jahres 1986 gelang es Tschurin auf der einen und Tichomirow auf der anderen Seite, eine Revision dieser Gesetzesvorlage durchzusetzen. Wie bereits früher üblich, wurde keine Initiative, die von einem Maler, dem Direktor eines Kindergartens, einer Schule, eines Klubs, eines Altersheims oder dem Leiter eines Bauunternehmens ausging, als legal angesehen, wenn nicht die Zustimmung unzähliger künstlerischer Komitees und anderer offizieller Instanzen vorlag, die für die Finanzierung, Planung und Kontrolle des Projekts zuständig waren.

Man hat diesen Zustand, der alle unternehmungsfreudigen Personen zu »Kriminellen« degradiert, künstlich aufrechterhalten, obgleich diese »kriminellen Aktivitäten« dem Staat erhebliche Ersparnisse eingebracht und eine bessere Qualität der künstlerischen Arbeit zur Folge gehabt hätten.

Tschurin hat sich nachhaltig darum bemüht, neue junge Talente und schöpferische Initiativen im Keim zu ersticken. Er hat damit argumentiert, daß die Abschaffung der alten Vorschriften jede Kontrolle – nicht nur über die Maler, sondern auch über die Leiter der Bauunternehmen – ausschalte. Das führte zu Veruntreuungen sowie zur Herrschaft der »Anarchie« und zum Erwachen von »Besitzinstinkten«.

Tichomirow seinerseits wählte mit Russanows Hilfe »sichere« Maler aus und gab sich mit einem kleinen Teil des Honorars zufrieden. Für die Gesellschaft »Die gute alte Zeit« hatte er ein Modell entwickelt. Es sollte ein künstlerischer Rat ins Leben gerufen werden, dessen Empfehlungen für alle Verträge im Bereich der Dekoration und Restauration verbindlich wären. Unter anderem hat Tichomirow vorgeschlagen, der Rat solle die Themen der Malerei vorgeben. Dadurch würden die Maler zu einfachen ausführenden Organen abgewertet. Tichomirows Antrag wurde angenommen, obwohl er weder mit der Leitung der Gesellschaft noch mit der Öffentlichkeit abgesprochen worden war. Aber gerade die Öffentlichkeit ist wegen der Zerstörung historischer Bauten beunruhigt und kritisiert die Art und Weise der Ausschmückung von Neubauten.
Tichomirow hat in der Leitung der Gesellschaft »Die gute alte Zeit« ein moralisches Klima verbreitet, das stark dazu beigetragen hat, eine Atmosphäre zu schaffen, in der es legal zu sein schien, seine Kollegen zu täuschen, die Arbeit der Maler auszubeuten und unrechtmäßig Gelder einzutreiben.
Nicht ein Kunstschaffender – sei es ein berühmter Maler, ein Restaurator oder ein Forscher – wurde in die Leitung dieser Gesellschaft aufgenommen. Die »Leitung« nutzte die patriotischen Gefühle der Mitglieder aus und versuchte, sie in chauvinistische Bahnen zu lenken.
Wenn Tichomirow neue Maler auswählte, argumentierte er in diese Richtung und unterstrich dabei, »daß es unabdingbar sei, einen gewissen Prozentsatz des im Vertrag für die Dekoration oder Restauration festgelegten Honorars einzubehalten. Dies ist lediglich in der ersten Arbeitsphase der Gesellschaft ›Die gute alte Zeit‹ erforderlich, um die ›nationalen Kaderorganisationen‹ unterstützen zu können, deren Entwicklung durch die Vertreter der ausländischen Kultur gehemmt ist, die beabsichtigen, die Tradition der russisch-realistischen Malerei zu zerstören.«
Als der Maler Jejow Tichomirow darauf hinwies, daß »gerade diejenigen am meisten auf dem ›nationalen Charakter‹ beharrten, die am wenigsten Talent hätten und damit versuchten, alle ande-

ren – außer sich selbst – des Mittelmaßes zu bezichtigen«, zog Russanow sofort den zugesagten Auftrag, eine Tankstelle im Ural zu dekorieren, zurück. Als Vorwand dafür diente ihm die Beschuldigung, der Maler habe seine familiäre Beziehung zu jenem Jejow, der 1938 als Feind des Volkes erschossen wurde, verheimlicht.
Der Maler versuchte, sich an Tschurin zu wenden, jedoch ohne Erfolg. Jejow, den man mehr oder weniger als hysterischen Intriganten hingestellt hatte, befindet sich heute zur Behandlung in einer psychiatrischen Anstalt.
Als der Maler Schtyk sich auf Gorenkovs Seite stellte, schreckte man nicht vor einem Verbrechen zurück, um ihn loszuwerden.
Man kann zu der Schlußfolgerung kommen, daß diese kriminelle Bande sich in ihrer Organisationsstruktur an der Mafia orientiert hat – bei Russanow angefangen, der den Malern gegen siebzig Prozent ihres Honorars seine »Patenschaft« versprach, bis hin zu Tichomirow, dessen korrupte Beziehungen weiter als bis zur Ebene der Ministerien reichten. Im Extremfall hätte die Bande auch sicherlich nicht vor einem Mord zurückgeschreckt. Diese Tatsache beweist, daß wir es mit einer neuen Art von Verbrechen zu tun haben, die im Milieu der Intelligenz bis hin zu gewissen Kreisen der Regierung verankert ist.
Es ist festzuhalten, daß Tichomirow Kritiker in den Redaktionen der Zeitungen einschleuste – vor allem in der »Tribüne Moskaus«. Viele mittelmäßige Künstler wurden in diesen Artikeln aus Gefälligkeit zu »wahren Talenten« hochgejubelt. So versuchte man eine »neue Gruppe von jungen Talenten« zu schaffen, die es Russanow ermöglichte, die Preise für ihre Malerei und Restaurationsarbeiten in die Höhe zu treiben.
Tichomirow erklärte, daß es absolut unabdingbar sei, die historischen Bauwerke unseres Landes zu restaurieren. Diese Position hat eine gewisse Anzahl ehrlicher Menschen auf seine Seite getrieben. Doch es war eben Tichomirow, der alles daransetzte, die Arbeiten hinauszuzögern, sofern die Aufträge an Leute gegangen waren, »die nicht zu seinem Clan gehörten«.
All die korrupten Beziehungen Tichomirows, die wir noch nicht vollständig aufgedeckt haben, trugen das Siegel der Verschwö-

rung. Meistens bediente er sich ehrbarer Persönlichkeiten, die im ideologischen Bereich und in der Wissenschaft einen Namen hatten.
Tichomirow hatte keinen Kontakt zu Tschurin. Die Aufgabe, die erforderlichen Verträge zu beschaffen, kam Kusinzow zu.
Als die Anzahl der »willigen« Maler, die für Russanow arbeiteten, auf mehr als neunundvierzig angestiegen war, hat dieser direkt Kontakt mit Tschurin aufgenommen. Dadurch hatte Tichomirow die Möglichkeit, die Summen, die er zuvor für die Beschaffung der Aufträge im Ministerium an Kusinzow zahlte, erheblich zu verringern.
Da die lokalen Behörden der Regionen Buchara, Vychegrad und andere jegliche Zuwendung in Form von Geld für die Erteilung eines Auftrags ablehnten, nahm Tichomirow den Juwelier Zaver und die Expertin Rumina in seine Bande auf. Letztere diente als Vermittlerin zwischen Zaver und ihm. Er traf sie nicht in ihrer Wohnung, sondern auf Vorträgen, zum Beispiel über den Malachit des Ural oder den Bernstein von Kaliningrad.
Nachdem Russanow die Summen gekürzt hatte, die er an Kusinzow als Anerkennung für dessen Dienste zahlte, trat dieser persönlich mit Zaver in Verbindung. Er stellte ihm Tschurin vor und beschloß, unabhängig von Tichomirow und Russanow zu arbeiten, jedoch einen »freundschaftlichen Kontakt« zu beiden aufrechtzuerhalten.
Zaver war schon einmal wegen Betrugs verurteilt worden. Er hatte sich auf den Verkauf von Kristallen spezialisiert, die er als Diamanten ausgab. In der Zeit, in der er mit der Rumina zusammenarbeitete, kaufte er den Schmuck von »Ehemaligen« zu einem Fünftel seines realen Werts.
Die Rumina, die aufgrund ihrer Tätigkeit häufig ins Ausland reiste, verkaufte dort die besten Stücke und schaffte illegal Devisen in die UdSSR.
Wenn Tichomirow ihnen »Ehemalige« vorstellte, das heißt Angehörige reicher Kaufleute und des Adels, die nach der Revolution in Rußland geblieben waren, zahlten ihm die Rumina und Zaver Devisen für erwiesene »Dienste«.

Wir haben nicht nachvollziehen können, was Tichomirow mit seinen Devisen machte. Bei der Durchsuchung seines Hauses haben wir keine gefunden. Bei seinem ersten Verhör hat er den Besitz von Devisen abgestritten. Diesem Problem muß man sich wahrscheinlich während der Untersuchungen verstärkt widmen, denn Tichomirow hatte Verbindungen zu hochstehenden Persönlichkeiten des Staatsapparates.

In einem Versteck in Tichomirows Landhaus wurden siebenhundertdreitausend Rubel auf Sparkassenbüchern mit dem Vermerk »an den Überbringer« gefunden, sowie fünftausend Rubel in Form von Schmuck.

Bei Zaver entdeckte man Schmuck im Wert von einhundertvierzigtausend Rubel.

Bei Russanow waren es zweiundneunzigtausend Rubel.

Bei Tschurin achtzigtausend Rubel und Schmuck im Wert von siebzigtausend Rubel.

Bei Antipow fand man ein Sparbuch mit dreihundertzwanzig Rubel.

Bei der Rumina wurde Schmuck im Wert von neunundvierzigtausend Rubel beschlagnahmt.

Bei Kusinzow wurden achttausend Rubel gefunden.

Die Tochter der Rumina, Olga Warrawin, die in der Wohnung ihrer Mutter festgenommen wurde, hat nichts mit der Bande zu tun.

Nach ersten Berechnungen hat die Bande den Staat um eine Summe von schätzungsweise neun Millionen Rubel betrogen.

Ich leite das Material und die Informationen, die im Verlauf der Untersuchung gesammelt wurden, an den Untersuchungsrichter weiter.

Oberst Kostenko

Kapitel 34

»Der letzte Tag des Ingenieur Gorenkov« (Tribüne Moskaus)

Ich wollte dieser Reportage zuerst den Titel »Bekenntnisse« geben, weil ich nicht nur vom Schicksal des Ingenieur Wassili Gorenkov erzählen wollte, sondern auch von meinem eigenen. Die Nachforschungen eines Journalisten sind selbst manchmal ein tragischer Fall: Die besten italienischen Journalisten wurden von der Mafia ermordet, weil sie sich dem Allerheiligsten genähert haben. Aber manchmal rangiert eine Reportage, für die ein Mann sein Leben geopfert hat, in der Zeitung nach den Ergebnissen des Fußballspiels Moskau–Leningrad...

Ich habe meinen Bericht neu geschrieben, nachdem ich telefonisch nach Kursk gerufen wurde, um die Leiche eines Mannes zu identifizieren, der auf der Straße von einem unbekannten Auto erfaßt worden war. Sein Name war Gorenkov, er war siebenunddreißig Jahre alt, russischer Nationalität und Kommunist. Die neue Überschrift für diesen Artikel ist mir eingefallen, als ich las, daß der *Archipel Gulag* im Novy Mir veröffentlicht werden solle. Offenbar berührt das nur mich.

Dank der Unterstützung der Kriminalpolizei von Kursk ist es mir gelungen, fast vollständig den letzten Tag im Leben des Wassili Pantelejewitsch Gorenkov zu rekonstruieren. Er war ein sehr schöner Mann –, sowohl im physischen als auch im moralischen Sinne des Wortes; er hatte ein offenes Gesicht, das man nicht so schnell vergaß; er war groß und ein angenehmer Mensch. Neun Personen haben sehr ausführliche Angaben dazu gemacht, was sich in Kursk zugetragen hat.

Die Serviererin in der Bahnhofsgaststätte zum Beispiel erinnerte sich, daß er sie gebeten hatte, ihm Pepsi zum Mitnehmen zu verkaufen. Außerdem suchte er Schokolade mit Bildern für die Kinder. Sie erklärte ihm, daß sie ihm keine Pepsi zum Mitnehmen verkaufen dürfe.

»Weshalb nicht?« wollte er wissen.

Sie sagte ihm, es sei wegen der Flaschen.

»Ich werde sie bezahlen«, hatte er geantwortet. »Täte es Ihnen nicht leid, den Kindern nur wegen ein paar Flaschen keine Freude machen zu können?«

»Ja, aber was soll ich tun?«

Sie ging zur Leiterin Alla Maximowa, aber die behauptete, daß ›er sich das alles viel zu leicht vorstelle‹.«

Wir haben auch den Fahrer des Taxis ausfindig machen können, der Gorenkov vom Bahnhof ins Stadtzentrum gefahren hat: »Anfangs schwieg er, er rieb sich die Brust, wie es Herzkranke tun. Ich weiß das, weil mein Bruder herzkrank ist«, erklärte der Taxifahrer. »Dann fragte er mich, wo er Pepsi kaufen könne, denn er habe, sagte er, Kinder, die hier lebten und die leidenschaftlich gern Pepsi tränken. Ich antwortete ihm, daß man, um so etwas zu bekommen, Beziehungen bräuchte! Dann sollte ich ihn zu einem Kaufhaus fahren, weil er Spielzeug kaufen wollte. Ich war gestern erst selbst in diesem Geschäft gewesen, um ein Geburtstagsgeschenk für meinen Sohn zu besorgen. Dabei hatte ich festgestellt, daß kaum Spielsachen da waren. Deshalb wollte ich meinem Sohn statt dessen einen Anzug kaufen. Um einen aus Ungarn zu bekommen, muß man sich fast prügeln, und die, die hier hergestellt werden, will man nicht mal geschenkt. Er fragte mich, was ich über diese Zustände dächte. Ich antwortete ihm, daß es den Leuten egal sei, ob sie gut oder schlecht arbeiteten, denn der Lohn bliebe ja doch der gleiche. Darauf sagte er: ›Und wenn die Konfektionsschneider einen prozentualen Gewinnanteil bekämen?‹

›Was, Sie wollen doch nicht den Kapitalismus wieder einführen? Das wird keiner mitmachen!‹

Ich wollte nicht warten, bis er seine Besorgungen erledigt hatte. Wozu meine Zeit verschwenden? Bald kam ein Zug aus dem Süden, da konnte ich genügend Fahrgäste finden. Er sagte nichts, protestierte nicht; er bezahlte und ging.«

Die Nachbarin des Bürgers K. – bezeichnen wir so den Mann, der jetzt als der Vater von Gorenkovs Söhnen gilt – sagte ihm, daß die Jungen im Vorschulkindergarten seien, und gab ihm die Adresse. Sie wollte wissen, wer er sei. Er zögerte einen Augenblick, bevor er ihr antwortete. Er war ein ehrlicher Mensch, aber er verstand, daß, wenn seine Kinder zu dem anderen Mann Papa sagten, er nicht das Recht hatte, seine wahre Identität zu enthüllen. In einem Wohnhaus gibt es keine Geheimnisse, der Respekt vor dem anderen weicht häufig dem Tratsch und Klatsch. Er erklärte der Nachbarin, er habe den Kindern Geschenke von ihrer Großmutter mitgebracht; er fragte auch, wo die ›Genossin K.‹ arbeitete – die Frau, mit der er früher verheiratet war. Die Nachbarin gab ihm die Adresse. Gorenkov ließ die Geschenke bei ihr und ging zum Kindergarten, wohin der neue Papa jeden Morgen die Kinder brachte.

Eine der Erzieherinnen erkannte ihn auf dem Foto wieder, das wir ihr zeigten. Sie erklärte uns, daß dieser kränklich aussehende Mann lange die Kinder beobachtet habe, die in dem kleinen Garten spielten. Das kam ihr verdächtig vor, und sie rief die Polizei. Ein Streifenwagen kam, und Gorenkov wurde aufgefordert, sich auszuweisen. Er zeigte seinen Paß. Als man wissen wollte, was er hier mache und warum er sich in Kursk aufhalte, sagte Gorenkov, daß diese Frage laut Verfassung nicht zulässig sei. Daraufhin wurde er zur Polizeiwache mitgenommen. Hier ein Auszug aus dem Verhörprotokoll:

> »Weshalb standen Sie vor einem Kindergarten, weshalb beobachteten Sie die Kinder und weshalb blieben Sie dort mehr als eine Stunde?«
> »Sie haben nicht das Recht, mir solche Fragen zu stellen!«
> »Wir haben das Recht, alles zu fragen, was wir wollen.«
> »Dann sagen Sie mir doch, weshalb Sie braune Haare haben?«

Das wurde als Beleidigung eines Vertreters des Gesetzes aufgefaßt. Gorenkov wurde eine Blutprobe abgenommen, um seinen Alkoholspiegel im Blut festzustellen. Nachdem man herausgefunden hatte, daß er keinen Alkohol im Blut hatte, wurde Gorenkov in eine Zelle gesperrt, wo er die Nacht mit zwei Gaunern, Sidorow und Ratman, verbrachte. Nachts kam es zu einer Auseinandersetzung. Sidorow behauptete, Gorenkov habe Ratman von seiner Pritsche vertrieben, denn es gab nur zwei in der Zelle. Also müsse er, Sidorow, seinen Kumpel verteidigen. Ratman schloß sich zunächst dieser Version an. Doch nach der Vernehmung widersprachen sich Sidorow und Ratman in ihren Aussagen und gaben unterschiedliche Darstellungen. Kurz und gut, sie sagten offensichtlich die Unwahrheit.

Der Polizeichef der Stadt, der persönlich die Untersuchung nach dem tragischen Unfall leitete, berichtete, Sidorow und Ratman hätten »dem Intellektuellen eine Lektion erteilen« wollen; als dieser sich aber verteidigte, schrien sie Zeter und Mordio. Man brachte Gorenkov daraufhin in den Keller, wo er bis zum Morgen blieb.

Am nächsten Tag wurde er zum Verhör abgeholt und bat um die Erlaubnis, mit dem Sekretär des Regionalkomitees von Sagrjajsk telefonieren zu dürfen. Das wurde abgelehnt. Der Polizeichef erhielt das Verhörprotokoll, in dem Gorenkov erklärte, daß er nur seine eigenen Kinder betrachtet habe, und man versprach, die Angelegenheit innerhalb der nächsten drei Tage zu klären. Man verweigerte Gorenkov auch das Gespräch mit einem Vertreter der Staatsanwaltschaft.

In diesem Augenblick fiel der Blick des diensthabenden Polizisten auf Gorenkovs Schuhe, in denen er die fehlenden Schnürsenkel durch Bindfaden ersetzt hatte: »Du bist ein Wiederholungstäter, das sieht man doch auf den ersten Blick.«

Man holte erst den Notarzt, als Gorenkov bereits das Bewußtsein verloren und sein Pulsschlag ausgesetzt hatte. Die Ambulanz brachte ihn ins Krankenhaus, wo er wiederbelebt wurde. Nachdem er medizinisch versorgt worden war, diktierte er Dr. Umnowa den Text eines Telegramms, das an Karimow gerichtet war. Auch mir sollte eine Kopie nach Moskau geschickt werden. Früh am nächsten Morgen verließ er, während des Schichtwechsels des Personals, das Krankenhaus. Wir haben sein Kardiogramm gesehen.

Sein Herz war in einem derartig besorgniserregenden Zustand, daß ihm jederzeit ein Infarkt drohte.

Das, was sich am Arbeitsplatz der Bürgerin K. – der früheren Ehefrau von Wassili Pantelejewitsch – abspielte, fügt sich in den bisherigen dramatischen Fortgang der Geschichte nahtlos ein. Er ließ sie in die Halle rufen. Der Portier, Dibytschew, bestätigte, daß er ihr einen Strauß Blumen entgegenhielt, den sie aber einfach fallen ließ. Sie versuchte ihn hinauszudrängen, wobei sie rief: »Wie kannst du es wagen! Hau ab, hau bloß ab! Was hast du hier verloren, du Dreckskerl!«
Der Portier des Forschungsinstituts, in dem die Bürgerin K. arbeitete, hörte, wie Gorenkov versuchte, seiner Frau begreiflich zu machen, daß er unschuldig sei und daß sie nicht das Recht habe, ihm seine Kinder vorzuenthalten, aber er nicht gekommen sei, um ihr Vorwürfe zu machen. Er wolle sie lediglich darum bitten, ihn die Kinder sehen zu lassen. Der unfreiwillige Zeuge dieses dramatischen Dialogs vergaß nicht die flehentlichen Worte, die Gorenkov zu seiner früheren Ehefrau sagte: »Ich bin einverstanden, daß du zu den Kleinen sagst, ich sei ihr Onkel, wenn du das besser findest. Sie sagen ja schließlich ›Papa‹ zu deinem Mann. Du hast aber nicht das Recht, sie vor mir zu verstecken.«
»Du, ein Vater? Väter opfern sich für die Familie auf! Du aber, du spielst den Don Quijote! Armer Irrer! Wie oft habe ich dir gesagt, verhalte dich ruhig, versuch, nicht aufzufallen! Aber der Herr wollte Ruhm und Ehre! Na gut, jetzt hast du sie! Du hast noch viel zuwenig dafür gebüßt, viel zuwenig!«
Gorenkov bat seine frühere Frau, nicht so laut zu schreien. Er sagte, sie tue ihm unrecht. Sie antwortete, daß sie sofort die Polizei rufen würde, wenn er es wagen sollte, zum Kindergarten zu gehen.

Ein unbekannter Wagen erfaßte ihn unweit des Kindergartens, in einer kleinen, ruhigen Seitenstraße, die zu beiden Seiten von Lindenbäumen gesäumt war, deren Laubwerk die Fenster der Häuser verbarg und den Lärm dämpfte. Niemand hat das Quietschen der Bremsen gehört.

Und jetzt muß ich über das sprechen, was diesen Mann am Abend vor seinem Tod bewegte. Ich habe mir alles notiert, nachdem ich ihn zum Bahnhof von Kursk und zum Wagen Nummer sieben des Schnellzugs Moskau–Simferopol [Stadt auf der Krim] begleitet hatte. Es waren nicht die Ideen eines verschrobenen und weltfremden Träumers; der Vorsitzende des Ministerrats der autonomen Republik Usbekistans, Karimow, hat ihm offiziell den Posten eines Bauministers angeboten und ihm versprochen, ihm ein großes Experimentierfeld für seine Ideen bereitzustellen!
»Im allgemeinen«, sagte er zu Karimow, »nehmen unsere Experimente den Verlauf von unten nach oben. Das war so im Jahr 1929, als Stalin vorschlug, die ›Revolution von oben‹ durchzuführen. Versuchen wir jetzt das Gegenteil. Der Augenblick ist gekommen! Das geflügelte Wort, das meint, die ›Spitze könne sich nicht ändern, die Basis aber wolle nicht wie bisher weitermachen‹, muß ein bißchen modifiziert werden. Heutzutage will die Spitze Veränderungen und auch die Basis, aber da ist noch das Zentrum, das sich den neuen Konzeptionen der Perestroika nicht anpassen kann!«
Gorenkov, mit dem ich die ganze Nacht diskutierte, drückte seine Gedanken immer sehr knapp und treffend aus: »Ich hatte nicht wenig freie Zeit im Gefängnis«, sagte er bitter. »Seit wieviel Jahren reden wir schon vom Stolz des Privatbesitzers. Und was ist geschehen? Nichts! Sagen Sie mir, was eine ›Aktie‹ ist! Zugegeben, Sie sind relativ gut auf dem laufenden, aber als ich diese Frage den Arbeitern, den Ingenieuren stellte, da haben mir alle geantwortet: ›Das ist der Kapitalismus!‹ Aber das Wort ›Aktie‹ kommt vom Verb ›agieren‹. Man erwartet von einer guten Aktie einen Gewinn. Und was ist laut Wörterbuch ein Gewinn? Das ist ein ›Profit‹, ein ›Vorteil‹, eine ›Ausbeute‹, ein ›Überschuß‹. Mit den beiden ersten Bedeutungen kann man ja noch einverstanden sein, aber der Begriff ›Ausbeute‹ erweckt schon Mißtrauen. Ich habe auch darüber nachgedacht, was hinter diesen Begriffen ›Vorteil‹, ›Profit‹, ›Gewinn‹, ›Überschuß‹ steht.
Weshalb sollte die Einführung von Aktien in einem Unternehmen eine antisozialistische Maßnahme sein? Wenn einer eine Aktie

von seiner Fabrik oder seiner Sowchose kauft und richtig damit umgeht – das heißt, wenn er sein ganzes Herz an die Arbeit hängt – liegt der Profit auf der Hand! Wenn dann sein Lohn schlecht ist, kann er sich nur bei sich selbst beklagen, denn er arbeitet nicht, wie er sollte. Schielt doch nicht immer nach dem Geld der anderen! Es gibt genug Parasiten! Arbeitet, dann werdet ihr auch gut bezahlt! In unserer Republik gibt es zwei kleine Ziegeleien, die ihre eigenen Rohstoffe abbauen. Dort werde ich meine erste Aktie kaufen. Wir brauchen dringend Ziegelsteine. Ich werde einen Vertrag mit einer Baukooperative schließen, ich werde eine Geldanleihe bei der Bank machen und werde Aktien, für die der Agrarminister garantiert, anbieten. Alle Sowchosen brauchen Ziegelsteine, sie müssen mir nur eine Anzahlung leisten und ihre Bauvorhaben entsprechend planen. Wenn wir uns damit begnügen, nur immer an dem herumzupfuschen, was schon da ist, dann bedeutet das das Scheitern der Perestroika, das Scheitern Gorbatschows und das Scheitern des ganzen Landes! Man muß ganz von vorne beginnen und nicht mehr als erstes an die Berichte denken, die man zu schreiben hat. Man muß an den Gewinn denken!«

Ich habe ihn nach den unzähligen Hindernissen gefragt, die sich in den verschiedenen Bereichen vor ihm auftürmen werden; all diese Staatskomitees, die sich mit der Arbeit, den Preisen, dem Plan beschäftigen; das Finanzministerium, die staatlichen Kontrollinstitutionen... Sie alle fordern Verträge und Normen, die konform sind – nicht dem gesunden Menschenverstand nach, sondern konform mit dem Gedruckten, das heißt, mit den Dekreten, den Reglements, den Entscheidungen, den Instruktionen, die noch immer in Kraft sind...

Gorenkov machte ein verächtliches Gesicht: »Wenn wir uns auf diesen Weg einlassen, bleiben wir auf der Stelle stehen, wir stagnieren und kommen nicht voran. All unsere Bemühungen werden im Sand verlaufen, wir werden unseren Traditionen auf diese Weise nicht entkommen können! Was ist denn daran illegal, wenn eine Fabrik mit den Sowchosen Verträge schließt? Was ist

wichtiger: die Regeln der örtlichen Bürokratie zu respektieren oder in allen Sowchosen bewohnbare Einfamilienhäuser, freundliche Cafés und Straßen zu bauen, auf denen man seines Lebens einigermaßen sicher ist?«
Gorenkov war nicht mehr zu bremsen: »Mao Tse-tung hat, als er die Kulturrevolution durchführte, einen Spruch geprägt, der lautet: ›Auf zum Kampf gegen die gesamte Führungsspitze!‹ Bei uns beherzigen die, die die Perestroika hassen und sie behindern, ein anderes Motto: ›Auf zum Kampf gegen alle anständigen Menschen!‹ Wenn ich mich an die Arbeit machen würde...«, er hielt einen Moment inne, dann fing er an zu lachen, »genau das wollte ich sagen, aber ich traue mich nicht, Pläne zu schmieden. Ich würde also versuchen, den Fall jener acht Fabrik- und Sowchosendirektoren wieder aufzurollen, die mit mir zusammen im Gefängnis saßen. Das sind kluge Köpfe, und jetzt hacken sie Holz! Sie wurden beneidet und denunziert, denn bei uns kann man – egal was man tut –, bei der Vielzahl der Vorschriften und Verbote, niemals ganz im Sinne des Gesetzes handeln, nicht einmal zum Wohl des Staates. Und dann droht einem das Gefängnis. Die Bürokratie klammert sich an die Verbote, sie will ihre Ruhe. Das Land kann dabei zum Teufel gehen!«
Er schwieg ein paar Sekunden, dann begann er, von individueller Arbeit zu sprechen: »Überall gibt es Sabotage. Die Exekutivkomitees tun sich schwer mit Leuten, die auf eigene Kosten arbeiten... Alle unsere Ministerien müßten durch Koordinationszentren ersetzt werden, wo den Mitgliedern der Kooperativen wirksam bei ihren Investitionen und Bestellungen geholfen wird und wo sie einen funktionierenden Schutz vor der Willkür der Bürokratie vorfinden. Denn wenn die Privatarbeit zugelassen wird, dann verlieren die Bürokraten die Schmiergelder, die sie von den Leitern der Dienstleistungszentren, der Cafés, Restaurants und Hotels bekommen haben, und damit unterzeichnen sie ihr eigenes Todesurteil. Ich bin felsenfest davon überzeugt, daß die Dienstleistungen nicht dem Staat unterstehen sollten, und daß allein die Kooperativen oder die Privatunternehmen diesen Arbeitsbereich abdecken sollten.

Die Dienstleistungszentren (Einrichtungen, in denen Dienstleistungsbetriebe wie Friseur, Schuhmacher, Malermeister, Wäschereien etc. untergebracht sind) sind schon seit langem Privatunternehmen. Jedoch zahlt der Staat ihnen Gehälter, anstatt sie Steuern zahlen zu lassen. Alle diese Zentren sollten in private Hände übergehen. Das sollte gefördert werden, und alle Leiter, ihre Stellvertreter und Buchhalter könnten von einem Büro für die Organisation von Dienstleistungsarbeiten unter Vertrag genommen werden, wo sie dann nicht ein festes Gehalt, sondern einen gewissen Prozentsatz des Gewinns bekommen sollten, den diese Kooperativen und Privatunternehmen erwirtschaften.
Weshalb hat das Fernsehen keine Untersuchungen und Umfragen zum Thema der individuellen Arbeit gemacht? Hat auch nur eine einzige Zeitung auch nur ein einziges Mal über die Kooperativen oder die Leute, die eigenständig arbeiten, etwas Positives geschrieben? Nie! Die Leute haben auch Angst, sich zu äußern. Ein erbitterter Kampf tobt zwischen denen, die in jedem Menschen, der gut verdient, einen Pfennigfuchser sehen, und den Anhängern der Freiheit, die sich für Kooperativen und individuelle Arbeit einsetzen... Diesen Konflikt gibt es nicht erst seit gestern, er ist schon Jahrhunderte alt... Das ist die Tragik unserer Geschichte. Aber wer spricht denn schon davon? Sicherlich, da sind Gorbatschow, Schewardnadse, Jakowlew, Ryschkow; aber Ligatschow ist immer noch für die Landwirtschaft zuständig, und viele Ministerien sind zögerlich und würden sich für eine neue Richtung einsetzen, wenn sie damit der Perestroika einen Schlag versetzen könnten. Wenn ich in meine Republik zurückkehre, dann werden wir eine Sendung machen mit dem Titel ›Freie Bühne, Fragen und Antworten‹.«

»Würde das Fernsehen nicht die Sendung zuerst aufzeichnen lassen, um sie dann zurechtgestutzt auszustrahlen?«

»In diesem Fall werden Sie die Sendung ohne mich machen müssen.«

Am Bahnhof, kurz bevor er einstieg, sagte er noch: »In den nächsten zwei, drei Jahren wird die Frage der bürgerlichen Rechte, trotz aller Hindernisse, gelöst sein. Ja, ja, trotz meines

Aufenthalts im Gefängnis... Jetzt kann man endlich über alles, was nicht funktioniert, sprechen! Das Hauptproblem unserer Gesellschaft steht endlich auf der Tagesordnung! Wenn wir dafür keine Lösung finden, wird das für uns die Katastrophe bedeuten. Entweder werden unsere Kinder schlimmere Tage erleben als wir im Jahr 1937, oder sie werden glücklich sein, so wie wir es für sie erträumten...«

Ich sagte ihm, das sei doch sehr allgemein formuliert, und bat ihn um genauere Erläuterungen: »Ganz einfach. Heute tötet das endlose Warten jeden Wunsch; es fördert die Passivität und zerstört das Selbstbewußtsein. Wo ist das Gesetz, das mir garantiert, daß ich Russe, Georgier oder Ukrainer bin, daß ich das Recht habe, für den Posten eines Direktors, eines Abgeordneten, eines Ministers oder Professors zu kandidieren? Formal gibt es das, aber ich möchte eine echte und wirkliche Garantie. Die Leute warten wie eh und je auf Anweisungen von oben. Achtzehn Millionen Leiter und Inspekteure fürchten das Erwachen der Persönlichkeit wie die Pest und hassen das Recht, das Gesetz und die Demokratie, die sie ihrer Macht berauben würden. Man muß wieder von vorne anfangen. Damit sich die Vergangenheit nicht wiederholt, braucht man Persönlichkeiten, die vom Gefühl ihrer eigenen Würde durchdrungen sind... Wissen Sie, woran ich denke? Wir bräuchten eine Volksfront der Perestroika... ohne große Persönlichkeiten an der Spitze, ohne gepanzerte Luxuslimousinen oder komfortable Datschas, die die Partei zur Verfügung stellt. Das wäre das einzige Mittel. Also: ›Der Feind wird es nicht schaffen!‹«
Er sprang leichten Schritts auf das Trittbrett des Wagens und hob die Faust wie die Republikaner im Spanischen Bürgerkrieg. Sein Gesicht, das todmüde und blutleer war, schien sich plötzlich zu beleben. Seine Augen blitzten mit solcher Kraft, daß ich dachte: »Glücklich das Land, das solche Söhne besitzt!«

Ich möchte gerne die Namen derer anführen, die diesen großartigen Organisator, diesen uneigennützigen Menschen, diesen Patrioten ins Gefängnis gebracht haben. Ich werde es tun, sobald das Gericht das Urteil gegen ihn aufgehoben hat. Doch sollte ich schon heute nicht verschweigen, daß diejenigen, die ihn bewußt und gezielt auf die Anklagebank gebracht haben, schlaue Parasiten der Ideologie sind. Ohne jede Prinzipien opferten diese Leute all jene Begriffe und Vorstellungen wie Vaterland, Geschichte, Erinnerung, die uns heilig sind. Sie wurden dabei allein von Gier, Angst und Neid geleitet. Etwas hatten sie alle gemeinsam: ein unglaubliches Maß an Unkultur, die durch Diplome und Auszeichnungen sogar noch gewürdigt wurde. Sie fürchten nur eines: das wahre Wissen, die wahre Demokratie, die Transparenz und die internationale Brüderlichkeit. Sie fühlen sich wohl im stehenden Gewässer, im Schlamm, wo sie sich mit Hilfe korrupter Mafiosi eingerichtet haben. Sie riechen nach Verderbnis, und ihr einziger Wunsch ist es, das ganze Land mit in den Dreck zu ziehen.

Für diese Leute sind Gorenkov und seinesgleichen erklärte Feinde. Für sie ist jede Idee und jedes Handeln gefährlich, weil dadurch Fragen aufgeworfen werden, auf die sie keine Antwort haben.

Der Tod eines Mannes wie Gorenkov ist ein unersetzlicher Verlust. Es ist quasi ein vom Staat verschuldeter Schaden. Ich möchte, daß der Name Gorenkov ein gebräuchlicher Name wird, mit dem man einen kühnen Träumer und einen Kämpfer für das Glück des Menschen bezeichnet, denn die Menschheit besteht aus Menschen, und es wurden schon genug große Reden geschwungen!

Ich hoffe, den Tag zu erleben, an dem Alexander und Paul Gorenkov ihre Volljährigkeit erreichen. Ich werde zu ihnen gehen und ihnen erzählen, um wieviel ärmer unser Land an dem Tag wurde, an dem ihr Vater von uns ging. Halte stand, Michail Sergejewitsch!

Von unserem Sonderkorrespondenten
Iwan Warrawin

Kapitel 35

Hauptdezernat der Kriminalpolizei

An Oberst Kostenko: Bericht

Die Unbekannten, die sich heimlich in der Nähe der Wohnung des I. I. Warrawin aufhalten, seit dieser in der Tribüne Moskaus seinen Artikel »Der letzte Tag des Ingenieurs Gorenkov« veröffentlich hat, werden ständig von unserer Abteilung überwacht. Bisher kam es zu keiner konkreten Bedrohung von Warrawin. Die momentanen Maßnahmen werden fortgesetzt.